LA VALLÉE DE LA SOIE

DU MÊME AUTEUR

aux éditions Robert Laffont

LE VRAI GOÛT DE LA VIE
UNE ODEUR D'HERBE FOLLE
LE SOIR DU VENT FOU
LA GRÂCE ET LE VENIN
LA SOURCE AU TRÉSOR
L'ANNÉE DU CERTIF
LE PRINTEMPS VIENDRA DU CIEL
LES GRANDES FILLES
LA GLOIRE DU CERTIF

Dans la collection « Ailleurs et Demain »

LE TEMPS INCERTAIN
LES SINGES DU TEMPS
SOLEIL CHAUD POISSON DES PROFONDEURS
UTOPIES 75
(en collaboration avec Ph. Curval,
Ch. Renard et J.-P. Andrevon)
LE TERRITOIRE HUMAIN
LES YEUX GÉANTS
L'ORBE ET LA ROUE
LE JEU DU MONDE

Dans la collection « L'âge des étoiles »

LE SABLIER VERT
LE MONDE DU LIGNUS

Aux éditions Seghers

LES GENS DU MONT PILAT
(coll. « Mémoire vive »)

MICHEL
JEURY

La vallée de la soie

ROMAN

ROBERT LAFFONT

ISBN 2-221-08627-9

À Nicole

Au moment où ce siècle de triomphante industrie et de folie humaine va plier bagage, une hâte presque superstitieuse me prend soudain.

Je n'aurai sans doute pas le temps de finir le récit de ma vie avant que sonne l'an 1900. Tant pis, le XXe siècle ne s'ouvre qu'en 1901, m'a-t-on dit, ce qui me donne une pleine année.

Je me lance donc dans cette grande affaire, avec une plume d'acier qu'on n'a pas besoin d'aiguiser. J'ai toujours pensé qu'un travail commencé était à moitié fini : c'est ainsi que j'ai accompli, en bonne partie au moins, et à travers les pires vicissitudes, les espérances de ma jeunesse.

Me voilà prête pour étaler tous mes secrets, le cœur tranquille, d'autant que personne ne me lira de mon vivant. Après ma mort, mes petits-enfants choisiront : brûler mes cahiers ou tenter de déchiffrer l'âme de leur grand-mère !

1

Mon enfance au pays des vers à soie

Je suis née en 1826, troisième année du règne de Charles X, un roi bien détesté des huguenots. Mes parents habitaient le Mas-Haut, hameau de La Croix-aux-Vents, dans la commune des Trois-Vallées. Les crêtes moutonnaient haut contre le ciel, la cime nue de l'Aigoual fermait l'horizon.

L'Aigoual... Je l'ai tant aimé ! J'ai presque honte de le dire : autant que l'Éternel, mon Dieu, et peut-être plus que mon père et ma mère.

Virgile-Paul et Marie Jourdan étaient protestants, comme la grande majorité des gens, dans cette région des Cévennes. Si Marie avait un garçon, on le nommerait Avenant, en l'honneur de qui, je ne l'ai jamais su. Une fille, ce serait Alexandrine, prénom d'une lointaine aïeule qui avait marqué la mémoire des Jourdan.

Ce fut bel et bien moi.

En cette fin du mois de mai, la saison d'« éducation », c'est-à-dire d'élevage des vers à soie, était déjà fort avancée. J'aurais pu venir au monde à un meilleur moment. On riait de Virgile-Paul.

– Hé, le Paul, tu sais pas compter sur tes doigts ?

Virgile-Paul riait avec les rieurs.

– Au moins, à la saison du ver, je suis sûr d'être chez moi pour assister à la naissance de ma fille !

En ce temps-là, entre mai et juin, le pays entier vivait dans la fièvre du ver à soie. Quasiment toutes les autres activités s'arrêtaient. Alors, mon père suspendait son travail de muletier et rentrait au mas pour cueillir la feuille.

C'était un homme de belle humeur, comme on disait, simple et bon. Je le revois avec les yeux de la tendresse. Jusqu'à six ans, je le trouvais grand, beau, fort et doux à la fois. Jeune fille, je suis devenue aussi grande que lui, ce qui m'a valu bien des avanies. Je me suis aperçue qu'il était seulement de taille moyenne, et maigre, nerveux, avec une longue figure osseuse, la pomme d'Adam saillante, des yeux brillants, qui bougeaient tout le temps. Une mèche brune, un peu grisonnante, tombait sur son front. Il avait le rire facile et levait les bras au ciel pour un rien.

En vieillissant, j'ai hérité de cette manie.

À ma naissance, il était âgé de trente-sept ans ; mon frère Paul avait quatre ans. Après Paul, ma mère avait eu deux enfants morts en bas âge : une fille à la naissance et un garçon à trois mois. Cette fois, les voisines disaient :

– *Aquelo fenno es mai roundo que pounchudo, ouro uno drouleto !* Cette femme a le ventre plus rond que pointu, elle aura une fille.

Mon père m'attendait, moi, son Alexandrine. Il me l'a raconté souvent quand je le suivais dans les sentiers de la montagne. Il rêvait déjà pour sa fille d'une vie meilleure que la sienne, grâce au progrès, à la République, à la liberté.

J'ai vécu tout cela et j'en ai tiré du profit et quelques joies.

Mon père rêvait beaucoup, les longs mois d'hiver, en menant sa maigre « couble », sa troupe de dix mulets, à travers les Cévennes. Il rêvait d'abord de l'Empereur qu'il avait servi, de 1812 à 1814... Napoléon mort à Sainte-Hélène, il y avait cinq ans de cela. Assassiné par les Anglais, avec la complicité du roi de France, disait-on ! Mon père serrait les poings quand il y songeait, en chemin, les yeux fixés sur le ciel ou au fond des ravins. Sire, la République et nos enfants vous vengeront !

En attendant, la petite Alexandrine apprendrait à lire, à écrire, à s'occuper des vers et à filer la soie... Instruite, habile de ses mains et fort jolie, elle épouserait plus tard le pasteur ou peut-être un « chapeau noir », un notable de la ville !

Il riait, en me contant ces bagatelles, d'un bon rire franc et joyeux.

« Que tu sois en bonne santé et surtout que tu tètes bien, voilà ce qui me souciait, plus que ton mariage ! »

Ma mère ressentit les douleurs un peu avant midi, alors qu'elle distribuait aux vers à soie leur deuxième repas de la journée. C'est peut-être pour cela que je les ai beaucoup aimées aussi, ces petites bêtes.

Léontine, ma grand-mère paternelle, la « grand », qui régentait la maison, les gens comme les vers, et qui voulait un autre petit-fils, décida que rien ne pressait encore.

– Mlle Ruth est commandée.

Mlle Ruth était la sage-femme protestante des Trois-Vallées, qui veillait sur la grossesse de ma mère. La grand ajouta, avec un haussement d'épaules :

– Elle viendra sitôt qu'on lui fera un signe. Elle ne risque pas d'être très prise en ce moment.

Durant les semaines d'éducation, les naissances mêmes étaient rares. Les gens calculaient, sans doute, du moins les protestants.

Le cri enfin. Tout bas et menu... comme un cri de fille. J'avais annoncé mon arrivée, assez timidement. Mon père prêta l'oreille, fit un pas vers la porte de la chambre. Il n'était pas trop sûr d'avoir entendu et interrogea ses amis du regard.

Eucharistes Dumas, ancien lui aussi de la Grande Armée, se tapa sur le ventre.

– Si tu cherches un parrain, mon brigadier, je suis là !

Nous vivions dans la « salle », la grande pièce du rez-de-chaussée, aux murs badigeonnés à la chaux, où deux fenêtres filtraient avec parcimonie les rayons du soleil, ménageant ici et là des recoins obscurs... Je dis « nous », quoique je fusse seulement sur le point d'arriver.

Et rien ne changerait dans les vingt prochaines années.

Les poutres qui barraient le plafond tenaient leur forme contournée et fléchie, du sciage à la main. Deux bancs étaient rangés sous une longue table en bois fruitier. Contre les murs, un coffre et un buffet. Ni le vent marin ni celui de la montagne n'étouffaient jamais la cheminée, au foyer profond, au tirage puissant. Sur la tablette en auvent trônait la bible familiale. Une lanterne à huile aux verres noircis était accrochée à un piton et une marmite pendait à la crémaillère, par-dessus le trépied posé sur la pierre du foyer. Le tisonnier et les pincettes s'appuyaient contre les chenets. Bientôt, je pourrais jouer, en cachette, avec ces objets mystérieux et merveilleux.

Un des recoins, au fond de la pièce, cachait l'escalier menant à un réduit presque secret, un galetas appuyé à la magnanerie, qui serait plus tard ma chambre. Un autre renfoncement masquait la porte d'une chambre plus grande : celle de mes parents, où un semblant d'alcôve recevrait mon berceau.

Le babil et le rire d'une petite fille ne seraient pas de trop pour égayer ces lieux austères.

La porte de la chambre s'ouvrit enfin. Malvina, la voisine qui assistait ma mère, pointa le doigt sur le nouveau père.

– Votre chemise, le Paul, tout de suite.

C'était donc une fille, on allait l'envelopper dans la chemise du père, avant de la poser dans sa berce. Pour un garçon, ç'aurait été la chemise de la mère, bien sûr.

En hâte, et fier, Virgile-Paul quitta sa veste, sa ceinture de flanelle, puis, non sans quelque précaution, la chemise propre, blanche, qu'il avait enfilée en prévision de l'événement, avant de courir chez la sage-femme. Les voisins riaient de sa maladresse.

– Ha, ha, une drôlette ! Tu es donc content ?

Quelquefois, à douze ou treize ans, je frottais le nez sur sa manche, et il me semblait retrouver l'odeur que j'avais respirée à ma naissance. Mais je ne me suis jamais vantée de cette folie !

Les hommes savaient tous que mon père souhaitait une fille. Le muletier ne faisait rien comme tout le monde, mais on ne lui en voulait pas. On l'aimait, on l'interpellait ici et là, au village, sur les chemins, en toute occasion : « Virgile-Paul ! Hé, Virgile-Paul ! » Son double prénom était un éclat de bonne humeur.

Le forgeron Eucharistes Dumas leva son verre.

– Virgile-Paul a une fille. L'Empereur ne la connaîtra pas, tant pis ! À la santé de la République !

J'ai toujours su gré à mon père de m'avoir espérée. Je suis sûre que sans ce désir je n'aurais jamais connu la vie ardente et libre qui fut la mienne.

Ma grand poussa la porte de la chambre et promena sur les hommes un regard chargé de blâme. Elle posa enfin les yeux sur mon père, comme pour lui reprocher en silence une faute.

– Oui, c'est une fille... *La Marie poudiè pas faïre mens !*

La Marie ne pouvait pas faire moins. Ma venue au monde fut ainsi saluée. Mon père leva une fois de plus les bras au ciel et prit le parti de rire. Il m'aimait déjà.

L'année 1830 vit la chute de Charles X, le roi très papiste. Cet événement semblait de bon augure pour les protestants. Ma mère avait le ventre en avant, et tout le monde prévoyait un gros *éfant* : un gars, bien sûr. Puis les jumelles étaient venues.

Des filles, encore, et deux d'un coup. Mes petites sœurs ne vécurent qu'un an, emportées en même temps par une angine couenneuse. Je me souviens à peine d'elles.

Je me revois à six ans, en 1832. J'allais trois jours par semaine à l'école du pasteur, où Mlle Sara, maîtresse de la petite classe, apprenait aux fillettes de six à huit ans la langue française, la lecture, et quelques rudiments d'écriture et d'arithmétique.

Le français, les enfants le connaissaient un peu par le Livre, c'est-à-dire la Bible, les psaumes que l'on disait à la maison, les cantiques que l'on chantait au temple... Presque tous savaient réciter la prière du soir et l'oraison du dimanche, qu'ils appelaient le Notre-Père. Dans la majorité des familles protestantes, une personne au moins lisait la Bible à haute voix.

Rares étaient les Cévenols incapables de répondre en français à l'étranger qui demandait son chemin. Mais les paysans et les petites gens des bourgs parlaient d'ordinaire un patois qui ressemblait au provençal.

Les petites filles savaient tout du ver à soie, le *magnan*, qui était la grande affaire des vallées. Les choses de tous les jours, on n'en parlait qu'en patois. La belle idée de Mlle Sara fut de nous redire en français ce que nous connaissions bien, déjà, en langue d'oc.

– Nous allons apprendre aujourd'hui les mots « papillon »,

« chenille », « ver ». Mais tous les vers ne sont pas des magnans. N'oublions pas les vers de viande, les vers de fumier...

Et Mlle Sara, jour après jour, racontait :

– Souvent, l'été, vous avez couru après de jolis papillons qui volent de fleur en fleur. Sont-ils difficiles à attraper ?

– Oui, oui, ils sont difficiles à attraper.

– Savez-vous que ces papillons ont été des chenilles ?

– Oui, comme le magnan.

– Le ver à soie devient aussi un gros papillon, ni joli ni léger. Il est d'un blanc sale et tout velu. Il ne sait pas voler ; il peut seulement battre de ses petites ailes maladroites. Les mères papillons meurent après avoir pondu leurs œufs, pareils à de toutes petites perles jaunes. Puis les œufs deviennent gris et presque noirs. On les conserve tout l'hiver dans des boîtes : on dit la « graine » en parlant des œufs. Au mois de mai, on met la graine à couver dans un petit sac, appelé nouet, que les femmes portent sur elles le jour et gardent sous leurs couvertures la nuit. Au bout d'une quinzaine de jours environ, les graines éclosent. Les magnans sont très voraces. Il faut cueillir de plus en plus de feuilles pour les nourrir. Quand ils ont grossi, on les porte à la magnanerie... Leur appétit se calme-t-il quelquefois ?

– Je sais, mademoiselle, répondit une petite fille. Leur appétit se calme à la « première », à la « seconde »...

– Rappelons-nous aussi le mot « mue ». Pendant les quatre à cinq semaines que dure leur existence, ils changent quatre fois de costume, c'est-à-dire de peau.

Mlle Sara était une femme d'une trentaine d'années, douce, ronde, blonde, les cheveux frisés et les yeux bleus. Nous étions une quarantaine de filles réunies autour d'elle, par bancs de six ; quelques-unes avaient une planchette pour écrire sur les genoux.

Aucune élève n'était plus attentive que moi.

Mlle Sara m'avait tout de suite remarquée. Je savais que le pasteur lui avait parlé de moi, je me rengorgeais. J'avais bonne mémoire, je pouvais réciter déjà quelques versets des psaumes.

Et puis j'étais grande pour mon âge, mince, avec de longs yeux noirs ou bleu sombre.

Souvent, notre institutrice me regardait, à mon banc, près d'une fenêtre. Et il me semblait qu'elle ne parlait que pour moi, qu'elle cherchait pour moi les mots les plus jolis, trouvait pour moi, dans son cœur, une émotion qui lui rosissait les joues.

Au mot « soie », mes lèvres frémissaient. Je sentais la poésie de cette aventure, commencée dans la nuit des temps, à l'autre bout du monde, dans la Chine lointaine : l'aventure qui allait d'un vilain papillon aux atours des reines. Je lisais dans les yeux de Mlle Sara une fièvre pareille à la mienne et j'aurais voulu faire partager aux autres enfants mon émoi et mon ravissement.

Mlle Sara répétait chaque jour le récit qu'elle avait composé de la vie et de la mort du ver. Elle l'écrivait sur le tableau noir tout neuf que les messieurs Favière, maîtres de fabrique, avaient offert à la paroisse. Les élèves avancées, qui apprenaient en même temps lecture et écriture, copiaient sur leur planchette : *Les vers à soie mâchent les feuilles de mûrier.*

J'avais sept ans quand j'ai volé cinq cocons à ma grand-mère.

C'était au « décoconnage ». À un certain moment, ma grand appela les hommes et les femmes dans la salle pour leur servir le vin de noix du pays. Je remarquai alors qu'elle avait oublié son précieux panier de cocons à « graines » !

Il était là, au bord de la murette, entre l'ombre et la lumière, si tentant. Je ne savais pas compter plus loin que dix, mais je vis qu'il y avait beaucoup, beaucoup de cocons dans la provision. Je tremblais de tout mon corps.

Je m'agenouillai près du panier. Ma main, toute seule, se posa sur les cocons. Qu'ils étaient doux !

Une minute plus tard, je dévalai l'escalier et trottai le long d'un traversier. Je posai mes sabots sous une touffe d'herbe. Je me sentais des ailes aux talons, j'allais, je volais.

J'avais pris cinq cocons en tout. Je pouvais les compter : trois dans ma poche, deux dans ma main. Trois plus deux. Un petit, qui devait être un mâle, et quatre plus gros, sans doute des femelles, du moins c'est ce que disait la grand.

De quoi faire mon grainage à moi. Je voyais déjà les papillons bourrus percer les cocons, se secouer, sortir leurs antennes, battre des ailes lourdement... « Ils sont si vilains ! » disait Juliette, mon amie. Pour moi, c'étaient les plus beaux papillons du monde.

Cinq cocons. Un tout petit grainage, mais j'étais sûre d'avoir de jolies graines. Quelle fierté ce serait de les rapporter à la grand ! Il me fallait trouver un endroit. Je m'enfuis en courant.

Je ne sentais pas les piqûres des herbes sèches sous la plante de mes pieds, ni les griffures des ronces à mes chevilles.

Le soleil, au milieu du ciel, miroitait sur les falaises de l'Aigoual, se répandait dans l'air en mille éclats, puis venait se noyer dans le vert tendre des châtaigniers. L'été cévenol brûlait les pentes couvertes de mûriers nus, qu'on aurait cru dévastés par un fléau de la Bible. Mais la plupart bourgeonnaient de nouveau, préparant la toison d'or de l'automne.

Tout au fond des vallées, la lumière de midi couvrait de reflets dansants le flot presque tari des trois rivières.

Je courus le long des traversiers, grimpai les escaliers qui chevauchaient les murs de pierres, sautai comme je pus le « béal », le petit canal qui amenait l'eau à la maison et aux terres.

Les cigales rythmaient ma course de leur crissement fiévreux. J'avais perdu la tête. Je montai en haletant. La sueur me coulait sur les yeux. Une douleur pointue me lardait les côtes. Je pressai mon flanc de ma main libre.

Je pris un sentier entre les mûriers et les châtaigniers. Je suais et soufflais. Je m'essuyai la figure avec l'ourlet de ma robe. Ma chemise collait à ma peau. Je sentais les cocons se gluer dans ma main mouillée. J'allais sûrement les abîmer avec ma sueur ?

Je m'aperçus que j'avais oublié mon chapeau. Je lançai à haute voix, comme pour appeler une bête :

– *Moun capel ! Moun capel !*

Puis je m'arrêtai un moment pour me reposer. Une voix répondit, derrière moi :

– *Aqui, aqui !* Voilà, voilà !

C'était Élie Chabal, l'aîné de Moïse et Malvina, du mas des Bruyères ! Un drôle de huit ans, petit pour son âge, vif comme une chèvre. Il avait le cou trop long, portant un visage trop rond. Mais la bonté de son regard rachetait sa piètre tournure.

Il brandit mon chapeau de paille d'un geste joyeux. Je me retournai et cachai derrière mon dos ma main qui tenait les cocons. Élie reprit sa respiration et m'expliqua en patois :

– Je t'ai vue prendre les cocons. Je t'ai vue partir. J'ai vu que tu oubliais ton chapeau. Tu me prêtes un cocon ?

Je reculai, je ne voulais pas partager mon trésor. Élie me donna mon chapeau, que je mis sur ma tête. Il accrocha les pouces à la ceinture de son pantalon, comme un homme.

– Tu veux avoir des papillons ?

Mon regard et ma mine parlaient pour moi.

– Tu cherches un endroit pour les faire pondre ?

Élie tendit le bras vers la montagne.

– Tout en haut du « serre », je connais un endroit...

Je suivis son geste et observai les crêtes hérissées, les serres, qui bouchaient la vue des trois côtés du monde. Il y avait plus d'un serre entre le Liron et l'Aigoual. « Où ? » Élie leva la main, comme pour montrer le plafond du ciel.

La fatigue me coupait les jambes. Les larmes me vinrent aux yeux. Je tordis le cou pour voir plus haut. Je cherchai désespérément cet endroit secret.

– Là, tout en haut, dit Élie. *Sé aï mènti, crous de palio !*

Si je mens, croix de paille... Tout en haut ? Je baissai les yeux sur mes pauvres cocons et résistai de toutes mes forces à l'envie de pleurer. Jamais je n'aurais la force de monter là-haut.

Élie s'approcha gentiment et me prit la main. De nouveau, je cachai mes cocons derrière mon dos.

– C'est un joli endroit, dit Élie, mais c'est très haut.

Je regardai mes pieds nus, blessés et saignants. J'avalai ma salive. J'avais soif, j'avais honte.

– Je peux pas y monter.

– Moi, je suis grand, mais je suis même pas sûr que je pourrais monter là-haut avant ce soir.

Je laissai mes larmes couler. Je m'abandonnai à la protection du garçon. Je lui montrai les cocons dans ma main.

– Je sais pas où les mettre.

Il me prit le bras, me tira vers une grosse pierre.

– Assieds-toi pour te reposer.

– J'ai aussi trois cocons dans ma poche.

– Je sais. Je t'ai vue les prendre.

Je retenais mes sanglots, mais je les sentais monter.

– Ça m'est égal. Je vais les jeter, puisque je peux pas aller à l'endroit pour les faire éclore !

Élie tendit sa paume ouverte.

– Prête-m'en un pour toucher.

Je cédai en détournant les yeux. Élie fit rouler le cocon dans sa main, le caressa avec le bout d'un doigt calleux et sale.

– C'est joli. *Lou pouli fousèl !* Le joli cocon !

Je reniflai, un hoquet me secoua la poitrine.

– Je veux... pas... les... jeter.

Élie porta le cocon à sa bouche, mima un baiser.

– C'est un gros. Y a une femelle papillon dedans, pas vrai ?

J'approuvai en hoquetant. Élie palpa le cocon, le pressa légèrement, le fit rouler au bout de ses doigts.

– *Doun, din, dalo !* Et dedans le papillon, y a déjà la graine.

Élie me fixa avec un sourire édenté, puis chantonna en patois :

– Et dedans la graine, y a déjà le petit ver. Tu veux pas tuer les petits vers, dis ?

– Oh non !

Non, je ne voulais pas tuer les petits vers dans le ventre de la mère papillon. Ç'eût été le plus grand péché du monde. Je croisai le regard d'Élie et baissai les yeux.

– Je vais les rendre à ma grand. Tant pis si je suis punie.

Je revins prendre ma place au décoconnage. Personne ne s'était aperçu de mon absence.

Pour ce travail, la famille Jourdan se rassemblait au milieu de la galerie : une terrasse de pierre, bordée d'une murette, donnant sur les pièces d'habitation. Sous la terrasse se trouvait l'entrée des étables, de la bergerie, de l'écurie des mulets, des remises.

Une échelle conduisait à la magnanerie, une pièce sous le toit, où on élevait les vers. Elle contenait deux montants qui portaient chacun cinq tables d'éducation superposées, la plus haute frôlant le plafond. Les rameaux de bruyère secs disposés en arc sur les tables formaient des sortes de tunnels, les « cabanes », chargées de milliers et de milliers de petits pelotons blancs ou jaunes, les cocons, qui pendaient aux branchettes.

On les contemplait, on les admirait, on les touchait. Chacun songeait en secret : « Merci, Seigneur, Vous ne nous deviez pas moins... » Quelle émotion !

Commençait alors la cueillette.

Le rôle des hommes était de vider les tables et d'apporter aux femmes les bruyères chargées. Quelle récréation, quelle fête ! Que d'histoires à raconter, pendant que les doigts allaient tout seuls, extirpant les cocons collés aux rameaux !

Tout le voisinage était invité à la fête du *descoucounadjé*, la parenté et les amis. Le travail n'était pas assez fatigant pour gâcher la joie qu'on avait de tenir au creux de la paume les cocons dodus et de voir monter dans les corbeilles le tas blanc et jaune de la récolte. Alors, on échangeait des sornettes ou de sages sentences en patois, aussi bien que des réflexions sur la vie, sur les événements du pays et du monde.

Mon père était là, en attendant de conduire ses mulets sur les chemins de la plaine ou les sentiers de la montagne. Il riait très fort avec ses compagnons préférés. Tous se donnaient de grandes tapes dans le dos ou des bourrades dans les côtes.

Ils se gaussaient maintenant de la duchesse de Berry, qui avait entamé une équipée ridicule pour soulever les royalistes.

– À propos de soulever, cette belle dame ferait mieux de tenir ses jupons baissés ! Ha, ha, ha !

Puis ils devenaient graves pour parler d'émeutes, du conseil de guerre. Les choses allaient mal à Paris, qui se trouvait pour ainsi dire en état de siège.

– Ça ne va pas si mal, dit Gédéon, tant qu'on a notre M. Guizot au pouvoir.

François Guizot, protestant de Nîmes, avait la pleine confiance des Cévenols. Mais il était bien seul depuis la mort de Casimir Perier, emporté par le choléra...

Chaque femme, chaque petite fille tenait son rameau de bruyère sur ses genoux, arrachait délicatement les cocons un à un et les jetait dans un panier. Au fur et à mesure, on mettait de côté les cocons doubles, les gâtés, les faibles, que le ver mort à la tâche n'avait pu filer jusqu'au bout. On commençait à calculer en sourdine, puis à haute voix.

– Vous allez faire soixante livres l'once, Léontine !

La grand haussait les épaules et cachait un sourire. À voix basse, rendue timide par la fierté, elle corrigeait les chiffres.

– Peut-être cinquante, peut-être soixante...

– Vous êtes la reine des magnanières. On ne vous remplacera pas !

Déjà, les hommes nouaient par les quatre coins le *bourrin* plein de cocons, pour le rentrer à l'abri. Le ballot serait livré à la filerie. Mais la grand mettait toujours à part un panier de cocons pour son grainage. De beaux cocons choisis, des gros et des plus petits...

C'est là que j'avais puisé. C'est là que je remis, discrètement, les cinq cocons volés. Personne, à part Élie, ne sut rien de mon larcin.

2

Mes douze ans dans la montagne

Mon père menait ses mulets dans les rudes sentiers de la montagne, autour de l'Aigoual, vers le Causse, la Vallée Borgne. Il rentrait par Alais, Anduze, Saint-Hippolyte-du-Fort et Ganges, après un long détour et une escale dans les auberges et guinguettes qu'il rencontrait sur son chemin.

Hors la saison d'éducation, j'appréciais plus que tout les randonnées dans la montagne en sa compagnie. Certes, je ne l'accompagnais pas pour ses grandes tournées de soixante, soixante-dix lieues et plus. Je n'allais jamais au-delà de Meyrueis, sur le Causse, de Saint-André et du Pompidou, en Lozère. Mais mon père ne se pressait pas, il avait toujours mille choses à montrer, cent amis à voir, de potron-minet à la brune. Il disait souvent : *Anèn plan é rèncountrarèn mai dé géns.* Allons doucement et nous rencontrerons beaucoup de gens.

Il avait aussi beaucoup d'histoires à raconter : ses aventures de muletier et plus encore ses campagnes sous le Petit Caporal... Tout en marchant, il récitait les noms des maréchaux comme la grand ceux des prophètes de l'Ancien Testament. Il comptait sur ses doigts pour n'oublier aucun nom.

– Même Grouchy... Campagne de l'Ouest, campagne d'Italie. Quinze fois blessé. Campagne d'Autriche, de Prusse, de Pologne. Blessé à Eylau. Campagne de Russie. Blessé à la Moskova... Je pense que ce n'est pas de sa faute s'il est arrivé trop tard à Waterloo. C'est le Seigneur qui l'a voulu.

Il avait fait faire pour moi des souliers de cuir ferrés,

comme les siens. Je me sentais plus forte, plus assurée. Quelle chance avaient les hommes !

– Te voilà presque muletière, ma fille. Il te manque le bonnet et la ceinture !

Il riait, les pouces passés à sa ceinture de laine rouge, qui était pour ainsi dire l'insigne des muletiers. La musique des grelots rythmait la marche. Chaque mulet avait sa place dans la couble, petite ou grande. Mameluk, le *viégi*, le chef de file, marchait en tête en secouant son pompon rouge. Il connaissait tous les chemins sur le bout de son sabot.

Quand on remontait de Saint-André, le sentier serpentait au flanc d'une montagne plantée de châtaigniers. Les mulets tâtaient le sol de leurs sabots pour éviter les racines qui couraient à la surface, les rochers qui affleuraient, les pierres qui roulaient. Leurs précautions m'agaçaient bien vite. Alors, je courais devant la couble. Dès que je voyais un rocher dominant le terrain, je l'escaladais et, les mains en visière sur les yeux, je cherchais du regard les moutons et les pâtres qui hantaient ces solitudes. Au-dessous de moi, des houles d'ombre et de lumière tranchaient le flot des vallées. Au-dessus, l'Aigoual se dressait, planté comme un coin dans l'épaisseur du ciel et couronné d'une crête chauve.

À mesure qu'on approchait du col, mon cœur battait plus fort. La montée me mettait du vif-argent dans la tête. Le sentier devenait plus étroit, plus pierreux, plus glissant, même quand le terrain était sec. Taillé dans le roc, il longeait un précipice. Les bêtes avaient à peine la place de poser leurs quatre sabots. Mon père rabattait leurs « lunes », les œillères de cuivre qui leur cachaient la vue.

Je prenais de l'avance à cet endroit, dépassant Mameluk de cinquante ou cent pas. Je n'avais pas le vertige. J'aimais jouer avec le vide, frôler plus que nécessaire le bord du sentier et même m'en écarter, dès que je pouvais trouver un bout de roc pour me camper et dominer le monde. Mon père m'applaudissait.

– Toi, tu es une vraie montagnarde.

Un jour, au soleil couchant, je me laissai attirer par un morceau de corniche, un départ de sente quittant le sentier principal pour piquer droit vers la vallée. Tout au fond, deux ou trois cents mètres plus bas, l'eau d'un ruisseau miroitait par moments en bondissant sur les pierres. La vue était superbe. Je ne pus m'empêcher de crier :

– Oh ! là, là ! que c'est beau. Et quel raccourci !

Un raccourci ? C'était à se demander si la plus folle chèvre des Cévennes s'était jamais risquée là.

Je m'arrachai à la contemplation et me retournai.

Mameluk s'était arrêté, quelques pas en avant, pour je ne sais quelle raison. Je tâtai le vide du pied gauche. Je ne pouvais pas remonter sur le sentier tant que les mulets n'avançaient pas.

Les mulets repartirent, suivant le viégi. Une courroie les liait les uns aux autres. Je tendis la main droite pour chercher une prise sur le roc. Un sabot frôla mes doigts. Mon père m'appela.

– Alexandrine, es-tu bien ?

– Oui, oui, je suis bien.

La tête me tournait un peu. J'aurais pu remonter au sentier, mais ma jupe m'entravait, et je ne pouvais pas la tenir relevée, car j'avais besoin de mes deux mains pour m'accrocher.

La peur, que je n'avais encore jamais connue, me vint d'un coup et me faucha les jambes.

– Père !

Mon père rejeta son chapeau qui le gênait, enroula autour de son poignet gauche la lanière de son fouet, pour me lancer le manche. Mais il était encore trop loin.

– Je viens !

Les mulets montaient lentement, posant un pied l'un après l'autre, sans jamais faire un faux pas. Mon père se tenait derrière Ulysse, un peu sur sa gauche. Mais il n'avait pas la place de passer, ni du côté du vide ni du côté du rocher. Pour devancer l'âne, il lui fallait l'arrêter et se tenir au bât.

– Alexandrine !

Je tordis le cou pour suivre ses mouvements. Un de mes genoux trembla, l'autre tint bon. « Père... » J'avais honte d'appeler au secours. Je sentis mes forces me quitter. Mon père fit un geste vers le gros mulet, au milieu de la couble.

– Accroche-toi à la « fandalière » de César quand il arrivera à ta hauteur. C'est le plus fort de tous. Laisse-toi tirer.

César était fort et calme, mais il avait vieilli. Mon père disait qu'il le remplacerait dès qu'il aurait assez d'argent.

– Si tu manques la fandalière, attrape la sous-ventrière...

Je fermai les yeux une demi-seconde. Quand je les rouvris, César passait devant moi à pas de tortue. Je me lâchai des deux mains et me retournai. Ma peau se glaça. J'agrippai la fandalière de la main gauche et la sous-ventrière de la droite. César se raidit et me tira.

J'essayai de ramener mes pieds par-dessus le rebord. J'étais empêtrée dans ma jupe. Devant, Mameluk sentit la secousse par la courroie qui l'attachait à la couble. Il s'arrêta.

J'étais couchée le long du vide. J'avais la tête entre les pattes du mulet et les jambes pendantes. J'entendais les instructions de mon père comme au fond du sommeil.

– N'essaie pas de te relever tout de suite. Accroche-toi à la courroie de la sous-ventrière. La main droite d'abord... Maintenant, ramène tes jambes, l'une après l'autre.

Facile à faire, quand on porte le pantalon. J'entendis l'étoffe de ma robe craquer, gare, la grand ! Mes genoux frottèrent le bord tranchant du roc, je ne sentais pas la douleur.

La voix de mon père se rapprocha. Non, c'est que le sang bourdonnait moins fort dans ma tête.

– Maintenant, tiens-toi bien de la main droite et essaie d'attraper le bridel de la main gauche. Ne touche pas le mors...

Le bridel était une pièce de cuir qui enserrait la tête du mulet.

– Je le tiens.

– Bon. La main droite au bât. Lève-toi. Bien !

Je m'échappai enfin. Mon père se mit à fredonner sa chanson préférée : *Le conscrit du Languedô.*

Je suis un pauvre conscrit / De l'an mil huit cent dix.
Faut quitter le Languedô, / Le Languedô, le Languedô.
Faut quitter le Languedô, / Avec le sac sur le dos.

Un moment plus tard, j'étais au sommet du Mal-Pas, avec le monde entier à mes pieds. Sauf l'Aigoual, bien sûr, qui avait avalé le soleil et commençait à manger le ciel.

Le col passé, le sentier s'élargit. Mais le roc était toujours nu. Je dévalai gaiement. J'entendais derrière moi sonner les fers des mulets, qui pressaient le pas. Je me retournai.

Dans la lumière voilée du soir, de petites étincelles jaillissaient sous leurs sabots

3

Mes treize ans au Mas-Haut

Je vivais heureuse au Mas-Haut. Le hameau de La Croix-aux-Vents était planté sur le flanc d'une large côte, tout entière taillée de terrasses ou « traversiers », où le vent frisait d'argent le feuillage des mûriers. Le Mas-Haut était une maison à deux étages, aux nombreux pans de toit, chevauchant trois ou quatre traversiers, ceinturée d'escaliers étroits et refermée sur une cour intérieure.

Élie Chabal, du mas des Bruyères, mon ami Élie, n'avait d'yeux que pour moi. Il trouvait toujours une bonne occasion pour descendre chez mes parents. Au sentiment des voisins, il m'était un peu promis. Ses camarades le moquaient en chantant :

– Voilà le *noví* de la Jourdanette !

Voilà le fiancé de la fille Jourdan. Je ne voulais pas de lui. Je ne voulais d'aucun promis. Beaucoup de filles de mon âge commençaient à gagner leur trousseau à la fabrique. Moi, je rêvais de la soie, non pas pour mon trousseau, mais parce qu'elle était jolie à voir, douce à caresser, et qu'elle se changeait, par le miracle du tissage, en la plus belle étoffe du monde.

J'étais trop jeune encore pour songer vraiment aux garçons. Mais je me voyais bien épouser, le temps venu, le propriétaire d'une magnanerie de vingt onces ou le patron d'une filature de cinquante bassines... comme celle des Favière, les plus riches bourgeois des Trois-Vallées, « nos messieurs ».

En attendant, je rêvais depuis des années d'aller à la « filerie ». Dans toutes les fabriques du pays, des petites de dix ou onze ans tenaient leur « bassine » d'eau bouillante et tiraient les fils de soie.

Mais la grand préférait me garder sous sa coupe. L'idée de me voir mêlée aux filles des fabriques la rendait folle. Les grandes avaient des fiancés. Beaucoup étaient catholiques, elles ne pouvaient être aux yeux de Léontine Jourdan que des dévergondées, des drôlesses, des pécheresses...

Depuis cinquante ans, liard par liard, notre grand faisait sa pelote. Elle parlait souvent de sa poire pour la soif. « Qui n'a pas de poire pour la soif meurt la bouche ouverte ! » Alors, j'essayais de toucher la corde sensible.

– Envoyez-moi à la filerie, grand, je vous rapporterai tout mon argent pour votre poire !

– *Ah o !*

– Vous acceptez ?

– Pour rien au monde. Tu me scies le dos !

– Si je vais à la fabrique, je vous apporterai un franc par jour.

– Rien n'est dit !

Rien n'était dit, mais la grand balançait, se tâtait, songeait. Elle était maintenant dans ses soixante-huit ans. Plus noueuse qu'un vieux mûrier, elle avait le cuir tanné, les cheveux blancs, mais les jambes vives et les mains toujours habiles.

Elle pensait que toute la sagesse du monde et toutes les clés de la vie étaient contenues dans les Psaumes et les Proverbes de la Bible.

– Les Psaumes, disait-elle, nous offrent des remèdes contre toutes les tentations et contre toutes les agitations de l'esprit.

Mon père, quand il était présent, l'approuvait très haut.

– Ça, c'est vrai. Vous avez raison, mère, comme toujours.

Mais elle se doutait bien qu'il n'en croyait pas un mot. « Les paroles de sa bouche sont plus douces que le beurre, mais la guerre est dans son cœur ! »

Elle savait juste lire les gros titres de *L'Écho des Cévennes* et les noms des prophètes dans la Bible, et pourtant elle connaissait par cœur tant de psaumes. Je m'étonnai devant elle :

– Grand, comment vous rappelez-vous tous les psaumes ?

Elle secouait la tête sans répondre.

Pour moi, l'alphabet su, j'avais appris la lecture dans la Genèse et les Proverbes. Je posais toujours des questions exaspérantes, parfois presque sacrilèges. Si j'avais été un garçon, mon état eût été tout trouvé. J'aurais été pasteur !

Ma grand gouvernait le ménage, tenait la bourse commune, menait l'éducation des vers et s'occupait, à temps perdu, de mon instruction religieuse.

Ma mère se résignait avec courage aux basses besognes. Elle pinçait sa bouche charnue aux coins toujours abaissés. On aurait dit qu'elle retenait une réflexion insolente. De temps en temps, comme malgré elle, un sourire plissait son nez et venait égayer ses traits figés par la mélancolie.

Elle savait un peu lire. Par exemple :

La vie de Sara fut de cent vingt-sept ans. Telles furent les années de la vie de Sara... Ou encore : *L'Éternel dit à Moïse : Voici, je ferai pleuvoir pour vous du pain depuis le haut des cieux...*

Ces versets, elle les reconnaissait en jetant les yeux sur la page. Mais la grand, par pure malice, ouvrait le Livre n'importe où et commandait à sa belle-fille :

– Lisez-moi là, Marie, pas trop doucement.

Ma pauvre mère ne pouvait qu'ânonner les syllabes. Encore heureux qu'elle sût par cœur les noms des prophètes : Jérémie, Daniel, Osée, Zacharie, Jonas... Mais elle se rebiffait en jurant qu'elle n'avait pas la vue claire, pour l'heure.

– Priez Alexandrine de vous lire. Elle a toujours la tête à la lecture, cette drôlette !

Mon père partait avec ses mulets. Mon frère Paul se louait une partie de l'année dans les fermes de la plaine. Ma mère, ma grand et moi travaillions quelques arpents de terrasses autour de notre mas. Ma mère allait sur ses quarante ans, ma grand sur ses septante. Mon frère avait dix-sept ans. J'étais grande et forte pour mes treize ans, mais je n'aimais guère le travail de la terre, sauf ce qui touchait aux mûriers et aux vers.

Ce temps-là était pour les Cévennes celui de la prospérité, grâce à l'arbre d'or, le mûrier, qui nourrissait le ver qui faisait la soie.

En plus des mulets, vieux et fatigués, à une exception près, nous avions une demi-douzaine de moutons, quatre chèvres, quelques volailles. Nous engraissions deux cochons : un pour manger, un pour vendre. Châtaigniers, céréales, légumes, fruits assuraient le reste de notre modeste subsistance.

La soie était, bien sûr, la première source d'argent de la famille, loin devant les gains de mon père. Ma grand disait :

– On a bien plus d'argent qu'il n'en faut à une famille de bons chrétiens !

Et moi, je songeais : « Si seulement elle me laissait travailler deux ou trois mois par an à la filerie des messieurs Favière. Bientôt, je serai trop vieille pour faire mon apprentissage ! »

4
Juliette et M. Charles

J'allais avoir quatorze ans, mais la grand me traitait toujours comme une petite fille.

Par chance, il y avait nos voisins, les Pieyre, du Grand-Mas. Louis Pieyre était le *baile*, le régisseur du mas. Margot Pieyre s'occupait de la magnanerie et avait reconnu depuis longtemps mon tour de main pour l'éducation.

Leur fille Juliette avait mon âge. C'était ma seule amie.

Le meilleur moment pour m'échapper et dévaler au Grand-Mas, c'était le soir, entre chien et loup, ou bien le matin, dès le *potron jacquet*. Je menais paître les moutons et les chèvres au lever du jour. Mon Artus, berger à poil frisé et courte queue, était assez finaud pour garder les bêtes tout seul un moment.

Par beau temps, je me mettais pieds nus pour être plus légère. Il me fallait à peine un quart d'heure pour descendre au Grand-Mas, en soulevant un peu mes jupons.

Le sentier de la vallée se lovait de pli en pli sur un versant inondé de lumière. À deux kilomètres au-dessous de La Croix et à deux kilomètres au-dessus des Trois-Vallées, dominant le bourg et les rivières, une demi-douzaine de bâtiments se serraient les uns contre les autres au bord du chemin. Un fier mas de trois étages, perché sur un empilement de terrasses, avait l'air de surveiller les maisons en contrebas, comme un berger son troupeau endormi. Un chêne trapu géant couvrait de ses ombrages une très belle source, d'où partait le béal, le plus large du pays. Le hameau tout entier appartenait à la famille Favière. Mme Adrienne Favière habitait le Grand-Mas, avec les Pieyre.

Juliette avait mon âge. Depuis deux saisons, elle travaillait à la filature. Sa mère aurait préféré qu'elle reste au mas, où la tâche ne manquait pas. Mais Juliette trouvait la fabrique bien plus gaie que le mas. Elle me racontait la vie des fileuses. Elle me parlait de Thirza Tabusse, une veuve qui jetait son bonnet par-dessus les moulins. Et surtout du nouveau contremaître, Charles Rabanel, un tout jeune homme, qui venait de Nîmes, où il avait travaillé dans plusieurs fabriques, et se vantait de posséder mieux que personne l'art de la soie. Mais il avait aussi la réputation d'un rinceur de gobelets et d'un dénicheur de fauvettes... Juliette me répétait ces mots, pour les avoir entendus des messieurs ; j'en devinais le sens.

Charles était aussi brutal et fort en gueule. Les paysans disaient : « C'est un endormeur de mulots. » Les ouvrières le craignaient, mais quelques-unes lui faisaient pourtant les yeux doux.

Juliette aimait travailler à la filerie, elle se fichait du contremaître.

– Vé, j'ai pas bien peur que M. Charles me mange...

Plus bas, une moue sur les lèvres et un éclair dans les yeux :

– C'est peut-être moi qui le mangerai !

Pendant la saison d'ouverture des fabriques, de l'été à l'automne, je ne pouvais voir Juliette que le dimanche. Ce jour-là, elle dormait la grasse matinée. Je laissais mes bêtes aux champs, je la rejoignais dans sa chambre, qui était deux fois plus grande que la mienne, avec de vrais meubles, un grand lit et même des rideaux à la fenêtre, car Juliette était la fille du *baile.*

Je la réveillais très doucement, nous nous tenions la main une seconde ; je m'asseyais au bord du lit, nous nous racontions les jours de la semaine.

On aurait peut-être ri, à nous voir ensemble, tant nous étions différentes. Elle était ronde et blonde, moi mince et brune. Elle avait des yeux bleus, toujours grands ouverts. Les miens étaient noirs, je les cachais sous mes cils baissés. Elle avait une peau pâle qui rosissait pour un rien. Mon teint était mat et ma peau hâlée. Sa mère l'habillait de clair ; ma mère et ma grand me taillaient des robes et des camisoles sombres.

Un matin, elle me serra le poignet à me blanchir les os.

– J'ai quatorze sous par jour ! Et bientôt, je passerai à quinze sous !

Elle bâilla, ferma les yeux, fit mine de se rendormir. Puis, à voix basse :

– Quand même, la fabrique, c'est pire que je croyais. Oh ! pas pour moi, mais pour les petites...

J'avais le cœur un peu serré, je demandai, tout aussi bas :

– Alors, M. Charles est vraiment très méchant ?

Juliette se dressa sur un coude, les cheveux dans la figure, une lumière moqueuse dans les yeux.

– *Coumo un asé roujé !* Comme un âne rouge. Toujours à inventer des moqueries, des punitions... Si tu n'as pas le nez droit, tu t'entends appeler *mouré dé reinar*, museau de renard, à tout bout de temps. Les petites, pour les endurcir, il les fait mettre à genoux sur le pavé tout mouillé ou tremper les mains dans l'eau bouillante. La surveillante a peur de lui, il la traite même plus mal qu'une ouvrière.

– C'est donc un homme mauvais !

– Oh, il n'est pas si mauvais, mais il est très coléreux. Il se fâche pour la plus petite faute. Moi, je lui *fais tête.* Viens travailler chez Favière, ma Xarine. Je te protégerai.

Xarine était un diminutif qu'elle avait inventé, que je n'aimais guère et que mes parents détestaient.

– Tu pourrais me protéger de M. Charles ?

Elle me lança une œillade très appuyée.

– Je te le jure. Après tout, c'est mon cousin !

Je souris au mot « cousin ». J'imaginais que c'était une façon de parler, comme on dit : le roi n'est pas son cousin. Plus tard, j'y repensai. Et si Charles était vraiment le cousin de Juliette, par le fait d'un lien secret ? Et je me dis : « Moi, je ne suis pas sa cousine. Tant pis. S'il faut, je me mettrai à genoux sur le pavé et je tremperai les mains dans l'eau bouillante ! »

Mais quand donc ma grand me laisserait-elle aller à la fabrique ?

Un dimanche matin, au début d'avril, j'arrivai comme d'habitude au Grand-Mas, tout essoufflée d'avoir couru. Le soleil s'etait déjà levé au-dessus du mont Liron.

Je ne croisai personne devant le mas, ni dans la vaste entrée voûtée qui distribuait escaliers et couloirs. Je montai à la chambre de Juliette sur la pointe des pieds. Elle parlait à quelqu'un. On aurait dit une voix d'homme. Je retins ma respiration. Elle m'avait entendue arriver, elle m'appela.

– C'est toi, Xarine ? Entre vite.

Je poussai la porte et me trouvai devant un inconnu en habits du dimanche qui me toisa comme si j'étais une mendiante. Juliette repoussa les draps et se montra en chemise de nuit.

– Alexandrine, tu connais M. Charles ?

M. Charles ! Le jeune homme me salua d'un signe de tête assez méprisant.

– Charles Rabanel pour vous servir, mam'zelle. Et tu es la drôlette du Virgile-Paul ?

Je perdis contenance et bafouillai :

– Vous... vous connaissez mon père ?

– Ton père est connu comme le loup blanc, petite. En bien ou en mal, suivant d'où vient le vent.

Je sentis le feu me monter aux joues. Il se croyait tout permis, M. le contremaître ? J'aurais aimé le gifler. D'abord, que faisait-il dans la chambre de Juliette ?

Comme pour répondre à ma question muette, Juliette releva le bas de sa chemise jusqu'au mollet.

– Hier soir, en nettoyant la cuisine de la fabrique, je me suis renversé un seau d'eau chaude sur le pied...

Elle commença à retirer un morceau de taffetas qui enveloppait son pied et sa cheville. J'en eus la chair de poule.

– Ça te fait très mal ?

– Oh, presque plus. La Boissette des Angliviels m'a ôté le feu hier soir. Et, tu vois, M. Charles est venu à la première heure m'apporter du beurre pour me panser. C'est trop bon de sa part.

Je devinai un ton de malice dans sa voix. En même temps, elle se rengorgeait comme une pigeonne sur un toit. Elle soupira, découvrit sa jambe et le dessus de son pied. Mais la pénombre de la chambre ne permettait pas de voir sa peau.

– Xarine, ouvre grands les volets, *sé té plaï,* s'il te plaît.

J'obéis, la lumière révéla les murs décorés d'images pieuses et de bouts de tissu de soie cousus ensemble et tout chatoyants. Il y avait aussi un crucifix papiste au-dessus du lit, car les Pieyre étaient catholiques, et un morceau de rameau bénit sur une tablette.

Je me retournai à demi pour guigner le contremaître. J'aurais voulu être à cent lieues, mais j'avais envie de voir cet homme, c'était plus fort que moi. Il avait vingt-trois ans, selon Juliette, je lui en aurais donné plutôt vingt-cinq. C'est peut-être à cause de ses vêtements de monsieur, qu'il paraissait plus vieux. Pas très grand, mais bien planté, carré d'épaules, il avait le visage osseux, avec une courte barbe d'un blond tirant sur le roux, et des cheveux drus, un peu bouclés, d'une teinte plus foncée.

Je le regardai comme il m'avait lorgnée, sans honte.

L'arête cassée de son nez, les cicatrices qui marquaient sa figure, les pommettes, les coins de sa bouche, sa mâchoire et son cou lui donnaient l'air d'avoir fait toutes les campagnes de Napoléon. Il jouait au bourgeois, mais il avait quelque chose d'un laboureur rentrant de la guerre, rustaud comme il était parti. Moitié monsieur, moitié valet de mule, avec un drôle de parler, sonore, traînant et forcé, que je n'avais jamais entendu et qui devait être celui de la grande ville.

Ses yeux gris scrutaient droit, sous des sourcils épais, et son regard était d'un loup, d'un animal chasseur. Il me fit peur et m'attira à la fois. Pour être honnête, je dus reconnaître qu'il ne me déplaisait pas.

Juliette releva sa chemise de nuit un peu plus haut. Sa cheville et le dessus de son pied étaient encore très rouges, couverts de taches blanches par-ci, par-là. Elle avait même une marque rouge à l'intérieur de la cuisse, qu'elle découvrit sans vergogne devant le contremaître.

– Je l'ai échappé belle !

– L'eau n'était pas tout à fait bouillante, dit M. Charles.

Juliette se récria. « Si !... Non ! » Il se pavanait entre nous. Puis il s'arrêta devant Juliette, les mains sur les hanches.

– Encore heureux que j'étais là pour t'emmener tout de suite chez la Boissette !

– Vous êtes la providence des fileuses, monsieur Charles, dit Juliette.

Je me pinçai les lèvres pour ne pas rire. M. Charles secoua la tête, tordit la bouche et grommela : « J' t'en fous ! » Juliette soupesa la motte de beurre, enveloppée d'une feuille de blette et d'un linge, qu'il avait posée sur une tablette, à côté du lit.

– Et si on goûtait *ce buré* avant de me panser, pour voir s'il n'est pas trop salé ? Vous consentez, monsieur Charles ?

– Oui, je suis bon prince, dit le contremaître. Mais il faut que le beurre soit salé pour bien panser.

– Avez-vous un couteau, s'il vous plaît ?

Il fouilla sa redingote trop étroite, puis son pantalon serré. Il n'avait pas de place pour un couteau dans ses habits du dimanche. Je sortis de la poche de ma robe un morceau de pain brun plié dans un carré de toile de lin humide. Juliette battit des mains. Nous partageâmes le pain, et Juliette, toujours troussée jusqu'aux cuisses, tartina le beurre avec un manche de cuiller.

– En voulez-vous une miette, monsieur Charles ?

Il refusa d'abord, puis cueillit, entre le pouce et l'index, une bouchée déjà mouillée de salive sur les lèvres de Juliette.

– Juste pour voir s'il est assez salé... Hum.

Il mâchonna avec une grimace, puis me regarda de nouveau. Je ne pus m'empêcher de rougir, ce qui me rendit furieuse. Heureusement, ça ne se voyait pas trop, avec ma peau brune.

Il m'adressa une moue aguicheuse.

– Et toi, la fille à Virgile-Paul, quand viendras-tu t'embaucher ?

Je baissai les yeux et avalai ma salive. J'enrageais d'être pour lui moins qu'une apprentie : une petite campagnarde simplette, qu'on peut moquer sans se gêner. Je dis que je voudrais bien devenir ouvrière, mais que ma grand refusait de me laisser partir à la fabrique, à cause de... à cause de... Il ne me vint plus que des mots patois. M. Charles éclata de rire.

– À cause de moi, peut-être !

– Il faudrait que tes parents et ta grand t'envoient vite à l'apprentissage, dit Juliette.

M. Charles étudia mon corsage, les mains sur les hanches.

– Juliette a raison. Tu es déjà vieille pour l'apprentissage.

Le meilleur âge pour commencer, c'est entre onze et douze ans. À treize ans, beaucoup *font tête,* déjà. À quinze ans, elles n'ont plus à cœur d'apprendre le métier, si encore elles ne montent pas sur leurs ergots pour un oui ou pour un non. Alors, jolie bergère, il faut que tu rentres cette année parce que, l'an prochain, il sera trop tard pour toi.

Me voilà promue jolie bergère. M. Charles continua en me détaillant, et je ne savais plus où me mettre.

– Et puis tu es grande pour une fille de la montagne. Tu sais ce qu'ils disent ici ? *Longuo e primo, bouja é a cimo !* Longue et mince, verse de la cime... Ha, ha, je le connais, le patois. Celles qui croyaient dire des saletés sur moi sans que j'entende ont été bien punies. Mais toi, je suis sûr que tu n'es pas une effrontée et qu'on fera bon ménage tous les deux.

Bon ménage... Tu peux te torcher le bec, monsieur Charles ! Je trouvai assez de courage pour relever la tête et je le fixai, les yeux grands ouverts. Une façon de dire : « Je vous obéirai, puisque vous êtes le maître. Seulement, ne comptez pas que je serai votre souffre-douleur. Et puis même. Vous pouvez me faire plier, ça ne me touche pas. Jamais je ne graisserai vos bottes ! » Son regard tourna un peu, puis s'accrocha et s'adoucit. Mon cœur battit la chamade, de contentement, de fièvre, de fierté. J'avais osé.

Comme j'avais hâte d'aller travailler à la filerie !

Charles eut l'air piqué au jeu et un peu sens dessus dessous. Il branla le chef comme une vieille femme. Il fouilla son gilet, sans doute à la recherche de sa montre. Un bon prétexte pour battre en retraite. Pas de montre.

Il s'approcha de la fenêtre, évalua la hauteur du soleil.

– J'ai mille affaires en cours, mesdemoiselles. Je ne me suis que trop attardé ici. Juliette, j'espère que tu garderas un peu de beurre pour te soigner le pied et la cuisse !

Il prit son chapeau haut-de-forme, un gibus, je crois. Il marcha vers la porte, se retourna, lorgna Juliette, toujours assise sur le bord du lit, sa chemise levée.

– Adieu, cousine.

Puis il me toisa de la tête aux pieds.

– Et toi, mon petit cheval de trompette, j'aime les filles qui se tiennent bien et qui ne sautent pas au bruit. Je t'attends.

Cheval de trompette qui ne saute pas au bruit ! Cette louange-là me resta sur le cœur. On se retrouvera, monsieur !

J'essayai de lui renvoyer son regard comme un soufflet.

– Je viendrai.

Le contremaître parti, je questionnai Juliette.

– Il est donc ton cousin en personne ?

Elle pouffa de rire et rabaissa sa chemise sans ajouter un mot.

5

Les secrets du Grand-Mas

M. François Favière, dit François V, et son fils François-David, les maîtres de fabrique, habitaient le bourg des Trois-Vallées. Ils ne montaient guère au Grand-Mas que pour montrer à leurs amis de Lyon leurs magnaneries et leurs plantations de mûriers.

M. Gabriel, le frère de M. François, avait aussi une belle demeure au bourg, mais il ne s'y plaisait guère, et il rendait visite à Margot Pieyre presque tous les jours, sauf quand il était en voyage.

De la famille Favière, seule Mme Adrienne vivait tout le temps au Grand-Mas. Elle habitait un vaste logement au premier étage. Elle était demoiselle, mais on faisait semblant de la croire veuve. La cinquantaine, fine, très droite, elle s'habillait de laine grise ou bleue, ne portait aucun bijou, même pas une bague ; mais elle avait une montre en or dans la poche de sa robe ou de son manteau, elle la sortait souvent pour la regarder d'un air absent. Ses cheveux châtain clair, à peine semés de fils blancs, étaient tressés en calotte sur sa tête. Son nez un peu relevé lui donnait un air de jeunesse et de gaieté. Au contraire, ses pommettes fortes, qui remontaient jusqu'au-dessous de ses tempes, durcissaient son visage. Sa lèvre avançait sur ses dents ; quand elle saluait, écoutait ou prenait congé, les coins de sa bouche formaient un sourire bienveillant.

Tout le monde l'aimait, au Grand-Mas.

Quelquefois, elle me questionnait sur la Bible. Je lui récitais des versets du Livre, des bouts de psaumes. Un jour, elle me demanda si je savais un peu lire.

– Je lis la Bible, l'almanach, et quelquefois les journaux que mon père apporte.

– Et écrire aussi ?

– Je copie des proverbes. Mais je n'ai plus de papier.

– Je vais t'en trouver. Si tu veux des leçons d'écriture, je t'en donnerai aussi. À moins que tu ne veuilles entrer à la filature ?

Je baissai les yeux.

– J'aimerais bien, madame. Mais ma grand ne veut pas, et je suis déjà vieille pour l'apprentissage.

– Tu as quinze ans ?

– Quatorze, madame.

– Ah ! tu es grande pour ton âge.

Elle me prit une main entre ses paumes gantées, me sourit d'un air d'affection sincère et grave et prononça deux fois mon nom :

– Alexandrine... Alexandrine Jourdan.

Dès le lendemain, elle me fit cadeau d'un vieux livre de comptes, à couverture de carton marbré, noir et bleu. Les premières pages étaient arrachées, les autres vierges, et il y en avait plus que je ne pourrais en couvrir de mon écriture en dix ans.

Vite, au poulailler. Une plume d'aile de dindon, parfait. Heureusement, l'encrier de la maison était encore à moitié plein d'encre violette, achetée à l'école publique.

Je n'avais pas la patience d'attendre le soir pour écrire mon nom sur la première page. Comme les majuscules étaient difficiles !

Je copiai au-dessous de mon nom le Psaume I, qui commence ainsi : *Bienheureux est l'homme qui ne vit point selon les conseils des méchants et qui ne s'arrête point dans la voie des pécheurs...* Je n'imaginais pas de commencer mon cahier d'autre façon qu'en recopiant des versets de la Bible.

Les lignes sont devenues si pâles aujourd'hui, à plus d'un demi-siècle, que j'ai dû pour les déchiffrer arracher des pages et lire à contre-jour, par transparence.

Un peu plus jeune que sa sœur, M. Gabriel était un homme d'assez petite taille, mais très droit, le visage rond, un peu empâté. Son nez rose et ses joues légèrement couperosées attestaient l'amateur de bonne chère, le joyeux vivant qu'il était, tout en s'en cachant.

Il pinçait le bras de Margot et quelquefois son menton. Il l'appelait Marguerite et la tutoyait sans gêne.

– Ah ! Marguerite des champs. Marguerite des blés... Dis-moi, belle Margot, as-tu jamais vu un champ de blé ?

Margot feignait d'être vexée et un peu en colère. Mais elle se piquait au jeu et riait sous son bonnet.

– Oh ! monsieur Gabriel, vous moquez une pauvre paysanne, ce n'est pas bien. Vous croyez donc que je ne suis jamais allée dans la plaine ? Ah, j'en ai vu, oui, des champs de blé, avec des coquelicots et des marguerites ! Et croyez-moi, monsieur, ces blés étaient moins beaux que notre brave seigle des Cévennes.

– Tu es donc allée dans la plaine, Marguerite. Tu vas me dire aussi que tu as vu la mer ?

– Oui, monsieur, je l'ai vue.

– Ah, je sais. Tu l'as vue depuis l'Aigoual, pour ton voyage de noces !

Forte femme dans la trentaine, grande et bien en chair, Margot avait les épaules et les hanches rondes, une belle gorge qui essayait d'échapper à la prison du casaquin et y réussissait parfois. Ses cheveux, tout de boucles et de frisures, entre brun et châtain – « châtain châtaigne », disait-elle avec fierté –, étaient rebelles au chignon et débordaient toujours de sa coiffe ou de son fichu. À l'occasion de la lessive et des gros travaux du ménage, elle retroussait haut ses manches. J'aimais quand elle me serrait ainsi dans ses bras nus, frais et dodus. C'était une tendresse du cœur et une caresse de peau comme je n'en avais jamais connu de ma mère, encore moins de ma grand.

Elle était toujours debout avant tout le monde, elle en profitait pour sortir son chapelet et dire quelques Ave à l'insu de Mme Adrienne. Et pour m'engager à être aussi matinale, elle me disait : *Lou reinar qué dourmi la matinado a pa lou mouré plumous !* Le renard qui dort le matin n'a pas de plumes au museau.

Je riais, riais comme une bossue, des sornettes de Margot

et aussi de la grimace que la grand aurait faite si elle les avait entendues.

M. Gabriel tirait les tresses de Juliette, quand elle était petite. Maintenant qu'elle n'en portait plus, il la toisait de haut en bas, avec des airs de propriétaire, et lui caressait la joue. Juliette s'esquivait, pas trop vite, en faisant la demoiselle.

Il exigeait qu'elle lui parle en français. Les Pieyre étaient catholiques et ne lisaient pas la Bible. Juliette savait un peu le français, mais elle aimait le mélanger au patois. Quand elle lui servait cette pâtée, il se fâchait tout rouge. Un jour, elle lui répondit, avec un sourire effronté :

– *Aïmé pas babilla francès !*

Il la gifla si vite que personne n'eut le temps de voir partir sa main. Vite mais pas trop fort. Elle lui tourna le dos, il la rappela et lui sourit.

– Je te récompenserai quand tu parleras bien.

C'était un brave homme, à sa façon de monsieur.

Plus jeune, je ne comprenais rien à tout ce commerce. Si j'avais fait très attention, j'aurais découvert une ressemblance entre M. Gabriel et Juliette, surtout dans le regard et la bouche. Le monsieur avait des yeux clairs, plissés, brillants, toujours furetant ici et là. Et elle cachait le même regard, sous ses longs cils... Alors, j'aurais pu deviner qu'il était son vrai père. Et donc, le galant de Margot !

C'est ce qu'elle me raconta, en confidence après ma rencontre avec M. Charles. Mais elle savait peu de chose sur la naissance de son cousin. Il était venu au monde à Nîmes, où Mme Adrienne avait suivi un courtier en soie nommé Rabanel, mort par accident, avant d'avoir eu le temps de l'épouser...

Au fond, je m'en moquais, car ce jeune homme ne m'intéressait pas.

6

Je couve la graine de vers

Enfin, enfin, la saison des vers approchait ! Pour moi, ç'aurait été le bonheur si la grand m'avait laissée couver la graine. Je devenais folle d'y songer. Je me figurais ces minuscules bestioles en train de germer sous mes jupes et rien que cette pensée me remuait le sang.

J'avais encore plus envie d'avoir un nouet sous mon jupon que de tenir une bassine à la filerie. Mais couver était la tâche des vieilles et, dans les familles où il n'y avait pas de vieille, la tâche des femmes mariées. Chez nous, ma grand couvait seule.

On était au début du joli mois de mai. La saison de l'éducation durait environ cinq semaines. Les hommes s'en allaient faire une saison dans les grandes magnaneries de la plaine, plus précoces, puis rentraient à temps pour s'occuper de leurs vers.

Ainsi, mon père et mon frère étaient partis travailler du côté de Nîmes, laissant les femmes à la maison et les mulets à l'écurie.

J'avouai mon envie à Margot. Elle me considéra, l'air de se demander si j'étais bonne à marier. Puis elle fit la petite bouche.

– Es-tu seulement jeune fille ?

Je regardai le bout de mes chaussures.

– Oui, Margot. Et on dit que je suis trop vieille pour commencer mon apprentissage...

– Qui a dit que tu étais trop vieille ?

– Et je suis trop jeune pour couver !

Margot sortit de la poche de son tablier un sachet vide.

– Veux-tu essayer de couver un nouet de ma graine ?

Je me sentis rougir de joie.

– Tu me prêterais un peu de graine ?

– Une once, si tu veux.

– Ça vaut cinq francs.

– J'espère que tu me feras éclore cent mille magnans.

Je pris les mains de Margot. Comme je l'aimais, cette papiste au grand cœur !

– Oui, oui, cent mille, un million...

Au vrai, il n'y a que cinquante mille œufs dans une once de vingt-cinq grammes.

– Couds vite un sac, dit Margot. Et n'oublie pas de prendre un linge bien usé.

Les messieurs Favière avaient fait installer au Grand-Mas, voici peu d'années, un éclosoir appelé *castelet* en Cévennes. C'était un appentis qui abritait une sorte de grosse bouillotte, chauffée par une veilleuse à huile, avec des tiroirs pour les graines. Il fallait régler la veilleuse, suivant l'air du temps, et ça ne marchait pas toujours. De fait, les résultats des éclosions n'avaient pas été ce que les messieurs espéraient.

Alors, Margot avait décidé de revenir à la bonne vieille façon de couvaison sur le corps, pour une moitié de sa provision de graine. Elle partagea une demi-douzaine d'onces entre elle-même, les servantes du mas et moi. Le reste irait au castelet.

Je choisis un vieux mouchoir, qu'il me fallut coudre en forme de sac, et je tressai un cordon de filoselle pour le fermer. Pendant ce temps, mon chien Artus veillait sur les moutons et les chèvres. Mes mains tremblaient, je me piquai plusieurs fois les doigts. Jamais un travail de couture ne m'avait donné comme ce jour-là fièvre et frisson, agitation et serrement de cœur.

Je soumis mon travail à Margot, qui l'examina et hocha la tête d'un air satisfait.

– Maintenant, il faut que je te parle à l'oreille.

Elle m'attira contre sa lourde poitrine et me chuchota avec embarras une recommandation secrète.

– Je sais bien que vous autres, les protestants, vous ne croyez pas à ces choses. Mais je serais plus tranquille si...

– Je viens de les avoir, sois tranquille, Margot.

Je savais que les superstitions catholiques défendaient la couvaison pendant les *affaires,* ce qui avantageait les vieilles, qui n'en avaient plus. Ça tombait à point pour moi, par chance.

– Moi, c'est pareil, dit Margot d'un air complice.

Autrefois, les femmes portaient le nouet en haut du sein. Chaque année, M. Gabriel disait un poème sur la couvaison à l'ancienne. Je récitais les premiers vers, pour rire.

Dans le plus charmant des séjours
Dans ce sein où sont leurs demeures
Et les Grâces et les Amours...

Qui parle du loup en voit la queue ! M. Gabriel entra juste au moment où Margot attachait le sac de graine entre ma jupe et mon jupon. Il me lorgna tout droit, mais je n'étais pas plus gênée qu'une mère qui donne à téter à son *nèn.* Il commença à déclamer « le plus charmant des séjours ». Je dis très haut que je préférais porter le nouet sous ma jupe. Margot l'ajusta contre ma hanche, assez haut sur mon ventre.

M. Gabriel tira sur ses favoris.

– Un charmant séjour aussi, ma foi !

Enfin, je couvais.

Margot me donnait six sous par jour pour l'aider au nettoyage et à tous les travaux de la magnanerie, depuis la fin de la matinée jusqu'à l'heure de la pâture du soir. Elle me disait à l'oreille :

– Te soucie pas, les messieurs ont des écus et des billets !

Mais avec la graine sous mes jupes, je n'osais plus prendre mes jambes à mon cou. Je perdais du temps au trajet. Pendant le travail, je m'arrêtais à tout bout de champ, je regardais Margot, puis je baissais les yeux sur mon ventre, comme si je pouvais voir le nouet sous l'étoffe, la graine dans le nouet, et les vers en train de se former dans la graine. Je lui demandais pardon.

– S'il te plaît, mets-moi à cinq sous ! À quatre sous !

– Et que dirait ta grand ?

J'étais malade d'y songer. Mais je me sentais malhonnête de continuer à recevoir six sous. La vraie religion interdit de tromper, tricher ou friponner. Margot me gouaillait avec tant de douceur dans les yeux que j'en avais mal au cœur. Elle avait un curé qui lui pardonnait tout, elle, et quelquefois je l'enviais.

Alors, elle me soufflait :

– Compte quatre sous pour ton travail et deux sous pour la couvaison.

Je la pressais de questions à tout moment.

– Tu crois que je ne les secoue pas trop ? Il me semble que je sue un peu !

– Tu n'as pas plus confiance en le bon Dieu ? Je ne voulais pas te le dire, mais tu me forces : ta graine et la mienne ont été bénies à l'église le quatrième dimanche de carême... On a chacune sa religion, mais on a le même Dieu. Si tu n'en veux plus, tu n'as qu'à me la rendre !

Oui, Margot, nous avons le même Dieu et le même amour des magnans. Je me précipitai pour la serrer dans mes bras.

– Je garde ta graine, Margot. Mais la sueur ?

– La sueur des jeunesses, il n'y a rien de plus sain pour le ver. C'est la sueur des vieilles qui est mauvaise, parce qu'elle est trop aigre. Et puis la graine se reposera toute la nuit dans ton lit. Je te dirai quand il faudra te tenir plus tranquille, deux ou trois jours avant l'éclosion. Au début de la couvaison, il est bon de remuer la graine et de lui donner de l'air.

Margot me guignait avec une tendresse brouillée de malice.

– C'est comme une femme grosse. Aux premiers mois, plus elle se « bolègue », plus elle se démène, mieux c'est pour l'enfant.

Grosse, j'aurais cru l'être, avec cette graine vivante sur mon ventre.

Le soir, je montais vite à ma chambre.

Mon lit, qui n'était pas grand, occupait la moitié de la pièce. Il y avait aussi un coffre, qui servait de meuble à tout faire, chaise ou table, si l'on s'agenouillait devant, un tréteau pour poser mes vêtements, un renfoncement du mur en guise de placard... et la chaleur des étables en dessous. Pour fenêtre, une minuscule lucarne... Je n'aurais pas donné ce royaume pour celui d'Espagne !

Je glissais le nouet sous mon oreiller pour la nuit. Je m'endormais avec la peur d'écraser la graine et m'éveillais plusieurs fois pour le changer de place. Le matin, je sortais du sommeil tout étourdie et je n'en finissais plus de bâiller. Je disais ma prière du matin en attachant le nouet à mon jupon.

– Seigneur, notre Dieu et notre Père, nous te remercions de nous avoir donné le repos pendant la nuit et de nous réveiller en bonne santé.

Nous, protestants, disons *tu* au Seigneur notre Dieu, parce que nous sommes seuls devant Lui. Chacun de nous est seul devant Lui. Mes bras et mes jambes s'agitaient malgré moi, des frissons couraient sur ma peau, la chair de poule hérissait mes bras. J'étais heureuse.

En même temps, j'avais envie de me révolter. La prière remerciait toujours le Seigneur de nous épargner le mal, la maladie, le malheur... J'aurais voulu rendre grâce de la joie que j'avais reçue, crier sur les toits que je portais le nouet, que la graine avait déjà commencé à mûrir à la chaleur de mon ventre, que je couvais, que je vivais. Mais la grand serait devenue folle.

Comme si tout bonheur devait rester secret...

Un matin, j'emportai aux champs la petite bible de muletier de mon père, une bible de voyage qui ne pesait pas trop dans mon sac. Je voulais lire le Cantique de Salomon, qu'on sautait toujours à la maison et que le pasteur, au temple, ne citait que pour les mariages, et encore juste quelques bouts par-ci, par-là.

Mlle Sara, mon institutrice de la petite classe, aimait tant le Cantique des cantiques...

Je cherchai un verset qui chantât la beauté du monde et la joie de vivre, pour le recopier ce soir-là dans mon cahier.

Car voici, l'hiver est passé, la pluie est passée et s'en est allée.

Les fleurs paraissent sur la terre, le temps des chansons est venu, et la voix de la tourterelle a déjà été ouïe dans notre pays.

Le bourgeon du mûrier était la plus jolie fleur du monde. Et le bruit du ver mâchant la feuille au moment de la frèze était encore plus beau que le chant de la tourterelle.

Dans presque tous les mas, on avait augmenté les onces de graine.

Comme les Chabal étaient les principaux à récolter la bruyère pour les magnaneries à La Croix-aux-Vents, le pauvre Élie courait toute la journée par les chemins, avec un grand âne maigre comme un clou, l'échine solide mais les jambes raides. Il portait au moins quinze fagots de bruyère liés à son bât. Élie profitait de sa taille pour dire « le mulet », « mon mulet ».

Ah non, je n'épouserais jamais un vaniteux qui appelait son âne « mulet » !

En descendant un chargement au Grand-Mas, il me vit garder les bêtes dans les friches du Bartas.

– Tu as commencé ton trousseau, petite ?

Depuis un an, il était devenu très bête. Seize ans, c'est le mauvais âge chez les garçons, l'âge des grands couillons, qui ont deux poils au menton ! Il me regardait, la bouche ouverte, en montrant une dent gâtée. Je lui dis de faire courir sa mule, qu'on l'attendait au Grand-Mas. Je n'avais aucune envie de babiller avec lui. Il me cria :

– Qu'est-ce que tu as à te trémousser ?

Je me sentis rougir à cause du nouet sous mon jupon.

– Je m'exerce pour danser avec des garçons moins bêtes que toi !

Mais tout bête qu'il était, Élie Chabal avait remarqué mes petites façons. Je marchais avec toutes sortes de précautions ; ou bien je me mettais à sauter de joie sans raison. Et j'éclatais de rire quand je m'en apercevais.

J'avais parfois le sentiment que le nouet se collait à ma peau et que les œufs glissaient dans mon ventre. Seigneur, si ç'avait été vrai, quel bonheur !

Margot me lorgnait, sourcils froncés, lèvre avancée.

– Ma pauvre Alexandrine... Ta grand sait-elle ?

– Non, Margot, non. Enfin, j'espère que non.

– Alors, ça ne tardera guère.

J'écrivis dans mon cahier : *Je lève les yeux vers les montagnes. D'où me viendra le secours ?* (Psaume CXXI.)

Ma mère et la grand se tenaient côte à côte sous le gros mûrier de l'entrée, qu'on appelait le Sully. Elles m'attendaient, toutes droites, elles me regardaient monter par le sentier de la vallée, deux ou trois traverses au-dessous du mas.

Je levai les yeux vers les montagnes. C'était la fin de l'après-midi. Le « marin », vent de la mer et de la pluie, soufflait de froides gouttelettes. J'étais encore à cinquante pas que la grand me cria de lever ma jupe. Je fis semblant de ne pas entendre.

En longeant le jardin, je cueillis une feuille d'oseille et me mis à la mâcher. L'acidité me donna un frisson, je fermai les yeux. Je trébuchai dans l'escalier humide qui menait au dernier traversier, je tombai sur un genou, glissai, m'étalai et perdis mon chapeau. La peur d'écraser la graine me tira un cri.

Je me redressai, une main à la hanche. J'arrivai devant la grand, tête nue. Je la regardai en face, loyalement et sans honte.

– Baisse les yeux, dit la grand.

Je baissai les yeux. Le vent soufflait, la pluie commençait à tomber dru. La grand suffoqua, s'essuya la figure.

– Sors ta main de là.

J'obéis encore, je laissai pendre les deux bras le long de mon corps. Je ressentis une brûlure au coin du ventre, une grimace me vint. Et si la graine s'était abîmée en tombant !

– Arrête de grimacer, dit ma mère. Crache cette herbe, et dis-nous où tu as pris la graine que tu portes.

Je ne répondis pas.

– Quelle question ! gronda la grand. C'est la papiste d'en bas qui te l'a donnée, bien sûr. De la graine bénite par le curé, les messieurs Favière ne sont pas dégoûtés !

Je pris mon front dans mes mains et frissonnai de froid.

– Je vais rendre la graine.

– Tire ton nouet, donne-le-moi.

– Grand, s'il vous plaît. La graine pourrait refroidir...

– Je vais la mettre sur moi et la porter à la Margot. J'en profiterai pour lui parler, le cœur dans la main. Allez, donne-moi ces balayures !

J'eus un pincement dans la poitrine. Balayure, ma graine ! Il me vint une envie de me révolter, de fuir dans la montagne avec le nouet. Je tremblais de la tête aux pieds.

Je me troussai en hâte. La grand m'arracha le nouet et le fourra sous son caraco. Ma mère gémit :

– Ma pauvre fille, tu es plus folle que la rivière n'est longue.

Oh, mère, vous avez raison, je dois être folle. La grand glapit son injure préférée, race de... *Raço dé cato, raço dé chi !*

– Race de mule ! Race d'oiseau !

Toute l'arche de Noé allait y passer, à moins que l'air ne lui manquât.

– Je suis de votre race, dis-je à voix basse.

– Et effrontée comme une fille d'auberge !

La grand m'empoigna les cheveux et me secoua avec tout ce qui restait de nerfs dans ses bras secs. Je résistai d'abord, je serrai les dents, mais la douleur était trop forte, je m'abandonnai. La grand, cramponnée à mes tresses, me tirait la tête d'un côté, de l'autre, et manquait de m'assommer contre la murette de l'entrée.

En me lâchant, elle eut un malaise, tomba en avant et bascula sur moi. Je la reçus dans mes bras. Elle ne pesait rien !

La vieille Jourdan n'était plus qu'un squelette attaché par la peau, un fagot de sarments à casser sur le genou. C'était la première fois de ma vie que je tenais ma grand embrassée.

Je me sentis gagnée par une douceur et une force. Il me sembla un moment porter au-dessus de ma tête la lignée entière des Jourdan, les ancêtres et les enfants à naître, comme pour les offrir au ciel, à l'Éternel.

Ma famille, ma tribu d'Israël !

Sans oublier les milliers de vers à soie en couvaison sous les jupes de la grand.

L'averse éclata enfin, ruissela sur les visages, les peaux, les étoffes. Je pensai : « Et la graine, la graine, qui va être trempée, perdue peut-être. L'once qu'il faudra rembourser à Margot ou aux messieurs, sans compter le manque de vingt mille cocons ! »

Nous étions droites toutes les trois, maintenant, sous la pluie, ruisselantes. Les trois femmes du Mas-Haut de La Croix-aux-Vents, les Jourdanes et la Jourdanette. Ma mère était blanche comme un drap sur le pré, les lèvres pincées et un peu violacées, décoiffée, avec une mèche grise sur la figure. Je n'avais jamais vu ses cheveux gris. Vieille à pas quarante, ma pauvre mère !

La grand avait aussi perdu sa coiffe. Ses cheveux de foin

tombaient sur son front, son cou, ses joues, et collaient à sa peau de parchemin. Elle baissait ses paupières rougies, croisait les bras sur sa poitrine pour abriter le nouet de Margot.

Au couchant, un rayon de soleil s'alluma par-dessus l'Espérou. La grand, vaincue, s'en alla vers la maison en trébuchant. Je fis un pas pour la soutenir. Ma mère me repoussa.

– Je m'occupe d'elle et de la graine. Toi, monte dans ta chambre. Je ne veux plus te voir avant demain.

L'éclair de triomphe s'éteignit vite dans le regard de ma mère. Ce n'était peut-être qu'un reflet du soleil couchant.

Je regrettais mon nouet, pourtant j'étais presque heureuse. Porter la graine rassasiait mon envie de partager la création avec Dieu ; mais c'était fatigant. Je n'étais pas assez vieille, mon corps n'était pas prêt à chauffer les œufs de ver.

J'avais les membres rompus jusqu'aux os, et aussi les reins, le ventre. Mais je ressentais une béatitude de la chair.

J'avais dans ma chambre la petite bible de mon père et un bout de chandelle pour lire. Je laissai le livre s'ouvrir aux pages le plus souvent feuilletées, je saurais ainsi quelles parties de la Bible mon père relisait le plus souvent. Une fois, deux fois, trois fois. Et toujours le livre s'ouvrait entre l'Ecclésiaste et le Cantique de Salomon.

À la lueur de la chandelle, les yeux sur les lignes, je lus :
C'est pourquoi j'ai connu qu'il n'est rien de meilleur entre les hommes que de se réjouir et de bien faire pendant sa vie.

Je m'endormis enfin, délassée, dans un état de bien-être presque surnaturel.

7

La gelée de mai

J'avais un flacon d'encre aux trois quarts plein, ça me donnait de grandes idées ! Et, à la date du 30 avril de l'an 1840, en tirant la langue, la joie au cœur, je traçai ces mots terribles :

Vanité des vanités, dit l'Ecclésiaste, *tout est vanité.*

Je me rengorgeais comme une pigeonne, bien vaine et vaniteuse.

Puis j'écrivis encore :

Ô mes magnans, mes vaillants ! Vers de la poésie, versets de la Bible, vers à soie tant aimés !

Tous, nous vivions des journées bien remplies, entre l'espoir d'une bonne saison et la crainte des gelées tardives. Quelques anciens avaient vu des menaces dans le ciel.

Les vers allaient naître d'un moment à l'autre, mais la grand laissait ses nouets dans son lit une partie de la journée, sans caillou ni chaufferette pour retarder l'éclosion.

Celle-ci commençait chez Margot.

Les petites chenilles noirâtres, de la taille d'un moucheron, se précipitaient sur la nourriture. On en profitait pour les emporter dans les « campanèges », de grandes corbeilles plates, en vannerie de châtaignier. Puis on les plaçait dans un réduit, l'« espélidou », où on les gardait jusqu'à leur deuxième mue.

Comme il faisait bon dans l'espélidou de Margot ! J'enlevais ma pèlerine et je regardais les vers. Ils mangeaient, mangeaient. Si minuscules qu'ils fussent, on pouvait les voir déchiqueter le bord d'un bourgeon. On aurait dit qu'ils brodaient.

Aucun bruit encore, sauf si on approchait l'oreille de très près. Margot riait de me voir toute penchée pour écouter. Il me semblait guetter un grand secret de la création, de par la volonté de Dieu.

Un matin, avant l'aube, des rumeurs de voix, des bruits de sabots, des appels, je ne sais quel tumulte d'accident ou de calamité, vinrent percer mon sommeil sans me réveiller tout à fait.

– Alexandrine !

La grand ! Je sautai du lit. Je fus obligée de me frotter les yeux et de me bassiner le front pour m'arracher à un songe persistant.

J'entendis une grosse voix d'homme dans la salle, en bas.

– En 1709, c'était mille fois pire.

Je reconnus le timbre d'Eucharistes Dumas, le forgeron. Un autre homme répondit qu'en 1709 il n'avait pas gelé au mois de mai. La grand s'en mêla.

– Et puis tu n'y étais pas, à moins que tu sois bien plus vieux qu'on pense. Alors, tu peux pas savoir comment c'était !

Le forgeron se tut. Je frissonnai de froid, me réveillai enfin et compris : la gelée. La terrible *jalado dé maï* ! Les catholiques parlaient des *trois saints de glace.*

Je m'habillai en hâte. On courut aux mûriers. Partout, des gens qui tâtaient les feuilles, encore menues. Elles avaient l'air sauves dans le premier soleil, trop vif. Mais, au toucher, elles étaient à la fois molles et rêches.

– *La jalado dé maï misèro nous prédit pla braï !*

La gelée de mai annonce souvent la misère pour les éducateurs. J'entendis d'autres dictons, plus ou moins consolants. Les hommes parlaient beaucoup, pour se rassurer, oublier le malheur. Les femmes se taisaient, échangeaient des regards.

On cherchait le long des murs les arbres les plus abrités, qui auraient pu échapper au gel. On n'en finissait pas de tâter les feuilles, d'éplucher les bourgeons pas encore ouverts.

Quelqu'un affirma que la feuille était mangeable.

– *Ah o !* Peut-être pour un gros porc comme toi !

Quelques injures volaient. Mais personne n'avait le cœur à la dispute. Les magnanières juraient que leurs vers mourraient de goûter une seule feuille gelée.

– On finira bien par trouver un arbre à couvert, qui aura gardé quelques bonnes feuilles !

Les regards, soudain, se fuyaient. Chacun pensait qu'il garderait ses bonnes feuilles s'il en trouvait. C'était une affaire chatouilleuse. Personne n'avait trop envie de partager le peu que Dieu lui aurait laissé.

Margot Pieyre arriva en gesticulant, essoufflée d'avoir monté vingt-cinq traversiers en courant.

– Misère ! Malheur ! Sainte Vierge !

La Sainte Vierge n'était pas trop bienvenue parmi tous ces protestants échauffés. Margot s'excusa d'un pauvre sourire.

– C'est gelé tout au long. Mon homme est parti pour la plaine avec la carriole. M. Charles est allé d'un autre côté. Les messieurs ont envoyé un cavalier vers Ganges et Saint-Bauzille.

– C'est vrai qu'il ne gèle guère par là-bas...

Mais on calcula. Il fallait plus d'une journée en charrette à cheval pour aller chercher la feuille dans la basse vallée de l'Hérault et la ramener. Si on en trouvait... Et à quel prix !

Les vers avaient bien le temps de mourir.

Je me souciais pour les pauvres bestioles, toujours tellement affamées. Je souffrais pour elles.

Une détonation éclata, amplifiée par l'écho, au milieu du hameau, tout près. On sursauta, on se tut. On se regarda.

– C'est du côté de chez Tobie ! cria quelqu'un.

Tobie Pellet était un vieux garçon du voisinage, qui vivait seul avec un mulet, une ânesse, un cochon et une éducation d'une once.

On courut à son oustal, ma mère, ma grand, Margot, le forgeron et quatre ou cinq voisins ou voisines. Et je courais devant, car j'avais le goût d'arriver la première.

Un petit homme tout sec, assez sale, se tenait au coin d'un mur, devant un gros mûrier bien abrité, un Sully, comme on disait, qui avait dû échapper à la gelée. C'était Tobie, les cheveux en touffe sur une tête carrée, la barbe grisonnante, avec des dents de chien qui brillaient dans un buisson de poils.

Son fusil fumait encore. Deux gamins effarés nous rejoignirent en piaillant.

– Le Tobie nous a tiré dessus avec sa grosse pétoire !

La petite fille expliqua :

– On voulait seulement voir si la feuille était pas gelée.

Tobie se dépêcha de recharger son fusil en grommelant des menaces entre ses dents. Le forgeron se tourna vers ma grand.

– C'est bon signe. Si celui-ci est sauf, il y en a d'autres.

Lui aussi fit mine d'approcher pour tâter la feuille. Tobie le visa au ventre.

– N'avance pas, l'Eucharistes, ou je te lâche le plomb !

Il avait le feu à la tête, la figure tordue, les yeux qui roulaient. Il criait des injures en patois et des morceaux de la Bible.

– C'est mon bien ! Le Seigneur a arrêté le froid de sa main à la porte de ma maison ! Vous n'aurez pas une feuille de mon arbre ! Allez-vous-en, philistins du diable !

Le forgeron eut vite fait deux ou trois pas en arrière.

– On ne veut pas ta feuille.

La petite troupe reflua en hâte. Chacun savait que l'honnête Tobie Pellet battait la breloque pour un oui ou pour un non. La gâchette le démangeait souvent. Il avait déjà tué un âne, un mouton, trois chiens et douze chats !

Je me dis : « Il est si jaloux de son mûrier qu'il va finir par tirer sur quelqu'un. On devrait lui enlever son fusil ! » Mais qui allait oser ? Je regardai les hommes. Pas un qui eût le courage de faire un pas vers l'imbécile. Je ne sais ce qui me prit soudain. Je n'étais qu'une fille, j'avais quatorze ans. J'enrageais d'entendre ce mauvais chrétien invoquer à mal le nom du Seigneur.

Je marchai vers lui très vite, sans courir.

– Taisez-vous, Tobie !

Si je n'avais pas lu la Bible, je n'aurais jamais eu la force ni même l'idée de ce geste. Les autres, tout saisis, me regardaient sans bouger. Seule ma mère s'avança pour me retenir, mais elle glissa sur une pierre givrée. Tobie baissa un peu le canon de son fusil.

– Va-t'en, petite, ou je te tire comme une mauvaise bête !

Tant pis, je continuai d'avancer.

– C'est vous, Tobie, qui êtes une mauvaise bête.

Tobie recula en criant, le dos au mur. Il releva le canon de son fusil. Il allait tirer... Non. Si j'étais un homme, il me tuerait. Mais il ne pouvait pas tirer sur une fille. J'étais près de lui, à le toucher, je tendis les mains. Il lâcha son fusil, que je lui arrachai sans effort.

Il se couvrit la face de ses paumes, par honte et repentir. C'était un bon geste. Moi, je lançai le fusil à ma mère et au forgeron qui arrivaient en courant. Il était lourd, la force avait failli me manquer. Une crampe me serra l'épaule.

Je tournai le dos et rentrai au mas. Soudain, je me sentis mal, ma vue se brouilla, tout devint noir. Je bus un grand verre d'eau et me mouillai la figure avec un torchon.

Mes larmes coulaient, la vue me revint. J'étais heureuse.

La grand me rejoignit cinq minutes plus tard. Elle me toucha l'épaule.

– À ton âge, ou un peu plus vieille, je l'aurais sans doute fait. Tu es bien ma petite-fille.

Ça faisait presque une semaine qu'elle ne m'avait pas adressé la parole. Elle avait raison : je suis bien sa petite-fille.

On finit par trouver de la feuille. Celle de nos mûriers repoussa. Mais la récolte de cocons fut très médiocre, chez nous comme partout aux Trois-Vallées.

À quelque chose malheur est bon. La grand accepta de me laisser partir à la filerie, aussitôt après la saison.

8

Je rentre à la filature

Mon père m'avait acheté une paire de souliers, pareils à ceux que je portais autrefois pour le suivre avec les mulets. C'était un luxe rare pour une petite paysanne de la montagne.

J'avais beaucoup grandi. Juliette daubait aigrement sur ma taille.

– Prie donc ton bon Dieu de jamais devenir une de ces perches de ramoneur qui ne trouvent pas d'homme !

Et M. Charles avait des mots plus durs encore pour me moquer.

– Hé, attention à toi : quand la maison est trop haute, il n'y a rien au grenier !

Au jour dit, mon père me conduisit à la filature, avec le mulet, pour mon embauchage. Un vent à débâter un âne soufflait dans le creux des vallées. J'avais le sentiment que tous les jours de mon enfance s'envolaient comme des feuilles mortes.

Vue de haut, la ville ressemblait à une énorme bête tapie au pied de la montagne, le corps sur la vallée principale, les deux pattes de devant agrippées aux deux autres vallées, la tête posée sur la pente. Les fabriques alignées vers l'aval figuraient la queue, allongée et dressée au bout sous la forme des cheminées.

Les fabriques étaient de longues bâtisses, taillées droit, pareilles à des coffres, et percées sur les faces de hautes baies vitrées. Le soleil du matin enflammait les carreaux de ses rayons, et on eût dit qu'un feu surnaturel brûlait dans les salles intérieures. Des étincelles jaillissaient des vitres et retombaient sur la rivière illuminée, en contrebas. Mon cœur dansait dans ma poitrine. Je m'accrochai au bras de mon père.

– C'est ici, dit mon père, en arrivant à une allée sablée.

Nous étions devant le grand escalier de l'entrée. Mon cœur se calmait. Je regardai mon père, qui me sourit. Il était aussi intimidé que moi. J'avisai une cloche à droite de la grande porte et la tirai d'un geste décidé.

Une minute après, nous étions dans une grande pièce claire, garnie de meubles à tiroirs, de tentures et de tableaux, un lustre suspendu au milieu. M. Favière le jeune, François-David, que je voyais souvent au temple, se tenait assis derrière une table couverte d'un tapis, un encrier et un grand registre devant lui. Il nous fit signe d'approcher. Mon père ôta son chapeau, puis le remit, puis l'ôta de nouveau.

M. François-David était tête nue et je l'observai sans me gêner, pendant qu'il baissait les yeux sur ses papiers. Ses cheveux épais, ses sourcils et ses favoris paraissaient d'autant plus noirs qu'il avait le teint pâle. Je le trouvai assez bel homme, avec sa figure longue mais pleine aux joues, son front haut, son nez très droit et bien fait. Mais il avait le menton court et rond, un peu rentré. Je sentis dans ce trait de son visage une secrète faiblesse de caractère.

Enfin, j'étais prête à l'aimer, à le respecter, à lui obéir, pour mon bien et pour le bien de la fabrique. J'espérais de tout mon cœur qu'il m'embaucherait et que je deviendrais une excellente ouvrière.

Il releva la tête et me regarda longuement. Par-dessous mes cils, je le vis patiner sa cravate, puis ses favoris. Mon père fit exactement les mêmes gestes, sans y penser. Puis M. Favière se détourna de moi et questionna mon père : quelques mots en patois, très haut de ton, et en français, d'une voix normale. Il l'appelait Virgile-Paul. Mon père déclara mon nom et ma date de naissance. Pourvu que M. François-David ne me trouve pas trop vieille ! Mais il ne dit rien au sujet de mon âge.

Je regardai les tableaux aux murs. J'admirai une peinture

qui représentait un grand bateau à vapeur, avec une haute cheminée ronde. M. Favière me sourit.

– C'est le plus puissant vaisseau du monde. Il s'appelle *Britannia*. Et il est anglais... On appelle ce navire un *packet-boat*, ce qui veut dire que ce sont les malles-poste de la mer.

Je compris *paquet-bot*, ou *paquebot*, et je me répétai à voix basse : paquebot. C'est ainsi que je trouvai ce jour-là un mot magnifique, que je ne connaissais pas encore en français.

M. François-David me toisa ensuite de la tête à la taille.

– Le premier mois d'apprentissage n'est pas payé. Mais je suis sûre que tu apprendras vite. Tu recevras six sous par jour dès le deuxième mois, et dix sous pour le troisième mois. Et à partir de ta deuxième saison, si ton travail est satisfaisant, tu toucheras quatorze sous, comme tourneuse, tout en poursuivant ton apprentissage de fileuse. À condition, bien sûr, que ton travail nous donne satisfaction.

– C'est honnête à vous, dit mon père.

– Savez-vous, Virgile-Paul, le mauvais tour que des patrons de fabrique, indignes de ce nom, ont inventé, dans le Vivarais ou le Dauphiné ? C'est un vérificateur des poids et mesures du gouvernement qui l'a découvert... Ils allongent le balancier de l'horloge placée à l'entrée de l'atelier ou dans la salle commune. Ainsi, ils provoquent un retard d'une heure entre le matin et la fin de la journée. C'est donc une heure de travail de plus pour les ouvrières. Et le lendemain matin, l'horloge est de nouveau réglée à la juste heure, et tout recommence, et ainsi de suite.

– Des patrons de fabrique catholiques. Certain comme deux et deux font quatre !

– Vous le dites bien, Virgile-Paul. Ces hommes-là volent aux jeunes filles leur temps de sommeil, leur bonne santé de corps et d'esprit. Voyez-vous un huguenot en face de son Dieu, après avoir commis un tel acte ?

– J'espère que notre M. Guizot et... et le roi, bien sûr, puniront ces infâmes pratiques, conclut mon père.

Et voilà. M. Favière m'avait embauchée pour le lundi suivant, jour d'ouverture. J'étais au troisième ciel.

En revenant vers la ville, où nous avions laissé le mulet, nous devions passer à proximité de la Maison neuve, qui était celle des Favière jeunes. Je ne pus me tenir de la regarder et je m'arrêtai même pour mieux l'admirer. Mon père me poussa dans le dos.

– Allez, va, on est en retard.

M. François-David et sa famille habitaient cette vaste demeure claire et gaie, entourée d'arbres de toutes sortes. Un double escalier garni de rosiers grimpants menait à un perron à balustrade, d'un côté, et à une galerie vitrée de l'autre. Deux petites filles en chemise de nuit couraient sur le muret de la balustrade. L'envie me prit de les rejoindre et de courir avec elles ! Je ne pus m'empêcher de m'approcher de quelques pas, mon père me rappela sur un ton sec.

– Il est mal élevé de manger des yeux la maison des messieurs !

Es tres ouros et miéjo !

Trois heures et demie. Je sautai du lit. Mes parents dormaient encore. J'étais si maladroite à passer mes nippes propres que j'en ris toute seule. Mon jupon était un peu court, ma jupe avait trois accrocs, deux recousus au fil noir, un au fil bleu. Tant pis, personne ne le verrait. Je me donnai un coup de peigne en m'arrachant le crin.

À la cuisine, j'éclairai la chandelle de résine, la moins chère. Je soufflai sur les braises, les cendres me volèrent à la figure. La flamme jaillit enfin. Je réchauffai vite mon lait de chèvre, coupé de tisane d'orge et de glands. Je fourrai dans mon panier un morceau de lard, un quart de fromage, quatre châtaignes et une louchée de légumes bouillis que j'avais préparés la veille. Je récitai à voix basse deux ou trois versets de la Bible, au hasard.

Ma mère maugréa :

– Qu'attends-tu pour courir ?

Qu'est-ce que j'attendais ? J'aurais aimé l'embrasser ce jour-là, par exception. Mais je ne pouvais pas, puisque j'étais une grande personne.

– *Es quatro ouros !* Va vite, dit ma mère.

En arrivant au bord du chemin, j'entendis des bruits de sabot et des éclats de voix, au-dessus du hameau. C'étaient toutes les filles de La Croix qui allaient aux fabriques, chez Favière ou chez les autres messieurs, Nouvel, Rey-Méjean, Angliviel...

Je quittai en hâte mes souliers que je ne voulais pas montrer à ces péronnelles jalouses.

Je les suivis de loin. Au Grand-Mas, j'attendis Juliette. Les premières lueurs du jour faisaient luire les pierres du chemin. Une averse était tombée dans la nuit. L'air était doux, presque chaud déjà. Je vivais le plus beau matin de mon existence et le plus grave aussi.

Les trois cheminées des fabriques se dressaient au creux de la vallée. Puis la filerie apparut tout entière. Les deux étages du bâtiment principal et la haute cheminée ronde lui donnaient l'allure d'un bateau à vapeur géant, comme celui que j'avais vu en peinture dans le bureau de M. François-David. Les longues baies arrondies brillaient sous le soleil du matin de la même clarté que l'eau du béal qui passait au pied des bâtiments.

Je m'arrêtai un moment pour admirer l'*usine*.

– Comme elle est belle !

– Comme elle est belle ! s'écria Juliette derrière moi en tapant des mains pour se moquer.

Elle me pinça la joue en riant.

– Tu vas voir, Jourdanette, c'est encore mieux dedans. *Un estoufadou, plèn de fousèls per li bassina et li debana !*

Un étouffoir plein de cocons à bassiner et dévider !

Une fille de douze ou treize ans, blonde et maigrelette, catholique d'un hameau voisin, s'approcha vivement de moi et me montra ses mains sèches, toutes crevassées d'avoir trop trempé dans l'eau chaude. Sans dire gare, elle lança sa paume vers ma joue pour me râper la peau, puis s'en alla en courant. Je la rappelai : « Hé, toi ! » Elle se retourna et me cria son nom : « l'Allumette » ! Je caressai ma joue.

Ce contact rugueux ne m'avait pas déplu.

Juliette m'envoya un signe par-dessus l'épaule et s'en alla vers l'atelier de moulinage, un bâtiment au-dessous de la filature, comme un petit bateau plat pressé contre le flanc du paquebot !

La coconnière qui occupait le rez-de-chaussée laissait échapper une odeur piquante, presque agréable car elle n'était pas très forte à l'extérieur. Je respirai encore cette senteur dans l'escalier où se bousculaient toutes les ouvrières.

Sur le perron large comme une grande chambre se tenaient M. Charles et deux ou trois gouvernantes, qui étaient des femmes d'âge.

M. Charles avait fini de compter les ouvrières et les apprenties. Il se campa, les mains sur les hanches.

– Les nouvelles apprenties, par ici. Ah ! la Jourdanette, enfin. Je croyais que tu attendais d'avoir trente ans et d'être veuve pour venir t'embaucher !

Je veillai à éviter son regard. Il sortit de la poche de son gilet une feuille de papier qu'il déplia et il lut nos noms en les écorchant tant qu'il pouvait.

– Alexandrine Legrand... non, Jourdan. Marie Mignon... non, Mignot ... Lydie Canaille... eh, eh... Canayé.

Il me poussa dans l'escalier avec deux filles, une Malvina Carrière, que je connaissais de vue et une Rachel Roussel, aussi rousse que son nom, et toutes les deux plus petites que moi.

– Vous trois, suivez-moi.

Un jeune homme aux longs cheveux bruns tira la cloche en balançant son chapeau. La plupart des ouvrières étaient déjà rentrées. M. Charles nous entraîna vers le fond de la cour, à l'ancien atelier, où le tournage se faisait encore à la main.

Je crus pénétrer dans les entrailles vivantes d'un monstre, une baleine ou un gros poisson, comme la bête inconnue et géante qui a avalé Jonas.

Cet atelier avait été remis en marche depuis deux ou trois jours. Déjà, l'odeur des babots, des chrysalides mortes, empuantissait l'air et m'entra tout de suite dans le nez, jusqu'au fond de la gorge. Elle s'attachait à toutes les fileuses, même celles qui lavaient souvent leurs mains et leur visage et lessivaient leur linge avec grand soin.

Mais c'était l'odeur du beau métier des jeunes filles de mon pays. J'attendais d'en être imprégnée tout entière pour devenir enfin une d'elles : une grande personne, une ouvrière.

9

La Bombudo me lance un défi

Ce fameux matin, je n'aurais jamais convenu que la nausée me tordait l'estomac. Je faisais la fière et l'aguerrie. J'étais persuadée que le travail est une prière, et je le suis toujours, quoique j'aie, au long de ma vie, trouvé d'autres prières aussi bonnes.

J'offrais à Dieu la puanteur qui montait des déchets de la création à mes narines trop délicates : c'était aussi une oraison.

Au vrai, je me mordais le dedans des joues, je me plantais les ongles dans la peau pour m'empêcher de vomir.

La petite Malvina Carrière, elle, courbée en deux, tremblante, la figure toute verte, rendit tripes et boyaux. La volonté d'être plus forte m'ôta d'un coup mes délicatesses. Je me précipitai pour la soutenir. M. Charles exagéra une grimace de dégoût, puis se mit à rire aux éclats.

– On jette la cargaison pour sauver le navire !

Il me prit par l'épaule, de sa forte poigne.

– La grande mademoiselle a aussi le cœur qui lui lève ?

Je le regardai dans les yeux comme au Grand-Mas la première fois que nous nous étions rencontrés. Je répondis, en patois :

– *Non, monsur*, je n'ai jamais le cœur qui me lève.

Je me tins droite devant lui, digne et respectueuse, sans servilité, comme si je ne l'avais jamais vu.

– Je suis prête, monsieur.

Deux rangées d'une dizaine de bassines, supportées par un

bâti en pierre, se faisaient face, de chaque côté d'une ruelle, et les ouvrières se tenaient pour travailler le dos aux baies vitrées. Elles avaient déjà ouvert les robinets de vapeur pour chauffer l'eau où elles mettaient à tremper quelques poignées de cocons. Filer, c'est faire à rebours le travail du ver[1]. Puis les fileuses battaient les cocons ainsi cuits avec un petit balai de bruyère, l'« escoubette » ; enfin elles commençaient à tirer les fils pour les assembler, en dévidant plusieurs cocons à la fois.

Les tourneuses se tenaient debout ; elles faisaient aller deux « tours » et travaillaient donc pour deux fileuses, assises sur un tabouret devant leur bassine.

M. Charles s'en alla au fond de l'atelier pour parler à une grosse femme, posée de tout son poids sur une chaise d'où débordait sa forte personne.

– C'est Suzon Perrier, la Bombudo, qui nous surveille, me souffla l'Allumette.

La Bombudo cousait une pièce d'étoffe sur ses genoux. Comme elle criait en parlant, j'entendis qu'elle se plaignait à M. Charles qu'on ne lui eût pas permis de choisir parmi les nouvelles une au moins qui eût une belle voix.

Une petite femme rousse, qui se trouvait au milieu de la rangée de droite, me parut âgée d'au moins vingt-cinq ans, et plus habile que les autres fileuses. Elle avait déjà fini ses préparatifs, réuni ses baves, passé ses fils dans les œilllets pour les attacher au dévidoir. Les cocons dansaient dans sa bassine, pendant que les fils s'enroulaient.

Alors, la femme rousse se leva de son tabouret, prit la place de sa tourneuse, une petite fille brune de onze ans à peine.

– À toi, Martinette.

Et la petite fille s'assit devant la bassine pour surveiller les fils. Elle était à peine assez grande pour prendre la bonne position des bras. C'est ainsi, sans doute, que se faisait l'apprentissage.

1. Le fil ou bave du ver à soie est constitué de fibroïne, la soie proprement dite, enveloppée dans une sorte de colle, le grès, qui durcit le cocon. Le fil dévidé, encore imprégné de grès, s'appelle soie grège.

La femme rousse m'appela d'un signe, je courus la rejoindre, elle me regarda et fronça les sourcils, tout en tournant sa roue, car le dévidoir ne devait pas s'arrêter. Je l'avais déjà vue au temple. Elle était jolie, gaie, bonne chanteuse. Elle aussi crut me reconnaître.

– Tu es la fille de Virgile-Paul ? La Jourdanette ?

Avec la vapeur qui sifflait et les machines qui craquaient, il fallait crier pour s'entendre.

– Moi, je suis Thirza, veuve Tabusse, dit-elle.

Je l'honorai d'une inclination de tête, et elle me sourit.

– Tu as l'air grande et forte. Tu vas travailler avec moi, puis tu aideras les autres, s'il faut.

Je me mis au tour, en un clin d'œil. Aider les autres ? Si j'avais eu cent mains, j'aurais fait aller tous les tours, j'aurais tiré tous les fils. Au fond de la salle, la Bombudo leva la tête et entonna, d'une voix à arrêter le vent de l'Aigoual :

Chantons, chantons sans cesse / La bonté du Seigneur ! / Qu'une sainte allégresse / Remplisse notre cœur !

Soudain, elle changea d'air et de ton, et ce fut *Le Rouet*, une ronde patoise, que nous connaissions toutes.

N'aï un tournet / Qué biro, qué rébiro...
(J'ai un rouet / Qui tourne et tourne encore...)

Cette fois, les papistes, qui étaient à peu près de moitié dans l'atelier, s'en donnaient à cœur joie, et je ne pus me tenir de chanter avec elles.

Et tout de suite, Thirza reprit avec moi :

N'aï un tournet
Qué biro tout soulet !

Après deux ou trois couplets, elle me dit à mi-voix, presque dans l'oreille :

– La Bombudo va être contente de toi. Elle voudrait bien que les protestantes et les catholiques chantent en chœur !

Je donnai un coup d'œil à la grosse femme, tout en surveillant mes baves qui filaient et mes cocons qui dansaient.

– Regarde plutôt ton fil ! dit Thirza.

Elle me poussa, baissa un cliquet pour arrêter le dévidoir.

– Vois donc ce vilain bouchon...

Un bouchon était un défaut du fil, plus gros qu'un frison.

Jourdanette, tu n'es pas encore une fileuse ! Le sang me monta à la figure. Thirza rit gentiment de ma confusion.

Elle m'apprit à lancer un cocon neuf. On joignait la bave à celle du cocon épuisé, devenue toute fine. Elle prenait sa place et le nouveau cocon se mettait à danser avec les autres.

Puis j'entendis qu'on m'appelait à grands cris.

– *Jourdanèto ! La dourco ! La dourco es vouido !*

La cruche était vide ! Les nouvelles avaient pour tâche d'aller chercher l'eau à une source proche et de porter à boire aux autres, en commençant par la Bombudo et les anciennes.

La journée durait seize heures. Quatre « passées » de trois heures d'horloge chacune, séparées par trois pauses d'une heure. Une heure s'ajoutait le soir, à la nuit tombante en été, à la nuit noire en fin de saison. À tout moment, des ouvrières marchaient dans l'atelier en étirant bras et jambes, ou bien s'en allaient à la source ou à la rivière se bassiner les yeux.

Un garçon de quinze ans, Basile, dit *lo Qinçoun*, le Pinson, avait la charge d'apporter les cocons aux fileuses et s'occupait aussi d'allumer les lampes. Il se dandinait avec son bidon à huile et son porte-mèche, un sourire mi-réjoui, mi-imbécile sur sa grosse bouche...

M. Charles le traitait comme il n'aurait jamais osé le faire des filles : pis qu'un chien. Il s'amusait à railler sa dégaine pour l'humilier devant nous. Basile était son souffre-douleur habituel.

Il aurait sûrement préféré une fille pour ce rôle, mais la religion et les bonnes mœurs ne le permettaient pas. On se racontait les punitions qu'il infligeait au malheureux, en exagérant sans doute un peu. Les fileuses qui voulaient être bien vues n'avaient pas scrupule à renchérir sur la méchanceté du contremaître.

– Voyez-le donc, disait M. Charles, fait comme la jambe d'un chien !

Et chaque fille inventait une comparaison à son idée.

– *Fa coum'un biel lèbré*, un vieux lièvre.

– *Fa coum'un asé dé mountagno,* un âne de montagne.

– *Fa coum'un chi brégous*, comme un chien batailleur.

L'Allumette en profitait pour se revancher de sa misère sur un plus misérable.

– Fait comme un chien qui jappe à la lune !

Lo Qinçoun prenait toutes les moqueries du bon côté. Il avait l'air toujours gai et heureux, et c'est pourquoi, sans doute, on l'appelait le Pinson. Un de mes premiers soirs à la fabrique, M. Charles le força à me faire la révérence.

– Tu vois cette demoiselle ? C'est Alexandrine la grande. Tu vas lui porter le respect, car elle sera bientôt dame. Elle va épouser le fils du *pouticari*, le fils du pharmacien de Nîmes !

Et les autres rirent bêtement de lui et de moi plus encore. Alors M. Charles parla à la cantonade, droit sur ses ergots.

– Et savez-vous pourquoi l'apothicaire de Nîmes a besoin d'une *filhado*, d'une bru, longue comme un jour sans pain ? C'est pour attraper les pots tout en haut, en économisant l'échelle !

Je me tenais à ma tâche comme si je n'entendais ni ne voyais. Plus tard, je questionnai Thirza :

– Est-ce que M. Charles s'amuse à vexer toutes les nouvelles apprenties ?

La veuve me toucha la joue du bout de ses doigts secs et durs. Mais c'était une bonne caresse.

– Non, non, pas toutes. Seulement celles qu'il trouve jolies !

Elle en vint bien vite à me parler sans fard.

– Ma foi, on rit, mais je voudrais bien pour toi que tu te maries tant que tu es belle et en bonne santé. On se gâte le corps et l'âme à la fabrique. Les mains, la figure, les yeux, le dos, la peau... et le tempérament. Il ne faut pas rester plus que de besoin, et même, si on est fine, un peu moins. Tâche de trouver un galant qui t'épousera avant que tu deviennes vilaine comme je suis !

– Mais vous n'êtes pas vilaine. Vous êtes belle !

Elle me sourit, on aurait dit qu'elle essayait de se voir par mes yeux. Et je ne lui mentais pas. Elle était jolie de taille et de figure, droite, bon teint et les yeux clairs. Ses mains seules, épaissies et fendues de gerçures, gâtaient un peu son charme.

Un soir, M. Charles parti avec son bouffon, elle m'avoua tout bas qu'elle voulait gagner sa complaisance.

– Je tâche de pas lui causer de dépit, et j'espère qu'il me mettra au moulinage, comme Juliette Pieyre. Là, le travail se fait à moitié tout seul et on s'abîme guère les mains. Tant pis si je gagne cinq sous de moins par jour.

L'Allumette, toujours bonne écouteuse, se mêla soudain de notre conversation.

– Vous, la veuve, ça ne vous fait pas peine de gagner cinq sous de moins, parce que vous avez vos écus de chemise !

Thirza ne se fâcha ni ne se défendit, mais je crus voir dans ses yeux une lueur de honte. J'appris peu après qu'elle partageait souvent le lit de M. Charles.

La Bombudo se prit bientôt d'amitié pour moi.

Je la menais par le bras à sa charrette et j'attelais l'âne Jòu, une bête placide qui aimait les caresses. Le mari de la Bombudo, Samson Perrier, m'aidait quelquefois à la hisser sur le siège. Il était un peu ivre, mais il tenait assez bon sur ses pieds pour guider la bête jusqu'à leur maison, à environ un kilomètre de la fabrique.

La Bombudo m'assura qu'elle avait la confiance des messieurs.

– Charles Rabanel a ses qualités. Il réussit à faire marcher toutes ces mécaniques que nos messieurs en sont entichés. Et puis il mène tous les garçons à la baguette, et grâce à lui les filles ont la paix. Il tient la dragée haute aux ouvrières qui se croient un peu maîtresses à la fabrique, comme Thirza Tabusse. Il est bon gendarme. Sans doute qu'il en faut un, dans une maison pleine de papistes sans vergogne, avec la religion qui tombe en quenouille chez les huguenots. Mais c'est moi que nos messieurs écoutent quand ils veulent savoir ce qui se passe à la filerie, et pas M. Charles !

Elle me prit les mains.

– Tu chantes comme une montagnarde, à tue-tête, on sent bien que tu as appris avec les loups. Mais tu as la voix et l'oreille. Tu peux devenir notre meilleure chanteresse, au temple et à la fabrique. Si tu veux être bonne enfant avec moi, je te ferai le bec, et pas seulement au chant. Tu me suivras aux réunions, chez le pasteur Couderc, une ou deux fois par semaine. Les messieurs accordent ces heures sur le temps de journée. Mais il faudra que tu viennes aussi au culte et qu'on t'entende. Pour commencer, appelle-moi Suzon.

Elle avait une autre idée à mon sujet. Elle me l'avoua un

soir, assise sur sa charrette, pendant que je grattais l'âne. Elle se mit soudain à psalmodier un couplet d'une vieille complainte.

Quand fera-t-on cesser la barbare pratique
D'arrêter les progrès d'un culte évangélique !
Quand fera-t-on cesser la barbare fureur
De poursuivre en tous lieux les enfants du Seigneur !

Je m'exclamai joyeusement, sans le moins du monde pressentir ce qui m'attendait :

– Ah oui ! *Quand fera-t-on cesser la barbare pratique...* C'est la complainte sur la mort de M. Lafage [1]. Mon père en connaissait au moins dix couplets.

– Dix couplets... Ton père est un brave garçon, mais un fainéant. Autrefois, les complaintes étaient une affaire d'hommes. Les hommes chantaient, les femmes disaient si les hommes permettaient. De nos jours, aux Trois-Vallées, un seul homme sait encore la complainte de M. Lafage : notre premier chantre, Absalon Cambacédès. Mais le malheureux ne sait qu'une mauvaise variante, recopiée par un tabellion sans foi ni loi. Il a juré qu'il ne l'enseignerait jamais à une fille et il n'a jamais trouvé un garçon qui la veuille apprendre. Tant mieux, sa complainte ne vaut rien. Soixante-trois couplets, une indignité. Quant à son papier, qui est taché de vin et de café, personne ne peut plus le lire. Moi, je lis la Bible comme tout le monde, mais je ne sais guère écrire. Je tiens la complainte, la vraie, de mon père qui l'a chantée cinq cents fois au moins. Et je n'ai pas oublié un seul des quatre-vingt-dix-sept couplets...

– Quatre-vingt-dix-sept !

Je commençais à pressentir la terrible gageure qu'il me faudrait soutenir si j'écoutais la Suzon. Je me tus, grattant toujours la tête de Jòu, qui se mit à braire de contentement. La Bombudo continua ses explications.

1. Étienne Teissier, dit M. Lafage, pasteur de l'Église réformée, prêchait « au désert » vers le milieu du XVIIIe siècle. Il fut arrêté à Monoblet par les dragons du roi le 4 août 1754. Pendant sa détention, il suscita l'admiration de ses geôliers et bourreaux. Il fut pendu à Montpellier le 17 août 1754.

– Si j'avais eu un fils, j'aurais commencé à l'enseigner dès ses huit ans. L'Éternel ne m'a donné que des filles, et elles n'ont guère bonne tête. J'ai cherché des garçons qui aient le cœur de tenir le flambeau de la religion. Pas un n'a su plus de vingt couplets au bout d'un an. Basile, lo Qinçoun, est allé jusqu'à dix-sept en deux ans. Mais il perd la mémoire en courant. Il en sait encore quatre ou cinq, et même il les mélange. Savoir ne suffit pas, il faut savoir dans le bon ordre et point mélanger...

Elle me regarda d'un air d'espoir. Mon cœur battait si fort qu'il me sautait dans la gorge à chaque coup. Mes mains tremblaient. Je devais m'accrocher à l'âne pour ne pas tomber. Quatre-vingt-dix-sept couplets ! Je comptais mes pauvres heures, désespérément : seize à la fabrique et tant pour me préparer et pour aller, et tant pour venir, et tant pour dormir, et tant pour ci, et tant pour ça... J'avais beau faire, je n'en trouvais pas plus de deux douzaines dans la journée. Je me dis : « Tu ne peux pas. »

Mais une voix dans mon cœur, celle d'un ange ou d'un démon, murmurait avec insistance : « Tu peux. » La tête m'en tournait. Je rêvais d'accomplir une belle action, égalant les prouesses des huguenotes au temps du désert et de la guerre. Mais nulle aventure, nulle grande tâche n'était plus offerte aux femmes de ce siècle. Et pour une petite fille de la montagne, qui savait tout juste lire et écrire, c'était une envie insensée.

Je voulais être une bonne fileuse, une bonne ouvrière de fabrique, et peut-être plus tard une maîtresse couturière en soie. Mais ce dernier but était trop lointain pour contenter mon âme. J'avais quatorze ans et besoin d'un projet à entreprendre tout de suite.

Quatre-vingt-dix-sept couplets à savoir par cœur, avec l'enchaînement, pour chanter la religion et l'héroïsme des ancêtres ! C'était magnifique, mais trop difficile pour moi.

Je sentis les larmes monter à mes yeux.

La Bombudo se taisait. Elle dit enfin, tout bas :

– Ce n'est pas si difficile quand on a la tête neuve.

– Quatre-vingt-dix-sept couplets !

– Si tu voulais, le Seigneur t'aiderait.

Je tremblais de tout mon corps. C'était une chimère, une

folie. J'avais entendu parler d'une terrible maladie qu'on attrapait en se forçant la cervelle...

Je ne pouvais pas. Les larmes coulaient sur mes joues. La Suzon me regarda avec bonté et compassion.

– Tu as le temps d'y songer.

Non, je sentais que je devais me décider tout de suite, ou bien ce serait jamais. Quatre-vingt-dix-sept couplets ! Un par semaine pendant deux ans, ça paraissait presque facile. Mais au bout de trois mois, il y en aurait une douzaine à retenir. Et deux douzaines au bout de six mois ! Je ne pouvais pas.

– Tu as envie de l'apprendre, hé, je le vois dans tes yeux.

La Suzon se pencha pour me caresser les cheveux et la joue.

Je pleurais, de désir et de désespérance. Quatre-vingt-dix-sept couplets à savoir, trois cent quatre-vingt-huit vers, assez longs pour beaucoup, ça me paraissait un impossible tour de force. À peu près comme si on m'avait proposé de monter à l'Aigoual sur une jambe !

Je n'avais été de ma vie au théâtre, je connaissais à peine l'existence des acteurs. Je savais au plus trente versets de la Bible et pas même sur le bout du doigt.

Je finis par dire oui, j'en avais trop envie.

10

Le renard et les mûres

Je participais aux réunions de chant, avec la Suzon, Thirza et lo Qinçoun. Comme promis, nos messieurs permettaient que le temps du chant fût pris sur la journée de travail.

La Bombudo me disait :

– On nous moque tant l'une que l'autre, moi parce que je suis grosse, toi parce que tu es grande. Moi, ça ne finira que le jour où je partirai. Toi, Jourdanette, un jour on te respectera !

Mais ce jour n'était pas encore venu. M. Charles ne se lassait pas d'inventer des malices pour amuser les autres à mes dépens. Basile, sur son ordre, venait me chanter une chansonnette, *La lauseto é lo qinçoun,* au moins une fois par jour. Après, il me demandait pardon.

– Si je ne le fais pas, M. Charles me trempera dans l'écluse.

Quoi qu'il fît ou ne fît point, le pauvre Qinçoun était trempé dans l'écluse deux ou trois fois par semaine, et il passait des demi-journées avec ses vêtements mouillés sur le dos.

Tout le monde croyait que c'était une bonne façon d'endurcir un garçon. M. Charles m'appelait quelquefois *lauseto,* mais il préférait me traiter d'échalas, de perche ou de *filhado.* Et les autres comprenaient la filhado de l'apothicaire.

Il brodait sur cette farce sans jamais se fatiguer.

L'Allumette me disait :

– Va-t'en, Jourdanette. Il ne te lâchera jamais. Et les vieilles jurent que tu es trop grande pour être jamais une bonne fileuse.

Elle se nommait en fait Élise Lhoume, et on l'appelait la

Lhoumette, mais j'avais mal entendu son surnom le premier jour. L'Allumette, pourtant, lui allait bien. Elle était grasse comme un cent de clous. On disait : « L'Allumette n'a plus que le bec, l'Allumette ne bat que d'une aile. »

Certains jours, elle toussait à faire pitié. Mais elle travaillait bien et ne méritait aucun reproche.

Thirza aussi s'inquiétait pour moi.

– Tu es bonne tourneuse, mais tu souffriras pour filer. Tu as les mains trop maigres, tu pèleras jusqu'aux os ! Ton père me connaît, dis-lui que je te donne cet avis.

Seule la Bombudo me faisait prendre courage.

– Ne te soucie pas pour l'eau chaude. Quand tu seras habile, tu te brûleras moins. Et puis je te donnerai un baume que je fais, c'est un secret de ma grand.

Aux réunions de chant, je ne risquais pas de rencontrer M. Charles, ni de me faire appeler « perche » ou « bru ». Le nouveau pasteur, Simon Couderc, était enjoué, bienveillant, fort bel homme, et il appréciait ma voix. Il prêchait avec feu. Et il ne trouvait pas mauvais que je sois grande... Il me disait en riant :

– Bon souffle et bonne oreille, tu iras à l'opéra !

Les réunions de chant, comme les réunions bibliques, se passaient chez lui, et sa femme, Marie-Élisabeth, nous accompagnait au piano. Les anciens ne voulaient pas d'orgues ni d'harmonium au temple, mais la musique nous aidait beaucoup à retenir les airs.

Le chantre Absalon Cambacédès s'opposait fermement au pasteur pour les nouveaux cantiques que M. Couderc voulait introduire au culte. Il soutenait que seuls les psaumes pouvaient être chantés pendant l'office. Le pasteur s'était pris d'engouement pour les cantiques du nouveau recueil qui venait de paraître, *Chants chrétiens.* Il y avait, à cette époque, chez tous les protestants un vif regain de la foi, qu'on appelait le Réveil. Je trouvais les nouveaux chants magnifiques. J'aurais voulu les apprendre tous.

– Je suis sûr que ta voix plaît au Seigneur plus qu'aucune des nôtres ! me dit M. Couderc.

Il choisit pour commencer un beau cantique en vers courts, disant : *Ô Dieu, ton temple, / C'est l'univers. / Quand je contemple*

/ Les cieux, les mers, / Et cette terre // Et sa beauté, / J'adore, ô Père, / Ta majesté.

Oh ! la grimace d'Absalon Cambacédès. Le chantre se retenait de crier au blasphème !

Le pasteur Couderc devina que la joie et le bonheur montaient de mon cœur à mes lèvres, pendant que je lisais ces lignes à haute voix, faute de savoir encore les chanter. Je trouvais là le plus fort de ma religion.

Pour moi, le temple du Seigneur, c'était la nature tout entière, du ver à soie jusqu'à la plus lointaine étoile, avec l'Aigoual entre les deux. Et révérer l'univers me semblait une façon de prier, au moins aussi bonne que lire la Bible, dire des oraisons, chanter des cantiques. Peut-être n'aurais-je pas connu cette exaltation si je n'avais pas vécu au pied de l'Aigoual...

Absalon Cambacédès s'en alla sur ces entrefaites et ne revint aux réunions de chants que beaucoup plus tard.

D'autres personnes, comme Mlle Ruth la sage-femme, chantaient avec nous ; mais bien des gens attachés aux idées anciennes boudaient les réunions à cause des nouveaux cantiques.

Absalon Cambacédès fit le tour de la ville pour mettre en garde les anciens : « Où allons-nous, mes frères, mes sœurs ? Le nouveau pasteur veut maintenant nous faire chanter des chants catholiques ! » Les anciens l'approuvaient. « Ces cantiques ne sont pas dans le psautier, ils ne sont pas inspirés par le Saint-Esprit. »

Moi, tout ce que je pouvais, c'était chanter avec tout mon cœur, en espérant avoir un jour le bonheur de clamer dans le temple de pierre : « Ton temple, c'est l'univers ! »

Ce bonheur, je l'ai eu. Je m'en souviens comme si c'était hier. Après avoir hésité, pris bien des avis, presque tous opposés, notre pasteur osa l'innovation qu'il méditait depuis des mois : faire chanter en public un des nouveaux cantiques.

Un dimanche à la fin de l'été, après la lecture du Symbole des apôtres, M. Couderc annonça un « chant chrétien » au lieu du psaume habituel. J'étais avec le chœur, sur la tribune au fond du temple. Les yeux fermés, je voyais le ciel dans ma tête. On me raconta plus tard comment Absalon Cambacédès avait refermé son psautier avec un geste de dépit. Il n'avait pu s'empêcher de grimacer si fort que son binocle lui était tombé dans les mains. Il resta ainsi tête basse, les poings serrés.

Puis le chœur se leva, sauf la Suzon Perrier qui ne pouvait tenir debout sans appui, et nous chantâmes notre cantique. *Ô Dieu, ton temple...* Bien sûr, j'avais rouvert les yeux. Beaucoup de têtes se retournèrent. En ce temps-là, tous les hommes gardaient leur chapeau pendant le culte, ne se découvrant que pour l'oraison. Alors, il y eut comme une vague dansante sur tous ces chapeaux, du côté des hommes. Et les regards de tous, hommes et femmes, se posaient sur nous, comme si nous étions ces animaux à ressemblance humaine et à quatre faces que décrit le prophète Ézéchiel !

Les bonnes gens hochaient la tête. « Tout de même, c'est bien beau, ces chants nouveaux ! »

En arrivant au milieu du cantique, mon émotion était si grande que je fermai de nouveau les yeux. Je ne sentais plus mon corps, j'eus peur de m'évanouir. Il me parut soudain que j'étais transportée dans un monde de lumière et de fleurs, impossible à décrire. Effet de la grande fatigue où j'étais, dormant moins de cinq heures par nuit, parfois moins de quatre ? Il se peut.

Pourtant, ce ne fut pas une épreuve, mais un temps de bonheur, d'adoration et d'oubli. Pendant notre chant, Absalon Cambacédès et les anciens tenaient les yeux baissés et les dents serrées. Ils attendaient le psaume qui ne pouvait manquer de venir après.

Et alors, ils lancèrent leur souffle avec une puissance de tempête.

Ma vie était une course sans fin, sur les chemins et même à la fabrique, où il me fallait aider les autres tourneuses, remplacer les fileuses qui avaient besoin de sortir à tout bout de champ, prendre des leçons de chant ou de filage auprès de la Bombudo, accompagner lo Qinçoun à la distribution des cocons, ou bien le remplacer, aller à la cruche, laver le sol ou les vitres deux fois plus que mon tour... Les railleries de M. Charles avaient persuadé les autres qu'on ne risquait rien à me tyranniser. Chaque fois qu'il passait à l'atelier, il demandait en criant fort :

– Est-ce que la Jourdanette a bien chanté ?
– Oui, elle a bien chanté, répondaient les autres.
Et Charles : « Quand va-t-elle courir ? » Toutes : « Elle va courir bientôt ! »

J'apprenais jour après jour, semaine après semaine, la complainte de M. Lafage.

Beaucoup de couplets étaient en vieux français, je les comprenais mal. La Bombudo déformait aussi les mots. Tant pis. Je recopiais chaque soir, sur mon cahier, les deux vers ou le couplet que la Suzon m'avait versés dans l'oreille.

Tant pis, tant pis. Je prenais sur mon sommeil pour écrire deux, trois, quatre lignes. Je comptais les lignes, les couplets, les heures et les minutes. Mes jours s'étiraient de nuit noire à nuit noire et au-delà, à mesure qu'on s'en allait vers l'automne. Je comptais, je comptais, espérant quelque miracle qui ajouterait un petit moment à ma vie, comme un croûton oublié au fond d'un placard qu'on retrouve un jour de grande disette.

Quelle disette de temps dans mes journées !

Le soir, si j'accompagnais la Bombudo à son âne, voire à sa porte, et Juliette au Grand-Mas, je rentrais chez moi une douzaine et demie d'heures après mon départ le matin. Mon père m'attendait quelquefois pour parler de ma journée. Il avait envie de bavarder. Il voulait toujours savoir si j'avais vu les messieurs. Hélas, je ne voyais presque jamais les messieurs.

Ma mère dormait. Elle ne s'éveillait pas à mon retour, ou bien se sentait trop fatiguée pour se lever. Mon père déclamait un couplet avec moi et en profitait pour boire un ou deux verres de piquette.

Il me restait encore à ravauder, préparer ma nourriture du lendemain et une tisane d'herbes pour ma gorge et ma poitrine qui me brûlaient, sécher mes vêtements... recopier quelques lignes de la complainte de M. Lafage sur mon cahier. Mes bras étaient lourds, mes doigts engourdis, ma tête semblait pleine de la poussière des cocons ou de la buée de l'atelier. Et encore, avant d'aller me coucher, je sortais deux ou trois minutes sur la galerie du mas. Je me tournais vers l'Aigoual, ma montagne.

Quelquefois, le clair de lune dessinait sa sombre masse contre le ciel, contre le monde. Ma journée finie s'élevait de moi en prière silencieuse. Et c'était la promesse d'une nouvelle bataille, contre les aiguilles des horloges qui tournaient trop vite à mon gré, contre ma paresse aggravée par la fatigue, contre l'envie de me regimber. Je me sentais forte et, justement parce que j'étais forte, prête à subir toutes les humiliations.

J'étais soudain reposée, d'esprit et de corps, comme si j'avais eu déjà mes cinq heures de sommeil, bon poids. Mes yeux grands ouverts dévoraient le paysage de la nuit. Un feu s'allumait dans ma poitrine, et je croyais que c'était la chaleur de mon cœur qui s'éveillait sous la braise.

Je disais une prière pour mon frère, qui allait s'engager et peut-être partir pour l'Algérie. Puis je m'endormais pour quatre à cinq heures de doux sommeil.

Je descendais en courant. Je rejoignais Juliette au Grand-Mas. Elle avait des journées courtes et un travail facile. Mais, souvent, quand nous nous retrouvions, elle dormait encore à moitié, elle me bâillait à la figure, se frottait les yeux, grognait que j'avais bien de la chance !

Elle me répétait en les enjolivant toutes les sornettes et les méchancetés que M. Charles disait partout à mon sujet. La bru de l'apothicaire lui plaisait entre toutes ses inventions.

Je riais avec elle. Un secret chagrin me venait pourtant. De quoi voulait-on me punir ? D'être grande ? D'être trop vieille pour une apprentie ? De mieux parler français que les autres, même les protestantes ? De chanter avec le pasteur ?

– Il te déteste, me disait Juliette en parlant de M. Charles. Oh, qu'il te déteste ! Mais que lui as-tu donc fait ?

– Je ne lui ai rien fait !

– Non, ce n'est pas possible.

Au début, elle exultait. Charles avait de l'affection pour elle, comme un cousin, rien de plus, pour le moment. Mais un jour, qui sait ? Et puis il estimait son travail, il la protégeait. Il l'avait mise au moulinage pour qu'elle ne se gâte pas les mains.

Il regardait souvent ses doigts et ses paumes et les touchait aussi pour s'assurer que la peau s'adoucissait, que l'enflure diminuait et que les crevasses se refermaient. Il voulait qu'elle ait de jolies mains. Elle lui caressait la joue pour le remercier. C'était son cousin, après tout. Son cousin, son cousin...

Et son plaisir était bien augmenté en voyant qu'il me traitait mal, qu'il me désignait quand l'occasion se présentait pour le lavage du sol, le récurage et toutes les tâches pénibles et sales.

– Qu'elle apprenne à se plier !

Et il disait aussi :

– La prochaine saison, elle verra ce que c'est de filer tout le jour. Elle n'a pas de chair sur les mains, la peau lui tombera !

Juliette me tâtait les doigts avec un air de dégoût, comme si elle touchait une bête malade.

– Il a raison. Tu n'as pas de chair sur les os. Quand tu seras à ta bassine tout le jour, ta peau tombera !

– Ma peau tombera ?

– Oui ! Puisque M. Charles le gage, c'est sûrement vrai.

Mais elle finit par trouver qu'il parlait beaucoup de moi, son Charles. Certes, il me raillait, me tournait en dérision, faisait rire à mes dépens et me prédisait les pires disgrâces si je m'obstinais à devenir fileuse. Mais enfin il saisissait toute occasion pour me mettre sur la sellette, c'était un peu bizarre. Il pensait toujours à moi.

Juliette commençait à s'inquiéter. Elle me disait : « Il t'a prise en grippe... » Et elle me regardait, d'un air de se demander s'il n'y avait pas entre nous un grave secret.

Thirza me souffla l'idée qui trottait par la tête de quelques ouvrières.

– On raconte que M. Charles a voulu t'embrasser, mais que tu l'as calotté et qu'il ne te le pardonne pas !

« Mais... mais... mais... » Je ne trouvais qu'à bêler comme une chèvre perdue, tant j'étais ébaubie.

– M. Charles est un homme... Et moi, je n'ai pas quinze ans.

– Tu en parais seize.

Thirza me toisait, avec dans ses beaux yeux bleus un mélange de tendresse, de soupçon et de pitié... Enfin, c'était ainsi que je le voyais.

– On dit aussi que tu as un galant et que M. Charles, pendant ce temps, mange son pain sec à la fumée du rôti !

J'ouvrais des quinquets comme des écuelles. Franchement, je ne comprenais rien à ce baragouin. Thirza soupirait, souriait.

– Tout seul dans son lit, quelquefois, M. Charles...

– M. Charles ?

Je n'entendais rien à cette histoire et je ne voulais surtout pas essayer de deviner. Thirza tournait sans fin autour du pot.

– Vois-tu, elles croient toutes que tu as au moins seize ans, ce n'est pas pareil !

Cela faisait donc une si grande différence, d'avoir seize ans ?

Thirza me guignait sous ses cils.

– Le renard dit que les mûres sont trop vertes, cette année... Enfin, c'est ce qu'on croit, pour M. Charles.

– Les mûres des mûriers ou les mûres des ronces ?

Thirza éclatait de rire.

– Es-tu sotte, ma pauvre Jourdanette ! C'est une façon de parler. *A dicha dé reinar... !*

11

En attendant l'orage

Une nouvelle saison d'éducation était commencée.

Après deux semaines, toute la famille s'occupait des vers. D'abord la cueillette des feuilles : il en fallait peu au début, quelques poignées, puis de plus en plus, bientôt des pleins sacs, et, à la fin, tout ce que les hommes, les femmes et les enfants pouvaient ramasser, du soir au matin.

À la magnanerie, on tournait sans arrêt autour des tables. Un rayon de jour tombait de deux fenêtres aux volets entrebâillés et la lueur des feux de chêne vert éclairait faiblement la salle, qui devait toujours être à demi obscure. Du moins les vieilles femmes le juraient.

Distribution de la nourriture, trois ou quatre fois par jour, entretien des feux, surveillance des vers, chasse aux sales bêtes, rats et fourmis, « délitages » ou nettoyages de la litière : telles étaient les tâches des femmes, aidées quelquefois des enfants. Dans certaines maisons, la magnanerie devenait le centre de la vie. Le travail fini, on y musait pour admirer les beaux vers blancs, gras, vaillants, et écouter les mandibules faire leur bruit d'averse en déchiquetant les feuilles. Au début, on aurait dit une douce ondée poussée par la brise de mai. Plus tard, cela devenait une pluie d'orage battant le toit.

Par moments, cette crépitation était si forte qu'on devait crier pour s'entendre.

L'odeur aigre-douce qui flottait dans l'air était aussi familière aux magnanières que leur propre haleine. Elles éventaient tout de suite les mauvais relents de saleté, de pourriture ou de maladie. Elles savaient, au nez mieux qu'à l'œil, le moment de changer les litières.

Les fabriques étaient fermées : les filatures depuis l'hiver ; le moulinage depuis Pâques. Au Grand-Mas, on voyait presque chaque jour les maîtres, les « patrons » comme on les nommait en ville : François IV, M. François-David et sa dame, Mme Valentine. Ils amenaient des parents, des amis, des clients, des négociants de Lyon...

M. Charles se montrait parfois, aussi, courant la campagne à cheval, pour ses affaires ou pour son plaisir.

Margot se pavanait sans gêne au milieu des allées et venues et du brouhaha. Je travaillais à mi-journée au Grand-Mas, du matin au milieu de l'après-midi.

Chez nous, la grand cédait doucement son rôle et sa place. Bon gré, mal gré, je ne sais, plus qu'à demi obligée, sans doute, par la fatigue de l'âge. On la voyait souvent assise sur son tabouret, près d'une cheminée, d'où elle guidait ma mère pour le travail, ou moi quand j'étais là.

Ma mère ne l'écoutait pas ; et moi je n'avais plus guère besoin d'être guidée pour les tâches ordinaires de l'éducation. Mais je la guettais d'une oreille : je sentais qu'elle lâchait un à un, mélangés de sentences en vieux parler et de proverbes bibliques, les dits des anciens et des maisons.

Un soir, j'écrivis sur mon cahier :

Tant de petites créatures dans le monde et la nature ! Dieu pense-t-Il quelquefois à elles, dans son immense Esprit ? Est-ce qu'Il les aime ensemble, comme une seule chose qu'Il a faite ? Ou a-t-Il un sentiment d'amour pour toute une chacune ? Pour le ver tombé que j'ai écrasé sous mon talon ? Pour la fourmi, qui trotte de toute la vitesse de ses pattes en traînant un fardeau plus gros qu'elle et que je vais écraser, sans le faire exprès ?

« Dieu a fait toutes choses belles en leur temps ; aussi a-t-il mis le monde dans leur cœur, sans que l'homme toutefois puisse comprendre, depuis le commencement jusqu'à la fin, l'œuvre que Dieu a faite. » (L'Ecclésiaste.)

Nous avions deux principaux ennemis : les fourmis et les rats. Les fourmis dévoraient les petites chenilles du premier âge. À partir du deuxième âge, elles mangeaient seulement les vers morts et les déchets, mais elles pouvaient encore blesser les vers vivants et les faire mourir. Par chance, il était assez facile de les chasser, en disposant de la cendre autour des pieds du montant qui supportait les tables.

Pour les rats, nous ne faisions pas trop confiance aux chats de la maison. Quand les rats étaient gros et méchants, nos minets prenaient peur et tiraient leurs chausses. Si au contraire ils mettaient l'ennemi en fuite et restaient seuls maîtres de la magnanerie durant la nuit, ils faisaient la sarabande sur les tables et se régalaient des vers les plus gras !

La grand, qui ne les aimait pas, les accusait d'avoir dévasté des tablées entières, presque sous ses yeux. Jamais elle ne leur abandonnait la garde de nuit de la magnanerie.

Cette garde, nous la partagions toutes les trois, avec ma mère. Je n'avais plus le temps ni le courage de copier un seul verset de la Bible.

Ces sales rats profitaient du moindre assoupissement qui nous prenait pour repartir à l'attaque. Je me revois les chassant avec toutes sortes d'armes et d'outils : bâton, couteau, tisonnier, pierre... Une nuit, j'en tuai un avec le manche du fouet de mon père ! Ils s'en allèrent tout soudain. Allez, délogez sans trompette ! C'est qu'on leur avait mené la vie !

Créatures de Dieu ou du diable ? Je me posais la question, en portant les cadavres au fumier.

Les rats n'étaient pas partis très loin. Ils avaient suivi la pente comme les gens. Le lendemain, je les retrouvai au Grand-Mas. Et la nuit suivante, Margot me prit à gages pour veiller avec elle.

Au Grand-Mas, la garde n'était pas facile, avec deux magnaneries de deux étages chacune à surveiller, plus une petite salle sur le côté. Je courais, courais d'une pièce à l'autre, armée du fouet de mon père qui claquait sec. J'entendais les rats, les rates et les ratons s'échapper avec cent mille pattes. Je n'essayais jamais d'en attraper un pour le tuer, il y en avait trop.

Sitôt étendue sur ma paillasse, je me mettais à rêver, de magnans et de rats. Je voyais du coin de la prunelle les vers glisser vers moi, en moi, par milliers, par millions.

J'étais endormie, mais mon cœur veillait, et voici la voix de mon bien-aimé qui heurtait, disant : Ouvre-moi, ô ma sœur, ma grande amie, ma colombe, ma parfaite. Je m'abandonnais. Je savais que j'allais devenir un cocon de soie, me changer en un million de fils d'or, c'était le bonheur.

– Alexandrine !

Margot me secouait l'épaule, m'appelait, m'arrachait à mon rêve, au moment où tout devenait infiniment bon.

– Viens vite, viens vite voir !

Elle me tira par le bras, m'entraîna à travers la magnanerie.

– Je crois qu'ils s'en vont, qu'ils partent tous !

Qui s'en allait ? Je gémis :

– Mon Dieu, les magnans !

Margot rit aux éclats.

– Non, sotte, les rats !

À la lueur d'un « calel », une petite lampe à huile, on les voyait courir sur les plinthes, les poutres, les murs. Je les suivis dans l'escalier, puis au-dehors, sous le clair de lune.

– Ils s'en vont, Margot ! Ils s'en vont !

C'était une horde qui dévalait hors du Grand-Mas, par la cour, les traversiers, avec un piétinement feutré et des petits cris pointus. Jamais je n'avais vu tant de rats. Qu'est-ce qui les pressait soudain de fuir ?

– *Malhur dé malhur !* s'écriait Margot.

La chaleur était plus lourde, l'air plus mou. La « touffe » nous guettait !

Les magnaneries du Grand-Mas étaient bien ventées, avec des grandes fenêtres et même des ouvertures dans le toit. Mais chez nous, l'air manquait, une chaleur humide et lourde pesait sur les gens comme sur les pauvres vers. Et ainsi dans toutes les maisons ou presque. On disait bien qu'il fallait *aurejar,* aérer, mais c'était plus facile à dire qu'à faire. La grand allumait de petits feux dans les cheminées, pour provoquer un souffle et aussi chasser l'humidité. Les vers se sentaient peut-être un peu mieux, mais la chaleur s'élevait encore dans la pièce.

On étouffait moins, mais on transpirait plus.

L'horizon marbré virait au rouge. De gros nuages s'accumulaient sur la montagne, puis s'en allaient. D'autres arrivaient de la mer. On regardait le ciel, on soupirait : « Il y a du vent, là-haut. Espérons qu'il va bientôt descendre. »

Au Grand-Mas, le cinquième âge tirait à sa fin. Margot avait décidé de « mettre la bruyère » la nuit, à cause de la fraîcheur. J'annonçai la nouvelle chez nous, au repas du soir. Mon père tourna la tête vers la fenêtre.

– La Margot se hâte bien, avec l'orage qui menace.

En cas d'orage, les vers étaient toujours en péril.

La grand sourit à mon père, puis à moi.

– Qui peut dire le temps qu'il fera demain ?

J'empruntai à mon père sa lanterne de muletier et je dévalai au Grand-Mas, en pleine nuit, pour aider à « embruguer », ce qui signifie mettre la bruyère en cévenol. On garnissait les tables de longues tiges courbées face à face, en arceaux, formant comme une voûte où les vers allaient tisser leur cocon.

Tout le monde se pressait autour des tables, car il fallait que le travail fût achevé au matin. On commençait par la plus haute table, presque sous le toit. On dressait les tiges de bruyère sur les espaces dégagés, en les inclinant un peu pour entremêler leurs cimes. Elles dessinaient la forme de deux mains jointes par le bout des doigts.

Nous étions plus d'une douzaine de personnes, autour de Margot, à travailler joyeusement, mais sans désordre et sans tapage. Une profusion de lanternes suspendues nous éclairaient. Margot ne ménageait pas l'huile des messieurs.

On se serait cru sous la pleine lune. Nos ombres, agrandies, allaient, venaient, se mêlaient, se déployaient, sur les tables et sur les murs. Tout semblait plus vaste et plus beau. On aurait dit une scène de la Bible : une tribu occupée à monter son camp au fond d'une grotte.

Je décrochai une lanterne pour regarder les vers. Ils étaient presque tous d'un joli jaune, avec une peau translucide. Ils ne mangeaient plus et ne bougeaient guère, assommés par la touffe du jour. Ils avaient un peu minci, ils étaient pleins de soie, et prêts à baver leur fil...

– Monsieur Charles !

Le contremaître entra sans s'annoncer. Il se mêla à nous, la chemise ouverte et les manches retroussées, mais ne toucha pas à la bruyère. Il n'était certes pas venu pour travailler. Il passa près de moi et je respirai une odeur de graisse à frotter les fusils, un relent de sueur de cheval aussi..., à moins que ce ne fût la sienne.

Je le vis attirer Juliette dans un coin d'ombre et je détournai les yeux. Ah, il profitait de l'obscurité et du remue-ménage pour venir conter fleurette à sa cousine.

Je poursuivis mon travail et l'oubliai un moment. Plus tard, il s'approcha de moi par surprise et posa la main sur mon épaule. Au passage, il tira une mèche de mes cheveux, sous mon mouchoir de tête. Je tordis le cou pour me dégager. Il me retint par le bras et me souffla son haleine à la figure.

– Holà, petite, est-ce que j'ai le feu dans les mains ?

Je n'avais que faire de ses mains. Il avait bu, il était à moitié ivre. Je songeai : « Si tu te tais, il te croira intimidée et s'amusera de toi. Si tu réponds niaisement, il te tiendra pour une paysanne sans instruction et... et ça, tu le veux pas ! »

Un proverbe de la Bible me sauta à l'esprit, je le lâchai sans trop réfléchir.

– *Quelqu'un marchera-t-il sur la braise sans que ses pieds soient brûlés ?*

Je croisai son regard. La lueur d'une lampe se reflétait dans ses yeux gris de loup. Je distinguai les cicatrices de sa figure. Il se mit à rire assez franchement.

– Voilà une drôlette qui a un beau toupet pour douze ans !

Se tromper sur mon âge était sa façon d'avoir le dernier mot. Il savait que j'avais quinze ans. Il pouvait voir, comme son nez dans son miroir, que j'en paraissais au moins seize. Un jour, il trouverait commode de dire que j'en avais dix-sept !

12

Le jour de la grande touffe

L'orage menaçait toujours. Je rentrai chez moi.

Encore une journée de touffe.

Les mulots couraient jusqu'à l'entrée des maisons : on aurait dit qu'ils voulaient se réfugier à l'intérieur. Les pigeons montaient très haut et semblaient aspirés par le ciel. Les guêpes se glissaient sous les manches et les jupons, à la recherche des peaux mouillées, piquaient et mouraient. Les fourmis ailées envahissaient les magnaneries et se posaient au milieu des vers.

Dans la vallée et au flanc des collines, toujours pas un souffle.

Je proposai à la grand de placer quelques bruyères sans déranger les vers, pour voir s'ils montaient. Elle accepta d'un hochement de tête.

– Ça ne coûte pas d'essayer. Mais guette-les bien. Ils ne sont pas encore prêts.

J'étudiai leur couleur, un blanc crémeux tirant sur le jaune. Je regardai battre la veine de leur dos. La chaleur les assommait. Au début de l'après-midi, la touffe devint encore plus forte. On respirait avec peine dans la magnanerie. J'osai dire à la grand qu'il fallait faire un courant d'air. Elle leva les yeux au plafond et acquiesça. Ma mère haussa les épaules.

– Tu n'as qu'à souffler pour appeler le vent !

Je parlai des salles du Grand-Mas, bien mieux aérées que la nôtre. Ma mère tapa du pied de colère.

– Va-t'en donc au Grand-Mas, si c'est mieux que chez nous !

La grand se taisait, on ne la reconnaissait plus. Elle m'envoya chercher mon père, mais je ne le trouvai pas. Elle me prit le bras.

– Petite ! Tu saurais monter sur le toit sans te rompre le cou ?

J'étais déjà allée sur le toit, avec mon père ou toute seule, je n'avais pas peur. Je devinai l'idée de la grand.

– Je monterai en jupon, pour être plus à l'aise.

– C'est bien, dit la grand. Ceux qui te verront de loin te prendront pour un ange du ciel.

Elle me montra où ôter des tuiles pour laisser passer l'air. Je quittai ma robe, et ma mère m'aida à dresser l'échelle en maugréant contre les hommes qui ne sont jamais là quand on a besoin d'eux. Elle en voulait à mon frère d'être parti soldat.

En un clin d'œil, je fus sur le toit. Aussitôt, il me prit une fièvre d'envie et de songe. Je me retins de danser sur les tuiles en clamant un cantique. J'admirai le ciel, tout de feu et de plomb fondu, et j'aperçus d'immenses montagnes. Ce n'étaient pas notre Aigoual, ses cimes, ses chaînes qui veillaient toujours sur nos vallées comme les murs d'une forteresse. C'étaient les montagnes de mon espoir, mes châteaux en Espagne, que la force du rêve faisait réels en quelque autre monde.

Mais, avant de rêver, je devais ôter douze tuiles du toit pour rafraîchir nos vers !

Vite, au travail. J'avançais sur la pointe des orteils. La mousse chatouillait la plante de mes pieds, me donnait des frissons et l'envie de danser. J'enlevai les tuiles à la hâte. Si la pluie venait enfin, on recouvrirait le toit avec des sacs, des toiles, des bâches de mulet.

Je me redressai, m'étirai, aspirai une grande goulée d'air. J'apercevais les maisons des Trois-Vallées, tout en bas de la pente, et le Grand-Mas à mi-chemin. Je baisai le bout de mes doigts et je lançai dans l'air une pensée de tendresse pour Margot et Juliette.

À ce moment, je vis un cavalier qui montait par un sentier.

Lui aussi m'avait vue, en jupon, sur le toit. Il me renvoya mon geste. M. Charles !

J'aurais dû descendre en hâte et m'habiller. Je ne sais ce qui me prit. Je restai là, appuyée à la cheminée, à le braver et à l'attendre.

Tandis qu'il approchait, à cheval, je marchai jusqu'au bord le plus élevé du toit, vers la pente du terrain et le bas du hameau. Sa monture avançait en raclant la pierre de ses sabots. Il vint à portée de voix et me cria :

– Est-ce que je n'ai pas la berlue, Jourdanette ? Je te vois bien là-haut en chemise et jupon !

– À votre place, je baisserais les yeux, monsieur.

– Et à ta place, je reculerais d'un pas ou deux !

Je prenais un vif plaisir à le regarder ainsi, de haut.

– Ôtez votre chapeau, que je voie votre figure.

Il le fit sans hésiter et leva les yeux vers moi. Il avait la figure très rouge et les cheveux collés par la sueur. Son cheval transpirait aussi, secouait la crinière et frémissait des flancs.

Je posai les mains sur mes hanches et mimai la surprise.

– Mais c'est monsieur Charles ! Je vous avais pris pour le fils du pouticari qui cherchait son échelle !

Il grommela quelque chose que je ne compris pas, puis demanda ce que je faisais là-haut.

– Et qu'est-ce que vous faites sur ce cheval, qui n'a pas, à le voir, le pied montagnard ?

– Jourdanette...

Je sentis une peur sincère dans sa voix. Il craignait sans doute de perdre une fileuse si je tombais du toit... Mais il ne pouvait savoir combien j'étais à mon aise sur les hauteurs. Et ce n'était qu'un précipice en miniature, à peine huit mètres. Un chat eût sauté et se fût retrouvé sur ses quatre pattes. Je devais surtout veiller à ne pas casser les tuiles.

Je me retins de crier « miaou ! miaou ! ». La chaleur de la touffe faisait bouillir les nerfs et les têtes.

– Tu n'as ni père ni mère pour t'interdire tes singeries ?

Ma mère était à la magnanerie, sous mes pieds. Je tournai la tête du côté des champs de mûriers, pour chercher mon père du regard. Je glissai un peu, me rattrapai d'un entrechat, de justesse, la respiration coupée. M. Charles lança deux jurons bien plaisants : « tubleu ! choléra ! ». Mais je n'avais pas envie de rire. Je remontai vite vers le haut du toit.

– Je vais te chercher là-haut ! cria Charles.

Il guida son cheval dans le chemin qui contournait le hameau, pour passer derrière le mas. J'avais tout le temps d'aller à l'échelle et de descendre du toit avant qu'il n'eût trouvé la bonne sente. Surtout qu'il ne voulait pas marcher à pied, par gloriole sans doute. Et son cheval soufflait et renâclait...

Alors, je restai postée au faîte du mas pour le guetter, tant je m'amusais à le voir peiner sur une bête rétive. J'espérais au fond de moi que sa monture allait se rebeller et le jeter bas. C'eût été à faire rire un tas de pierres.

Je le perdis de vue une minute ou deux, puis il ressortit dans un traversier, qu'un escalier séparait du Mas-Haut. Il vit qu'il ne pouvait passer et me cria d'une voix furieuse :

– Descends tout de suite de ce toit !

Je ne pus m'empêcher de crier qu'il vienne me chercher.

Je songeai à ce moment que mon père allait arriver et nous surprendre. Les gens étaient dans les magnaneries, mais quelqu'un finirait par nous apercevoir.

Tobie se montra alors, le fusil à la main. Il m'avait vue sur le toit, en jupon, il avait cru que Charles Rabanel me poursuivait.

Il menaçait le contremaître de son fusil, en lui criant des injures en patois. Il avait l'air terrible, le brave Tobie. Il était comme tout le monde agité et affolé par le feu du ciel.

Devant ce canon braqué sur lui, Charles prit peur. Il essaya de fuir, il brandit sa cravache et lança malencontreusement son cheval dans l'escalier du traversier. Je courus à l'échelle. J'entendis la bête hennir, puis un bruit de sabots glissant sur la pierre. Enfin, un bruit de chute, un cri, et un coup de fusil.

Je descendis en hâte, mon jupon s'accrocha à un montant et se déchira. Seigneur ! Si Tobie Pellet avait blessé ou tué M. Charles, ce serait ma faute. J'arrivai à l'escalier pour voir le contremaître se relever en se frottant les reins. Il n'avait rien. Je criai à Tobie que tout allait bien. Il secoua la tête et commença à recharger son arme.

Vite, j'aidai M. Charles à remonter en selle et je lui montrai le chemin au bout du traversier. Nos regards se croisèrent. Il aurait voulu me foudroyer, mais le rire lui vint.

– Alexandrine Jourdan, tu as réussi à me ridiculiser. C'est de bonne guerre. Mais on se reverra... Xarine !

En entrant à la magnanerie, je crus que la pluie commençait à tomber. Mais non, c'étaient les magnans qui mangeaient, mangeaient en faisant leur bruit d'averse.

Quelle fraîcheur ! On aurait dit qu'elle montait du fond de la terre. Vite, un peu de feuille nouvelle. Je remplis un sac que je distribuai. Ma mère en apporta un autre, et la grand répartit la feuille entre les vers les mieux réveillés.

Mon Dieu, qu'ils étaient beaux !

Longs comme deux phalanges de mon petit doigt, ronds, doux, d'un blanc tirant sur le crème ou le cendré, avec des reflets roses ou blonds, ils avaient des anneaux bruns, plus ou moins marqués.

Ils vivaient plus fort à mon idée que tous les animaux. Leur corps bougeait tant qu'ils n'étaient pas repus, leurs pattes s'agitaient, leur bec piquait, tranchait. Et surtout leur peau frémissait sans arrêt, même lorsqu'ils se reposaient.

Ils avaient un air de serpents au premier soleil de printemps. Ils faisaient des ronds avec leur dos battant, ils balançaient leur museau, ouvraient la gueule en quête de la céleste manne.

Il plut le lendemain. L'éducation était sauvée.

Quinze jours plus tard, je retournai à la filature.

13

Charles et Victor

Les affaires de nos messieurs prospéraient. Toute la manufacture de l'arrondissement s'était mise à envier aux Favière leur jeune contremaître, sans se soucier de sa naissance ni de sa conduite.

Puis les jalousies s'éveillèrent. Bien des gens savaient que Charles était le bâtard de Mme Adrienne, mais on avait fait semblant de l'oublier. On recommença à s'en souvenir.

– Si bâtard est bon, c'est d'aventure. S'il est mauvais, c'est de nature !

Charles n'avait pas tardé à se distinguer par ses méchantes fréquentations, son penchant pour la boisson, la dispute, les filles dévergondées. Il se tenait très bien dans les ateliers, mais prenait sa bonne revanche le samedi soir et le dimanche, ainsi que les semaines où il allait à Nîmes pour s'instruire des progrès de la mécanique et des nouvelles modes de tissus.

Les premières plaintes contre lui étaient venues des protestants. Le curé appréciait sa complaisance et, faut-il le dire, son indifférence en religion qui avantageait les catholiques.

François IV avait toujours cédé aux demandes de sa jeune sœur Adrienne. Il se faisait un devoir familial de soutenir son neveu, fût-il un méchant bâtard. Il confiait volontiers à son fils, François-David, le commerce qu'il n'aimait guère, mais il ne voulait pas lui donner tout de suite le timon de la charrette. Le partage d'autorité entre François-David et Charles lui convenait bien. Diviser pour régner était dans sa nature.

Le cas de Charles Rabanel nourrissait d'interminables discussions chez les Favière des trois maisons. À l'hôtel Favière, François IV s'en amusait avec ses parents et amis de la même génération, son frère de Lyon, Louis-Xavier, qui venait trois ou quatre fois par an aux Trois-Vallées. À la Maison neuve, M. François-David et Mme Valentine avouaient les tourments que leur causait l'inestimable contremaître.

François-David était un homme religieux et vertueux : la crainte de Dieu autant que sa probité lui interdisaient d'être injuste avec Charles comme avec quiconque. Et puis le négoce le passionnait, alors que la fabrique lui semblait un mal nécessaire.

Il admettait la nécessité des machines à vapeur et des tours mécaniques, qu'il avait voulus. Il admirait les progrès de l'industrie. Mais il avait une grande peur des chaudières et des engrenages. Il était aux cent coups chaque fois que Charles s'en allait pour quelques jours.

– Et si nos chaudières venaient à exploser ?

Charles souriait, l'air mi-figue, mi-raisin.

– Cela s'est vu. Mais pas toutes à la fois.

– Et si tous les engrenages se grippaient par je ne sais quel serrement ?

– Je ne serai pas parti longtemps.

– Et si la mécanique se précipitait, au contraire, par une bouffée de vapeur ?

– Il y a eu des cas de ce genre. Je rentrerai vite.

En bref, François-David ne pouvait plus se passer de son cousin. Et s'il avait dû gouverner lui-même la fabrique, il aurait été trop accommodant avec les ouvrières, trop généreux pour les gages, pas assez regardant sur les comptes.

Il n'aimait pas visiter les ateliers, qu'il aurait souhaités plus sains, plus clairs, moins malodorants et bruyants. Il édictait dans son cabinet de nouvelles règles pour augmenter les temps de repos des ouvrières et améliorer leur bien-être. Par exemple, il avait décrété que la fabrique servirait à toutes des repas complets et non plus seulement la soupe...

– Eh bien, mon ami, disait François IV avec un sourire indulgent, la faillite de la maison Favière ne saurait plus tarder. Et les pauvres fileuses que tu auras flattées dans leur paresse et leur gourmandise n'auront qu'à aller voir chez Nouvel, Rey-Méjean ou Angliviel si la vie est plus douce !

François-David souffrait mais se taisait, persuadé que son père, au fond, avait raison. Valentine, sa femme, partageait ses idées généreuses ; elle le consolait et lui prêchait la patience.

Charles était devenu irremplaçable. Mais il était toujours aussi brutal. Il aimait s'imposer par la force des poings, se colleter avec des hommes aussi robustes et violents que lui.

Son aide, Ésaïe Sounalou, dit le Biou, le Bœuf, avait deux fois son âge et pesait quatre fois son poids.

D'abord, le Biou n'avait pas supporté d'être commandé par un galopin. Des paroles, ils en étaient venus aux mains et ils avaient fini par se battre férocement. Ils avaient découvert qu'ils étaient de même force à la lutte et ils s'étaient réconciliés au cabaret, devant une dame-jeanne.

Mais Charles respectait et avantageait à toute occasion un nouveau venu, le réfugié Polonais Victor Jan, qu'il était allé chercher de Nîmes. Il lui apprenait l'entretien et la réparation des machines et ne se privait pas de l'entraîner à ses fredaines.

Au Grand-Mas, Mme Adrienne entendait rapporter par les gens de la maison, souvent avec exagération, les tristes exploits de son fils. Elle désespérait de jamais le voir s'assagir et s'attendait chaque jour au pire. Elle cherchait un réconfort près de Margot et de Juliette, qui défendait son cousin Charles avec ardeur.

M. Gabriel poussait Juliette à câliner Charles : un mariage entre les deux bâtards, cousins germains, l'un protestant, l'autre catholique, eût causé un terrible scandale dans la famille Favière et la société des Trois-Vallées. À cette pensée, il était aux anges, il ne se tenait plus dans sa peau.

Mme Adrienne me parlait quelquefois de son fils, avec délicatesse, sans jamais insister. Elle aurait bien voulu savoir l'opinion que j'avais de Charles en mon for intérieur, mais elle ménageait ma modestie. À ses yeux, l'attachement de Juliette pour Charles n'était qu'une amourette d'enfant.

– C'est une imagination ou quelque chose de pis encore. Une chimère de Juliette ou de vous deux, je ne sais. Je te prie de ne pas l'encourager à se monter la tête ni à faire des châteaux en Espagne !

Victor Jan, le Polonais, était très gentil avec moi. Il me souriait, chaque fois que nous nous croisions, ce qui arrivait au moins deux fois par jour, à l'atelier ou dans la cour.

Il me disait : « Ho, ho, Alexa, belle jeune fille très brune ! » Il avait remarqué la couleur de mes cheveux et non ma taille. J'en étais bien aise. Il ne m'appelait pas Xarine : cela lui rappelait trop czarine, qui était le titre de l'impératrice de Russie.

Il avait un nom polonais très compliqué, qui commençait par Jan... suivaient cinq ou six lettres difficiles à prononcer. Bref, on disait Victor Jan, ou M. Victor.

En passant près de moi, il me criait à l'oreille : « Je suis là pour aider *au* cas de besoin ! » Ou bien un verset du Nouveau Testament, qu'il avait appris la veille ou dans la nuit, en français. Il en était encore au début, à l'Évangile de Matthieu.

Le diable lui dit : Je te donnerai toutes ces choses si en te prosternant tu m'adores.

Ou bien : *Vous êtes le sel de la terre, mais si le sel perd sa saveur, avec quoi la lui rendra-t-on ?*

Il choisissait les versets qu'il me répétait, avec plus de malice que de foi. Ou bien était-ce moi, la malicieuse ?

Parfois, il chantonnait les deux ou trois vers qu'il savait en français d'une chanson de guerre polonaise : *Non, tu n'es pas sans défenseur, ô Pologne chérie !* Et je me disais : « Certes, certes, mais nos montagnes des Cévennes ne sont peut-être pas le meilleur lieu pour défendre la Pologne ! »

Victor Jan était venu en France, avec d'autres réfugiés de son pays, après l'insurrection de 1830, écrasée par le Czar de Russie. Pour les huguenots, les mots *refuge* et *réfugié* étaient lourds du souvenir des temps de malheur. Les réfugiés étaient ceux des nôtres que la révocation de l'édit de Nantes avait chassés de France.

Vers 1833, de nombreux Polonais étaient partis pour l'étranger, comme les huguenots en Suisse, en Hollande, en Prusse, à la fin du XVIIe siècle. Le gouvernement du roi Louis-Philippe les avait cantonnés d'abord à Avignon. Certains y étaient restés, d'autres étaient partis, par groupes ou bien seuls, dans diverses villes de France, craignant toujours d'être livrés au Czar par le roi. Victor Jan était allé à Nîmes, où il avait travaillé avec Charles Rabanel. Se disant pourchassé encore par les espions du Czar et la police du roi, il avait fui Nîmes, et rejoint son ami Charles aux Trois-Vallées.

Il apprenait avec lui la mécanique des manufactures. Je me demandais souvent comment ils pouvaient tous les deux reconnaître et distinguer tous ces engrenages, ces poulies, ces appareils attachés ou emboîtés, tournant chacun à sa façon !

Pendant les pauses, où les moulineuses venaient visiter les fileuses, à la rentrée et à la sortie de l'atelier, sur le chemin, Juliette parlait sans cesse de Charles et de Victor. Elle comparait leurs mérites et vantait leur savoir-faire à tous les deux.

– Les hommes doivent tout savoir des machines et de leur façon de marcher ! Non seulement au moulinage mais à la filerie et aux chaudières. Tu pourrais, toi ?

– Non, avouais-je. Enfin, si quelqu'un me montrait bien...

Elle se fâchait tout rouge.

– Jamais Charles n'apprendra ses secrets à une fille. Et puis tu n'es pas assez capable.

J'avais un peu peur de cette mécanique, mais c'était la mécanique de la soie, et j'aurais aimé apprendre toutes les choses qui touchaient le fil d'or.

Moi aussi, j'admirais l'habileté des hommes, surtout le Polonais qui venait d'un pays presque sauvage et n'avait peut-être jamais vu une fabrique ou une manufacture avant d'arriver en France. Mais je ne restais pas à béer devant ses prouesses.

Victor était très bel homme. Je le guignais parfois, à la vive clarté du soleil jaillissant des baies, derrière nous. Je n'avais jamais vu une tête si bien faite ni une si jolie figure sur les épaules d'un aussi gai luron. Il était plus grand que Charles, plus grand qu'aucun homme de ma connaissance, mais proportionné en harmonie avec sa taille. On l'imaginait mieux à cheval, menant une troupe de hussards, que battant la semelle dans une fabrique. Il était vêtu comme un élégant de la ville, mais avec un gilet tout élimé et la dentelle de sa chemise tachée d'huile.

Les boucles blondes d'une chevelure de coquette cachaient son haut front sans rides. Selon son humeur, ses yeux bleus avaient un regard très doux – quand il lorgnait les filles ou les femmes – ou bien très dur, quand il citait certains passages de l'Évangile, quand il observait le ciel, vers l'est, dans la direction de son pays. On aurait cru son nez taillé dans la pierre fine, tant il était droit et bien dessiné ; mais sa large mâchoire faisait songer à celle d'une bête carnassière.

Je me forçais à détourner les yeux de sa bouche, grande et charnue, avec la lèvre de dessous un peu gonflée, débordant sur celle de dessus. Une bouche telle que je n'en connaissais aucune autre, d'homme ou de femme, qui me tirait la vue comme le dévidoir tirait les baves, et me donnait des pensées, des envies même que je n'avais jamais eues !

Une fois, il me surprit en train de frotter les vitres. Je n'avais qu'un tabouret, l'échelle étant prise par une autre. Je m'étirais de tout mon long. Mais une crampe au mollet m'empêcha de me hausser sur la pointe des pieds.

Je forçai sur mes reins, sur mes épaules, sur mes bras. Je ne pouvais pas ! Soudain, j'entendis un rire d'homme derrière moi. Aussitôt, je me sentis soulevée par la taille, je devins toute légère et grandie d'une bonne coudée. Ce n'était pas le moment de protester ni de gigoter. Je donnais trois ou quatre coups de chiffon en toute hâte, la sueur au front.

– Bien, bien, mademoiselle Jourdanette !

C'était Victor Jan. J'avais reconnu son odeur avant sa voix.

Il me reposa doucement sur le tabouret. Je sentis mes joues brûler de honte. Charles arriva à ce moment en tempêtant. Le pauvre Victor se fit parler à grosses dents et faire la leçon.

– Pas de ça, Lisette !

– Lisette ?

Charles frappa du poing contre le montant de la fenêtre.

– J't'en fous ! Tu sais bien que tu ne dois pas poser la main sur une fille ou une femme dans l'atelier, même pour lui montrer le travail. Si tu te fais prendre, tu pourras retourner à Varsovie à pied !

– Retourner à Varsovie à pied ?

Victor ne prenait pas l'affaire très au sérieux. Il regardait son ami, Thirza et moi, tour à tour en riant.

En s'en allant, pour suivre Charles, il se détourna, me sourit et me fit un signe de la main.

Sa main... ses mains, je les sentais encore me presser la taille pour me soulever. Mon cœur me pinçait et battait la chamade.

Victor était déjà loin.

14

Entre le ver à soie et l'étoile lointaine

J'étais si fatiguée. J'avais la tête pleine de nouveaux cantiques et de mon interminable complainte.

Je me sentais bien punie de n'avoir presque plus de forces, plus de souffle, et la tête comme vidée de l'esprit. Le soir, je m'arrêtais sur le chemin de La Croix, je récitais le premier couplet de M. Lafage. Je regardais l'Aigoual et je chantais : ... *le mont sacré de Dieu / Fut toujours un aimable lieu...*, en pleurant.

Vinrent les pluies d'automne. La Bombudo me voyait la tête pesante, les jambes près de faillir, la poitrine secouée. Elle me prit par l'épaule.

– Tu vas dire à tes parents que tu resteras dormir à la fabrique jusqu'au beau temps. Je demanderai à ces messieurs qu'on te trouve une place au dortoir.

Les chambres d'ouvrières étaient une nouveauté à la fabrique des messieurs Favière. Elles n'étaient même pas encore finies.

Les jours de mauvais temps, Juliette dormait en ville, chez une parente. La cousine qui me gardait au temps de l'école avait eu depuis quatre ou cinq enfants. Elle n'avait plus de place pour moi. Mon père approuva l'idée de la Bombudo.

Il me regardait d'un air absorbé qui ne me trompait pas. Je voyais bien qu'il se faisait aussi du mauvais sang pour moi. Il me sourit un peu tristement.

– La saison de filage est plus qu'à la moitié. Tu pourrais dormir à la fabrique jusqu'au bout...

Ma mère grommela selon son habitude.

– Alors, de toute la semaine, on ne te verra pas ?

Ma pauvre grand ne dit rien. Elle s'éteignait comme un feu sous la cendre et ne parlait presque plus. Ma mère était la maîtresse de l'oustal tant que de la magnanerie.

Il fut donc décidé que je dormirais à la fabrique dans la semaine et rentrerais le samedi soir, comme toutes celles de la montagne. Le dortoir était aménagé en deux chambres. Ces messieurs parlaient d'en construire un plus grand et plus aéré à l'étage au-dessus. En attendant, la place manquait.

Il ne restait plus un seul lit dans la chambre des protestantes, non qu'elles fussent plus nombreuses, mais leur salle était plus petite. Pas de lit, ni d'espace pour en mettre un, même en se serrant. D'ailleurs, les autres n'avaient aucune envie de se serrer. On me donna le choix entre la chambre des catholiques ou un coin dans le grenier. Je choisis le grenier, mais la Bombudo se récria. J'allais attraper un méchant froid au milieu des courants d'air. Quelqu'un trancha court. On me mit avec les catholiques.

La plupart des pensionnaires couchaient à deux par lit. J'eus de la chance, on me trouva un petit lit de fer où je serais seule près de la porte.

Il pleuvait tout le jour sur la vallée, et nos trois rivières commençaient à monter. On ne voyait plus la montagne. Le premier soir, je regardai longuement dans la direction du Liron, où était La Croix-aux-Vents.

Je songeai : « Quel bonheur de rester ici ! »

Je fus reçue très gentiment par les catholiques, qui chantaient en patois et priaient la Vierge. C'est à cause des prières qu'on était obligé de séparer les religions. Le pasteur Couderc disait : « C'est malheureux, je le regrette. Serait-il si fou de mélanger des prières à la gloire du même Dieu ? »

Les prières à la Vierge ne me gênaient pas, elles m'amusaient. Mais le curé tenait à la séparation, approuvé, il faut dire, par la plupart de nos anciens, dont le chantre Absalon Cambacédès.

Si mes oreilles n'étaient pas offensées, mon nez l'était. Quel étouffoir à cocons, cette chambre ! Et l'odeur ! Les pieds des papistes sentaient plus fort que les babots pourris au fond des bassines. Et elles avaient de grands pieds, qui leur montaient jusque sous les bras !

Une presque vingtaine de drôlettes et de jeunes filles de tous âges dormaient là, dans des chemises à peine moins sales que leur peau. Nous étions serrées comme des brebis dans la bergerie d'un pauvre homme. L'odeur était bien plus forte qu'à la magnanerie et même qu'à la filerie, car on y manquait complètement de ventilation, et toujours quelqu'une des plus grandes se plaignait d'un courant d'air imaginaire. Les jeunettes ne protestaient guère. La peur des courants d'air, c'était bien catholique, mais ça ne prenait les filles qu'à partir de quinze ou seize ans ! Enfin, on bouchait le moindre interstice, on glissait des chiffons sous les portes... Ah, si on avait pu s'arrêter de respirer !

On s'habitue vite aux mauvaises odeurs des bêtes ou des choses, mais plus difficilement à l'infection qui vient des personnes près desquelles on doit vivre. Oh, ce premier soir... J'aurais voulu être à courir dans un sentier de la montagne, sous la pluie glaciale !

J'avais entendu dire que le curé interdisait aux jeunes filles de jamais trousser leur jupon pour se laver, ça devait être vrai. Thirza, que je questionnai sur ces entrefaites, se mit à rire sous son bonnet.

– Mais attends donc ! Il n'y a pas que le jupon. Leur religion leur interdit de se laver avec les deux mains. Il leur faut toujours en garder une levée pour chasser Satan ! Alors, pour être plus sûres, elles gardent les deux !

Elle ajouta, en regardant le plafond :

– Si j'étais dame, j'aurais une grande baignoire en cuivre et une servante qui me verserait six seaux d'eau chaude chaque fois que je rentrerais d'une excursion à cheval.

Je ne supportais pas la puanteur du dortoir. Nous en parlions tous les jours. Thirza chantait au temple, mais elle aimait bien se moquer de la religion, la nôtre et l'autre.

– Je suis une vraie huguenote, disait-elle, aussi sérieuse que si elle eût prêché en chaire. Je déteste la crotte encore plus que les chants à Marie. En attendant ma baignoire de comtesse, je me trempe au moins deux fois par mois dans ma cuve à lessive !

Et moi, en attendant de reprendre, avec quel bonheur, le chemin de la montagne, j'avais la crotte et les marmottements des petites qui gémissaient dans leur sommeil. Le matin, elles parlaient quelquefois de leurs rêves, ce qu'on ne faisait pas chez les protestantes. J'étais piquée au début, mais je les enviais. Moi aussi, j'avais des rêves, des bons et des mauvais, j'aurais aimé les raconter à quelqu'un, mais je n'osais pas. On devait garder le secret sur ces choses, comme sur certaines sensations du corps, sauf si c'étaient des songes bibliques.

L'Allumette avait changé de place avec une autre pour venir près de moi. Une gentille idée, et je me disais : « Elle m'aime bien, c'est une façon de le montrer... » Mais je n'en étais pas très sûre. Peut-être, au contraire, voulait-elle me tourmenter. Car elle remuait, toussait, geignait, faisait mille bruits tout au long de la nuit.

En s'endormant, quand elle avait fini de tousser, elle murmurait longtemps, les lèvres fermées, une chanson sans mots qui s'en allait par ses narines et ressemblait à la plainte du vent, l'hiver, dans les bois. Pendant son sommeil, elle lâchait des gargouillis, des pépiements, des raclements de gorge. Je me réveillais souvent, à ces bruits, puis me rendormais aussitôt.

Le matin, elle racontait : « J'ai rêvé d'un cochon habillé... J'ai rêvé d'une bougie toute rouge... J'ai rêvé du diable à cheval... J'ai rêvé que M. Charles me traînait par les cheveux, à écorche-cul... J'ai rêvé que j'étais dans un énorme cocon... » Elle ne m'en disait pas beaucoup plus, parce qu'elle avait honte de parler patois avec moi et qu'elle savait peu de français.

Mes compagnes me regardaient avec curiosité. Elles étaient ensemble, de la même famille. Elles piaillaient entre elles ; quand je m'approchais ou prêtais l'oreille, les conversations se taisaient. Je me sentais étrangère au milieu des papistes ; mais je ne sais pas si j'aurais été beaucoup plus à l'aise dans la chambre des protestantes.

Le curé vint un soir. Par accord avec les messieurs, il avait le droit de visiter ses ouailles à la fabrique, mais pas dans les ateliers. C'était un homme tout simple, au corps rond, à la mine fraîche et rose. On voyait bien qu'il n'avait pas de grands tourments. Je n'aurais jamais eu l'idée de l'interroger sur la parole de Dieu !

Je m'imaginai en train de lui dire mes péchés dans le tuyau

de l'oreille, pour recevoir le pardon de l'Éternel. L'envie de rire me prit et je sortis pour aller voir le ciel.

Il me fit signe qu'il voulait me parler, seul à seule. Je l'attendis à la porte, sous l'auvent qui me protégeait de la pluie et un peu du vent. Il arriva sans se presser, ouvrit son parapluie. Sa mule, attelée à une petite voiture couverte, hennit en le voyant.

L'averse frappait avec violence la capote qui ruisselait. La pauvre mule soufflait, s'ébrouait, tapait du pied. Les mules ont souvent mauvaise tête et guère de cœur, mais celle-là aimait bien son maître. Qu'on ne me demande pas comment je le savais. Le fait est que je le savais.

Le curé s'approcha de moi, et me toucha la joue.

– Ah, c'est toi la huguenote qui dort avec mes filles ? J'espère qu'elles ne te disent pas de mauvaises paroles. Je les connais, elles se mouchent sur leur manche, elles ne sont pas trop délicates. Si tu avais à te plaindre de leur compagnie, il faudrait me le faire savoir.

Je reculai un peu, car il s'était parfumé à la piquette aigre.

– Ne vous souciez pas pour moi, monsieur le curé. Je suis bien et je fais la sourde oreille quand je ne veux pas entendre les mauvaises paroles, et même les bonnes !

Il me regardait en hochant la tête et ne se décidait pas à partir.

– Tu es bien Alexandrine Jourdan, la Jourdanette de La Croix-aux-Vents ?

– Allez, monsieur le curé... Votre mule se mouille.

– Oui, oui, tu as raison. Mais ma mule est habituée à souffrir pour le service du Seigneur. Dis-moi, ma fille, tu as bien tes seize ans ?

– Pas encore. Bientôt...

– Dommage que tu sois huguenote.

– Je...

La colère me coupa la voix. Il me calma d'un geste et d'un sourire.

– Je veux te dire qu'un jeune homme m'a parlé de toi. Il serait un excellent parti... si tu étais catholique.

– Eh bien, je suis huguenote, monsieur le curé.

– Eh oui, eh oui. Pour moi, je ne craindrais pas de célébrer un mariage mixte. Il y en a eu d'autres. Le pasteur Couderc accepterait aussi...

– Je n'ai rien demandé à personne ! m'écriai-je.

Le curé poursuivit son monologue.

– Mais les gens des Trois-Vallées, tant les protestants que les catholiques, n'aiment pas du tout ces unions. Cela ferait bien du trouble dans nos paroisses.

Je me creusai l'esprit pour tenter de deviner quel catholique avait eu l'idée saugrenue de me demander en mariage à son curé. Celui-ci s'approcha de moi et leva la main comme pour me bénir.

– Prions le Seigneur de nous inspirer tous...

Je le coupai sèchement.

– Dites-moi, monsieur le curé... Dites-moi son nom.

Il s'en alla tête basse à sa charrette.

– Je ne puis.

Je courus à sa poursuite.

– C'est le Polonais, Victor Jan, n'est-ce pas ?

– Je ne puis rien dire.

Bien sûr, c'était Victor. Un étranger assez ignorant et assez fou pour songer à épouser une jeune fille d'une autre religion.

Je retournai à la chambre, amusée et remuée. Une grande émotion me tournait dans le cœur.

La Nohémie Bresson, qui partageait le lit de l'Allumette, vint s'asseoir sur le bord de la paillasse, frissonnante, son chapeau sur la tête, son panier à ses pieds. Maigrelette, les cheveux filasse collés à ses joues, elle semblait gravement malade, et le curé avait décidé qu'elle devait rentrer chez elle ou s'en aller chez une parente qui la soignerait. Il avait promis d'envoyer quelqu'un pour l'emmener.

Un élan d'affection me poussa vers elle. Je m'assis à son côté et la pris dans mes bras.

– Tiens-moi chaud, dit-elle, *se te plai.*

Elle ne toussait pas, mais à chacune de ses respirations j'entendais un bruit d'étoffe déchirée. Elle semblait si menue que je crus serrer contre moi un petit enfant.

– Tu es bonne, Jourdanette, dit-elle tout bas.

Puis elle me demanda :

– Tu ne veux pas prier la Sainte Vierge Marie avec moi ?

Je compris que c'était sa façon de me remercier. Une heure

plus tôt, je me serais mise en colère. Mais quelque chose m'était arrivé, je ne ressentais plus de colère, seulement de la pitié et de l'amour. J'attirai son front près de ma joue.

– Prie lentement. Je dirai les mots après toi.

Son haleine avait une senteur d'eau croupie, mais je respirais maintenant les mauvaises odeurs sans être incommodée. Et ainsi, nous priâmes ensemble la Vierge Marie.

Plus tard, c'est M. Charles qui vint la chercher pour l'emmener chez elle. Il nous regarda longtemps toutes les deux. Je pensais qu'il allait encore inventer quelque sornette pour me tourner en ridicule devant les catholiques. Mais il se tut et sourit même, d'un air que je ne lui avais jamais vu.

Ou bien c'était la lueur de la chandelle qui tremblait.

Quand Nohémie voulut se lever, je dus la tenir, car elle allait tomber. Il la souleva dans ses bras, d'un coup de reins, pour l'emporter. Il lui permit alors de garder ma main dans la sienne le temps d'un adieu.

La surveillante souffla la chandelle. L'Allumette, qui était maintenant toute seule, me supplia de venir dans son lit. Elle toussait à faire pitié. Sitôt en chemise, je m'allongeai près d'elle. J'essayai de la calmer avec de petites caresses sur les cheveux, la figure, les bras. Elle me serra encore plus fort que Nohémie.

– Jourdanette, j'ai peur d'être malade. Je veux prier avec toi. Dis ton Notre-Père doucement. Je répéterai les mots.

Et l'Allumette apprit à tutoyer le Seigneur.

Moi, je pensais à Victor Jan, et mes pensées troublaient gravement ma prière.

Après une réunion de chant, je demandai au pasteur Couderc la permission de lui parler. Je lui racontai tout ce qui était arrivé ce fameux soir. Il m'écouta en silence, avec un sourire d'encouragement. La confession des catholiques se faisait-elle ainsi ? Non, le curé pose toujours des questions pour voir le fond du sac et y chercher le mal.

Le pasteur me prit les poignets dans ses mains et prononça ces mots de l'Ecclésiaste :

– *Jeune fille, va où ton cœur te mène.*

– Mon cœur... Mais s'il me disait d'épouser un catholique, que devrais-je faire ?

Le pasteur réfléchit longtemps.

– Crois-tu aimer ce garçon ?

Je ne sus que répondre. Il me plaisait. Je l'aimais bien. S'il avait été protestant, j'aurais été très heureuse de l'épouser. Mais je ne savais pas si je l'aimais assez pour supporter sa religion. Les larmes me vinrent aux yeux.

Le pasteur me toucha l'épaule.

– Prie pour que Dieu t'aide à voir clair en toi.

Nohémie Bresson ne revint pas à la filature. Elle mourut de *pulmonie*, pendant l'hiver 1841-1842, sans que je l'aie revue. On a dit qu'elle avait beaucoup souffert.

À son enterrement, j'entrai dans une église pour la première fois. Je fis semblant de ne pas voir les saints de plâtre, Jésus sur la croix, les statues de la Sainte Vierge... Je priai pour toutes les fileuses du monde qui s'épuisaient à la tâche. Puis je réfléchis à notre vie. Je demandai au Seigneur pourquoi Nohémie était morte à treize ans, pourquoi l'Allumette allait peut-être mourir au même âge. Qu'attendait-Il de moi, de nous toutes ?

Je songeais : « Entre le ver à soie et l'étoile lointaine, ces merveilles de l'univers, il y a aussi de malheureuses petites filles, trop maigres, trop sales et mal portantes pour orner le temple de Dieu. En voilà une dans son pauvre cercueil. »

Elle ne comptait guère, aux yeux des puissants de ce monde, le roi, notre M. Guizot, et M. François-David, et tous les messieurs. Pourtant, il me semblait que cette malheureuse drôlette allait manquer à la gloire de la création, d'une façon que je ne savais pas expliquer.

Près de moi, l'Allumette retenait sa toux. Elle me regardait souvent, les yeux brillants de larmes. Elle m'indiquait les gestes à faire. De temps en temps, elle touchait ma main. Elle était fière de me guider dans son église.

Si la Sainte Vierge avait bien voulu descendre du ciel par miracle, comme elle aurait été heureuse de me la montrer !

Je n'avais aucune envie de me moquer d'elle. Elle avait eu la malchance de naître dans une religion dévoyée par les papes et les évêques ; mais elle était précieuse au Seigneur, plus précieuse que l'or du monde, la montagne et la mer. Il ne la laisserait pas mourir. Je lui promis qu'elle vivrait assez vieille pour connaître ses petits-enfants et leur apprendre nos chansons ! Elle riait en m'écoutant, de joie et d'espoir, comme si j'avais eu en bouche la parole de l'Évangile.

Elle mourut la saison suivante. « D'une mauvaise fièvre », disait-on. On n'en savait pas plus.

Un peu plus tard vint le tour de Basile, dit lo Qinçoun. Il fut inhumé au cimetière protestant des Trois-Vallées.

Le pasteur fit un beau sermon : « Le vent souffle où il veut et tu en entends le bruit, mais tu ne sais ni d'où il vient ni où il va. Il en est de même de tout homme né de l'Esprit. » (Jean, III, 8.)

Je chantai : *Le cœur qui t'aime, / Dieu d'Israël,*
Devient lui-même / Un humble autel, Où pour ta gloire /
Brûle l'encens. / C'est l'oratoire / De tes enfants.

Je chantai très fort pour apaiser la révolte qui naissait en moi.

Nos réunions de chant furent endeuillées pendant plusieurs semaines. Je continuais de réfléchir sur la vie et sur la mort, en lisant l'Ecclésiaste. Je me mis à chercher dans le Nouveau Testament. Pierre et Paul parlaient dans leurs épîtres des maîtres et des serviteurs. Les serviteurs devaient obéir avec crainte et tremblement aux maîtres selon la chair. Je voulais bien obéir, mais sans crainte ni tremblement. Je me jurai de ne jamais être celle qui infligeait la souffrance ni celle par qui l'injustice venait...

Le pasteur Couderc aimait citer cette parole de l'Ecclésiaste : *Va, mon fils, ma fille, va où ton cœur te mène.* Mon cœur me menait si loin que, parfois, je n'osais lever les yeux au ciel, de peur que mes pensées de révolte n'offensent Dieu.

Et il me venait en même temps une envie de vivre ardemment, de toute la force de mon âme et de mon corps, parce que j'étais en bonne santé et que j'avais dans mon cœur une provision d'espérance.

À cette époque, la saison de filage ne durait que quatre à cinq mois environ, de l'été à l'automne. La filature s'arrêtait pendant l'hiver : on n'avait pas assez de cocons à dévider pour s'occuper toute l'année. Et puis il aurait fallu travailler à la lueur des lampes, ce qui était difficile et coûtait cher.

Seul le moulinage ne s'arrêtait jamais, sauf trois semaines ou un mois dans la période d'éducation.

La saison finie, je retournai au Mas-Haut et je repris la vie que je connaissais depuis toujours, avec mes parents, nos bêtes et les mille travaux de la terre et de la maison.

Je continuais d'apprendre la complainte de M. Lafage. J'avançais vite, cinquante, soixante, quatre-vingts couplets, je ne manquais plus mes enchaînements. Chaque strophe emmagasinée me rendait plus forte, plus riche. Je me sentais comme un propriétaire qui achète tous les petits morceaux de terre entourant son mas, pour devenir le seigneur du hameau. Et si ce n'est lui, ce sera son fils ! La complainte de M. Lafage était à la fois ma terre et mon trousseau.

Je descendais au bourg une fois par semaine pour les réunions de chant. Je me réconciliai avec Absalon Cambacédès et nous entonnâmes d'une même voix le Cantique de Siméon :

Laisse-moi désormais, Seigneur, aller en paix,
Car, selon ta promesse...

Et les dimanches, j'allais chanter au culte. Je retrouvais dans le chœur la Bombudo, Mlle Ruth, Mlle Sara, parfois Thirza Tabusse et Ésaïe Sounalou, dit le Biou.

Un jour, Mme Adrienne vint, accompagnée par la femme du pasteur. Elle nous regarda tous, avec un sourire attentif, bienveillant et humble, et je crois que ses yeux se posèrent sur moi un peu plus longtemps. Ses cheveux avaient beaucoup blanchi en quelques années, à cause, disait-on, du souci que lui causait l'établissement de son fils Charles. Mais elle était toujours aussi fine et droite, et jeune de figure avec son nez relevé de jeune fille, ses yeux brillant d'un éclat généreux. Encouragée par le pasteur et sa femme, elle joignit les mains sur sa poitrine et, s'adressant à tous, mais à moi un peu plus qu'aux autres, elle dit avec modestie :

– Je serais heureuse de tenir ma place dans votre chœur, si vous voulez bien de moi.

Le pasteur se récria :

– Oh, mais si, nous voulons bien !

La Bombudo m'expliqua qu'elles animaient ensemble les séances de chant de la paroisse, quand elles étaient jeunes : cela se passait sous l'Empereur. Elles avaient le même âge, mais en 1841 Mme Adrienne paraissait dix ans de moins, malgré ses cheveux blancs.

Depuis son retour aux Trois-Vallées, après la naissance de M. Charles, elle se tenait éloignée des affaires paroissiales, d'autant que le pasteur précédent réprouvait publiquement sa faute.

Les anciens étaient divisés entre ceux qui prônaient le pardon et ceux qui le refusaient. Mais elle sut tout de suite mettre Absalon Cambacédès dans sa manche, par gentillesse, prévenance ou de quelque autre façon. Or notre bon chantre donnait le ton à la paroisse, mieux que le pasteur. Ainsi, Mme Adrienne commença à regagner son crédit perdu.

Elle me montrait toujours beaucoup d'attentions. Elle me prenait le poignet souvent et le serrait très doucement, en façon de caresse. La Suzon m'avisa de complaire autant que je pourrais à la « demoiselle Favière ».

– Une Favière, ma fille, même si elle n'est plus en odeur de sainteté chez les siens, c'est toujours le dessus du panier. Et n'oublie pas qu'elle est la mère de M. Charles.

Je ris sous cape. J'avais de l'affection pour Mme Adrienne, non parce qu'elle était une Favière, mais parce qu'elle était une aimable personne. La Bombudo insista encore, tout bas :

– Elle peut te recommander aux messieurs. Ce serait un grand avantage.

En attendant, Mme Adrienne m'aidait à déchiffrer les airs des cantiques ; elle était une bien meilleure maîtresse de chant que la pauvre Bombudo. Elle se désolait que je ne puisse lire les notes de musique.

– Enfin, tu as de la mémoire à revendre. Je t'apprendrai un peu d'harmonie et de solfège. Nous travaillerons toutes les deux un petit moment après les séances de chant et à la sortie du temple. Il n'y a pas quatre-vingt-dix-sept notes, mais seulement sept. Plus quelques petites complications qui ne te fatigueront guère la tête !

Nous commençâmes la semaine suivante. Un jour, à la sortie du temple, je lisais la leçon que Mme Adrienne m'avait copiée sur une feuille de papier. Je me tenais seule à un coin de mur, M. François-David me vit et m'appela d'un signe.

– Jourdanette, on me dit que tu sais la complainte du ministre Lafage. Est-ce vrai ?

J'essayai de cacher mon émotion. En mon for intérieur, j'avais ardemment souhaité que les messieurs apprennent ma prouesse. J'aurais voulu dire que j'étudiais aussi les notes de musique. Puis je songeai que ce n'était rien pour les messieurs et dames, qui connaissaient tous la musique, du long et du lé. Je hochai gravement la tête, le temps d'avaler deux fois ma salive.

– Oh, je ne sais que quatre-vingt-dix couplets !

Il ôta alors son chapeau comme pour saluer cet exploit.

– Quatre-vingt-dix... Et la complainte en a combien ?

– Quatre-vingt-dix-sept, monsieur. J'espère les savoir tous dans quelques jours.

Il réfléchit un moment, la tête levée. Je me préparais à m'en aller après un salut poli, mais il me retint.

– Attends donc, j'aimerais que mes fils Théo et Henri apprennent la complainte quand ils seront un peu plus grands. À quel âge penses-tu qu'on puisse commencer à l'étudier ?

Je ne savais que répondre. Il m'expliqua que Théo avait sept ans et Henri bientôt six. Mais Henri semblait avoir une meilleure mémoire et il s'intéressait déjà à la Bible.

– Dans deux ans, peut-être, répondis-je prudemment.

– À ce moment-là, voudrais-tu leur enseigner les premiers couplets, pour éprouver leur mémoire et leur bonne volonté ?

Je balbutiai que je serais très flattée, mais que j'avais peur de ne pas être capable d'enseigner les jeunes messieurs. Mme Valentine, l'épouse de M. François-David, s'approcha en jouant avec son ombrelle, me regarda gentiment et dit :

– Tu en seras capable, je le pense. Sais-tu aussi un peu de musique ?

Je rougis et priai Dieu de me pardonner un demi-mensonge.

– Oui, madame, j'en sais un peu.

M. François-David prit le bras de son épouse et, avant de s'éloigner, il me salua d'un aimable geste.

– Deux ans, as-tu dit ? Eh bien, nous en reparlerons dans deux ans.

La tête me tournait. Je courus longtemps, presque sans respirer, puis me laissai tomber sur l'herbe d'un talus.

15

Le tumulte de la création

Le premier chant de la journée montait dans l'atelier :

Mon Dieu, mon Seigneur et mon Roi / Fais que dans mon travail je pense / À ta grandeur, à mon néant, / À mes péchés, à ta vengeance !

Les protestantes criaient de tout leur cœur pour couvrir la voix des catholiques qui écorchaient le français. En vain, elles étaient deux ou trois fois plus nombreuses que nous. Les catholiques chantaient des refrains patois, en se partageant les répons. J'aimais bien leurs sottes chansons de filles mal mariées, de loups et de bergères, de paysannes et de beaux messieurs. Quelques-unes, à dix-huit ou vingt ans, étaient encore des enfants, qui oubliaient vite leur peine entre ris et songeries.

Je travaillais maintenant à la grande fabrique, où les tours étaient mus par la vapeur et où le bruit était beaucoup plus fort. Je touchais un franc cinq sous par jour, comme fileuse.

D'abord, le bruit me gênait un peu. Puis, à mesure qu'il me pénétrait, il devenait comme le bruit naturel de ma propre vie. La vapeur sifflait dans mes nerfs, l'eau bouillait dans mes veines, les mécaniques cognaient dans ma poitrine. Le battement des pistons se confondait avec celui de mon cœur, que l'ardeur gagnait vite. Les fils de soie se nouaient au bout de mes doigts, jusqu'au plus profond de mes épaules. Les cocons sautaient en même temps au-dessus de ma bassine et derrière mes yeux, au creux de ma gorge.

Soudain, le ronflement de la fabrique semblait sortir de mon cœur et de mon ventre pour éclater dans l'air, dans les murs, dans le verre et dans le fer. Il était le tumulte de la création, où l'ouvrage des enfants de Dieu se mêlait en acte et en adoration à l'œuvre du Père.

L'odeur douceâtre des chrysalides étouffées au cœur des cocons emplissait l'atelier. C'était une odeur de mort, de pourriture, et en même temps une odeur de vie, un parfum de plaisir. Elle était mon haleine.

Elle était mon sang et le fluide de mes poumons.

Mes cinq ou six fils tiraient comme si le ciel les avalait goulûment. La fabrique même était goulue de soie. Les villes lointaines, les femmes de tous les pays étaient goulues de soie. On n'en ferait jamais assez pour toutes, pauvres et riches, jeunes et vieilles. Les dévidoirs tournaient à toute vitesse, se gonflant d'écheveaux blancs sur lesquels le jour semait mille reflets dorés. On eût dit de petits soleils.

Mais ils n'allaient pas assez vite à mon goût. J'aurais voulu voir les machines rager comme le vent de la montagne, comme l'eau des cascades, comme la foudre du ciel.

J'aurais voulu voir les gens de commerce, de Nîmes, de Lyon, de Paris, déverser dans la cour de nos fabriques des charrettes de pièces d'or pour prix de nos soies, les meilleures et les plus belles du monde. J'aurais voulu que le bruit de nos chaudières s'entendît jusqu'à Beaucaire !

Je respirais l'air épais avec la bouche, puis j'essayais avec le nez. Par le nez, on sentait très fort l'odeur des babots, mais aussi, à travers, le parfum de la soie grège. Et c'était bon.

Les protestantes, toutes parmi les meilleures, se trouvaient groupées autour des premières bassines, à l'entrée de l'atelier. Mais à mon arrivée, je fus placée au fond, à côté des petites, la plupart catholiques. J'avais pour voisines Louise Pagès, douze ans, et Félicie Parlier, quatorze ans. Félicie travaillait à la filerie depuis quatre ans. Elle était donc plus ancienne que moi, mais j'étais déjà bien plus habile et plus vive.

La pauvre enfant avait toujours les doigts brûlés. Ses écheveaux étaient de mauvaise qualité. M. Charles la défendait et oubliait ses malfaçons. Il disait : « Je la garde par charité, parce que son père n'a qu'un bras et qu'elle a six frères et sœurs plus jeunes. » En fait, ses parents étaient bons catholiques et proches du curé. Or M. Charles, souvent blâmé par les protestants, avait besoin du soutien de M. le curé pour imposer son autorité aux ouvrières et aux surveillantes catholiques et pour clore le bec des médisants.

Félicie en profitait peut-être pour se laisser aller à ses penchants de fainéantise. C'était une drôlette qui n'avait jamais ouvert une bible, ne savait pas lire et ne connaissait que les saints de plâtre. Elle était innocente comme l'agneau.

Comment lui donner le goût du beau métier de fileuse qu'elle apprenait chaque jour ? Je priais pour elle et je l'aidais à sa tâche. Un matin, en levant la tête, je l'avisai toute penchée sur sa bassine, avec ses *baves* qui lui pendaient autour de la figure. On aurait dit que le diable était passé chez elle, à cheval et au grand galop !

Je la rejoignis vite, la poussai gentiment et pris sa place. En un clin d'œil, je rattachai tous les fils pendants. Ses baves bien nouées, je regardai les cocons sauter et danser dans la bassine comme des criquets dans un pré. Pour moi, c'était le plus beau spectacle de la vie, avec les vers montant à la bruyère. Je lui pinçai un peu le bras et lui montrai cette joyeuse pantomime.

Elle me remercia d'un sourire, la tête à ses pensées. Elle se fichait des cocons, de la bassine et de la soie. J'essayai de croiser son regard pour éveiller sa conscience, elle mit sa main sur son front et se tourna vers la fenêtre. J'avais envie de la cajoler et de la gifler en même temps.

À ce moment, j'aperçus un remue-ménage du côté de ma bassine, je courus à ma place où se tenait Mlle Juni, la gouvernante, une main sur la hanche et son air de maîtresse d'école. Elle me montra du doigt un de mes fils cassé et des bouchons sur tous les autres.

Mon tour et ma bassine étaient dans le même état que ceux de Félicie quelques minutes plus tôt ! Cet affreux désordre ne s'était pas fait tout seul aussi vite. Quelqu'un y avait prêté la main. Mlle Juni ? Elle passait pour une surveillante juste et bonne, pourquoi m'aurait-elle punie ainsi, moi ?

Alors, M. Charles lui-même ?

Mlle Juni me regarda avec un sourire de reproche et de regret. Puis elle tourna les talons et s'en alla.

Il me fallut bien porter mon vilain écheveau à la salle de dépôt, qu'on appelait « salle chaude ». M. Charles s'avança à ma rencontre comme s'il m'avait guettée. Il fronça les sourcils en gonflant la cicatrice de son front, ce qui était chez lui le signe de mécontentement le plus fort, avant qu'il ne se mît à hurler. Je blêmis. Ce n'était pas si grave, pour une fois ; cela pouvait se rattraper au moulinage, je le savais. Mais il était trop heureux de me prendre en faute.

Il se plaça sur mon passage, il sourit en se léchant les lèvres, l'air du chat qui a été au lard.

– Jourdan, montrez-moi votre soie.

– Oui, monsieur.

Il me faisait ses remontrances en français. « Pour que les catholiques ne comprennent pas ce qu'on dit ! » Mais les catholiques comprenaient très bien. Les unes étaient de cœur avec moi, les autres profitaient de l'occasion pour me tourner en ridicule. Certaines protestantes aussi m'avaient prise en grippe. À cause de lui, ou à cause de Victor, je ne savais.

Il me toisa comme s'il essayait de voir à travers mes vêtements. Ses yeux luisaient assez vilainement. Il s'imaginait sans doute que j'étais humiliée par ses façons. Je n'avais aucune envie de m'excuser devant lui. « Bâtard, va ! » Oh non, je ne prononçai pas le mot, mais il le lut dans mon regard.

Dans les siens flambait une lueur de rage et de dédain. Il en était presque beau. Il m'arracha ma roue et mon mauvais écheveau dessus, que je lui abandonnai sans regret.

– Donne-moi cette camelote. Je vais la mettre en troisième sorte, pour que M. François-David ne la voie pas.

À l'inspection, les messieurs n'examinaient jamais les flottes de dernière sorte, rangées à part. Je baissai les yeux et regardai les mains de M. Charles entre mes cils. Il pétrissait ma soie comme s'il avait voulu en faire de la pâtée pour les cochons. Puis il me pinça le menton et me força à relever la tête.

– Qu'est-ce que tu attends ?

– Je suis à la pause, monsieur, je ne suis pas pressée. J'attends votre punition.

J'aurais voulu qu'il m'envoie frotter le pavé, à genoux dans l'eau sale, comme une apprentie.

Je l'observai bien en face et je crus voir dans ses yeux de drôles de pensées, pas franches ni honnêtes. Alors, il recula d'un pas et se campa, les bras croisés.

– Tu veux laver le pavé ? On aime les basses besognes, ha, ha ! Mais je sais comment te punir. L'amende, il n'y a que ça qui te touche, tu es avaricieuse comme une demoiselle de septante ans. Pour cette fois, je te retiens trois sous. La prochaine, ça sera cinq !

Je le défiai encore, les larmes aux yeux. Ce n'était pas ma première amende, ni la plus grosse. Tant pis, tant pis, je pensai que je me vengerais un jour, alors je m'en moquais.

Je lui fis un semblant de révérence.

– Oui, monsieur. Vous êtes très bon avec moi. Je vous ai bien de la reconnaissance, ainsi qu'à Mlle Juni.

À ce moment, il éclata de rire.

– Je suis encore meilleur que tu crois. J'ai parlé de toi aux messieurs. Tu seras prise au moulinage tout de suite après la fermeture de la filerie. Pas comme apprentie, mais comme jeune ouvrière avec un salaire. Tu retrouveras tes amies Juliette et Thirza...

Juliette était moulineuse depuis deux saisons, Thirza seulement depuis quelques semaines. Elles se disaient enchantées de leur travail. Oui, moi aussi, je voulais apprendre le moulinage ! Mais je craignais de montrer ma joie à M. Charles. Et j'avais peur d'un mauvais tour de sa part.

Je restai raide, haletante, au milieu du couloir. Je ravalai mes larmes, avec des reniflements et des soupirs. Les autres me lorgnaient en se demandant si j'étais chassée de la fabrique.

J'avais envie de connaître le travail de la soie en tout et par tout. Filer, ouvrer... et qui sait, un jour, tisser peut-être. Avoir enfin une boutique de soierie. Coudre pour les dames riches les plus belles robes des vallées.

Et puis le moulinage, c'était du travail pour toute l'année...

M. Charles s'impatienta, son regard durcit.

– Allons, parle. Es-tu contente ?

Je retins un moment ma respiration. Puis je répondis d'un signe de tête.

– Oui, monsieur. Si c'est vrai...

Il eut un geste de colère.

– Et pourquoi ce ne serait pas vrai ? Tiens, je t'enlève ton amende... À une condition !

– Quelle condition ?

Il m'étudia du front à la bouche et sonda mon regard, tout en caressant du doigt la plus longue de ses cicatrices, qui allait de son menton à sa pommette. Ses yeux s'adoucirent un instant, et cela me déplut fort. Je le préférais brutal et exigeant plutôt que mielleux et enjôleur. Il lâcha un long soupir.

– Si on te tordait le nez, il en sortirait du lait.

Il tourna le dos et s'en alla. Je supposai qu'il avait failli dire : « À condition que nous soyons amis. » Il n'avait pas osé. Tant mieux. Je n'avais aucune envie d'être son amie.

16

Les hommes ont besoin de moi

Un matin, au jour, Juliette vint me chercher à l'atelier.

– Laisse ta bassine. Les hommes ont besoin de toi !

Elle me prit par la main et m'entraîna.

– Viens vite.

– Quels hommes ?

– Charles et Victor.

Elle me conduisit en hâte au logement que le contremaître et son aide partageaient à côté de la filature.

Elle toqua à une porte. Je la suivis dans une chambre. Ils étaient là tous deux. Charles était attablé devant une assiette d'œufs au lard grillé et une bouteille de vin blanc à moitié vide. Je respirai cette odeur de cuisine et d'autres senteurs moins plaisantes. Une forte lampe à ressort, posée au milieu de la table, éclairait pour six personnes au moins. En voilà deux qui n'économisaient pas l'huile !

Je me détournai, éblouie par la lumière, et j'aperçus Victor Jan, à demi étendu sur un lit et qui tenait son poignet droit dans sa main gauche. Charles nous fit signe d'avancer en nous montrant le fond de la chambre.

– Te voilà enfin, Jourdanette !

Je préférais Jourdanette à Xarine, qui sonnait dans sa bouche comme une injure. Il enfourna d'un coup tout le reste de son assiettée et poussa le fricot avec une tranche de pain à étouffer un porc.

Alors, il regarda Juliette, les sourcils froncés.

– Explique-lui, toi.

Juliette me poussa vers Victor, qui se leva en s'appuyant de la main gauche sur le bois du lit. Sa main droite était tout enflée depuis le bout de l'index jusqu'au gras du pouce. Un chiffon à moitié dénoué pendait de son doigt. Juliette lui serra le poignet et soutint son bras presque paralysé.

– Il a pris une écharde en réparant des vieux bois de moulin, avec le menuisier Rousset. Il l'a encore dans la viande. Le pharmacien, M. Daudé, n'a pas pu la sortir. La Bombudo a essayé aussi. Et moi aussi, mais la main me tremble et je n'ai pas assez bonne vue. Victor dit que tu es seule à pouvoir lui tirer cette écharde...

– Moi ?

Victor me regarda longuement de ses grands yeux fiévreux, pleins de douceur et de prière.

– Tu me sors la charde, Alexa, et après je guéris vite comme l'éclair !

J'osais à peine lever le regard sur Victor. Il était beau comme un ange et bâti comme un lieutenant de la Garde. Il m'intimidait bien plus que Charles. La souffrance de sa main blessée donnait à son regard un air de soumission et de prière.

Je touchai la partie enflée, pas trop près de la plaie. La peau était tendue comme celle d'un boudin. L'infection gagnait le bras. Était-il suffisant de retirer l'écharde pour guérir le mal ?

J'aurais voulu dire que je n'avais pas eu souvent l'occasion de soigner plaies ou panaris et que je ne savais comment m'y prendre. Mais Victor espérait en moi, et je me tus.

Charles, ayant fini de déjeuner, s'avança pour prendre son ami sous les bras.

– Tu t'assois devant la table et tu mets ta main sous la lampe.

Puis à moi :

– La Bombudo, Thirza et Juliette jurent que tu as les doigts les plus déliés de toutes les filles d'ici...

– Elle a aussi des yeux de chat, dit Juliette. Elle verrait une puce sur une bohémienne !

Victor me regarda. Charles se frappa la cuisse et ricana par malice.

– Il va falloir que tu trouves une écharde dans un morceau de viande pourrie !

Comme pour s'excuser de ce méchant propos, il donna un grand coup sur l'épaule de Victor.

– Aie confiance, mon gars. Notre Jourdanette a des doigts d'or.

Je me serais passée de ce compliment, où paraissait, comme toujours, la raillerie. On aida Victor à s'asseoir près de la lampe. Charles alla prendre une bouteille d'eau-de-vie, en remplit un verre aux trois quarts et le tendit à Victor.

– Bois pour te soutenir. Et toi, tu en veux une goutte, Jourdanette ?

Je refusai d'un signe. J'aurais bien aimé me soutenir aussi, mais j'avais peur d'attraper un hoquet.

Charles me tendit une aiguille qui ne me parut pas assez fine. Par bonheur, j'en avais une piquée à la manche de ma robe. Je la tirai et la serrai très fort entre mes doigts pour empêcher ma main de trembler.

Nous étions quatre, deux catholiques, une protestante et un homme sans religion ni vertu. Il me sembla que Jésus aurait aimé cette assemblée de rencontre, à la ressemblance du monde.

Je fixai Charles et Juliette pour les obliger à me rendre mon regard.

– Prions ensemble. Je sais une prière pour les malades...

– Oui, oui ! s'écria Juliette.

Je commençai :

– *Écoute, grand Dieu, la prière que nous te présentons pour ce pauvre malade et envoie-lui, du haut du ciel, les secours dont il a besoin, tant pour le corps que pour l'âme.*

La prière ne s'arrêtait pas là, mais tout le reste n'était, à mon sens, que bavardage d'enfants essayant d'obliger Dieu.

Juliette avait reculé dans un coin de la chambre et je l'entendis marmonner ses dévotions à la Sainte Vierge.

Je me mis à genoux aux pieds de Victor, je pris son doigt de la main gauche et posai l'aiguille sur le coin de la table. De la main droite, je finis d'ôter les chiffons qui servaient de pansement. Je demandai un torchon, Juliette m'en donna un que je glissai sous la main de Victor.

Il devait sans doute cette vilaine plaie à tous ceux qui

avaient essayé avant moi de tirer l'écharde, en piochant rudement avec l'aiguille ou quelque autre outil. Autour, la chair était vermeille, avec des taches jaunâtres ou blanchâtres. Les mouches étaient bien près d'y pondre, mais ça ne sentait pas encore.

Je vis qu'il y avait aussi une croûte grise, mêlée de sang séché.

– La Bombudo nous a fait mettre de la cendre de sarments, dit Charles. Quelquefois, c'est un bon remède.

– Oui, quelquefois.

Charles versa encore de l'eau-de-vie dans le verre de Victor.

– Il ne veut pas du médecin. Il croit qu'un docteur lui couperait le doigt... ou la main... peut-être même le bras ! C'est l'habitude des médecins polonais, à ce qu'il dit. Pour un cor, ils coupent l'orteil, pour un ulcère, ils coupent le pied !

Victor but une gorgée et soupira.

– Tu vas vite me sortir la petite charde, Jourdanette ?

– L'écharde, dit Juliette.

– Non, la charde, est-ce pas ? Je n'ai senti qu'une...

En Pologne, il était officier, mais, depuis qu'il habitait nos vallées, il entendait parler patois plus de la moitié du temps. Et il écorchait le français. Quelle honte pour nous !

Juliette alluma une bougie qu'elle plaça entre la lampe et la main de Victor. Cette lueur tremblante, dans la lumière fixe de la lampe, me gênait plus qu'elle ne m'aidait. Je pris l'aiguille et je la fis rouler entre deux doigts ; mais je n'osai pas piquer dans la chair et je la reposai. Ma bouche et mon gosier étaient secs comme de vieux parchemins. La sueur coulait sur mon front, je fus obligée de m'essuyer les yeux avec le revers de la main. Les autres ne comprenaient pas ce que j'attendais.

Je me demandais à quoi me servirait de larder cette viande enflée et malade. Pour atteindre l'écharde à coup sûr, si elle y était bien, il aurait fallu tailler dedans avec la lame d'un couteau très aiguisé. Si j'avais eu le courage de le faire, Victor aurait-il supporté la douleur ? Et le mal s'en serait-il allé ?

Tous trois, nous aurions dû attacher Victor à sa chaise et appeler le médecin...

Mon estomac se tordait de famine. Je brûlais d'envie de mordre la bonne miche toujours posée au milieu de la table, de l'autre côté de la lampe. Un moment, je ne pus songer qu'à ce pain. Si je tirais l'écharde, peut-être m'en donnerait-on une tranche, en récompense ? Je luttais contre mon envie en priant tout bas, sans mots, rien que de mon cœur, où Dieu devait lire ma foi et ma détresse.

Charles et Victor m'avaient vue à l'atelier nouer les fils de soie de façon vive et sûre. C'est vrai que j'étais habile à ce geste. Victor s'était mis en tête – dans sa tête échauffée par la fièvre – que moi seule pouvais tirer son écharde pour le guérir. Je souffrais comme une damnée à la pensée de le dépiter.

Mais Charles Rabanel se réjouissait de mon tourment. Je voyais ses yeux briller de malice et de contentement. Son regard me paralysait.

Tout en songeant à mille choses malheureuses, je me mis à pétrir la main de Victor. Je grattai avec l'ongle la croûte de cendre, de sang et de pus qui recouvrait la plaie et s'enfonçait dedans. Je sentis le pauvre jeune homme frémir de douleur.

Charles lui donna une grosse clef à tenir dans la main gauche.

– Tu la serreras fort quand tu auras envie de crier !

Je ne savais rien faire d'autre que continuer mon geste enfantin. Je regardai Victor, il me sourit. Comme il devait souffrir ! Il bougea les lèvres en silence. Il priait sans doute la Sainte Vierge. Tant mieux si ça le réconfortait !

Quelque chose me disait que je devais presser sa main encore et encore. Il gémit un peu et serra la clef de Charles.

– Tu me fais du bien.

Je saisis son poignet dans ma main gauche et le bout de ses doigts dans ma main droite. Je ramenai deux doigts vers sa paume. Sa peau tirait moins, ses muscles semblaient moins durs. Je demandai à Juliette de m'essuyer le front et les yeux.

Je transpirais toujours, mais je ne tremblais plus. J'éprouvais un bien-être pareil à celui du chant.

Je rapprochai mes mains. Mes doigts se joignirent presque sur la partie malade, entre le pouce et l'index. Victor répéta que je lui faisais du bien. J'étais si contente que je frémis des cheveux jusqu'au milieu des reins.

Puis je ressentis une vive douleur à la tempe droite. Si vive que le souffle me manqua un moment. Sans le vouloir, je serrai les doigts de Victor aussi fort qu'il serrait sa clef. Il poussa un cri de souffrance. Je me retins de crier en même temps. J'avais les nerfs si crispés que je ne pouvais plus dénouer les mains. Sans le vouloir, je comprimai l'enflure avec une grande force.

Puis mon élancement à la tempe s'en alla comme il était venu. Peu à peu, je relâchai le serrement, la main de Victor devint toute molle et sa plaie se vida dans mes doigts. D'une pression plus douce, j'accompagnai ce débord de sanie, qui ruissela dans mes paumes et sur le torchon. Victor lâchait de petites plaintes, ha, ha, ha, à moins qu'il ne soupirât de soulagement.

J'étais effrayée par l'abondance de l'écoulement, pus, sang gâté et autres résidus. Je pensai que ça ne s'arrêterait jamais, que la pulpe et les viscères allaient s'évacuer par le trou que j'avais débouché. Je me serais crue dans un cauchemar !

Puis le sang s'éclaircit, la sanie fut moins épaisse. J'aperçus la chair saine dans la profondeur du doigt. J'essuyai au torchon ma main droite, dégoûtante d'humeurs et de déchets. Je saisis mon aiguille, je me penchai pour scruter l'intérieur de la blessure, j'écartai des dentelles de peau, des lambeaux de chair déchirée.

Je piquai et fouillai. Victor contint un sursaut de douleur, il serra la clef et se força à tenir sa main ouverte. Je vis quelque chose. Je criai :

– Je la vois ! Je la vois !

Oui, c'était l'écharde.

– Il faudra la garder dans ton mouchoir, dit Charles à Victor, pour prouver qu'elle vient d'un bois de moulin et pas d'un buisson de haie !

Je la touchai de la pointe de mon aiguille. Elle ressemblait bien à un brin de charpente éclaté. Charles expliqua qu'avec cette pièce à conviction les messieurs paieraient à Victor les jours chômés pendant son incapacité.

– Je vais être obligée de vous faire très mal, dis-je à Victor. Il me faut passer l'aiguille dessous l'écharde pour la décoller.

Voilà, il n'avait pas crié ! Je ramenai ma prise, je la pêchai entre deux doigts et la tendis à Victor. C'était un morceau de bois déchiqueté grand comme l'ongle du pouce, presque aussi gros en son milieu qu'une mine de crayon.

Je songeai : « Pourvu qu'il n'y ait aucun débris dans la plaie... »

J'avais réussi ce qui me semblait impossible. Je n'en revenais pas. Un bonheur animal m'emplit la poitrine. Je fermai les yeux et respirai à pleine bouche. Victor me serra le bras, me toucha le front de ses lèvres.

– Merci. Tu as sauvé ma vie. Je te rendrai un jour.

J'aurais voulu rester une heure d'horloge ainsi, à goûter mon triomphe, les paupières à demi baissées. Je demandai à Victor d'attendre encore un peu.

– Il faut que je voie s'il ne reste pas des débris de bois dans la plaie. Laissez-moi me reposer une minute.

Charles riposta sur un ton aigre :

– La Jourdanette a les doigts agiles, mais elle se fatigue vite. Personne n'est parfait !

– Donnez-moi un morceau de pain et un verre de vin, s'il vous plaît.

Juliette me servit. Je trempai le pain dans le vin et je mâchai avec un appétit que je n'avais pas senti depuis longtemps.

Puis je forçai Victor à se rasseoir, je repris mon aiguille et recommençai à fouiller la plaie. Je trouvai encore un minuscule débris de bois, que j'enlevai sans peine. Je conseillai à Victor de retourner à la pharmacie pour les soins.

– La Bombudo s'en chargera, dit Charles. Allons la voir tout de suite.

– Je veux reposer un moment, dit Victor. Je suis capable d'aller à la Bombudo tout seul. Quand il sera plus tard !

J'avais maintenant au cœur une envie très sotte. J'aurais voulu que Charles me remerciât, au moins d'un regard. Non, ce n'était pas même un remerciement que je souhaitais... J'aurais aimé qu'il me reconnût pour une grande personne !

Mais ce n'était qu'un caprice d'enfant. Je méprisais Charles Rabanel, j'avais pour lui le plus grand dédain du monde. Alors, que me fallait-il son approbation ?

Il nous poussa dehors, Juliette et moi.

– Remuez-vous donc. À moins que vous ne vouliez faire durer la récréation jusqu'au jour du Jugement !

Mais Victor me rappela.

– J'ai envie de parler ensemble, Alexa.

Charles maugréa un peu, mais s'en alla et nous laissa seuls.

Victor me serra la main très fort.

– Merci que tu l'aies fait, petite Alexa. J'aurais pu devenir infirme de main et bras, perdre mon travail, forcé partir d'ici. Je revaudrai ce service, quand je pourrai...

Il m'attira près de lui et me força à m'asseoir.

– M. le curé t'a parlé, il m'a dit.

Je sentis mes joues et mon front brûler. En même temps, un grand froid me prit le reste du corps.

– Victor, je n'ai pas encore seize ans.

– Mais bientôt tu les auras ?

– Au printemps prochain.

– Tu vas lire la Bible, en attendant ?

J'eus un mouvement de recul et de colère.

– Vous pouvez vous moquer de moi, mais pas de la Bible.

D'un geste, il essaya de m'apaiser.

– Ce n'est pas moquerie. Je veux que tu lises tout le temps la Bible. L'Ancien Testament, le Nouveau, tout. Je lis moi aussi le Livre.

– Oui.

– Quand tu auras seize ans, nous parlerons. Veux-tu ?

– Oui.

– Est-ce que tu lis quelquefois le Cantique ?

– Le Cantique de Salomon ?

– Oui, le Cantique des cantiques. Le plus beau livre sur l'amour.

– Je ne...

Oui, j'avais lu le Cantique, mais je n'osais pas en parler. Victor récita à mi-voix :

– *Les contours de tes hanches sont comme des colliers de la main d'un excellent ouvrier... Ton nombril est comme une coupe arrondie... Tes deux mamelles sont comme deux faons d'une chevrette.*

Je voulus me lever, il me retint par le coude.

– Alexa, est-ce bien écrit dans la Bible ?

J'avais le feu aux joues et au front. Je tournai la tête pour échapper à la lumière de la lampe qui devait révéler ma rougeur.

– Je crois... oui, c'est écrit.

Il répéta encore mon nom. Puis il me montra un livre sur une étagère.

– C'est une bible des protestants. Toi et moi lisons le

même livre. Toi une partie, moi une autre. Mais le même livre !

– Oui.

– Alors, c'est possible de nous marier, si tu veux ?

Je me retins de crier que je ne voulais pas me marier, que j'étais trop jeune, pas prête encore. Mais, quand je le regardai, je me sentis presque prête. Je ne répondis pas. Il insista :

– Quand tu auras seize ans, Alexa ?

Mes seize ans me semblaient encore très loin. Et puis je ne pouvais pas oublier qu'il était étranger, et pis encore : un catholique étranger. Il me caressa le bras.

– Le curé dit que ça existe même ici, le mariage entre catholiques et protestants.

Je baissai les yeux.

– C'est rare. Et personne n'est content, ni les catholiques ni les protestants.

– Personne n'est content, sauf les mariés. Tu serais contente, Alexa, si on l'était ?

– Si on était... mariés ?

Victor hocha la tête. Je m'enfuis sans répondre, les tempes battantes et la tête toute chaude de fièvre.

17

Ton nom est comme un parfum

En rentrant le soir, par beau temps, nous nous arrêtions quelquefois, Juliette et moi, au milieu du chemin ou au bord des champs, la tête levée, le visage tendu vers la clarté du ciel. Juliette songeait à un avenir délicieux qu'elle voyait dans la lune et les étoiles. Quant à moi, je réfléchissais au mystère de la nature, à la puissance et à la bonté de Dieu.

Je Lui demandais de m'éclairer. Que répondre à Victor ? Pouvais-je épouser un catholique ?

Juliette, qui était catholique, désirait un protestant ! Il me vint une fois cette pensée sacrilège : le monde est mal fait... Je la chassai vite. Je n'avais qu'à regarder le ciel et la montagne pour voir que le monde était bien fait.

Nous causions peu. Juliette savait que je raisonnais et priais dans la langue de la Parole et que le patois me portait sur les nerfs. Pour elle, le français était encore une langue peu familière. Ainsi, l'effort qu'elle faisait pour le parler était déjà presque une prière.

Un soir, la lune ronde courait entre les nuages, dans un ciel pur. On y voyait comme en plein jour. La nature était un vaste temple que le chant clair des grenouilles, le grésillement des insectes, la caresse du vent sur les herbes et les feuilles, les froufrous des minuscules créatures du sol et des haies emplissaient d'une musique religieuse, un cantique à la gloire des cieux et de la terre.

J'éprouvais un sentiment de paix et de contentement, et il me sembla que les deux allaient durer toujours.

Juliette marchait devant moi. Elle se retourna brusquement et vint m'embrasser. Elle me mordit presque, dans son ardeur, sa fièvre. Puis elle se retourna et me prit par la taille.

– Alexandrine, conseille-moi. Je voudrais apprendre à mieux parler et mieux lire. Comment faut-il faire ?

– Mais je ne suis pas institutrice !

– Oh, ça, je sais bien que tu ne l'es pas. Mais on dit que tu enseignes le français à Victor...

– Moi ? Qui a dit ça ?

Elle se mordit la lèvre, se fit boudeuse.

– Je l'ai entendu.

– Ce n'est pas vrai.

– On dit que tu lui fais lire la Bible protestante, pour qu'il devienne huguenot.

Je lui pris le bras et dis d'une voix grondeuse :

– Tu sais bien que ce sont des mensonges.

– Tu ne l'aimes pas ?

Je regardai le ciel, cherchant la réponse au milieu des étoiles. Sincèrement, je ne pouvais répondre ni oui, ni non. Je ne savais pas si j'aimais Victor Jan. Je ne savais pas si j'avais envie de me marier, quand j'aurais seize ans, ou dix-sept, ou vingt.

Elle s'appuya contre mon épaule.

– S'il était protestant, tu l'épouserais ?

Sans doute, pensai-je. Ce serait merveilleux de lire ensemble le Cantique de Salomon !

Comme si Juliette avait pu lire dans mon esprit, elle approcha sa bouche de mon oreille et dit :

– Le curé prétend que c'est dangereux de lire la Bible, que c'est obscur comme le bois en hiver, et qu'on peut s'y perdre et même devenir fou... Le curé se trompe ou il ment ?

Je ne pus me tenir de rire.

– Les protestants que tu connais ont l'air d'être fous ?

Elle rit aussi. Je redevins grave pour lui expliquer que le curé obéissait au pape et répétait ce qu'on lui avait appris.

– Mais le pape a tort de défendre au peuple la lecture de la Bible, qui est très claire et qui enseigne à chacun de nous ce qu'on doit savoir pour être sauvé.

– Et donc, Victor, s'il lit la Bible, va devenir une sorte de huguenot ?

Au moment de nous séparer, devant le chemin du Grand-Mas, elle me dit d'une toute petite voix :

– J'aime bien Victor, sais-tu ? Je serais contente que tu l'épouses.

La lune éclairait Juliette de pleine face, je lui vis si triste figure que j'eus pitié d'elle. Je la serrai contre moi.

– Vous êtes catholiques tous les deux. Victor est un parti pour toi, ma Juliette.

Elle lança un long rire et me tourna le dos.

Ce soir-là, dans mon lit, avant de souffler la chandelle, je pris ma bible et lus quelques versets du Cantique.

Le cantique des cantiques, qui est de Salomon.

Qu'il me baise des baisers de sa bouche !

Car tes amours sont plus agréables que le vin.

... Ton nom est comme un parfum répandu. C'est pour cela que les filles t'ont aimé.

Après une séance de chant, le pasteur m'appela dans une pièce qu'il nommait le parloir. Je vis Mme Adrienne et Mlle Ruth, la sage-femme : l'une la tête penchée, comme accablée, l'autre raide et sévère. Elles m'observaient toutes les deux, l'une souriant tristement, l'autre me foudroyant du regard.

Puis le pasteur me dit de m'asseoir. Mme Adrienne resta debout, hésita et s'approcha de ma chaise.

– Alexandrine...

Le pasteur lui fit signe qu'il voulait me parler d'abord. Mme Adrienne se retira de deux pas. Mlle Ruth s'avança à sa place.

– Adorer des saints de plâtre, Jourdanette ! Y as-tu songé ?

– Des saints de plâtre ?

Le pasteur la repoussa et posa la main sur mon épaule.

– Alexandrine, ce que nous devons te dire est désagréable, mais je sais que tu te l'es dit à toi-même, déjà. Je vais seulement te répéter ce que tu sais. Victor Jan est un brave homme, mais il est catholique et étranger. Il est aussi un fugitif, qui a quitté en fraude le lieu d'assignation des réfugiés polonais. Je doute qu'il soit en règle devant la loi française...

Mlle Ruth ne put s'empêcher de jeter encore son mot.

– À ton âge, on s'enflamme comme une allumette chimique, mais ce n'est que passade !

Le pasteur claqua des doigts et continua d'une voix grave et douce :

– Nous tenons beaucoup à toi, Alexandrine. Tu es parmi les meilleures de nos filles. Te perdre serait un malheur pour la paroisse et pour chacun de nous. Tous nous accepterions si c'était pour ton bien et que la volonté de Dieu fût claire.

– Je te connais, s'écria Mlle Ruth, tu ne pourrais pas vivre dans la superstition !

Une faiblesse me saisit tout le corps. La tête me tourna. Ma bouche s'emplit de bile amère. Heureusement, j'étais assise, ce qui m'évita de pencher.

Mme Adrienne revint près de moi et me serra le poignet.

– Tu es si jeune.

Oh oui ! j'étais jeune. J'avais le temps et je pensais que le temps réglait par magie les affaires de la vie. Je ne demandais pas à me fiancer avec Victor Jan. Je voulais seulement parler de la Bible avec lui, songer avec lui à son avenir et au mien, qui ne se rejoindraient pas. Mais il était bon de songer ensemble. Je demandais seulement qu'on me laissât rêver jusqu'à seize ans, ou dix-sept, ou je ne sais quel âge.

Le pasteur se mit aussi à mon côté et posa la main sur mon épaule.

– Victor Jan a besoin de la bienveillance des autorités du département. Elle lui est acquise grâce à la protection de l'Église catholique. S'il perdait cette protection, il serait obligé de partir d'ici et de se cacher. Ce serait terrible pour lui...

Je trouvai enfin le courage d'ouvrir la bouche.

– Mais le curé m'a dit...

Mlle Ruth poussa un cri furieux.

– Le curé n'est qu'un imbécile. Et s'il était assez fou pour marier un Polonais à une protestante, l'évêque et le préfet l'enverraient vite dans une paroisse perdue de la montagne !

Je voulus me lever, mais je n'en eus pas la force.

18

Un rhume de poitrine

Je me réveillai, la gorge serrée, le cœur battant la chamade, ma chemise collée à mes côtes par la sueur mauvaise. La fièvre me rendait toute molle et je ne pouvais même pas me retourner dans mon lit.

Selon le médecin que nos messieurs avaient fait venir pour moi, j'avais une pulmonie et j'avais failli mourir. Mais je savais que je souffrais surtout d'un très grand chagrin. Un rhume de poitrine, comme disaient les gens... car le mal était là, certes, dans mon cœur !

J'entendis le bruit d'une respiration : un souffle lent et lourd. Je tournai un peu la tête et distinguai une silhouette d'homme, tassée sur une chaise. Mon père veillait près de moi, mais la fatigue l'avait pris et il s'était endormi sur sa chaise.

Deux jours plus tôt, il était parti, avec son mulet, chercher un médecin pour moi. Ma mère criait que jamais un médecin n'était entré dans notre maison. Ce n'était pas pour la dépense, mais elle avait peur que la venue du docteur ne me fît mourir. Mon père lui expliqua avec patience que c'était une superstition papiste. Le médecin, au contraire, me guérirait.

Il n'en était pas trop sûr lui-même. En descendant vers le bourg, il s'arrêta au Grand-Mas pour parler à Margot, lui dire les nouvelles de ma santé. Et là, une heureuse chance permit qu'il rencontrât la jeune Mme Valentine, la dame de M. François-David, qui visitait le mas avec des cousins de Paris.

Et M. Gabriel était là aussi. Il appelait le cousin « monsieur le major ». Mon père surprit le mot, qu'il connaissait comme ancien soldat. Il s'avança pour observer le jeune homme, tête nue avec une redingote de bourgeois. Mais, sous la redingote, on voyait les jambes d'un pantalon d'uniforme.

– Seriez-vous, monsieur, médecin militaire ?

Le cousin répondit que c'était bien le cas. Mon père dit alors que sa fille de quinze ans avait un rhume de poitrine. L'épouse du cousin se tourna vers son mari en souriant.

– Mon ami, que savez-vous des maladies des femmes ?

Le major haussa les épaules.

– Le rhume de poitrine est la même chose chez une fille ou chez un soldat. En tous les cas, la pulmonie n'est jamais loin.

Il s'adressa à mon père.

– Voulez-vous que je voie votre enfant ?

– S'il vous plaît, monsieur le major. Nous habitons à moins d'une demi-lieue d'ici, mais vers la côte.

À ce moment, Margot se précipita, les mains jointes.

– S'il vous plaît, monsieur !

Et M. Gabriel esquissa un salut de la main.

– Oui, monsieur le major, s'il vous plaît.

Le major retourna à sa femme un sourire malicieux.

– Vous voyez, ma chère. Grâce à Dieu, j'ai ma trousse ici, avec un stéthoscope de Laennec.

Laennec, je connus plus tard ce beau nom. Et c'est ainsi que je vis se pencher sur moi, à travers la fièvre qui me brûlait la tête, un avenant visage de jeune homme et une fine moustache blonde, à la place d'une barbe grise et d'un lorgnon. Ma mère rechignait à me confier aux yeux et aux mains d'un militaire... Le major prit mon poignet, puis posa son cornet de buis sur ma poitrine. Il se releva et dit à ma mère qu'il ne pouvait pas bien entendre ma respiration à travers ma chemise mouillée.

– Elle transpire fort, dit ma mère. C'est peut-être la suette.

– Mais non, ce n'est pas la suette, puisque sa peau est nette. Je vous demande la permission de relever sa chemise.

J'avais envie de rire et de pleurer en même temps. Je voulais crier : « Oui, mon capitaine, relevez donc ma chemise ! » Mais je ne pouvais pas dire un mot, je n'avais plus de gorge, plus de bouche, plus de voix. Ma mère se cacha la figure dans ses mains et s'enfuit. Mon père, qui se tenait à la porte de ma chambre, parla d'une voix forte et décidée :

– Je vous donne la permission, moi, son père.

Quand le major posa son instrument sur ma peau, je crus que mon cœur rétrécissait et devenait pointu et dur comme une pierre de schiste. Je vis mille chandelles et perdis connaissance.

Je revins à moi, tandis qu'il touchait mes mains rougies par l'eau bouillante des bassines, avec des plaques dures par-ci, par-là, des peaux blanches à demi décollées. Et il dit :

– Dommage pour de si belles mains. À cela je ne peux rien.

En le regardant penché sur moi, je songeai à Victor et le froid revint dans mon corps.

Il prescrivit des ventouses et des cataplasmes à la moutarde... « des remèdes pour les grenadiers de la Garde », dit mon père. Mais il était content. Ma mère ne savait pas faire ces soins, alors la Margot vint me poser les cataplasmes et les ventouses.

J'avais encore la tête pleine de songeries, de tourments et de divagations. Je me laissai bercer par les bruits de la nuit.

Les rats et les dames-de-grange se disputaient la magnanerie, qui n'était plus nettoyée comme autrefois. Je m'habituais à leurs cavalcades bruyantes et brusques... L'armoire à linge craquait de temps en temps, comme si une bête mystérieuse frayait son chemin à travers le bois, pour me rejoindre et percer ma poitrine.

Une chouette, attirée par la lumière qui filtrait d'un trou au volet, venait pleurer de temps en temps devant la fenêtre. J'avais retenu le mot *suette*, prononcé par ma mère et le jeune docteur, et je pensai : « Chouette, suette, chuette, souette. » Enfin, en patois, c'est la *choto*... Heureusement, je n'avais pas la choto.

J'avais seulement une affreuse peine !

Le vent sifflait sous le toit et haletait dans les grands arbres. La girouette grinçait, mue par le vent marin. Et chaque grincement me déchirait le cœur.

Je courus dans les traversiers du hameau. Les feuilles jaunies des mûriers s'éclairaient sous les derniers rayons du jour.

Bientôt, une magnifique lumière d'or baigna la terre. La montagne se couvrit de visions féeriques. J'étais enfin de retour au jardin d'Éden !

Je courais, je courais. Soulevés par la lumière, mes cheveux flottaient au-dessus de ma tête. Je les voyais même s'étaler et danser à côté de moi. Ils volaient dans l'air et me portaient en plein ciel comme un oiseau de Dieu.

– Jourdanette, Jourdanette !

Je sentis une main fraîche sur mon front. Je la saisis et je reconnus la paume douce et les doigts ronds de Margot.

J'entendis ma mère qui semblait parler de très loin.

– Hier soir, elle était beaucoup mieux, on aurait dit qu'elle avait fait un corps neuf. Elle voulait se préparer pour aller à la fabrique demain. Et puis, cette nuit, on l'a entendue crier. Elle se débattait comme si... je ne sais pas. Elle gémissait et déraisonnait.

Margot me caressa le front et se releva.

– Elle avait encore des humeurs à chasser, Marie.

Des humeurs à chasser, non, Margot. Je voulais seulement dormir, sans me soucier de la pendule. Dormir pour oublier Victor et Charles, et toutes les souffrances.

C'était la première fois de ma vie que je restais couchée au lit plusieurs jours, sans presque me lever ni me soucier du temps qui passait. J'étais comme un ver dans son cocon. Je ne voulais pas redevenir papillon, battre des ailes pour m'envoler au pays des soucis et des douleurs.

Je rêve encore. Le ciel devient tout à coup doré comme un lever de soleil en Égypte au temps de l'Exode.

J'avance vers un majestueux bâtiment aux trois étages percés de baies plein cintre. J'aborde l'escalier en fer à cheval qui conduit au principal atelier. Un beau jeune homme descend à ma rencontre. Il s'incline et ouvre mon corsage pour poser son cornet sur ma poitrine.

– Mademoiselle, dit-il, votre cœur bat trop fort !

Point gênée, je réponds que mon cœur est ainsi, à toujours battre comme une chaudière de machine à vapeur.

– Vous savez bien que s'il venait à s'arrêter toutes les chaudières s'arrêteraient en même temps !

Je monte vivement l'escalier. Je pince ma jupe de soie rose

qui balaie la poussière des marches, je la soulève sur mes escarpins vernis et mes bas de soie brodés. J'arrive à la terrasse, je m'accoude à la balustrade et promène la vue sur le paysage des fabriques, toutes percées de hautes baies, hérissées de cheminées rondes ou carrées et entourées d'une foule d'ouvriers et d'ouvrières. Mon regard tombe sur mes compagnes, au pied de l'escalier, si tristes dans leurs vêtements de cadis sombre.

L'envie me prend de les voir habillées comme moi des plus belles robes de soie. À peine cette pensée m'est-elle venue que toutes les filles de mon atelier, et celles du moulinage, s'élancent avec des cris joyeux. Elles ont toutes des robes de satin ou de velours de soie, de damas, de crêpe... ces tissus merveilleux qui vêtent nos dames les jours de fête.

Elles m'entourent, elles dansent autour de moi, Juliette me prend la main, m'entraîne dans la ronde. Quelques jeunes fileuses, sans arrêter de danser, soulèvent l'ourlet de leur jupe pour montrer leurs chevilles moulées dans la soie. Deux ou trois que je reconnais et qui ne sont pas huguenotes se troussent jusqu'aux jarretières et découvrent leurs jolis bas brodés, ajourés, ornés de fleurs aux tendres couleurs.

Charles, debout sur la balustrade, son violon sous le bras, joue une musique de bal, et toutes nous dansons.

Guérie, mais le cœur désenchanté, je retournai à la filature.

Je retrouvai le bruit familier de l'eau bouillante qui clapotait dans les bassines, de la vapeur qui sifflait dans les tuyaux, des mécaniques qui cognaient et grinçaient, des pistons qui répétaient sans fin : pan-toc-pan-toc. Ou était-ce mon cœur qui tapait de douleur ? Pan-toc-pan-toc...

De nouveau, je me brûlai les doigts, l'humidité imprégna mes vêtements. Je respirai l'odeur des babots, qui se collait à ma peau. Des bouffées de furet montaient encore à mes narines quand j'étais au lit, en chemise, sur le point de m'endormir.

Mais j'étais devenue plus habile, et pas seulement en rêve. Je ne plongeais jamais la main entière dans la bassine, ni même tous les doigts à la fois. J'avais appris à supporter la douleur et aussi à me servir à bon escient de l'eau à adoucir, mêlée de babots écrasés : du jus de chrysalide, onctueux et calmant.

Mes doigts jouaient au milieu des fils, comme sur les touches d'un piano... En voilà un qui jaillissait et que j'ajoutais à l'écheveau commencé sur le dévidoir. Puis un autre et un autre... Ainsi tout au long de la journée, tous les jours de la semaine. Telle était ma vie, ma joie.

Ma souffrance morale s'apaisait aussi, tout doucement, avec l'aide de Dieu.

19

Janetoun fialabo, soun galant passabo

Fin novembre, la filature ferma ses portes. Le temps était beau, on se serait cru en été. On disait : c'est l'été de la Saint-Martin. Beaucoup de dictons rappelaient cette date, surtout chez les vignerons et les catholiques.

À la Saint-Martin / Bois le vin / Et laisse l'eau aller au moulin...

Comme prévu, je rentrai au moulinage.

Je ne voulais pas retourner au dortoir de la fabrique, dont je gardais un fort mauvais souvenir. Mme Adrienne me proposa une chambre au Grand-Mas. Les Pieyre m'aidèrent tous ensemble à m'installer dans la pièce qu'ils avaient préparée pour moi, à l'étage des magnaneries.

Un conduit de cheminée la traversait en son coin, du côté de l'escalier. Elle avait aussi une petite fenêtre donnant au midi, vers nos vallées. Cette orientation ne convenait pas aux vers, mais elle serait parfaite pour moi. On voyait même les toits des fabriques et les hautes maisons du bourg.

Margot me donnait à manger pour quatre sous par jour. Ainsi, je n'avais qu'une demi-lieue à faire le matin et une autre le soir.

Nous dévalions, Juliette et moi, à la vitesse du vent. Nous nous tenions par la main et nous lâchions en riant. Si je me laissais aller, je courais bien plus vite que Juliette, parce que j'avais de longues jambes et que j'étais plus légère.

Je l'attendais, elle se jetait contre moi et nous repartions.

Nous avions remplacé nos paniers à repas par des bissacs que nous portions à l'épaule, ce qui était pour le temps et le pays d'une grande insolence. Le mien était celui de mon père, Juliette avait une espèce de poche à bretelle achetée à un colporteur. Ils nous sautaient sur le dos pendant que nous courions. Nous devions être ridicules, mais personne ne nous voyait.

Il faisait nuit, et les fileuses restaient aux mas. Nous fredonnions des chansons en patois, tout en courant.

Janetoun fialabo / Soun fus li escapèt / Soun galant passabo / Et lou ramassèt. / Li digèt Janèto[1]...

Les premiers jours, Juliette s'arrêtait pour me serrer dans ses bras, me *poutouner*, me baisoter.

– Je suis bien contente. Tu ne retourneras jamais à la filature, tu ne sentiras plus le babot !

Chaque matin, elle posait le nez sur mon cou, se frottait contre mes vêtements en reniflant avec un bruit de canard qui barbote.

– Tu as encore l'odeur du pourri, ma fille !

Je lui rendais pain pour fouace, en riant.

– Toi, tu prends au nez !

Elle se lavait à la façon des papistes et des chats : le museau de temps en temps et une fois par mois derrière les oreilles. Elle sentait plus fort que moi. Et puis elle faisait semblant d'être dégoûtée, mais elle se pourléchait bien en humant ma peau !

Le bâtiment de moulinage se trouvait entre la rivière et le béal ou bief qui amenait l'eau prise plus haut. Il était à moitié enfoncé dans le sol, et dominé par la filature comme une porcherie par un château fort.

Une roue à augets faisait tourner toute la mécanique. Un ouvrage s'accomplissait à l'intérieur, aussi essentiel que le filage, mais plus difficile et mystérieux. Le fil tiré des cocons devenait ici la vraie soie que l'on tissait en étoffes merveilleuses. Et moi, la Jourdanette, tant amoureuse de la soie, j'étais ouvrière dans cette fabrique.

Au comble de l'émoi, je traversais la salle de l'étage, en cours d'agencement pour servir de dortoir et de réfectoire.

1. « Janeton filait / Son fuseau lui échappa / Son galant vint à passer / et le ramassa. / Il lui dit, Jeannette... »

Quelque compagnon déjà à la tâche, fait assez rare, nous lançait parfois une sornette en patois. L'atelier de moulinage se trouvant en dessous, nous nous pressions toutes dans l'escalier.

Nous entrions par une porte voûtée, qui se refermait toute seule, grâce à un contrepoids, pour ne pas laisser passer le courant d'air. Nous suivions un couloir, voûté lui aussi, nous descendions quelques marches. On aurait dit qu'on s'enfonçait dans une caverne, tant la moiteur tiède de l'air prenait au nez, au gosier, puis dans tout le haut du corps. C'est qu'il faut une grande humidité pour apprêter et tordre le fil de soie, qui devient cassant dès qu'il sèche un moment. On garde cette mouillure par la situation du bâtiment et par toutes sortes de moyens.

Je respirais une senteur douce, où se mélangeaient le parfum de la soie grège humectée, l'odeur du bois frotté et celle de l'huile et de la graisse. Et le bruit, soudain, à vous rompre l'ouïe, pareil à une cascade souterraine qui tombe en grondant. C'étaient les cliquetis et tapements de la mécanique, les courroies qui claquaient, les poulies qui ronflaient, les engrenages qui grinçaient... La plupart des anciennes étaient habituées à ce tintamarre, mais je devais me boucher les oreilles par moments.

J'arrivais au milieu d'une douzaine de moulins qui remplissaient la salle, grande mais assez basse. Ces espèces de cages en bois allongées, hautes comme le plafond d'une chambre, laissaient tout juste la place de circuler et de passer entre les machines et les courroies.

Thirza venait me chanter je ne sais quoi devant la figure, pour se moquer de mon air abasourdi. Je l'entendais à peine. Très à son aise, toujours vive comme la poudre, elle avait la main légère et de l'esprit au bout des doigts.

Apprentie sans paie pour les premiers quinze jours, j'aidais qui me le demandait, je courais d'un bout à l'autre de la salle, appelée par-ci, réclamée là. Je trébuchais et me cognais partout. On me criait : gare ! J'étais assommée par le bruit, oppressée par l'atmosphère et le manque d'espace, gênée par les flocons de bourre qui volaient dans l'air... La tête me tournait, les genoux me manquaient, la sueur me coulait sur les yeux.

Le moulinage est le travail de torsion des fils de soie qui leur donne la grosseur et la qualité voulues et les prépare à prendre la teinture puis à être tissés.

La soie grège arrivait à l'atelier de moulinage en écheveaux, ou flottes, venant de la filature. Les ouvrières étalaient les flottes, puis les plaçaient sur des roues en bois, en forme d'étoile à nombreux rayons et sans jante, nommées tavelles (*la tavelo*).

Je commençai aux tavelles. Nous étions six à dix pour servir trois cents roues.

Au bout de quelques jours, je passai aux moulins. La soie s'en allait d'une bobine droite, très rapide, à une bobine couchée, plus lente. Elle était tordue entre les deux. Il était curieux de voir la bobine droite fondre comme neige au soleil, tandis que la bobine couchée grossissait à peine.

Les moulineuses se tenaient debout devant les moulins, pour surveiller de nombreuses bobines superposées sur trois rangs et les changer quand c'était nécessaire. Elles s'arrêtaient de temps en temps pour renouer des fils cassés, et ce travail ne me semblait pas trop compliqué. Il fallait avoir des mains qui volent et des doigts qui dansent, et être capable de saisir un fil de soie et l'attacher plus vite que le regard ne suit le geste.

Quelle ouvrière n'a pas cet art après deux ans au tirage des cocons ? Mais il fallait se tenir debout, lever les bras et même monter sur un marchepied pour attraper les bobines les plus hautes, à deux mètres et demi.

En compensation, les moulineuses faisaient souvent de longues pauses, elles s'entendaient pour surveiller tour à tour leurs tavelles ou leurs moulins et elles en profitaient pour muser, s'asseoir, coudre, sortir... Mais, en tant que nouvelle, je n'avais droit qu'à de petites pauses, bien courtes.

Les moulins tournaient sans arrêt, même la nuit depuis peu : c'était encore une invention de M. Charles.

Il y avait au moulinage plus de travaux de manutention qu'à la filature, et aussi plus de pièces, en bois ou en fer, à entretenir, à nettoyer ou à réparer. De fait, les hommes y étaient plus nombreux. Le menuisier, Balthazar Pagès, dit Rabot, car il avait toujours le geste de polir, était occupé dans l'atelier une heure ou deux chaque jour. La filature fermée,

M. Charles se trouvait très souvent avec nous, ainsi que Paul Perrier, l'ouvrier d'entretien ou entreteneur, cousin de la Bombudo.

Et Victor, bien sûr, que je voyais encore plus souvent qu'à la filature. Avec, toujours, un petit pincement au cœur.

Quelques femmes se plaignaient que les hommes avaient une tâche facile, car, la moitié du temps, ils ne faisaient que passer et regarder. Juliette les défendait contre les piques des autres filles.

Elle avait choisi de travailler aux tavelles, placées à un bout de l'atelier, sur une estrade basse, le seul endroit où on pouvait parler sans crier, et le seul d'où on pouvait jeter les yeux sur une partie de la salle. Elle ne se hâtait guère à la besogne et prenait tout le temps de guetter son cousin et Victor.

Elle me raconta un jour que Charles Rabanel voulait quitter le service des messieurs, puis louer ou acheter une petite fabrique et travailler pour son compte.

– Tu as vu la filerie Gout, un peu plus bas sur la rivière ? Elle est abandonnée et en vente, pas cher. Il pourrait la louer au notaire ou même l'acheter quand il aura assez d'argent !

Puis elle songea qu'elle m'en avait trop dit sur ce qui était encore un secret. Elle me pinça le bras très fort.

– Tais-toi. Ne le répète à personne. Jure !

Je ne jurai pas, mais promis de me taire.

Travailler aux moulins s'avéra plus pénible que je ne pensais. Seul le rang de bobines du milieu était facile à atteindre. Pour mettre la main au rang du bas, il fallait se pencher, s'accroupir ou s'agenouiller ; et pour le rang du haut, il fallait monter sur le marchepied et lever les bras. Mais il n'y avait pas assez de marchepieds dans l'atelier.

Alors, on me dit :

– Toi qui es grande, sers-toi d'un tabouret.

Dans la montagne, je pouvais tenir d'aplomb sur un rocher pointu, presque à toucher un précipice. Mais le bruit des machines me faisait virer la tête. La première fois que je tentai ce tour d'équilibre, les deux bras en l'air, tout le poids de mon corps sur le bout d'un pied, je tombai contre le montant du moulin, me blessai à la tête et m'assommai à moitié.

Les autres voulaient m'empêcher de recommencer, mais j'essayai encore et réussis sans embarras. Enfin, voilà un exercice qui me rendit contente d'être la plus grande.

– Jourdanette, par ici !

Thirza m'appelait pour un fil à renouer au rang d'en haut. Je me précipitai, mon tabouret dans les bras. Hop ! Dix fois, vingt fois, cent fois par jour peut-être !

Avant d'aller au lit, Margot et moi mangions ensemble, en bavardant et en riant, des morceaux de fricot ou de légumes pêchés dans la marmite qui toujours cuisait sur les braises du foyer. C'était bombance presque tous les jours, car Margot voulait avoir les meilleurs journaliers et veillait à les bien nourrir.

Souvent, Mme Adrienne nous appelait pour une leçon de musique. Ne pouvant m'instruire seule sans froisser Juliette, elle avait eu l'idée de nous donner une leçon commune. Elle habitait avec sa servante quatre grandes pièces sur la façade ouest du mas, et presque toutes ses fenêtres regardaient la montagne. Au clair de lune, le paysage était magnifique.

Juliette n'avait aucune envie d'étudier la musique. Elle s'amusait à laisser courir ses doigts au hasard sur le clavier du *forte-piano.* Elle riait, faisait des grimaces. Dès que Mme Adrienne avait le dos tourné, elle lui tirait la langue.

J'aurais voulu apprendre à jouer pour de bon. À dix-sept ans, j'étais trop vieille. Mme Adrienne soupirait.

– Ah, si tu étais venue à dix ans !

Juliette chantait des cantiques avec nous. Elle avait une belle voix, mais Mme Adrienne se plaignit qu'elle n'avait pas l'intonation assez solennelle. Pour tout dire, elle entonnait un chant chrétien comme si c'était un refrain à danser !

Elle ne se fâchait pas aux reproches de Mme Adrienne. Elle fredonnait :

Marides mi, maïre, aquest'an. Podé pas 'spera un autr' an !

Un soir, elle se mit à bouder et dit qu'elle avait son soûl des psaumes huguenots. Pourquoi ne pas chanter, en façon d'exercice, un hymne à la Vierge Marie ? En disant cela, elle guignait Mme Adrienne, les yeux plissés, espérant un éclat et une occasion de sortir. Mme Adrienne haussa les épaules.

– Ma pauvre fille, ma pauvre fille ! Je ne sais aucun hymne papiste, figure-toi !

Le soir d'après, Juliette fit les petits yeux, bâilla et grommela :

– Va donc toute seule à tes chants parpaillots !

La séance finie, j'essayais encore, parfois, de réciter quelques strophes de la complainte.

Mme Adrienne m'appelait presque chaque soir. Elle m'enseignait le solfège et les notes, nous répétions psaumes et cantiques. J'aurais tant voulu poser les mains sur le forte-piano, pour en tirer de jolis sons comme on tire du cocon le fil d'or !

Trop tard. J'étais trop vieille. Ce chagrin m'accompagnait quand j'allais me coucher, me suivait dans mon sommeil, me tourmentait dans mes rêves.

Margot tapait à ma porte. Toujours debout la première, elle réveillait toute la maisonnée. Je sortais du sommeil avec l'angoisse que me laissaient les mauvais songes de la nuit.

Enfin, je n'étais plus apprentie. Charles me remit aux tavelles, avec Juliette.

– Je trouve, me dit-il, que tu gesticules beaucoup aux moulins et que tu te fais un peu trop voir. Tu seras mieux ici pour le moment. Ne crois pas que le travail soit facile. Il faut rester à sa place sans s'agiter, ni perdre son temps aux bagatelles. Tu dois garder les yeux sur tes bobines pour qu'elles ne débordent pas. Tu dois veiller qu'elles soient bien enroulées, bien calibrées, bien nouées. Tu as vu comment font les autres, les meilleures ?

Les ouvrières se partageaient entre deux bancs, ou *banques*, des tables basses, longues de cinq ou six mètres, larges d'un mètre à un mètre cinquante, et qui portaient chacune deux rangs de tavelles. L'un des bancs était situé en tribune, au-dessus de l'autre : celui des anciennes qui pouvaient ainsi surveiller les nouvelles.

Pour me parler, Charles m'avait fait monter à cet endroit, le moins bruyant de l'atelier. On pouvait quasiment s'entendre sans se corner aux oreilles. Il m'examina comme s'il ne m'avait vue depuis la Saint-Jean de l'an d'avant.

Les meilleures, il les cita sans nommer Juliette.

Je me tins de pied coi devant lui. Il m'inspecta des cheveux à la taille et même plus bas. Je n'aimais pas sa façon de me dévorer des yeux. Si la bonne règle l'avait permis, il m'aurait tâtée de même avec les mains ! La peau me démangeait et la chair de poule me vint. Je cachai mon embarras autant que je pus et avalai l'affront doux comme lait.

Du coin de l'œil, je vis les autres qui nous guettaient en se poussant du coude. J'entendais leurs chuchotements et leurs rires moqueurs. Le sang me monta à la figure. Mais un sentiment passait en moi l'humiliation : le plaisir de tenir tête à ce petit monsieur qui n'était pas des « messieurs » et qui en souffrait comme un chien chassé. Je ne tremblais pas. Je restais soumise en apparence, car je le voulais.

Charles me toisait à la façon d'un marchand de bêtes évaluant le poids d'une mule.

– Je te trouve bien maigre, Jourdanette !

Je vis ses doigts qui bougeaient en dépit de ses efforts pour tenir les mains en repos. Il aurait bien aimé tâter mes membres à la vue du monde, pour me vexer au vif ! Mais je n'étais pas une mule. J'avais envie de lui dire : « Je suis moins maigre que je semble, Charles Rabanel, car j'ai de la bonne chair dure en des endroits que vous ne verrez ni ne toucherez jamais ! »

Il continua son inspection, son regard se promena sur mon visage, sur mon corps. Il serra les mâchoires, et ses cicatrices pâlirent.

– Et tu tousses !

Il avait crié pour se faire entendre sous le tintamarre de l'atelier. Je criai aussi : « Non ! » Enfin, je toussais quelquefois. L'air de la salle de moulinage m'irritait le gosier encore plus que celui de la filerie.

Charles s'éloigna d'un pas, fit mine de regarder les moulineuses. Je voulus en profiter pour m'éclipser. Il se retourna brusquement vers moi.

– Ne mens pas, Jourdanette ! Tu me persuades que j'ai raison de me faire du mauvais sang pour ta poitrine. Tu relèves des fièvres et tu te conduis comme une drôlette de huit ans, une petite cruche ! Je dis... et je le dis pour toutes les autres qui m'écoutent au fond. Rappelez-vous Nohémie Bresson et l'Allumette, qui sont mortes de leur imprévoyance...

Je me tins de clamer à mon tour : « Nohémie et l'Allumette sont mortes de cette sale mouillure qui a imbibé leurs poumons et glacé leur chair ! » Il haussa encore la voix.

– Je dis que c'est folie de gaspiller ses forces et sa bonne santé dans les chemins, par des temps à ne pas laisser un chien dehors. Folie de se faire rincer en venant à l'usine...

Il pointa sur moi l'index.

– Folie d'arriver ici trempée comme une soupe et de rester tout le jour sous des étoffes et du linge mouillés ! Nos messieurs ne veulent plus conduire une seule ouvrière au cimetière. Alors, ils ont construit de nouveaux dortoirs. Celui-ci, au-dessus...

Il montra des deux mains le plafond voûté de la fabrique. Partout, des têtes se levèrent pour suivre son geste.

– Celui-ci est fini ou presque fini. Une demi-douzaine d'entre vous y logent déjà. Mais je veux que le dortoir soit plein. Toutes celles qui habitent à plus d'un quart de lieue seront tenues de coucher à la fabrique. Ce n'est pas moi qui le dis, ce sont les messieurs !

Un quart de lieue, c'était un kilomètre. Les seules ouvrières qui auraient la permission de rentrer chez elles étaient celles qui habitaient le bourg, comme Thirza. Même le Grand-Mas était trop loin. Je devais me soumettre à cette discipline, renoncer à la joie du bon air et du ciel ouvert, en descendant et en remontant.

Charles expliqua encore, pour celles des bancs qui prêtaient l'oreille et celles qui avaient lâché leurs moulins pour l'écouter :

– Comme vous avez pu le voir, les dortoirs et les réfectoires sont agrandis. La règle du quart de lieue s'appliquera à toutes les ouvrières dès la prochaine saison de filage. Et il en sera ainsi à l'avenir.

Les travaux d'agrandissement, réfection et aménagement des étages étaient commencés depuis le printemps dernier. On annonçait qu'ils seraient finis avant l'hiver.

Charles se rengorgea.

– J'ai persuadé les messieurs qui ont fait fond sur moi. Je veillerai que tout se passe comme ils le souhaitent !

J'étais très chagrine à la pensée du dortoir qui m'attendait. Je cherchai quelque moyen d'échapper aux nouvelles règles !

Juliette s'en irait loger chez sa parente, au bourg. Qu'allais-je faire ?

Dès que je sus me servir assez bien des machines, le plaisir que la soie m'avait toujours donné revint dans mon cœur, aussi fort qu'à la filerie. Je veillais que les bobines ne débordent pas, qu'elles ne soient ni trop grosses ni trop petites, qu'elles n'aient pas trop de ventre... Ah, décidément, j'aimais ce travail. Je ne marchais pas, je glissais, je dansais, le long de mon banc. Mes mains allaient et volaient, des flottes au fil, des tavelles aux bobines.

Je tâchais de ne pas songer à ma vie quand je serais forcée de dormir à la fabrique. La veuve Salles regardait mes bobines et me donnait une tape amicale sur le coude.

– C'est bien, Jourdanette. Tu as bon œil et bon geste.

Un jour, elle vint près de moi pour me parler tout bas.

– Ne tâche pas d'avoir une montagne de bobines en avance, comme certaines...

Elle me pinça le gras du bras.

– Ne regarde personne. Les dévideuses qui ont trop de bobines, c'est que les moulineuses ne les prennent pas de bon cœur.

Chaque ouvrière avait quarante ou cinquante tavelles à conduire. Et souvent plus, car certaines s'absentaient fréquemment et longtemps, pour de bonnes ou de mauvaises raisons. C'était le cas de Juliette. J'imaginais qu'elle allait rencontrer Charles.

Ce matin-là, il pleuvait à seaux. Du seuil, on ne voyait au-dehors que la nuit noire ruisselante de l'averse. On n'entendait que la plainte du vent et le gargouillement de l'eau dans les gouttières. Une rafale jetait les feuilles mortes contre la fenêtre de la salle du Grand-Mas.

Juliette se tourna vers moi dans la lueur de la lanterne. Je ne distinguais pas ses yeux, mais je devinai qu'elle me donnait un mauvais regard. Comme si je commandais au temps qu'il fait !

– Jourdanette, j'en ai assez de courir une demi-lieue dans la nuit, sous la tempête, deux fois par jour. Ce soir, je vais dormir chez ma parente !

C'était une cousine si éloignée que le lien de famille s'était perdu dans le souvenir des anciens et que Juliette n'osait plus l'appeler autrement que parente. Mlle Pieyre, fille de baile, et en secret bâtarde d'un M. Favière, ne pouvait pas coucher au dortoir de la fabrique comme une paysanne.

Mais c'était assez bon pour moi !

– Prends la lanterne, dit Juliette.

Elle ouvrit le grand parapluie que lui avait offert M. Gabriel. Un parapluie de berger, qui protégeait des plus grosses pluies, mais qu'on devait tenir à deux mains sous la bourrasque. Mme Adrienne m'avait prêté un petit parapluie de soie qui me couvrait moins bien, mais que je pouvais tenir d'une main.

Je m'élançai dans le chemin. Juliette me suivit. Le bas de ma jupe fut tout de suite trempé. Mon joli parapluie commença à se retourner. Puis nous fûmes sous l'abri d'un mur.

La lanterne jetait devant nous une tache de lumière grande comme un mouchoir de poche. Je la couvris du pan de ma pèlerine pour la défendre un peu du vent.

Elle finit par s'éteindre. Le jour était encore loin. D'épais nuages noirs bouchaient le ciel du sommet de la montagne jusqu'au creux du levant. Nous n'y voyions goutte, nous ne pouvions plus courir. Je refermai mon parapluie, de peur de l'abîmer. Ma robe, déjà trempée, collait à mon ventre et à mes jambes. Mes sabots étaient pleins d'eau. La pluie ruisselait si fort sur ma figure que je ne pouvais pas savoir si des larmes se mêlaient à l'eau de l'averse.

Nous étions en retard. Victor remplaçait Charles. Il s'exclama dans sa langue, puis voulut me traduire.

– Je dis... je dis... ah ! je ne sais pas les mots en français.

Il pouffa de rire, puis nous tâta de la poitrine aux genoux. Juliette releva sa jupe pour montrer que son jupon était presque sec. Victor s'amusa à tordre le mien pour en faire pisser l'eau.

Juliette lui cria de sortir ses pattes de cet endroit. Il rit encore plus fort. Puis il nous dit d'aller nous sécher à la cuisine, où le fourneau était allumé.

– Si nous n'allons pas tout de suite aux tavelles, nous risquons cinq sous d'amende !

– Amende ? Je comprends pas le mot !

À midi, je n'avais pas faim. Je ne pus même pas avaler une cuillerée de soupe. Thirza et Juliette me forcèrent à quitter ma robe pour la sécher. Un fou rire me prit et, soudain, toutes riaient plus fort que moi. Elles voulaient m'enlever aussi mon jupon, encore mouillé. Je me débattis et criai, sans arrêter de rire. Charles survint. Victor le suivait.

J'étais presque nue. Victor ne se privait pas de me lorgner. Mais Charles s'emporta de colère, chassa Thirza, Juliette et les autres. J'étais tombée sur le plancher, mon jupon levé. Il marcha sur moi, je crus qu'il allait me frapper.

Enfin, il tourna les talons sans me regarder et attendit que je fusse vêtue pour venir me parler.

– Jourdanette, je te savais folle, mais pas si gravement. Tu ne rentreras pas au Grand-Mas ce soir. Tout à l'heure, j'enverrai Michée, le garçon de course, avertir Margot. L'Augustine s'occupera de te donner un lit au dortoir. De toute la saison, tu n'iras plus courir la mort par les chemins. C'est pour ton bien. Si le dortoir ne te plaît pas, tu n'as qu'à partir tout de suite. Maintenant !

Il respira très fort, gonfla la poitrine, serra les poings. Il se tenait à quatre pour ne pas éclater. Je me mordis la lèvre de toute la force de mes dents en espérant que le sang allait couler.

20

Te voilà nouée, Jourdanette

Mon lit était trop court, ma couverte mince, humide d'eau ou de pissat. Je me réveillai plusieurs fois le ventre brûlant, mais j'avais honte de disputer le pot de nuit aux drôlettes. Je me forçai à attendre. Pour aller aux lieux d'aisances, il fallait descendre sous l'atelier, dans le souterrain de la roue... Je restais éveillée avec cette eau qui me tirait la vessie. Comme j'étais sotte de m'infliger cette souffrance, par simple orgueil. Je songeais à Victor. S'il savait... S'il me voyait...

Et Charles rirait bien !

Le lendemain, je m'aperçus que je n'avais plus le parapluie de Mme Adrienne. Quelquefois, les petites se chipaient entre elles, pour jouer, de menus objets. Les plus vieilles oubliaient souvent de rendre ce qu'elles avaient emprunté. Mais de vrais larcins à la fabrique, je n'avais jamais entendu parler.

Je demandai, pour chercher, l'aide de Juliette, de Thirza, de l'Augustine Salles. La plupart des ouvrières trouvaient le parapluie une chose ridicule. Certaines disaient qu'elles n'en prendraient un pour tout l'or du monde. J'essayai d'expliquer que le mien n'était pas un vrai parapluie, mais un joli « en-tout-cas » de soie et qu'il m'avait été prêté par une dame.

Thirza voulut savoir quelle dame ? Je fus obligée d'avouer : Mme Adrienne. Thirza siffla, s'exclama.

– Ton âne pète ! Il vaut cher, cet en-tout-cas de dame ?

Je n'en savais rien. Peut-être un mois de mon salaire !

– À mon avis, dit l'Augustine, on te l'a caché quelque part en manière de farce...

Juliette me regarda, grave comme un chien qui regarde cuire le lard. Je savais bien qu'elle jubilait en son for intérieur.

– Il faut le dénoncer à M. Charles, dit-elle.

– Non. Non et non, je ne suis pas une rapporteuse !

Au long de la semaine, quand nous avions le temps, nous visitions les magasins, la coconnière, presque vide, les chantiers des maçons et des charpentiers, le béal, l'écluse de la roue à eau... Pas de parapluie.

Un jour, une petite, nommée Martinette, m'appela pour me montrer une chose qu'elle avait trouvée et qui pouvait être le débris d'un parapluie. Elle nous conduisit, Juliette et moi, à la filature Gout, au-dessous de nos fabriques, sur le même béal.

C'était la petite usine abandonnée que Charles voulait acheter pour son propre compte. Elle n'avait ni machine à vapeur ni roue à augets, ses tours étant mus à bras d'homme, mais seulement un bassin avec une pompe pour l'eau d'usage et pour le trempage des cocons.

Dans le bassin à moitié recouvert par les herbes aquatiques et les ronces, Martinette avait découvert mon pauvre parapluie ou ce qu'il en restait, une sorte de squelette, pareil à un grand oiseau mort, la chair dévorée par les carnassiers et les vers. On ne voyait que des plumes noires accrochées aux os !

– Quelqu'un l'a laissé tomber sur notre roue à eau ! dit Juliette.

– Quelqu'un qui n'aime pas les parapluies, ajouta Martinette.

Non, quelqu'un qui ne m'aimait pas !

Notre roue à augets avait déchiqueté le fragile en-tout-cas, puis l'avait rejeté dans le béal qui s'écoulait jusqu'à la filerie Gout, où les ronces l'avaient arrêté. Martinette s'offrit à le repêcher, mais ça ne valait pas de risquer la noyade pour une chose qu'on ne pourrait jamais réparer. Et puis quel éclat de rire si j'osais rapporter cet épouvantail !

Je ne dormais plus. Le bruit des moulins, qui tournaient toute la nuit, berçait ma somnolence. Je me levais au matin plus fatiguée qu'au coucher et le corps moulu. Je faisais grand effort tout le jour pour mener ma tâche. Je voyais mes doigts saisir les fils, puis les nouer, et ces gestes me semblaient ceux d'une autre.

Les bruits se mêlaient tous à mes oreilles. La machine était dans ma tête, qui tapait, ronflait, claquait. Je n'entendais plus qu'elle. J'étais trop lasse pour me tourmenter de la perte de mon parapluie. Je renonçai à deux ou trois séances de chant. Comment aurais-je pu chanter ? J'avais besoin de toute mon énergie pour ne pas tomber à la renverse devant mon banc et pour continuer bravement mon travail.

Aux pauses, le sommeil me prenait dès que je m'asseyais. Je me relevais aussitôt. Je rêvais debout, je riais toute seule. Je me voyais au mas, avec mes parents. C'était le soir et mon lit m'attendait. Je disais en riant : « Bonsoir, mon père et ma mère, le dernier couvre le feu ! » Mon père riait aussi sous son chapeau. « Ce sera toi ! »

Ah ! être à l'oustal, couvrir la braise avec soin et amour, puis monter à ma petite chambre, me déshabiller toute seule, me coucher dans mon bon lit, m'étirer de tout le corps sans que mes pieds soient à l'air...

– Toi, tu as les yeux battus, me dit Thirza avec soupçon.

L'Augustine Salles :

– Tu as mauvais teint.

Et Juliette, bien aise d'avoir dormi à son gré, éveillée comme une potée de souris :

– Tu as une figure de papier !

J'espérais chaque soir que mon lit s'allongerait par miracle, que ma couverture serait épaissie et séchée. Je me disais : « Tu es si fatiguée que tu pourrais dormir sur des chicots de bruyère. » Tant pis pour mon lit trop court et les autres désagréments du dortoir. Je m'endormais bien vite... Mais je me réveillais en sursaut, après un moment de sommeil, les membres agités, l'esprit égaré, fourmillant de pensées sans queue ni tête.

Puis la rancune que je gardais contre Charles Rabanel chassait bientôt fantaisies, caprices et rêveries. Je serrais les poings, j'enfonçais mes ongles dans la chair de mes mains. Mon ressentiment m'empêchait de me rendormir et nourrissait mon dépit.

Le samedi, la journée commençait plus tôt et finissait de même, pour nous permettre de rentrer avant la nuit noire.

Mais le ciel s'assombrit, le vent souffla de la montagne. C'était l'*aguiélas*, qui se faufile dans les vallées, balaie les pentes en tourbillons glacés. On ne sait plus d'où il vient. Il s'infiltre jusqu'au-devant des foyers, jusqu'au fond des mas.

Et il annonce le grand hiver et le froid noir.

Charles proposa de voiturer celles qui habitaient loin. Il chargea Victor de conduire le char à bancs de la fabrique du côté de la vallée. Quant à lui, il était fier comme un pou d'étrenner sa nouvelle carriole : cabriolet devant, avec deux bonnes places, et fourgon à l'arrière. J'avais déjà vu un riche colporteur conduire une voiture de ce genre.

Peut-être Charles allait-il quitter la fabrique pour se faire commerçant ambulant ? Ç'aurait été trop beau !

Deux bancs étaient disposés sous la bâche, où nous pouvions nous asseoir à six ou sept. Juliette prit la place devant, à côté de son cousin. Je somnolai, écoutant les autres jaboter en patois. Devant, Charles et Juliette semblaient se quereller. Croyait-elle encore qu'elle l'épouserait ? Que Dieu la préserve.

Je somnolais en me tenant de bâiller. Je m'assoupis, une secousse me réveilla. Et ainsi de suite. Je dormais comme un lièvre, les yeux ouverts. Toutes les autres descendues, je restai la dernière dans le fourgon. Juliette était encore dans le cabriolet. Ils continuaient de parler haut, d'échanger des mots aigres et des exclamations. Je m'endormis tout de bon.

Je sursautai à mon nom. Charles m'appelait à l'arrière. Il souleva la bâche de cuir et sa figure m'apparut dans la lueur de sa lanterne.

– Nous ne sommes plus que tous deux, Jourdanette. Viens t'asseoir devant.

– Non, non. Je ferai le reste du chemin à pied.

Je voulus sauter du fourgon pour lui échapper. Je vis que j'avais oublié ma musette à l'intérieur, je revins la prendre, il me tira par le bras. Je n'osai lui résister.

Je m'assis à sa gauche. J'étais bien réveillée, maintenant. Je n'avais pas songé que je pouvais me trouver seule avec lui. Son souffle passa sur mon visage quand il se tourna vers moi. Il sentait le tabac et l'eau-de-vie parfumée.

Nous n'étions plus très loin de La Croix-aux-Vents. Le cheval, bonne bête, grimpait le chemin d'un pas vif, malgré l'obscurité. J'aperçus enfin une lumière. Le Mas-Haut, ma maison. Il me sembla que je l'avais quittée depuis une pleine année !

– Jourdanette ?

Il aurait peut-être voulu que je lui tienne conversation, trop heureux de me quereller.

– Oui, monsieur.

À ma surprise, il se tut un long moment. Il soupira très fort, fit tourner le fouet au-dessus de la tête du cheval, grogna entre ses dents : « Ah, Jourdanette... » Je me demandai s'il allait me proposer de faire la paix. Dans ce cas, ma réponse aurait été non.

À l'intérieur du cabriolet, l'ombre était encore plus noire qu'au-dehors, où les nuages avaient éteint la lueur du couchant. Je ne distinguais pas le visage de Charles, à peine sa silhouette carrée et, quand il me regardait, ses yeux gris, très brillants, et les reflets de la lanterne dans sa barbe rousse.

Je voyais par instants sa main droite qui tenait les rênes, épaisse, forte, couverte de poils blonds, marquée de cicatrices, comme sa figure. Il gardait la gauche sur son genou... prêt à la poser sur le mien. Il la bougea brusquement et frémit de la tête aux pieds. C'était pour tirer une gourde ou une bouteille d'une caisse qu'il avait à côté de ses pieds.

Il porta le goulot à ses lèvres, renversa la tête et but presque sans bruit. Au parfum, ce devait être une liqueur de genièvre assez corsée. Un bon ouvrier, si adroit à entretenir et réparer les machines de la fabrique... Quel dommage ! Quelle honte ! Quel malheur !

Le cheval peinait à la côte, ses fers glissaient sur les pierres du chemin. Il ne venait guère au village de La Croix que des mulets et des ânes. Peu habituée à la montagne, la pauvre bête tâtait du pied. La descente ne serait pas plus facile.

Le Mas-Haut était maintenant tout près. Je criai :

– Ho ! Arrêtons ici.

Le cheval m'obéit parce qu'il était fatigué et n'avait pas envie d'aller plus loin. Tous les chiens du hameau saluèrent notre arrivée de leurs aboiements. Je descendis vite du cabriolet. Charles sauta à terre avec un petit temps de retard sur moi. Par malchance, ma jupe s'accrocha à quelque fer. Oh, pis, ce n'était pas ma jupe mais mon jupon. J'avais le choix entre tirer et m'en aller en laissant un morceau de tissu à la voiture ou attendre que Charles vînt me détacher avec sa lanterne.

Il aurait bien ri si j'avais déchiré mon jupon pour m'enfuir. Je restai un pied par terre, l'autre sur le marchepied. Je dis d'un ton sec :

– Ma robe est prise.

– Ha, ha, te voilà nouée.

– Dégagez-moi, s'il vous plaît.

Il approcha sa lanterne. À la tension de l'étoffe, je le devinai qui tirait ma jupe, puis mon jupon. Je sentis un courant d'air sur mes jambes et j'en eus la chair de poule. Ce n'était ni de froid ni de crainte : cela me portait sur les nerfs. Charles ne se pressa pas. Enfin libre, je tournai les talons. Il me rappela.

– Tu pourrais me dire merci ! J' t'en fous !

Je ne voulais pas avoir l'air de m'échapper comme d'un coupe-gorge. Je me tins devant lui, prête au défi, comme je l'avais fait trop souvent. Mais j'étais lasse de ce jeu.

– Merci, monsieur.

Il balança son fouet d'une main, sa lanterne de l'autre.

– Un sac de mercis n'est pas assez pour payer l'avoine d'un cheval !

De grandes ombres dansaient autour de nous. Il jeta son fouet sur son épaule et tendit la main comme pour me prendre le bras. Mais je ne voulais pas qu'il me touche !

Je levai un poing pour le repousser. Nos deux poignets se heurtèrent, je fus secouée jusqu'aux os, par le choc et la douleur qui suivit. Charles poussa un cri de surprise et d'indignation.

– Ah ! drôlesse, tu m'as fait mal, dit-il en riant.

En riant ? Oui. Moi, j'avais trop mal pour rire. Il posa la lanterne et se frotta le poignet.

Je reculai avec une petite révérence moqueuse.

– Voulez-vous demander un peu d'avoine à mon père ?

Il répéta : « J' t'en fous ! » Je courus m'adosser à un mur, en me tenant de hurler tant je souffrais. La douleur dans mes os se calma peu à peu. J'étais heureuse d'avoir osé mon geste... heureuse aussi de l'avoir manqué.

21

Chez la Bombudo

Le lundi, j'accompagnai la Bombudo à son âne, comme d'habitude. Une fois sur la charrette, elle pencha sa figure rougie par le froid du vent et me dit, en guise de bonsoir :

Mais cet illustre héros soutenu par la grâce
Veut mourir pour son Dieu quelque chose qu'on fasse !

Une strophe qui se situe aux trois quarts de la complainte. Par bonheur, le vers suivant me vint tout de suite à l'esprit, et j'enchaînai sans hésiter.

Le bourreau, le gibet, rien ne l'arrêtera...

Je ne trouvai plus le quatrième vers du couplet. Tant pis, je m'arrêtai là, et la Bombudo parut satisfaite.

– On m'a dit que tu avais toussé toute une nuit au dortoir de la fabrique, qui est humide comme les cachots du roi. J'ai peur que tu nous couves encore un mal de poitrine. Enfin, à quelque chose le malheur est bon : ma servante nous a quittés, et nous l'avons remplacée par une femme de charge qui demeure chez soi. Nous avons une chambrette avec vasistas que Samson Perrier ne veut pas louer...

Elle avait coutume de nommer son mari par son nom entier, comme un étranger.

– Une chambrette de huit pieds sur cinq, dit-elle. Je pense qu'il n'en faut pas plus pour faire un nid tout douillet. Le lit est assez long, car mon neveu Gédéon y tient jusqu'aux doigts de pied. La cheminée passe contre le fond, il n'y a jamais une goutte d'humidité sur les murs. Tu seras comme un coq en pâte. Samson Perrier a dit : « C'est un bon contentement pour moi de recevoir sous mon toit la fille de Virgile-Paul Jourdan. »

Elle ne voulait pas un sou, pas la moindre fourniture en viande, œufs ou légumes. Samson Perrier demanda seulement que je lui chante un psaume tous les soirs... Je paierais donc ma pension avec ma voix. J'étais quasiment devenue artiste lyrique !

Le bruit des moulins me semblait la musique des créatures, comme le tonnerre et les cascades étaient la musique de la création. À un bout de la salle, je sentais sous mes pieds le grondement de la roue mue par l'eau de la chute. Et cette trépidation s'accordait de façon si exacte aux battements de mon cœur que je devenais un rouage de ces parfaites machines.

J'étais sûre que la volonté de Dieu se révélait ici, non dans les mesquines petites affaires des gens.

Je courais de banc en moulin, de fuseau en bobine. Je portais, je chargeais, je nouais, pour telle ou telle de mes compagnes. Les anciennes s'amusaient à me héler toutes en même temps. Les nouvelles se décidèrent bientôt à les imiter.

On m'appelait de tous les côtés, celle-ci pour celle-là.

– Ho, Jourdanette, tu n'entends pas Thirza qui te demande ? Hé, Jourdanette, l'Augustine a besoin de toi. *È, Jourdanéto, la Margarito a dé bésoun dé tus !*

J'essayais de prendre le jeu avec bonne humeur. Je criais en réponse :

– Me voilà ! S'il vous plaît ! Patience !

– Jourdanette, peux-tu me remplacer à mes moulins ?

– Jourdanette, regarde mes tavelles, je vais faire pipi.

– *Jourdanéto, van tomba d'aiga !*

– *Jourdanéto, ai uno bèlo pissagno !*

Et elles s'en allaient *tomba d'aiga*, faire la pause ou je ne sais quoi. Une fois même, je me retrouvai toute seule à l'atelier, avec l'Augustine Salles, Paul Perrier, l'entreteneur, et un pauvre gamin à moitié imbécile, surnommé Pè Ranquet, qui ramassait la bourre en sautillant sur un pied.

La bonne farce !

Toutes mes compagnes s'étaient donné le mot pour me moquer. La veuve Salles, me voyant toute suante et ébouriffée, me montra du pied son tabouret.

– Assieds-toi donc, ma pauvre fille. Tu te laisses mener par le nez, tu n'es qu'une bête chaussée.

Elle ajouta gentiment :

– Quand le chat n'y est pas, les souris dansent. Mais ne te soucie pas : elles rentreront vite, de peur de se faire croquer !

Quelques jours plus tard, M. François-David vint inspecter l'atelier. Il s'arrêta devant moi. Je me retournai et le saluai en baissant les yeux. Il frotta longuement ses belles mains blanches.

– Ah ! bien, il paraît qu'on s'entend à vider les apostèmes et à tirer les échardes ?

Je le regardai franchement et répondis par un battement de paupières. Il approuva d'un signe de tête, caressa ses favoris.

– Et l'on chante au temple comme une diva !

Je ne connaissais pas ce mot, c'était le deuxième qu'il m'apprenait après *paquebot*. Diva...

Un autre signe de tête, il balança son chapeau et s'en fut. J'étais fière et en même temps inquiète des autres. Qu'allaient-elles penser ? Que je mouchardais aux messieurs ?

Je guettais Charles, mais il ne se montra pas de plusieurs jours. J'étais sottement déçue. Avais-je besoin de ses railleries, querelles, rebuffades et coups de griffes ?

Un soir, à la sortie, Victor parut soudain, une lanterne à la main, et me prit le bras.

– La dame Bombudo attend la Jourdanette avec la charrette d'âne. Je t'emmène.

Il m'accompagna quelques pas. Je demandai, en m'efforçant de parler mon meilleur français :

– Ne souffrez-vous plus ?

Il rit gentiment, d'un rire un peu forcé.

– Je plie le doigt presque sans douleur. J'empoigne, je tiens, je serre... un peu. La dame Bombudo va me faire un nouveau pansement ce soir. Le dernier !

Il tira de sa poche une chose ronde, enveloppée dans un morceau de papier.

– Charles dit que les cadeaux c'est défendu à la fabrique. Je t'offre quand même celui-là. Charles ne saura rien !

C'était une orange.

À la charrette, Victor me prit dans ses bras, me leva comme si je pesais deux plumes et un cheveu et me posa près de la Bombudo. Aucun frisson ne courut sur ma peau. Mon sang ne chauffa pas. Il me sembla que j'étais guérie de mon rhume de cœur. Mais il me vint dans la nuit un serrement de poitrine et je crus étouffer.

Quand je rentrais chez les Perrier, le bonhomme Samson dormait sur une chaise devant le feu. Il se réveillait et demandait un verre de vin. Sa femme le servait, puis nous mangions une grosse soupe. Samson réclamait un cantique. J'accompagnais la Bombudo :

– *Frères, supplions le Seigneur / Qu'il triomphe de tout pécheur / Par le glaive de sa parole !*

– Supplions le Seigneur, répétait Samson.

Il se mettait à ronfler et nous devions le coucher.

– Autrefois, m'expliqua la Bombudo, la Finielle, ma voisine, venait m'aider tous les jours. Je voudrais que tu la remplaces quand tu seras ici, ça t'apprendra à t'occuper des hommes. Enfin, j'espère que le tien te donnera moins de soucis que le mien, qui s'est soûlé le soir de nos noces et qui continue depuis, tous les jours que Dieu fait !

Nous placions une couverture sous la chaise de Samson. La Bombudo s'asseyait près du grabat, placé au fond de la pièce. Elle tirait la couverture avec une ficelle et je tirais la chaise. Le bonhomme ne se réveillait pas. Il fallait ensuite le renverser de la chaise sur le lit, mais la Suzon était adroite à ce mouvement.

Allongé sur son lit, Samson grognait dans son sommeil. La Bombudo reprenait haleine et essuyait la sueur sur sa figure

– Aide-moi donc à lui tirer ses chausses !

Ma chambrette, à l'étage, au bord de l'escalier, était petite mais aérée et, très souvent, éclairée par la lune. Sitôt déshabillée, je tombais dans le puits de la nuit, en priant pour avoir un sommeil sans rêves. Les rêves venaient quand même, sur le matin. Et voici le plus sot que j'aie sans doute jamais eu !

Victor Jan arrive au Mas-Haut tout endimanché. Mon père l'attend, endimanché de même. Moi, je suis en chemise et me cache dans l'escalier. Victor tend la main à mon père.

– Monsieur Virgile-Paul, je demande la main de votre fille pour le mariage.

Mon cœur saute dans ma poitrine. Victor, ce jeune homme si beau que toutes les femmes seraient à ses pieds, s'il voulait ! Il est venu me demander, moi, la Jourdanette ! Je sais que je ne peux l'épouser, par malheur. Je ne me rappelle plus pourquoi...

Mon père lève les bras au ciel.

– Je vous la donnerais avec plaisir, car je vous crois un bon garçon. Mais elle est fiancée avec Charles Rabanel.

Victor, qui m'a vue, se précipite dans l'escalier.

– Mais je ne veux pas la laisser à Charles Rabanel. Jamais !

Il me prend dans ses bras pour m'enlever. Je me débats :

– Vous ne voyez pas que je suis en chemise !

Une douleur sourde me réveilla. Elle se fit déchirante un moment, et s'apaisa au fil des jours.

22

Vers les monts, j'ai levé mes yeux

Mon père était parti à la fin d'avril pour sa saison dans la plaine. Mon frère allait quitter Nîmes pour Toulon, puis l'Algérie. Il se disait heureux de servir le roi et notre M. Guizot.

Les fabriques avaient fermé pour la saison 1843. Charles aurait voulu laisser tourner les moulins pendant le temps des éducations. Les messieurs avaient refusé. Qu'aurait-on dit des Favière, s'ils avaient gardé des ouvrières au moment des frèzes, alors qu'on avait besoin de tout le monde dans les mas, hommes, femmes, enfants ?

Charles avait répondu :

– Comme vous voulez. Mais un jour, cela se fera. Même les filatures travailleront toute l'année !

On s'était moqué de lui. Moi, je pensais qu'il avait raison. Les usines étaient faites pour tourner tout le temps, jour et nuit, du 1er janvier au 31 décembre !

Au Mas-Haut, nos vers sortaient de la troisième mue et entraient dans leur quatrième âge. Ils étaient longs comme deux phalanges de mon petit doigt et très vigoureux. Ma mère menait enfin l'éducation à sa guise, la grand était partie chez sa fille de Ganges. Elle avait donc cédé sa place à la magnanerie complètement et pour toujours.

Ma mère aurait dû être heureuse. Et pourtant elle séchait sur pied. Elle se soignait avec des tisanes et des emplâtres de sauge. Elle vivait d'*aïgo boulido*, la soupe à l'ail.

Loin de nous, Paul avait sans doute la vie qu'il souhaitait. Au mas, il passait son temps à broyer du noir et à rêver des pays lointains qu'il connaîtrait quand il serait soldat.

Ainsi, tout était bien.

Je demandai à ma mère :

– M'aiderez-vous à planter les oignons pendant que nos vers dormiront à la « quatrième » ?

La quatrième mue séparait le quatrième âge du cinquième. J'avais regardé la lune, comme la grand me l'avait enseigné, et elle convenait. Mon père avait préparé la terre avant son départ, mais il risquait de rentrer trop tard. Quand les vers se réveilleraient pour le cinquième âge, nous serions tous occupés à cueillir la feuille et à les nourrir.

Et quand on aurait mis la bruyère, il serait trop tard : la lune ne serait plus bonne.

Ma mère ne répondit pas. Je copiai un verset de l'Ecclésiaste.

Ne te crois pas trop juste, et ne te fais pas trop sage. Pourquoi te perdrais-tu ?

Mon père rentra de la plaine. Il m'ouvrit les bras et entonna un air en français qu'il avait dû entendre d'un colporteur ou d'un mendiant, sur le chemin du retour.

Grands dieux ! Que je suis à mon aise
Quand j'ai ma mie auprès de moi...

Puis il se rappela, trop tard, la loi de notre religion : « Tu ne prendras pas le nom de l'Éternel en vain. » Il rougit et baissa la tête. Je le serrai très fort contre moi pour lui prouver que je ne lui tenais pas rigueur et prenais le péché sur moi.

Tout de suite, je l'avertis :

– Nos vers dorment à la quatrième. Nous aurons juste le temps de planter les oignons avant qu'ils se réveillent.

Il approuva d'un signe joyeux, leva le poing et frappa du pied, mimant un sans-culotte de la Révolution.

– Ah, ça ira, ça ira ! À la lanterne, on les plant'ra !

Mon incorrigible cher *papa*.

Je me joignais aux hommes qui ramassaient la feuille. J'aimais m'attacher aux reins le sac qui pendait sur le devant de mon corps et s'alourdissait à mesure que je le remplissais. Plus il tirait sur mes reins, plus il pesait sur mon ventre, plus je me sentais bien aise. Et je bourrais, bourrais la feuille.

J'aimais enfoncer la tête entre les rameaux encore épais d'un gros mûrier que l'on commençait à dépouiller. Je respirais l'odeur du feuillage rafraîchi par la nuit. Je posais les lèvres sur les feuilles lisses et encore un peu humides...

Je mâchais parfois une pointe tendre de feuille. J'aimais ce parfum cru d'herbe d'eau, de mare, de grenouille. J'essayais d'imaginer le plaisir des vers quand ils rongeaient cette nourriture tellement délicieuse à leur bouche.

Le geste de la cueillette devenait machinal. Vif, coulé, il ne devait pas déchirer la feuille, au risque d'en laisser la moitié sur la tige, ni fatiguer le bras, ni blesser la partie tendre de la main, entre l'index et le gras du pouce. Certains disaient qu'on trayait la feuille, comme on trait le lait.

Je me souvins que ma grand gardait toujours deux ou trois feuilles dans la paume, « pour préserver la couenne, » disait-elle. Je voulus appliquer la recette, mais n'y réussis guère. Tant pis pour mes douces menottes !

Nous avions de plus en plus de mûriers en production, nous vendions une grosse partie de la récolte à Margot. J'accompagnais quelquefois les journaliers du Grand-Mas pour cueillir chez nous, ce qui me permettait d'avoir l'œil sur leurs façons et m'assurer qu'ils maniaient le peson honnêtement.

Ils se précipitaient pour me poser l'échelle contre l'arbre et la changer de place dès que je descendais. L'un d'eux, Salomon Vidal, me proposa une fois de tenir les montants pour rester au-dessous de moi. Je le gourmandai justement :

– N'as-tu pas honte de gaspiller ton temps ? Songe que tu gagnes vingt-cinq sous par jour et que les femmes qui travaillent plus que toi n'en gagnent que quinze !

Il rit en secouant la tête.

– Parle pour toi, Jourdanette. Bien d'autres gâchent tous les jours une heure d'horloge à se manger le blanc des yeux.

Je voyais qu'il abattait grande besogne à ses moments. Mais il ne pouvait se tenir de patiner les filles. Je voulus lui faire honte sur son beau nom.

– Qui s'appelle Salomon ne se dissipe pas comme un bon à rien !

Je lui parlais français, il ne me comprenait qu'à moitié. Enfin, c'est ce que je crus d'abord. Il me frôlait, appuyait la main sur mon sac en passant. Et un jour, il me dit :

– Quand tu l'as bien rempli et qu'il te serre le ventre, ça te donne presque le sentiment d'un homme, *de vrai* ?

23

Jourdanette, ton cœur s'éveille

Margot avait engagé Thirza au Grand-Mas. Thirza s'accordait avec Juliette comme chien et chat. Elles se faisaient des querelles sur la pointe d'une aiguille, mais le vrai sujet de leur dispute, c'était Charles. Ou bien Victor... Un homme, à coup sûr.

J'avais questionné Thirza sur ses raisons. D'abord, elle n'avait pas voulu me répondre. Puis elle m'avait avoué que Charles n'oserait pas la poursuivre au Grand-Mas.

– Mme Adrienne et Margot le chasseraient. Ici, je suis bien tranquille, au moins le jour.

– Mais je croyais...

– J'en ai assez de sa jalousie. Il me poche les yeux pour un oui ou pour un non !

– Il vous bat donc ?

– Oui. Je le quitterai dès que je pourrai. Mais j'ai besoin d'argent pour m'en aller, et il m'a pris toutes mes économies.

J'essayais d'entraîner Juliette loin de Thirza et vice versa. Elles se détestaient, mais chacune ne cessait de chercher l'autre des yeux. Elles avaient besoin de leur chamaillerie et moi j'en avais par-dessus les oreilles.

Il fallait maintenant crier pour s'entendre, tant le bruit de la frèze était devenu fort. Par moments, on aurait dit une pluie d'orage qui frappait le toit et ne s'arrêtait presque jamais. Ce crépitement, je l'avais entendu dès mon jeune âge et il me berçait toujours de plaisante façon.

Et quand je marchais entre les tablées, il me semblait presque danser. Moi qui n'allais jamais au bal ! Ce n'était pas le branle, ni la bourrée, ni le cotillon. C'était une nouvelle danse allemande que Thirza voulait m'apprendre et qu'elle appelait la *walse.*

Je virais, sautais, *walsais.* Mais les vers avaient faim. Vite, vite, ils attendaient la nourriture. Je courus prendre une sacquette de feuilles et commençai à les servir comme des rois.

J'allais d'une salle à l'autre, pour surveiller l'état des vers et le travail des aides-magnanières et des journaliers et leur prêter la main en cas de besoin. Il me fallait surtout guetter les vers malades ou morts et les enlever tout de suite. Il y en avait peu. C'était une des éducations les plus réussies que j'aie vues.

Les vaillantes bêtes grossissaient à vue d'œil. Les plus avancées, déjà au milieu du cinquième âge, avaient six ou sept centimètres de long. Ils étaient très beaux. Pourtant, je me détachais d'eux, dès qu'ils arrivaient à cette grosseur, et je leur disais adieu en pensée.

Je songeais aux chrysalides étouffées dans les cocons et qui tombaient quasiment pourries au fond des bassines. Voilà le sort qui vous attend, malheureuses créatures !

Je voyais de temps en temps Thirza Tabusse fort occupée à bayer aux corneilles. Charles lui laissait ses aises au moulinage, elle n'allait pas se gêner à la magnanerie. Prise sur le fait, elle me regardait avec un sourire de commère.

Elle avait beaucoup de gentillesse et de bonne grâce, mais je ne pouvais fermer les yeux sur sa fainéantise. Elle volait notre bonne Margot, sans même y penser, par étourderie. Si elle n'avait eu que mon âge, ou même un an de plus, je l'aurais pincée pour lui rappeler ses devoirs.

Et à la deuxième fois, j'aurais peut-être osé la gifler pour qu'elle dise enfin si elle voulait mériter ses quinze sous par jour, plus la nourriture, ou si elle préférait s'en aller battre le pavé !

Je demandai à Margot de la laisser travailler avec moi, sous prétexte que je n'avais même pas le temps de me moucher et que je ne pouvais être au four et au moulin. Thirza accepta en riant d'un air de penser qu'elle n'en ferait qu'à son envie.

« Thirza... » J'aurais aimé lui dire qu'elle portait un nom de la Bible, qu'elle devait en être fière et digne. Mais j'avais peur qu'elle ne me rie au nez.

Je lui montrai ma tâche pour qu'elle m'aide. À chaque phrase que je prononçais, elle faisait des signes de tête pour dire qu'elle avait compris. Mais je voyais bien qu'elle pensait à autre chose.

– Venez à côté, Thirza. Nous allons prêter la main à déjasser. C'est le plus gros travail en ce moment.

– Oui, Jourdanette, allons, allons.

Elle cachait à peine une grimace. Déjasser, c'est déliter, changer la litière des vers : non seulement un gros travail, mais sale et qui sent mauvais. Thirza aurait aimé faire la madame, il ne lui manquait que les rentes.

Elle me suivit dans une petite salle où Margot se tenait en personne, avec deux aides. Les vers les plus tardifs sortaient juste de la quatrième. Ils étaient vigoureux et très agités, ils se touchaient presque.

– Vous venez bien, dit Margot en nous voyant. On est en train de dédoubler les tables pour ceux-là.

Nos messieurs achetaient des rouleaux de papier à déliter, tout percé de trous plus ou moins gros, que l'on découpait en feuilles. Cette façon, toute nouvelle, faisait rire les paysans.

Le papier était fort sans être cartonné et les trous proportionnels à l'âge des vers. Margot préparait des feuilles d'un mètre sur un demi. Les trous pour le cinquième âge étaient assez gros pour que l'on pût y passer l'index.

Les feuilles prêtes, on les étendait sur les vers affamés qui grouillaient en cherchant à manger. Puis on distribuait le repas par-dessus le papier. Les vers, attirés par l'odeur de la nourriture, traversaient les trous pour l'atteindre. Quand on les trouvait assez nombreux, on emportait les feuilles de papier, en les roulant, puis on allait les décharger sur une autre table.

Le travail le plus facile, mais aussi le plus sale, était le ramassage de la litière, qu'on mettait à sécher pour les cochons.

Comme Thirza ne savait presque rien faire, Margot la mit tout de suite à cette tâche. La veuve me lança un mauvais regard.

– *Amaï !* On avait besoin de moi pour curer la merde !

Je ne pus me tenir de répondre :

– Il vous faut bien mériter vos gages.

Les autres femmes riaient tout à leur aise. Je ne sais si elles riaient de moi ou de Thirza, ou de nous deux. Margot, s'aidant d'une escabelle, s'affairait à accommoder une potée de vers sur une table haute. La tête cachée, elle n'avait rien vu, rien entendu. Je commençai à ramasser la litière avec Thirza.

Elle m'aida à emporter un sac que nous avions rempli toutes les deux. Elle sourit et me toucha le bras.

– J'aime mieux le moulinage, tu sais.

– Je sais. Mais vous avez besoin d'argent.

Elle me guigna du coin de l'œil.

– Et ici, on n'a pas Charles Rabanel toujours derrière nous !

Elle me donna un coup de coude dans les côtes, puis leva les yeux au plafond, soupira.

– Je vais t'étonner : il me manque.

Je lui rendis son sourire. Elle m'étonnait souvent.

De retour à la magnanerie, on se remit à la même tâche. Nos doigts se rencontrèrent dans la litière. Thirza l'avait fait exprès, elle me donna un petit coup d'ongle en passant, par amitié. Nous étions raccommodées.

Un moment après, je levai les yeux et je vis Juliette qui venait d'entrer et nous regardait méchamment. Elle avait la figure rouge, la poitrine en avant et le feu aux joues. Elle serrait les poings, roulait le blanc des yeux derrière les mèches qui tombaient sur son front.

Je sentis qu'elle rageait de nous voir ensemble, Thirza et moi. J'eus à peine le temps de penser : « Quelle mouche l'a piquée ? »

Elle courut vers nous, ramassa sur la table que nous nous préparions à nettoyer une poignée de litière qu'elle jeta à la figure de Thirza, en criant : « Tè ! tè ! » Une deuxième poignée, elle se retourna vers moi.

– Et voilà pour toi !

Mais je baissai la tête juste à temps, elle me manqua. Thirza s'essuya sans rien dire. Je voulus repousser Juliette, mais elle m'échappa. Elle vit alors une table couverte de papier percé où les vers commençaient à monter par les trous.

Elle cueillit une poignée de beaux vers sur les feuilles de

mûrier et courut autour de la table. Elle revint vers Thirza pour lui écraser le contenu de sa main sur le nez et la bouche. Les magnans tombèrent sur le sol, à moitié en bouillie. Un ver, encore vivant, s'accrocha au corsage de Thirza, puis culbuta à son tour. Juliette avait détruit sans pitié une demi-douzaine de magnans en bonne santé, à huit jours de la montée... Je n'avais jamais vu chose pareille.

Elle sortit en criant des insultes à Thirza : bagasse, baudufe, gorrine, pute ! Et Thirza répondit :

– *Siés jalouso coum' uno femèlo de' taï !* Jalouse comme une femelle de blaireau !

Margot courut après sa fille, avec des menaces et des invocations à la Sainte Vierge. Moi, j'aurais eu le fou rire, si ce n'était les pauvres vers écrasés. Je pris Thirza par le bras.

– Viens te laver.

Elle me suivit docilement à la source de la cour, mais, sitôt dehors, elle se dégagea et me faussa compagnie. Je l'appelai bien haut :

– Thirza, revenez. Pardon pour elle !

Elle ne m'entendit pas. Je me lançai à ses trousses. Elle courut cinquante pas, puis trébucha et se laissa rejoindre. Je la ramenai, serrée contre moi. Elle pleurait, les larmes coulaient sur ses joues salies. Je m'arrêtai, je sortis mon mouchoir pour la nettoyer, elle se laissa faire en geignant.

– Juliette me déteste parce que Charles ne l'aime pas !

Je lui promis que Juliette allait s'excuser à genoux pour ce qu'elle avait fait. Elle me retint par l'épaule.

– Cette idiote se mange les sangs pour son cousin. Et c'est Victor qui l'aime !

– Victor ! Victor l'aime ?

Je réfléchis à voix haute.

– Ils sont catholiques tous les deux... ils peuvent se marier.

L'envie me pinça le cœur un instant, puis je me forçai à sourire. Le regret d'avoir été attirée par un papiste était déjà plus fort que mon dépit. Et le regret aussi s'effaçait. Une bonne huguenote ne laisse parler son cœur que dans l'amour de Dieu.

Mais je ne pouvais chasser tout à fait la tristesse qui était encore dans le mien.

– Juliette l'aime aussi, j'en suis sûre, dit Thirza.

– Thirza, s'il vous plaît, expliquez-moi. Vous venez de me dire qu'elle se mangeait les sangs pour son cousin et qu'elle était jalouse de vous, parce que... parce qu'il... parce que vous...

– Parce que je couche avec lui ? Et qu'il me bat comme plâtre ? Oui ! Elle aimerait bien épouser Victor et je crois que ses parents seraient trop heureux de consentir. Mais elle rage de me laisser Charles. Vois-tu ?

Je respirai et fermai les yeux. Oh, les complications de l'âme catholique ! Il me vint tout à coup une joie secrète : la joie de recevoir, par pure grâce, une petite souffrance qui me préservait d'une autre, bien plus cruelle.

– L'affection d'une femme pour un homme est-elle toujours aussi pleine de tourment ? demandai-je

Thirza me lança un sourire malicieux, presque méchant.

– Alexandrine, ton cœur n'est pas encore éveillé. Tu verras un jour... enfin, je ne te le souhaite pas. Il est vrai que beaucoup de filles ne connaissent pas la passion, ni la convoitise, ni le tourment de la jalousie. Sait-on bien ? Dans notre religion, on ne parle jamais de ces choses. Les catholiques racontent leurs secrets au curé et prennent l'habitude d'exhiber leurs sentiments. Mais nous ne sommes pas faites autrement qu'elles !

Elle essuya une larme sur sa joue.

– Charles ne m'épousera pas non plus. Je suis trop vieille ! Une veuve ! Quand je serai partie, Juliette sera libre...

– Mais libre de quoi faire ?

– D'épouser Victor !

Elle me serra le poignet.

– Quelqu'un a dû lui rapporter que j'étais venue chez lui hier soir... et que je n'étais ressortie que ce matin.

– Chez Victor ?

Elle rit entre ses larmes.

– Mais non, chez Charles. Je ne veux pas ses excuses, ni debout ni à genoux.

– Mais vous voulez partir ?

– J'ai eu beaucoup d'amusettes et de contentements avec Charles. Mais il me bat et il me vole. Je n'en peux plus.

Je la tirai par le bras vers la magnanerie. Elle me retint et dit à voix basse :

– Xarine, les magnans que Juliette m'a jetés à la figure, ce n'est pas parce que j'étais avec Charles la nuit dernière...

– Mais alors pourquoi ?

– Parce que j'étais avec toi maintenant !

24

La soie et la montagne

Charles m'avait remise aux moulins. J'occupais la place de Thirza, partie pour Ganges à la fin du mois de juillet. J'étais maintenant moulineuse à plein salaire.

Comme Thirza l'avait prévu, Victor et Juliette s'étaient fiancés peu après son départ. Des fiançailles catholiques et, bientôt, un mariage catholique. C'était naturel. C'était dans l'ordre de la religion et de la vie.

Je souhaitais sincèrement beaucoup de bonheur à mes amis Juliette et Victor. Pour moi, je devais chercher la paix du cœur dans la lecture de la Bible et dans l'obéissance à l'Éternel.

Je ne ressentais plus qu'une souffrance étouffée, un peu honteuse. Je me disais : « Une protestante n'a pas le droit de souffrir d'un attachement fautif, encore moins d'une pitoyable jalousie. » Et je m'efforçais de dominer le trouble de mon âme.

J'essayais aussi de mieux comprendre la Bible. Étais-je sûre de toujours bien lire la Parole ? On disait parfois : Il faut lire entre les lignes. Même la Bible ? Je feuilletais des pages et des chapitres le soir, à la chandelle, je cherchais des indices, des clartés, des mystères. Par exemple : *J'inclinerai mon oreille à un discours sentencieux ; j'exposerai mes énigmes sur la harpe.* Je savais que la harpe était un instrument de musique. Je demandai à Mme Adrienne la permission de chercher le mot « énigme » dans son dictionnaire.

« Description d'une chose par des qualités qui lui conviennent, mais qui sont indiquées d'une manière assez ambiguë pour la déguiser et la rendre plus ou moins difficile à deviner. »

Je cherchai « ambiguë » : « Qui peut être pris dans deux sens. »

Il y avait donc dans la Bible des énigmes à deviner, des mots qui pouvaient être pris dans deux sens !

Ces réflexions n'étaient pas pour m'apporter la paix, mais elles m'aidaient à oublier ma tristesse.

La Bombudo et son mari possédaient une vieille bible, d'avant les persécutions, présent de nos messieurs. La Suzon me montra avec fierté que les deux premières pages avaient été enlevées soigneusement : on n'en voyait aucune trace.

Et Samson Perrier, un jour qu'il n'était pas trop ivre, m'expliqua en riant aux larmes la raison de cette farce.

– Les dragons du roi étaient comme moi, ils ne savaient pas lire. On leur avait pris à reconnaître deux mots en grandes lettres imprimées : SAINTE BIBLE. Comprenez-vous ? Le pape et les évêques interdisaient le Livre à leurs fidèles, sauf s'il était écrit en galimatias de latin. Celui qui possédait une bible en français était aussitôt réputé hérétique. Les dragons ouvraient tous les livres qui leur tombaient sous la main. Mais, s'ils ne trouvaient pas le mot sur la première page, ils ne pouvaient pas voir que c'était une bible ! Oh, ça n'a pas duré un siècle. Les curés ont découvert l'attrape, ils ont instruit les soldats. Alors, plus tard, une fois, un fidèle papiste a été pendu à cause d'un livre de messe qui avait perdu sa première page par accident ! Les dragons ont pris un livre de messe pour une bible. Ha, ha, ha ! Enfin, on le racontait...

Et il riait comme un bossu, il se tenait les côtes, à l'idée de la méprise et d'un bon papiste pendu par les dragons du roi ! Je ne crus guère cette trop jolie histoire. Et je ne pouvais pas rire avec l'honnête Samson d'un homme pendu, fût-il un catholique.

Mes logeurs me permirent de tourner les pages de leur bible, à charge pour moi de leur lire à haute voix quelques Proverbes et quelques versets de l'Évangile selon saint Jean. Je vis bientôt que les phrases n'étaient pas tournées comme dans la mienne, d'un siècle et demi plus nouvelle.

En feuilletant les pages de l'Ancien Testament, je m'aperçus que certains passages du Cantique de Salomon avaient été grattés et à demi effacés. Un des possesseurs du livre avait-il voulu empêcher les enfants ou les jeunes gens de sa maison de lire certains passages ? Un protestant !

Je découvris dans la bible des Perrier quelques autres versets grattés et frottés. Le Cantique comptait plus de marques d'effacement que tout autre. Ainsi le verset 4 du chapitre V :

Mon bien-aimé a avancé sa main par le trou de la porte, et mes entrailles ont été émues à cause de lui.

J'en trouvai aussi dans le livre d'Esdras et dans l'Ecclésiaste même...

Mon travail au moulinage me comblait de joie, car le fil qui s'enroulait sur les bobines des moulins, puis se doublait sur certains, était un vrai fil de soie, prêt à être teint et tissé. Prêt à devenir bas, robes, châles et mille autres choses très belles.

C'était Victor qui s'occupait de faire les ballots pour les gros marchands de Lyon et préparer les expéditions. Il avait été placé à cette tâche pour lui éviter de prendre encore une mauvaise écharde au bois des moulins. Enfin, c'est ce que Charles nous dit. Mais quelques anciennes riaient sous cape. « C'est plutôt qu'au moulinage il s'occupait plus de moulineuses que des moulins ! »

Je ne manquais pas une occasion de me glisser dans l'entrepôt pour admirer la soie qui allait partir pour Lyon...

Lyon ! Ce nom de ville sonnait dans mon cœur aussi fort que celui de Jérusalem. Était-ce une pensée impie ? Je me promettais de visiter cette puissante et orgueilleuse cité, que nos messieurs nommaient « capitale de la soie ». Et même d'y vivre et d'y travailler, emportée par la force de mon rêve. D'autres fois, je me reprochais cette espérance comme un péché.

Augustine Salles, devenue seule gouvernante d'atelier depuis le départ de Thirza, estimait beaucoup mon travail. Je n'étais plus apprentie, mais je continuais d'aller et venir entre les moulins et les tavelles, pour aider et remplacer toutes celles qui le demandaient, ce qui ne m'humiliait ni ne me gênait plus du tout. Je ne me sentais au service de personne, si ce n'était de l'atelier tout entier et de Sa Majesté la Soie !

Juliette était la seule à abuser de ces accommodements. Elle m'appelait dix fois par jour pour des pauses et des sorties qu'elle s'accordait. La veuve Salles la laissait aller, sachant bien qu'elle prenait toutes les occasions de visiter son fiancé, Victor Jan.

Il m'arrivait donc assez souvent de tenir le banc de Juliette et de faire tourner ses tavelles et ses bobines. J'y prenais plaisir, car je songeais à son bonheur de fiancée. Je me persuadais même que cette heureuse fin m'était un peu due car, sans mes soins, Victor aurait pu avoir la main ou le bras estropié...

Et puis, aux bancs et tavelles, je me reposais le dos, la poitrine et les oreilles. Je pouvais même, parfois, chanter un cantique que les protestantes reprenaient avec moi.

La Bombudo avait vanté mes mérites à son neveu, Paul Perrier, compagnon chargé de l'entretien, qui m'expliquait de bon cœur ses tours de main et le fonctionnement des machines. Il avait son franc-parler et comparait toute chose à son âne.

– Jourdanette, un bon ânier doit savoir ce qu'il y a dans le ventre de son âne, derrière les dents et même sous la queue. Et pourquoi il aime les chardons, et pourquoi il brait, pourquoi il pisse, pète, chie... et pourquoi il pète fort quand il ne peut pas chier ! Toutes nos mécaniques sont des sortes d'ânes et moi qui suis leur ânier, je dois être un peu vétérinaire. Et toi qui es ouvrière, tu dois être un peu sage-femme de bestiaux !

Il savait à peu près comment marchaient la roue, les moulins, les engrenages, les fuseaux, les bobines ; il savait graisser, curer, nettoyer, ôter la rouille et la bourre, maintenir par divers moyens la salle au juste degré d'humidité, guider le menuisier pour les raccommodages des pièces de bois... Mais il se vantait fort, et dès qu'une machine grippait, frottait, s'arrêtait, se déréglait d'une façon ou d'une autre, il ne pouvait plus que jurer et se démener, avant de se résigner à appeler M. Charles.

Voilà pourquoi les messieurs ne pouvaient se passer de Charles. Il y avait tant et tant d'ânes-machines à la fabrique, et lui seul était bon ânier et assez vétérinaire pour soigner les entorses et les entérites, la morve et la gale !

Quand il pleuvait, la Bombudo me conduisait en charrette bâchée, à l'aller comme au retour. Si elle était empêchée, le bonhomme Samson la remplaçait. Je le trouvais quelquefois dormant dans la charrette, les guides autour du cou et une bouteille vide à ses pieds.

J'avais même un peu de temps, chaque soir, pour copier quelques lignes sur mon cahier. Je me servais maintenant d'une plume en fer, incrustée par la rouille dans le porte-plume. La pointe me paraissait toujours prête à casser et le dos à se tordre.

Comme Samson Perrier préférait à tout autre livre l'Évangile de Jean, c'est dans celui-là que je choisissais le plus souvent un passage, et le lendemain je le lisais avant souper, en guise de prière. Le pauvre homme, de contentement, ne tenait plus dans sa peau. *En vérité, en vérité, je vous dis que désormais vous verrez le ciel ouvert, et les anges de Dieu monter et descendre sur le Fils de l'homme.* (Jean I, 51.)

Les anges existaient donc. Les catholiques en mettaient dans toutes leurs sauces, avec des saints en veux-tu en voilà. Mais j'avais entendu ma grand raconter que son aïeule, prophétesse au temps du désert, les voyait et les entendait.

– Ce temps-là, disait la Bombudo, était comme le temps d'Israël. Dieu était avec nos frères et nos sœurs, et les anges venaient les inspirer.

J'avais envie de croire aux anges, parce que je les imaginais vêtus de soie brillante et attachés au ciel par des fils d'or. Samson Perrier pensait en avoir vu un, certain jour.

– Même qu'il m'a bien aidé à me tirer d'un mauvais pas. Laissez-moi vous conter celle-là...

– Tais-toi ! s'écria la Suzon. Tu n'as rien vu !

– Je l'ai vu !

– Dans la fumée du vin !

– Mais puisque Jean le dit.

– Jean ne dit rien de pareil.

– Il dit que Jésus a changé l'eau en vin. C'est bien que le vin est bon pour l'homme.

Après une séance de chant, je demandai au pasteur si je

pouvais lui poser quelques questions sur les Évangiles. Il me regarda avec un sourire railleur. « Toi aussi ! » Il me dit que depuis le Réveil et l'arrivée des méthodistes en France, puis en Cévennes, beaucoup de protestants revenaient à l'étude du Nouveau Testament, qu'on avait peut-être un peu négligée dans l'Église réformée.

– Je t'écoute.

– Je voudrais tant croire aux miracles de Jésus...

– Quels miracles te semblent incroyables ?

– L'eau changée en vin... la marche sur les eaux.

– Crois-tu que Jésus-Christ est ressuscité le troisième jour ?

J'ouvris la bouche pour répondre : oui, je le crois, c'est ma religion. C'était ma religion, je voulais le croire. Mais, au fond de mon cœur, je pressentais une vérité qui était au-dessus de la religion.

Le pasteur soupira et joignit les mains.

– Alexandrine, la nature n'est ni bonne ni mauvaise. Elle est. Tu aimes par-dessus tout tes montagnes et ta soie. Tu les aimes tant que je te vois près de les adorer, comme on doit adorer seul le Seigneur Dieu.

« Tu aimes le travail, c'est bien, c'est un don de Dieu. Mais tu l'aimes peut-être trop. Je ne te dirai pas que le travail a été imposé à l'homme comme une malédiction, en m'appuyant sur un demi-verset de la Genèse : *Tu mangeras le pain à la sueur de ton visage*... Je ne suis pas sûr que ce soit une juste interprétation. Mais je te prie de songer à tes compagnes, faibles ou malades, ici et ailleurs. Les plus jeunes, celles qui sont aux fabriques, dès dix ans, parfois huit ans, et pour quinze ou seize heures, malgré la loi. Dieu t'a donné une force, une allégresse magnifiques. Mais songe à celles qui ne les ont pas. Songe à leur fatigue, à leur souffrance.

« Le travail est une nécessité dans le monde. Il peut être une prière. Tu sais faire une prière de la tâche de tous les jours. Mais veille à ne pas te donner ainsi une religion à ton goût, parfois plus païenne que chrétienne. C'est cela aussi, le Réveil.

Je sentis dans sa voix une douceur presque divine, et je lus dans ses yeux une tristesse tout humaine.

– Ton erreur, mon enfant, est celle-ci – permets à ton

pasteur de le dire : éblouie par la création, tu oublies le Créateur.

Je le remerciai d'un signe de tête. L'émotion m'empêchait de parler. Le cher homme posa sa main paternelle sur mon épaule.

– Que l'Éternel soit ton attente et ton espérance. Pas la soie ni la montagne !

Une quinte de toux me prit. Je m'enfuis tête basse, comme Ève chassée du paradis. Oh, mon Dieu, la soie et la montagne ! Elles étaient mes fidèles compagnes, ma joie, ma vie.

Je ne voulais pas les perdre.

On m'avait raconté que je serais mieux au moulinage, car on y respirait un air plus sain, on ne se brûlait pas les mains et le travail y était moins continu. Adieu, les bassines, l'eau bouillante et les babots puants !

Dans cet atelier, certes, on n'avait jamais trop chaud en été, ni trop froid en hiver. Il régnait une odeur douce, assez plaisante, l'habitude venue. On s'accoutumait au bruit. L'humidité, on ne la sentait pas au début, sinon au bien-être qu'elle donnait en imprégnant les vêtements. Mais, petit à petit, elle entrait dans le corps et amollissait les organes. On prétendait que les femmes un peu grasses se trouvaient bien de ce trempage de viande, et aussi presque toutes les blondes !

Les maigres comme moi supportaient moins la mouillure de l'air. Avant mes fièvres de l'an dernier, je ne m'en souciais pas. Je me croyais assez forte pour résister aux intempéries du dehors, aux conditions insalubres du dedans, à tous les miasmes et à tous les maux, parce que c'était la volonté de Dieu.

J'étais moins sûre de ma force en cette deuxième saison de moulinage. Et peut-être moins sûre de la volonté de Dieu !

La bourre des moulins, plus fine que celle de la filerie, venait des fils en torsion. Une partie lourde tombait sur le sol, mais des sortes de duvets, très légers, flottaient dans l'air où l'humidité les empêchait de s'envoler. On était toujours porté à les respirer.

La plupart de mes compagnes se mouchaient très souvent. Certaines ne se gênaient pas pour se moucher avec les doigts et mêlaient la bourre tirée de leur nez à celle qui était déjà retombée par terre. Quant à moi, j'avais toujours le nez sec, comble de malchance, avec tant d'humidité ! J'avais beau souffler, je ne pouvais chasser les déchets de soie que j'avais respirés, faute d'eau pour les emporter. Et faute d'humeurs, ou de morve, pour parler sans cérémonie, ces débris n'étaient pas retenus dans mes narines : ils s'évacuaient vers mon poumon.

Le soir, toutes les saletés faisaient grand bruit dans ma poitrine. La Bombudo, l'ayant entendu, défit mon corsage pour écouter plus près de ma peau. Elle hocha la tête d'un air soucieux et me donna des fumigations de thym et de myrte, et des boules de gomme à emporter à la fabrique.

Sitôt après, j'eus un moucher généreux, et de l'eau pure coula de mon nez !

Mme Adrienne s'inquiétait aussi de ma toux, pendant le chant. Elle me touchait le front et les mains après chaque séance. Je lui contai ma disgrâce. Elle réfléchit un moment.

– Je vais te donner un mouchoir de soie... Tu me le rendras quand tu tiendras boutique en soierie, puisque c'est ton vœu. Tu le garderas dans ta poche en plus de ton mouchoir ordinaire. De temps en temps, tu le mouilleras de salive et tu te nettoieras l'intérieur du nez, avant que la petite bourre parte dans ta respiration. Il n'y a que la soie qui convienne pour ce soin-là. Et il faut le faire très souvent.

Le faire très souvent ! La chère bonne dame ne pouvait imaginer les moqueries que j'aurais entendues ni les représailles que j'aurais subies si j'avais apporté un mouchoir de soie à la fabrique ! Mais le conseil était bon. Je pris l'habitude de me mouiller le nez avec mon mouchoir de tous les jours. Je pus ôter ainsi un peu de cette poussière mauvaise.

La toux me prenait en descendant l'escalier du moulinage. Je mâchais vite une boule de gomme. La Bombudo m'en préparait chaque jour une provision. Elle mélangeait à la pâte des sucs de plantes à l'eau-de-vie. Ma toux se calmait vite, mon nez se mouillait. Un moment plus tard, je me mouchais d'abondance et les déchets de bourre que je venais de respirer étaient emportés comme des fétus de paille par un torrent.

Quatre gommes suffisaient pour m'empêcher de tousser

jusqu'au soir, sauf pendant le repas, car la nourriture, surtout la soupe chaude, m'irritait le gosier ; et aussi quand je sortais pendant le jour, car le soleil avait le même effet.

Chère Suzon. En la retrouvant chez elle, je la serrais dans mes bras, puis nous chantions un psaume ou un cantique en action de grâces. Je vivais des moments de folle joie.

– Suzon, je suis guérie. Vous m'avez guérie !

– Je l'espère, ma Jourdanette. Mais ne crions pas victoire...

L'été, chaud et sec, allait vers sa fin. Un brave temps pour la santé, disait-on. Mais on peinait à entretenir l'humidité dans l'atelier, malgré les sacs mouillés que l'on étendait sur le sol et sur les murs. Je craignais en secret que ma toux ne me reprît dès les pluies d'automne. En attendant, les rivières étaient très basses et on commençait à manquer d'eau. La roue n'avait plus assez de force pour mouvoir tous les moulins. Charles menait des travaux sur le béal et les biefs, ainsi on le voyait peu à l'atelier.

Je partageais mes boules de gomme avec Martinette, qui toussait maintenant plus que moi. Elle se plaignait du soleil.

– À être toujours enfermées dans cette cave, on ne supporte plus le jour !

Je la regardais avec pitié. Elle respirait vite, par petites secousses, comme si l'air ne passait pas dans les tuyaux de ses poumons. Sa figure se crispait si fort que son œil gauche en était à moitié fermé. Il me vint alors une pensée affreuse.

Je revis la Nohémie Bresson et l'Allumette. Elles avaient quelque chose dans leurs façons, leur teint, leurs traits, leur regard, leur voix, qu'il me semblait retrouver en observant Martinette. Martinette allait mourir comme elles étaient mortes et je ne pouvais rien pour elle !

Il aurait fallu qu'elle quittât tout de bon le travail pour aller se chauffer la peau et le poumon au soleil de la montagne. Le soir même, j'en parlai à la Bombudo.

– Si nos messieurs savaient, je suis sûre qu'ils la feraient soigner. Je connais M. François-David, il me paraît homme de bonté et charité. Il ne manque jamais le culte. S'il savait qu'une ouvrière est malade, il...

La Bombudo m'arrêta d'un geste.

– Eh, que ferait-il donc ? Il renverrait la pauvre fille chez ses parents ? Je les connais. Ce sont les Martin du Mas d'Atger. La mère est malade, ils ont besoin des gages de la Martinette. Le père n'est pas sans cœur, mais il est raide comme une barre de porte. Si les messieurs montraient sa fille à un docteur, il en ferait une offense à vie. Si elle était renvoyée, il la punirait durement, par des coups et des privations. Puis il l'enverrait à une autre fabrique !

– C'est donc à eux qu'il faut parler.

– Ce ne serait guère mieux. Non, je vais voir le cas avec le pasteur. Lui, le père Martin l'écoutera sans offense.

Puis la Bombudo me fixa d'un regard sévère.

– Et la complainte, tu ne l'oublies pas ?

Je répondis d'un signe de tête fort vague. J'avais cessé complètement de réciter les couplets et j'avais honte de ma paresse.

25

La rosée de Dieu

Grâce à la gomme que je partageais avec Martinette, je toussais beaucoup moins. Mais j'avais toujours de vilaines douleurs dans la poitrine et derrière les épaules. Une brûlure dans le côté droit du poumon et, du côté gauche, un creux serré, comme à l'estomac quand on a très faim.

– Touche mon front, me disait quelquefois Martinette quand nous nous croisions. Il brûle, de vrai ?

Je ne voulais pas mentir pour la rassurer. Son front, pourtant, ne semblait pas brûlant sous ma paume, mais tiède et poisseux de mauvaise sueur. Elle me rendait mon geste.

– Le tien est tout froid !

Mais la Bombudo me trouvait chaude.

– Tu tousses moins, seulement ton poumon fait autant de bruit que celui d'une vieille bourrique !

J'avais des envies bizarres, comme une femme grosse. Il me vint celle de sucer la rosée sur l'herbe des prés. Elle me tourmentait si fort quand je me réveillais, la nuit, que je mordais mon traversin pour me calmer. Ou je me levais et je mettais sur ma langue deux ou trois grains de sel que j'avais préparés avant de me coucher. L'envie me prenait aussi dans le jour, à mon travail.

Un matin, en descendant à la fabrique par un sentier qui contournait la ville, je vis que l'herbe était mouillée. Il n'avait pas plu, c'était la rosée. Je me précipitai sous le couvert d'un champ de mûriers, me jetai à genoux et léchai comme une bête, longuement, une touffe d'herbe.

Puis je pris mes jambes à mon cou pour rattraper le temps perdu en dévalant la pente. Je me sentais à l'aise et bien éveillée. J'avais envie de sauter, de rire, de danser. Je venais enfin de trouver le vrai remède à mes maux.

La rosée du matin. Une eau miraculeuse que Dieu fait jaillir de l'herbe et des fleurs. La liqueur du paradis... Tous les matins, je me cachais dans un verger ou derrière une haie, au moment où l'orient blanchissait d'une pâle lueur, qui n'était pas encore tout à fait le jour. À genoux !

Je sentais l'humidité à travers ma jupe et mon jupon. Je priais un instant et j'appuyais les deux mains sur l'herbe trempée. Je me courbais, je penchais la tête jusqu'au sol et je buvais la rosée.

Je buvais la rosée et je priais. Puis je me redressais, à genoux encore, et je regardais le ciel.

Je n'en parlai à personne. Je veillais à ne pas être surprise. L'effet de cette cure était très bon jusqu'au milieu du jour, parfois jusqu'à la fin de l'après-midi. Il se dissipait peu à peu aux heures du soir.

J'étais toute ragaillardie et de nouveau allante et gaie et pleine d'espérance. Mais la Bombudo restait soucieuse, quand elle touchait mon front, mes lèvres, mes mains, et quand elle écoutait mon souffle. De voir son front ridé d'inquiétude me donnait envie de rire, tant je me sentais pleine de vie et de santé.

La rosée m'avait guérie. Je le dis à la Bombudo.

– Je me porte comme un ver sorti de sa mue !

– Ne me chante pas la messe. Tu as les yeux battus et mauvais teint. Tu souffles comme une vieille chèvre. Je crois même qu'il y a du sang dans tes crachats.

Disait-elle vrai ? Au fond de moi, je savais que je couvais une maladie et que je n'avais pu me guérir en suçant la rosée...

– Je ne connais qu'un traitement pour toi...

Elle attendait ma question. Je me taisais. Elle s'approcha de moi et me regarda longuement.

– Tu as dix-sept ans, presque dix-huit ?

– J'aurai dix-huit ans à la prochaine saison.

– Oui. Alors, tu n'as qu'à continuer comme moulineuse : à vingt ans tu seras poitrinaire. Et à vingt-cinq...

Le mot terrible me tomba sur la tête comme une châtaigne en bogue. Tout hébétée encore, je balbutiai :

– Et à vingt-cinq ?

– À vingt-cinq ans, j'espère que tu auras trouvé un brave montagnard pour t'épouser et que ton premier-né trottera derrière les biques !

Je retenais mes larmes. Elle me sourit d'un air de malice.

– Il y a peut-être autre chose à faire...

– Et quoi donc ?

– Je m'en occupe.

Un samedi soir, en montant seule sur le chemin de La-Croix-aux-Vents, je fus obligée de m'arrêter pour m'asseoir. J'avais la poitrine comme serrée par une attache de bât, je pouvais à peine respirer. Je crachai dans mon mouchoir. Grâce à Dieu, je ne vis pas de sang. Je restai un moment assise sur un mur, le cœur noué par le chagrin et la tête pleine d'idées noires. J'essayai de me voir mariée à Élie Chabal ou à un garçon de même sorte, paysan courageux et bon protestant.

Avec mon premier-né courant derrière les biques !

Non, non. Je crois que j'aurais préféré mourir de pulmonie. J'en demandai pardon à Dieu : Il n'avait pu vouloir pour moi cette existence. Je le sentais par toutes les fibres de mon âme.

Ma respiration se calma et mes forces revinrent, mais je n'eus pas le courage de reprendre le chemin tout de suite. Le soir tombait, l'air était doux, le ciel d'un beau bleu foncé, avec des traînées mauves et orange autour de l'Aigoual. L'ombre épaisse de la montagne se découpait sur le clair-obscur du couchant.

Tombant par l'échancrure d'un col, un rayon caressa l'or des mûriers, au creux d'une vallée, en amont de la ville. Un chien aboyait, l'eau d'un béal murmurait tout près. J'écoutais les sonnailles d'un troupeau retardé qui rentrait en hâte. Un oiseau de proie tournait à pic au-dessus de moi, très haut. J'étais trop huguenote pour croire aux superstitions et aux présages.

Bonjour l'oiseau, bonsoir et *al rébèiré* !

Oui, je pourrais vivre toujours ici, avec mes chèvres et mes vers à soie. C'était mon pays, ma montagne.

Non, je ne pourrais pas !

J'allais guérir. Je resterais à la fabrique jusqu'à vingt ans. Et plus tard, j'aurais ma boutique, aux Trois-Vallées ou ailleurs !

Un matin, Martinette ne vint pas. On raconta qu'elle avait quitté... Oh ! certes, je la regrettais, je n'avais qu'elle à qui parler. Mais j'étais heureuse. J'espérais qu'elle se referait la santé, dans sa montagne du Mas d'Atger.

Deux jours plus tard, Michée vint m'annoncer qu'un des messieurs m'appelait au comptoir. Il voulait dire au bureau... Une crainte me pressa la poitrine. Si j'étais, moi aussi, renvoyée pour cause de maladie ?

Le jeune M. Favière m'attendait, assis dans son fauteuil, un encrier et un registre devant lui. Il m'invita d'un geste. Je le trouvai vieilli et amaigri. Ses cheveux commençaient à grisonner ; il avait la figure creuse et le teint un peu jaune. On disait que les messieurs avaient beaucoup de soucis ; je n'aurais pas voulu leur en causer de supplément.

Il me regardait fixement. C'était son habitude avec les ouvrières. Thirza, qu'il avait reçue plusieurs fois, se disait gênée de ses façons. Mais je vis bien qu'il réfléchissait en même temps et se posait des questions, à mon sujet ou à d'autres.

Il se frotta le menton et ajusta sa cravate. J'admirai les tableaux aux murs. Une peinture représentait une montagne en forme de volcan. On voyait au pied des constructions bizarres et de petits hommes coiffés de chapeaux pointus. Ça devait être une vue de Chine. Si je quittais le pays de l'Aigoual, j'aurais aimé habiter près d'une montagne comme celle-ci...

M. François-David me sourit et dit mon nom tout entier, sur un ton d'estime et d'amitié.

– Alexandrine Jourdan, je dois te remercier... C'est grâce à toi que j'ai su la mauvaise santé de Louise Martin. Je demande qu'on me donne avis de tous les signes d'indisposition qui se pourraient remarquer chez les ouvrières. Mais personne ne remarque rien ou on oublie de m'en parler. Heureusement, cette affaire a pu se régler à temps et au mieux.

Je me rengorgeai un peu. J'osai à mon tour questionner :

– Les parents de Louise ont donc accepté de la reprendre ?

– Je te crois digne d'entendre un secret et capable de le garder. J'ai donné cent francs à Joseph Martin, du Mas d'Atger, pour qu'il reprenne Louise.

– Il vous a promis de ne pas l'envoyer à une autre fabrique ?

– Oh, cela, c'est le cadet de mes soucis. Comprends-tu, Jourdanette ? Nohémie Bresson et Élise Lhoume sont malheureusement décédées pendant qu'elles étaient ici. Les conditions de travail et de logement à nos fabriques n'y sont pour rien. Elles étaient malades quand elles sont venues. Il n'est pas possible de faire soigner toutes les ouvrières, surtout les poitrinaires.

Il insista :

– Comprends-tu, Jourdanette ?

J'aurais aimé qu'il eût à cœur la mort de Nohémie et de l'Allumette et le triste sort des ouvrières malades. Un protestant doit se soucier de son prochain, et s'il est grand des petits, et s'il est riche des pauvres. Un protestant doit toujours dire la vérité.

Mais avais-je le droit de juger ? Ce doute ternit ma joie de savoir Martinette sauvée.

À ma sortie, M. François-David se leva pour me raccompagner, ce qu'il ne faisait jamais, je crois, avec les ouvrières. Il posa la main sur mon épaule.

– Tu ne parleras à personne des cent francs. Promis ?

Je donnai ma parole, mais, en moi-même, je trouvais cette façon bien mesquine. Oui, si cela s'était su, bien des parents auraient trouvé un prétexte pour réclamer de l'argent aux maîtres des fabriques et, ainsi, peu à peu, les ruiner...

Pour moi, je ne voulais penser qu'à Martinette, qui se remplissait le poumon du fort air de la montagne et qui serait bientôt guérie.

26

La complainte et le jardin

À une semaine de là, en arrivant à la séance de chant, je vis Mme Adrienne et la Bombudo en conciliabule. Elles tournèrent les yeux vers moi et hochèrent la tête du même mouvement. Puis elles m'appelèrent du même geste.

– Jourdanette..., commença la Bombudo.

Mme Adrienne lui coupa la parole.

– Alexandrine, tes efforts ne seront pas perdus. Mme Valentine reçoit des amis de Lyon, elle voudrait t'entendre dire pour eux la complainte de M. Lafage.

– Les quatre-vingt-dix-sept couplets sans en sauter un ! ajouta la Bombudo sur un ton de félicité extrême.

– M. François-David a promis de venir t'écouter, dit Mme Adrienne. Il souhaite que tu enseignes la complainte à ses fils.

– Ce sera après-demain dans l'après-midi, ajouta la Bombudo. Tu as tout le temps de repasser les couplets que tu as peut-être oubliés. M. François-David t'accorde permission de quitter l'atelier pour la demi-journée. Et tu seras payée comme si tu travaillais !

Une cascade de glace coula soudain dans mon dos. Ma peau se hérissa sur tout mon corps. Ma tête s'emplit d'une boule noire comme la nuit. J'avais oublié la complainte, mis à part les vingt premiers couplets, et encore !

Jamais je ne pourrais en moins de deux jours me remémorer la totalité du chant, même si je m'appliquais à l'étude chaque minute d'ici après-demain. Je regardai ces deux femmes qui m'aimaient et tenaient tant à m'aider. Je vis briller dans leurs yeux joie et espoir pour moi.

Je distinguai aussi un éclair de triomphe dans les prunelles un peu larmoyantes de ma chère Bombudo. Son élève, son héritière, allait enfin se produire devant le monde. Elle aurait accompli une tâche, comme les anciens qui avaient transmis à la chrétienté les livres des Prophètes, les Psaumes, les Nombres, les Proverbes et les plaintes de Job...

Mais moi, j'avais oublié mes couplets.

Et avais-je même envie de dire cette complainte devant les maîtres de fabrique ? Devant ces hommes qui ne manquaient jamais le culte du dimanche ni sans doute la prière du soir, mais se souciaient plus de leurs écus que de la vie d'une petite ouvrière !

Le reste du jour, j'essayai pourtant de me rappeler ce que je savais encore des centaines de vers appris avec tant d'ardeur. Les premiers étaient très beaux.

Quand fera-t-on cesser la barbare fureur
De poursuivre en tous lieux les enfants du Seigneur !

Je savais très bien les douze premières strophes. Puis tout se mélangeait dans ma mémoire, à l'exception de quelques couplets, qui avaient frappé mon esprit plus que les autres.

Ainsi, vers le quarantième couplet environ, le ministre Lafage répondait aux fidèles :

Je suis cet Isaac que l'Éternel réclame.
Espérez donc en lui du profond de vos âmes...

M. Lafage voulait être Isaac, il voulait endurer le martyre dans l'*intérêt* de la religion. M. François-David, lui, ne songeait qu'à l'*intérêt* de la fabrique. Religion ou fabrique, cela se ressemblait. C'étaient de grandes choses, mais les aimer pardessus tout, ce n'était pas une façon de croire en Dieu qui me convenait.

Le soir, j'avouai à la Bombudo, tout pêle-mêle, mes pensées, mes doutes et mon chagrin. Elle voulut me persuader.

– La complainte de M. Lafage n'est pas la Bible, certes. Mais elle contient beaucoup de la vie de nos aïeux, qui étaient devenus par la foi le nouveau peuple d'Israël. Plusieurs couplets sont difficiles à comprendre, comme plusieurs livres de la Bible. Notre devoir est de transmettre ce qu'on nous a transmis, pour que nos arrière-arrière-petits-enfants reçoivent cet héritage. Et puis les persécutions ne sont pas si loin. Tu as entendu parler de la Terreur blanche quand le roi est revenu ?

– Oui, j'en ai entendu parler. À Nîmes, dans la plaine, partout, c'était l'époque des taillons, qui *taillaient* à mort les protestants.

– Les persécutions peuvent recommencer. Alors, la complainte sera bien utile à nos descendants.

– Nos descendants sauront tous lire. Ils trouveront tout ce qu'ils doivent savoir dans les livres.

– Jamais tout le monde ne saura lire. Ce n'est pas possible.

Je répétai que j'avais oublié la complainte. La Bombudo ne pouvait s'imaginer que j'avais cent autres choses en tête.

– Nous allons la dire ensemble, devant la glace, en tenant chacune une bougie allumée. Tu regarderas ta bouche en parlant, ça t'aidera à te souvenir.

Les bougies allumées, nous nous lançâmes pour un premier essai. J'accompagnai la Bombudo, les mots me venaient aussitôt qu'elle avait commencé à dire un vers. J'avais l'air de réciter en même temps qu'elle. Après le trentième couplet, les sons roulaient dans ma tête, mes oreilles bourdonnaient.

La Suzon avait chargé son homme de crier « ha ! » entre chaque couplet. Samson Perrier s'endormit bientôt, mais il me semblait entendre encore ses hurlements.

Après le cinquantième couplet, une sorte de fièvre me chauffa la cervelle. Je ne savais plus ce que je faisais, encore moins ce que je disais. La Bombudo me forçait à réciter après elle, à tenir ma bougie droite, à regarder ma bouche dans la glace.

... Ce fidèle martyr de Jésus son bon maître
Qui toujours l'air serein et maître de ses sens
Faisait salutation à tous les assistants.

C'était plus fort que moi, l'image que je voyais dans ma tête était si cocasse que je pouffai de rire. Je secouai ma bougie, qui s'éteignit. Je ne pouvais pas m'arrêter de rire.

La Bombudo me donna même une tape sur le nez.

Alors, je me calmai, je rallumai ma bougie pour continuer.

J'ânonnais mot par mot. La Bombudo se mit à pleurer, la figure dans ses mains. Son chagrin me déchira. Je caressai ses mains.

– Pardonnez-moi, Suzon, je ne la saurai jamais. Mieux vaut renoncer tout de suite.

Elle me regarda, le feu de la colère dans les yeux.

– Tu la sauras.

– Non, il ne me reste qu'une nuit et un jour.

– Presque deux nuits. Tu la sauras.

– Il faut que j'aille à la fabrique demain.

– Tu n'iras pas à la fabrique. Tu la sauras.

– Non, c'est trop tard.

– Tu la sauras !

Et je passai encore des heures à chanceler et flageoler devant la glace. Je répétai, répétai. Je n'avais plus la force de tenir la bougie, je ne voyais plus ma bouche. La fièvre m'emplissait la tête, je dormais debout, des visions étranges me tombaient dans l'esprit. Au lieu du ministre Lafage, je voyais Charles avec son violon !

Mes yeux mes tristes yeux sont de vives fontaines
Je sens mon sang glacé jusqu'au fond de mes veines
Je sens s'évaporer mes esprits et mes sens
S'affaiblir ma mémoire et mes forces et mes talents.

Je marchais à travers un magnifique jardin planté de dahlias de toutes les couleurs. C'était un bel après-midi d'automne.

La montagne était là, fidèle, entre brume et soleil.

Mme Adrienne me tenait par un bras, comme si je ne pouvais avancer toute seule. J'étais restée presque deux nuits sans dormir. La brume du ciel devenait encore plus épaisse dans ma tête.

Nous approchâmes d'une grande maison avec une terrasse fermée par une balustrade, où l'on accédait par un escalier double. Un cadran solaire était tracé sur la façade entre les grandes portes vitrées. Au fond du parc croissaient des hêtres rouges, des saules pleureurs, des roseaux, de nombreuses espèces de mûriers... Je ne reconnaissais pas les lieux, qui me semblaient pourtant familiers. Je croyais rêver.

Mme Adrienne me tira dans l'escalier. Une dame en robe de soie verte parut sur le perron et nous invita d'un geste. Elle avait de longues boucles blondes, des cils dorés, le regard vif, l'air animé, le rose aux joues. Elle bougeait sans cesse, allait, venait, sautillait, tourbillonnait.

– Entrez, entrez !

C'était Mme Valentine, l'épouse de M. François-David. Je la reconnus sans peine, bien qu'elle fût là très différente de la personne effacée, sévère de mise et de figure, que j'apercevais le dimanche, à la sortie du temple.

Une servante en tablier blanc nous conduisit en suivant un couloir aux murs couverts de boiseries et nous fit entrer dans une immense pièce tendue de vert et éclairée par de hautes fenêtres. Partout des meubles brillants, des fauteuils dorés, des tapis moelleux, des tableaux sur les murs... Tout me parut grand et luxueux. La Maison neuve !

Mais je n'étais pas prête. Je ne pouvais dire sans faute plus de vingt couplets et j'avais oublié la moitié des enchaînements !

Je songeai : « Tu vas te donner en ridicule, tu vas être la risée des belles dames et des beaux messieurs qui se pressent dans le salon ! »

Je regardai le paysage par les carreaux de vitre. De le voir à travers ces fenêtres, il me semblait tout changé. Où étais-je donc ? Ah oui, à la Maison neuve... et il me fallait réciter !

Un frisson me traversa le corps. Je ne pouvais pas. Je pensai avec chagrin à la déception de ces messieurs et dames, à la déception de Mme Adrienne et de la Bombudo, qui n'était pas là, mais qui entendrait bientôt le récit de mon humiliation.

Une dame me prit par la main. De l'autre, je lissai ma jupe. Je portais une jolie robe grise... une robe de soie que je ne me souvenais pas avoir mise ni même vue.

Puis mes craintes s'apaisèrent par la grâce de Dieu. Je saluai l'assistance d'une inclination de tête. Mme Valentine souleva ma main pour me présenter aux invités.

– Voici Alexandrine Jourdan, jeune ouvrière de nos fabriques, des plus habiles et instruites.

L'envie de rire me chatouilla, mais je réussis à garder mon sérieux. Mme Adrienne s'avança à son tour

– Une autre de nos ouvrières, dit-elle, Suzanne Teissier, épouse Perrier, a enseigné à Alexandrine la complainte sur la mort du ministre Lafage, de son vrai nom Teissier, et qui était son aïeul. Elle regrette de ne pouvoir être parmi nous, aujourd'hui.

Ainsi, la Bombudo était une descendante du pauvre pasteur assassiné par les gens du roi ? Elle ne me l'avait jamais dit.

Je regardai tranquillement les invités, me retenant de faire quelque grimace ou pirouette. Comme dans mes rêves, les robes de soie resplendissaient sous la lumière. Mais elles étaient bien réelles.

Mme Valentine prit un ton solennel pour annoncer la représentation :

– Écoutez la complainte sur la prise et mort de M. Lafage, ministre du saint Évangile : *Quand fera-t-on cesser la barbare pratique ?* Alexandrine Jourdan va vous dire les quatre-vingt-dix-sept strophes de la version entière et reconnue. Elle ajoutera à la fin, comme il est coutume, le Cantique de Siméon.

Un garçon de huit ou neuf ans s'approcha et me salua poliment.

– S'il vous plaît, arrêtez-vous après chaque strophe. Mon frère donnera un coup de sonnette et je compterai.

C'était Théo, le fils aîné de M. et Mme François-David. Son frère cadet, Henri, s'avança à son tour, une clochette à la main. Les deux petites filles, un peu plus jeunes, étaient là aussi, entre leur mère et une demoiselle, sans doute leur gouvernante suisse...

J'avais envie de rire, de chanter, de danser, pas de réciter. Tant pis. Je me dis : « Décidons que nous savons sur le bout du doigt la longue et tragique histoire du ministre Lafage, et en avant ! »

Mme Valentine me fit un signe.

– Tu sais que tu as droit à de longues pauses, si tu es fatiguée.

Fatiguée ? Étais-je fatiguée ou au-delà de toute fatigue ? Je commençai sans effort. Un, deux, trois... Les dix premiers, je pouvais les dire sans la moindre hésitation. Henri secoua sa sonnette, Théo compta à haute voix.

L'on verra à l'instant cent lances hérissées
Cherchant par tous nos champs nos saintes assemblées...

– Dix ! s'écria Théo, pendant que son frère faisait tinter la sonnette de toutes ses forces.

Alors je remarquai un jeune homme, près de Mme Valentine, plutôt grand, mince, presque fluet. Je lui trouvai une ressemblance avec le général Bonaparte, que j'avais vu maintes fois en portrait : son visage maigre et ses joues creuses, ses cheveux noirs qui lui couvraient en partie les oreilles...

Mon père possédait une gravure montrant Bonaparte au pont d'Arcole. C'était presque lui. Le jeune homme devait être bien plus grand. Mais qui savait que l'Empereur était petit ? Je l'aurais ignoré si mon père, l'ayant vu de ses yeux, ne me l'avait un jour avoué.

Je récitai sans effort les couplets suivants, je les chantai à moitié, comme il était permis. Je mimai les exclamations et les sentiments. Je ne retenais plus mes gestes. Toute la salle et les personnes qui s'y tenaient disparurent soudain de ma vue.

Je ne vis plus que Bonaparte au pont d'Arcole, jaillissant de la fumée et de la mitraille. Je criai pour lui, pour lui seul :

De bon cœur comme Isaac je m'offre en sacrifice
Je triomphe par foi de l'horreur du supplice.

Et je lui tendis la main. Il fit un pas vers moi, mais vite je m'éloignai d'une pirouette. Je revins, il n'avait pas bougé. On aurait dit qu'il m'ouvrait les bras pour me conduire à la danse.

Je le vis un instant de fort près. Il avait les traits fins, le nez et la bouche d'un dessin exquis. Son menton était pointu ou conquérant, selon le sentiment qu'on avait en le regardant. Ses yeux étaient bruns, me sembla-t-il, d'un brun doré et foncé à la fois. Ses cheveux noirs étaient peignés avec soin, mais une fenêtre s'ouvrit, un coup de vent les ébouriffa.

Quel âge avait Bonaparte au pont d'Arcole ? Vingt-six à vingt-huit ans ? Ce devait être aussi l'âge du jeune homme invité des Favière. Sa peau était mate, presque basanée, comme la figure d'un muletier soumis au soleil ardent et aux intempéries de la montagne. Mais il avait de longues mains blanches aux doigts déliés, comme ceux d'une fileuse. Il rapportait sans doute ce teint de ses voyages en Orient...

Alors, pourquoi ses mains étaient-elles blanches ?

Il me tourna le dos, comme s'il m'avait assez vue. Il marcha jusqu'à une table mise au fond de la salle et revint, portant deux verres de vin blanc. Et lorsque je repassai devant lui, il m'en offrit un. Jamais je n'aurais osé boire si je n'avais été dans le doux monde des chimères et des châteaux en Espagne.

Je pris le verre et le portai à mes lèvres entre deux couplets. Je continuai de chanter sans songer à ce que je disais, oubliant où j'étais.

Fille toquée, qui s'en va, son quartier de lune dans la tête, au bras d'un bel inconnu, dont elle ignore le nom et la religion !

Henri sonnait, sonnait. Théo comptait, comptait. Étions-nous déjà si loin ? Dring, dring, dring ! Quarante-huit ! À peu près le milieu de la complainte.

... La terre frémissait de leurs imprécations
Ils semblaient des démons sortis de l'Achéron !

Mais, loin de la fureur et du tumulte, nous marchions de compagnie, mon Bonaparte et moi, dans le jardin d'Éden. Il me demanda si les arbres couverts de petits fruits rouges, tout autour de nous, étaient des cerisiers ou des pêchers. Alors, j'éclatai de rire. Il ne savait donc rien ! Je répondis : « Ce ne sont pas des pêchers... pas des péchés... Ce sont des cerisiers, pour sûr. »

Je cueillis deux cerises que je lui donnai, et il les avala. Je dis : « Mais les noyaux ? Vous les avez avalés aussi ! » Il me regarda dans les yeux. « Je ne savais pas qu'il y avait des noyaux. – Vous ne savez rien. – Non, vous m'apprendrez. – Un cerisier va pousser dans votre ventre ! – Nous l'arroserons ensemble. Et qu'est-ce qui va pousser dans votre ventre, jeune fille ? »

Souvenez-vous de moi dans vos saintes prières...

Dring, dring, dring ! Cinquante-sept !

Soldats, serrez vos rangs, mettez vos baïonnettes...

Dring, dring, dring ! Cinquante-huit !

Je tournai, tournai, tantôt disant, tantôt chantant. Le jeune homme regardait droit devant lui et ne bougeait de temps en temps que pour boire une gorgée de vin. Je mouillai aussi mes lèvres au bord du verre. Il leva le sien au même moment. Ma main gauche, qui m'embarrassait, glissa le long de ma robe. Je sentis quelque chose de dur, caché sous l'étoffe : un quignon de pain que j'avais mis dans la poche de mon jupon pour le ronger seule dans un coin quand j'aurais fini.

Et je songeai : « Si je troussais ma jupe devant le beau monde pour sortir mon pain et le croquer soudain ? »

L'aînée des filles vint vers moi pour me prendre mon verre. J'aurais voulu lui dire que je l'aimais beaucoup, mais j'avais la bouche pleine des mots de la complainte.

... Car ceux qui sont fondés sur le divin Rocher
Ne s'appuyant jamais sur le bras de la chair...

Moi, j'avais envie de m'appuyer sur le bras de la chair. Oh, Seigneur, pardonnez-moi, je suis folle, j'ai la tête perdue.

Je fis une pause et en profitai pour retourner au jardin. Les vers à soie vivaient libres dans ce verger d'avant le péché. Ils couraient sur les feuillages, tissaient leurs cocons dans les branches. Quelques pelotons étaient déjà finis, ronds, dorés, géants, magnifiques.

J'en cueillis trois d'un geste, un pour le jeune homme, un pour moi, un pour je ne sais qui. Mon petit Bonaparte mit le sien dans sa bouche. Je voulus le retenir. « Ce n'est pas pour croquer ! – Alors, pourquoi est-ce donc ? » Le cocon lui gonfla les joues et chauffa dans sa bouche. Il rit. « Prenez le fil sur mes lèvres... »

Rétractez-vous monsieur de grâce l'on vous prie
Nous faisons nos efforts pour vous sauver la vie...

Dring, dring, dring ! Septante-quatre ! Je tournai, je mimai à grands gestes. La tête renversée, les deux mains nouées sur ma gorge, un instant j'étouffai et me sentis chavirer.

Se trouvant convaincu nous l'avons condamné
D'être par un tel cas pendu et étranglé.

Dring, dring, dring ! Quatre-vingt-un !

Je tirai les baves de soie sur la bouche du jeune homme. Mais il me dit de les prendre avec les lèvres... Avec les lèvres sur sa bouche, c'est impossible, c'est interdit. « Nous sommes ici avant le péché, tout est permis ! » La tête me virait, j'avais hâte de finir. « Avant le pêcher... avant le péché... avant le cerisier... tout est permis ! »

Mon cœur s'élève à toi d'un zèle plein de flamme...

J'arrivais au bout de la complainte. Mon Dieu, faites que ce ne soit pas un rêve ! Théo prononçait chaque fois nonante... nonante... Qu'est-ce que je devais ajouter à la fin ? Le Cantique de Siméon ou le Cantique de Salomon ? Que dit le Cantique de Siméon ? Avant le cerisier tout est permis... *Laisse-moi désormais, Seigneur, aller en paix.* Laisse-moi, Seigneur, retourner au pays d'avant le péché. Nonante-cinq, nonante-six.

Souffrons sans murmurer les prisons les galères...

Nonante-sept !

– Fin de la complainte sur la prise et mort de M. Lafage, ministre du saint Évangile, pris et arrêté le 4e d'août 1754, par un détachement de la garnison de Monoblet, au hameau de Novis, paroisse de Vabres, diocèse d'Alais, et exécuté à Montpellier le 17e du même mois.

Et maintenant, Salomon ? Siméon ? Je ne savais plus.

J'étais endormie, mais mon cœur veillait, et voici la voix de mon bien-aimé qui heurtait, disant : Ouvre-moi, ô ma sœur, ma grande amie, ma colombe, ma parfaite. Non, ça, c'est Salomon. Vite, Siméon. *Salut qu'en l'univers tant de peuples divers...*

Ouvre ma bouche, ma sœur, ma grande amie, tire avec tes lèvres les fils d'or du cocon... J'entendis quelqu'un dire :

– Elle s'est seulement trompée un peu sur la fin, pour le Cantique de Siméon.

C'était fini. Je m'abandonnai. Un million de fils d'or, c'était le bonheur. *J'ai dépouillé ma robe, comment la revêtirais-je ?*

Non, j'étais seulement mouillée de sueur et ma robe collait à mon corps. Théo et Henri me prirent chacun par une main et me conduisirent devant les invités. Alors, ma vue se brouilla, tout devint noir, je me sentis comme flottant dans l'air. Le plancher se précipita. Je devinai plus que je ne vis le jeune homme courir vers moi pour me recevoir dans ses bras.

Je suis à mon bien-aimé ; et mon bien-aimé est à moi. Il paît son troupeau parmi le muguet ...

Je repris ma connaissance. J'étais à demi étendue sur un fauteuil, la tête renversée contre le dossier. Mme Adrienne me bassinait le front avec une liqueur piquante.

J'étais endormie mais mon cœur veillait, et voici la voix de mon bien-aimé... Les messieurs et dames et leurs invités m'entouraient. Mon Bonaparte se tenait au pied de mon fauteuil, un genou sur le tapis, la tête inclinée vers moi. Je respirai son eau de Cologne et, à travers, une odeur de cuir et de tabac. Il se présenta, comme si j'étais une dame : Pierre de Joncourt. Ce nom, je l'avais déjà entendu. Je cherchai dans ma mémoire.

Les messieurs de Joncourt étaient des négociants de Lyon, qui achetaient la soie aux filateurs des Trois-Vallées. Mon petit Bonaparte était le jeune M. de Joncourt, noble, riche et beau !

Mon bien-aimé ne sera jamais à moi. Il paît son troupeau parmi l'or et le brocart... J'essayai de me lever pour échapper à tous ces gens qui me regardaient comme une perruche savante, tombée de son perchoir. Je n'avais qu'une envie : être dans ma chambre, chez la Bombudo, me coucher dans mon lit, pleurer, dormir, pleurer, dormir.

– Permettez-moi de vous offrir ceci, mademoiselle !

Pierre de Joncourt me tendit sur sa paume ouverte un mouchoir de soie rouge.

– Le rouge sied aux brunes !

J'hésitai à prendre le cadeau. À moins que je n'eusse pas la force de bouger la main. Il me le fourra entre les doigts.

– Oh ! merci, monsieur, lui dis-je.

Il ajouta :

– Veuillez accepter mes sincères compliments. Je fais moi-même du théâtre... pour m'amuser. Je ne suis qu'un acteur amateur, dans une troupe d'étudiants et de grisettes. Mais je sais combien il est difficile de retenir un rôle de cette longueur, surtout quand on est occupé tout le jour à de basses besognes !

Il rit en montrant de belles dents, encore plus blanches à cause de son teint hâlé et de son poil noir.

– Ce qui est mon cas et sans doute aussi, hélas, le vôtre !

Nos regards se rencontrèrent, se joignirent un instant. *Ses yeux sont comme ceux des colombes sur les ruisseaux des eaux courantes...* Je fus soudain revigorée, je me levai du fauteuil en m'appuyant sur les accoudoirs. Je serrai le mouchoir dans ma paume. Je n'osais m'en servir pour m'essuyer la figure et encore moins sortir le mien de ma poche...

Alors, Pierre de Joncourt me prit le carré de doux tissu et m'épongea délicatement le nez et les joues. Mon cœur s'arrêta de battre. *Que sa main gauche soit sous ma tête, et que sa droite m'embrasse !*

Les fillettes, Fanny et Valérie, s'avancèrent, tenant chacune un bouquet de fleurs d'automne. Pierre de Joncourt s'écarta de mon fauteuil. Je me levai et pris les bouquets dans mes bras. Les messieurs et dames m'envoyaient aussi leurs compliments, de près ou de loin.

Mme Adrienne saisit un des bouquets, pour libérer ma main droite, qu'elle serra longuement dans les siennes.

La faim me tordit soudain l'estomac. C'était une fringale à crier. J'en oubliai ma fatigue. Je n'avais pas avalé une bouchée depuis un jour entier. Je ne pouvais me tenir de tâter, à travers le tissu de ma robe, le quignon de pain dans la poche de mon jupon. Mais une servante apporta sur un plateau une assiette de gâteaux ou de biscuits et deux pots de confiture.

La salive m'emplit la bouche. Pierre de Joncourt revint vers moi, posa la main sur mon coude.

– Voulez-vous prendre mon bras ?

Je n'eus pas la force de répondre, je tournai vers lui mes yeux humides : larmes de bonheur, de chagrin et d'appétit.

La Bombudo me serra dans ses bras. Nos sanglots se mêlaient et nous secouaient ensemble.

– Oui, oui, ma Jourdanette, je sais par les domestiques que tu as dit toute la complainte sans une faute. Je suis sûre que mon ancêtre, de là-haut, t'écoutait !

Pauvre Suzon, si elle avait su comme je me moquais de l'ancêtre, là-haut.

Quatre-vingt-dix-sept couplets, et ce jeune homme qui me regardait, qui m'admirait. Quatre-vingt-dix-sept couplets que je n'avais pas eu le temps de repasser complètement, mais que j'avais dits sans une faute... Non, ce n'était pas moi. C'était une autre fille, qui savait par cœur le Cantique des cantiques et qui en avait lâché des versets à la fin, au lieu du Cantique de Siméon. Elle, la folle qui était allée au jardin croquer la cerise et tirer le fil !

La folle qui rendait au petit Bonaparte son regard de feu et qui, transportée par la fièvre et le délire, avait récité, chanté, crié pour lui les quatre cents vers de la complainte. Épuisée par la diète et le manque de sommeil, j'étais comme sortie de moi-même : elle avait pris ma place, dans mon esprit et mon cœur.

La Bombudo me servit une soupe épaisse de châtaignes et de légumes. J'en avalai trois cuillerées, puis l'envie me prit de manger mon quignon de pain, toujours dans la poche de mon jupon. Vite, je fouillai sous ma jupe pour l'attraper. Samson Perrier rit à s'étouffer, la Suzon sourit avec indulgence.

– Ah ! j'aime qu'on respecte le pain.

Non, chère Suzon, vous ne pouvez pas comprendre. Ce quignon, je le partageais avec Pierre de Joncourt. Il mordait avec moi la croûte dure. Nos bouches se frôlaient, je sentais même ses dents choquer les miennes.

Puis j'empruntai le gros couteau de Samson et je coupai le quignon pour le tremper dans ma soupe et noyer le péché !

Je caressai l'étoffe douce et brillante de ma robe.

– Suzon, il faut que je la rende.

La Bombudo fit une moue moqueuse de ses grosses lèvres.

– Mme Valentine a fait dire que tu pouvais la garder, parce que tu l'avais bien gagnée.

– Elle me la donne ?

La Bombudo approuva d'un signe de tête. Un moment, ce trop beau cadeau me fâcha. La robe, certes, n'était pas neuve ; elle était un peu courte et un peu ample pour moi. Mais tout usée qu'elle était, combien l'aurait-on payée chez un fripier de Nîmes ou de Lyon ? Combien de journées de fileuse ou de moulineuse ?

Bon, ne faut-il pas accepter joyeusement ce que Dieu nous envoie ? Une robe de soie témoigne pour la splendeur de la création, comme un arbre, une cascade, une étoile...

Je pouvais enfin m'endormir en me glissant sous ma couverture, ainsi qu'une enfant sage qui a su sa leçon et honoré sa maîtresse. Encore une pensée pour Pierre de Joncourt et je tombai dans le sommeil comme dans un précipice.

La lumière du matin, jaillissant par le jour de ma chambre, me réveilla en sursaut. J'avais dormi d'un même trait, sans rêves. Je voulus sauter hors de mon lit, car le soleil était haut et l'heure de partir à la fabrique passée depuis longtemps. J'avais dû faire au moins le tour du cadran.

Vite ! Je respirai pour prendre mon élan. Et puis mes yeux se fermèrent et je me rendormis aussitôt.

Et je fus de retour au jardin, seule sous un cerisier en fruit et guettant celui qui devait venir. Mon Dieu, faites qu'*il* vienne !

Je rentrai à la fabrique après trois jours d'absence. Je fus accueillie par des mines maussades et des regards malveillants. La veuve Salles me toisa comme une fille sans aveu.

– Va passer la cruche !

C'était la tâche des jeunes apprenties. J'obéis avec le sourire. Une juste punition pour mes pensées d'orgueil et de péché ! J'allai à la fontaine tirer l'eau glacée et je me mis à tousser. Si tôt le matin, pas une moulineuse n'avait soif. Mais moi, je dus boire jusqu'à la lie le calice de l'humiliation et entendre les réflexions que mes compagnes se faisaient entre elles à mon sujet.

– Sa cruche, je n'y mettrais pas les lèvres pour dix écus. Elle a sûrement toussé dedans !

– Et la robe de soie qu'elle portait chez les messieurs, elle l'a rendue au chiffonnier ?

– Sa robe, on la lui coupera au cul, comme on faisait pour les putes au temps jadis.

– Quand on ne sait ni tirer ni nouer, on peut toujours graisser les bottes des patrons !

– Ils ne sont pas dégoûtés, nos messieurs et dames. Prendre une servante baveuse comme un pot à moutarde !

– Et qui va cracher ses poumons dans leurs plats d'argent !

Je surpris même Juliette chuchotant à sa voisine, ce qui était dans le pays une sorte de proverbe :

– Les garçons de Nîmes et de Beaucaire ne sont pas assez bons pour elle. Alors, elle en cherche un de Lyon !

J'eus envie de lui crier : « Va donc caresser ton Polonais ! » La jalousie me peinait mille fois plus que la méchanceté.

Je voyais bien qu'il me faudrait longtemps pour reprendre ma place. Et combien de temps aurais-je à subir le dédain et l'insolence des autres ?

Qu'avais-je fait ?

Quelques jours plus tard, la gouvernante suisse vint à l'atelier me demander si je voulais accompagner les dames et M. Théo, ainsi que les hôtes des messieurs, à une grande excursion dans la montagne. Mon premier mouvement fut de m'exclamer que je ne voulais pas. Jamais !

Tout le monde saurait que j'avais fait la demoiselle de compagnie chez les patrons. Comment oserais-je revenir à la fabrique, me mêler aux autres ? Pourtant, je n'osai pas dire non.

Les hôtes des messieurs... Ainsi, je reverrais peut-être Pierre de Joncourt. À cette pensée, mon cœur battit la chamade. Je me sentis prête à tout braver pour l'apercevoir, même à vingt pas, ne fût-ce qu'une minute.

J'oubliai le mépris et les injures. Je rougis, pâlis, brûlai comme un feu de paille. Et la gouvernante ajouta :

– C'est M. Virgile-Paul Jourdan, votre père, qui doit conduire les promeneurs avec ses mulets.

27

Ah, dépêchez-vous, beau jouvenceau

Mon père s'en donnait à cœur joie, avec les quatre mulets des Favière, plus deux autres qu'il avait loués pour le jour à un de ses amis, deux charrettes et l'âne des enfants, un paisible grison nommé Bichon. Cela faisait presque une couble ! C'est Mme Adrienne qui l'avait persuadé d'être le guide de l'excursion. Deux bêtes portaient les bagages et les provisions à la montée, les autres étaient sellées et prêtes à recevoir les personnes fatiguées, à l'aller comme au retour.

Nous étions une douzaine : trois messieurs de Lyon, MM. de Joncourt, père et fils, un autre négociant nommé M. Lambert, et leur domestique, Petit Jules, que j'avais pris d'abord pour un gamin, mais il avait bien mon âge ou un peu plus. M. et Mme François-David et leurs deux fils étaient du voyage.

Henri, à six ans, se tenait bien sur l'âne. Il avait dit qu'il voulait entendre chanter la « demoiselle de la complainte ». Théo marchait comme un homme.

Mme Adrienne avait amené son mulet, Chinois, mais au dernier moment on décida de le laisser à l'écurie pour cause de vieillesse. Je m'inquiétais pour elle. Ce n'était pas une mince affaire de gravir l'Aigoual à plus de cinquante ans, bien que l'automne fût la meilleure saison pour aller en montagne, selon mon père.

Elle me parla à l'oreille.

– J'ai voulu risquer, car je me sens en sûreté avec Virgile-Paul. Et puis ce sera sans doute ma dernière excursion.

Nous étions encore dans la cour de l'hôtel Favière, où s'organisait le départ de la caravane, par nuit noire, au milieu du brouhaha et des lueurs vacillantes des lanternes. Mme Adrienne haussa alors la voix.

– Cet hiver, j'irai à Cette, où j'ai de bons amis, pour revoir la mer. Ce sera aussi la dernière fois, sans doute.

Je demandai :

– Pourquoi la dernière fois ?

Elle se tut un instant. Puis elle me prit le poignet.

– Je suis allée à Montpellier consulter un professeur de médecine. Il m'a laissée espérer que je vivrais peut-être un an, ou un peu plus. Mais on ne guérit pas de certaines maladies.

– Vous guérirez...

– Si Dieu veut, dit-elle avec un long soupir.

Je me sentais si forte, ce matin, que la pensée de la mort ne put entrer dans mon esprit. Mais pourquoi avait-elle choisi cette occasion pour m'avouer son mal ?

Le petit Henri s'endormit tout de suite sur son âne. Nous fûmes bientôt au pied des parois rocheuses, puis dans les tournants en fer à cheval. Les premières lueurs du jour doraient la cime des châtaigniers, alors que le fond de la vallée était encore dans l'obscurité.

Les deux dames avaient pris place sur la charrette de tête, mon père menait le mulet par la bride. La seconde était chargée des provisions : c'est Théo qui conduisait le mulet.

En nous retournant, nous pouvions apercevoir quelques lumières vers le bourg. Je cherchai celles de la fabrique, mais je fus incapable de les reconnaître.

Nos charrettes roulaient lentement le long des pentes raboteuses. Mme Valentine demanda à mon père d'arrêter le mulet, puis elle descendit rejoindre les hommes. Je marchais à côté du domestique, Petit Jules. Il me dit quelques mots dans son patois de Lyon, je n'y entendis ni rime ni raison, et ce n'était guère mieux quand il essayait de me parler français.

L'air chargé de gouttelettes me fouettait la figure. Il m'apporta soudain une bouffée du parfum de Mme Valentine.

Je tournai la tête et je respirai, plus près de moi, une odeur d'eau de Cologne que je ne pouvais confondre avec une autre. *Il* était là, *il* m'avait dépassée. Je distinguais sa silhouette un peu en avant, son chapeau à large bord. Nous nous taisions, sur ce chemin difficile. Mon père, suivant son habitude de muletier, montait et descendait la colonne des gens et des bêtes, parcourant ainsi deux fois plus de chemin que tout le monde. Je le remplaçai un moment à la charrette et j'échangeai quelques mots avec Mme Adrienne. Elle aussi aurait voulu descendre pour marcher, je réussis à l'en dissuader.

– Vous aurez le temps de marcher après le croisement de l'Espérou, où il nous faudra laisser les charrettes.

Elle me sembla parler avec effort, d'une voix sèche ; elle était obligée de respirer tous les deux ou trois mots. Elle était très oppressée, bien qu'on ne fût même pas à mi-hauteur de l'Aigoual. Je commençai à douter qu'elle pût nous suivre jusqu'au sommet du mont.

Un moment, elle se pencha vers moi, au risque de tomber.

– Il faut que je te parle, aujourd'hui, avant que...

Elle hésita sur le mot, puis termina :

– Avant que nous redescendions.

Je lui rappelai que nous devions nous arrêter, soit à l'auberge, soit à la ferme de la Serreyrède. Elle secoua la tête : « Non, non... » Je devinai qu'elle voulait me parler seule à seule.

Nous arrivions à la hauteur des premiers hêtres. Les bois étaient assez maigres, le sol dénudé sur les trois quarts de la montagne. C'était l'aube. Les étoiles avaient pâli et presque disparu du côté du levant, le ciel était encore très sombre derrière les hauteurs de l'ouest. Au levant se dessinait un demi-cercle d'un bleu propre et vif ; mais un gâchis de nuages couleur d'encre recouvrit bientôt le bleu. Mon père scrutait l'horizon. Le temps est si changeant sur ces montagnes où soufflent tous les vents du monde que personne ne peut prédire le temps qu'il fera avant le soir.

On entendit le cri lointain et menaçant d'un oiseau de nuit volant à son nid. Puis le bêlement plaintif d'un mouton perdu. Des troupeaux retardés rentraient encore de l'estive.

Les pierres du chemin luisaient d'une morne clarté.

– Je te parlerai à la ferme, me dit Mme Adrienne.

Mon père prit la bride du mulet. J'aurais voulu marcher au

côté de Pierre de Joncourt. Fait bizarre, je m'éloignais de lui, dès que je l'apercevais. C'était plus fort que moi !

Je me retrouvai bientôt seule, trente pas devant la charrette. Je songeai aux confidences que Mme Adrienne souhaitait me faire. J'étais intriguée et fort chagrine aussi.

Le jour se leva, mon père mit les œillères des mulets. L'âne Bichon n'en avait pas. Il était comme moi : il ne craignait pas le vertige...

Je m'amusai à raser la murette du chemin, si basse qu'elle ne servait à rien. Je ne voyais que la paroi d'en face, toute droite ; je me penchai pour distinguer le fond du ravin, mais il était encore dans la nuit, et je ne voyais qu'un trou obscur. Je me sentais comme un oiseau posé au bord d'une haute tour. J'aimais côtoyer l'abîme... Je me retournai pour m'assurer que les messieurs de Lyon n'étaient pas trop épouvantés par les gouffres de nos montagnes.

Je ne vis personne derrière la charrette, que guidait maintenant M. Gabriel. Je continuai de marcher en regardant derrière mon épaule, ainsi je trébuchai contre la murette. Je perdis à moitié l'équilibre et me trouvai de nouveau penchée, sans le vouloir, sur le ravin, tout le haut du corps et même la hanche dans le vide. Je manquai de faire le saut. C'était une sensation plaisante. J'imaginai ma chute dans l'abîme, j'en fus tout émoustillée.

Je repris mon aplomb d'un coup de reins et continuai de marcher sur le bas-côté, aussi près du mur que je pouvais. La vue commençait à s'ouvrir, au levant, malgré le brouillard. Les falaises s'éclairaient, les gouffres semblaient plus noirs.

Mme Adrienne s'était recroquevillée dans sa cape, sur la charrette. Je me demandai si elle avait peur, si elle avait froid ou si elle souffrait de son mal mystérieux.

J'avais hâte d'arriver au sommet, pour admirer tous les paysages qu'on peut apercevoir de l'Aigoual, puis redescendre en chantant... Et là-haut, dans la grande clarté du soleil, je verrais Pierre de Joncourt, de face et de profil, sans qu'il s'en aperçût, parce qu'il serait très occupé à contempler le panorama. Je pourrais le lorgner tout mon soûl, m'emplir les yeux de son image et la tête de son souvenir. Cette envie, je ne l'aurais pas avouée pour un empire.

J'avais vu Pierre de Joncourt, je m'étais brûlée à son regard comme un papillon à la chandelle. Je n'avais de pensée que pour lui. Je savais bien qu'il allait retourner à Lyon, qu'il épouserait une jolie et riche héritière et que je ne le reverrais sans doute jamais. Pourtant, s'il m'offrait de me prendre comme servante, avec ses bagages, je me dis que j'abandonnerais honteusement la soie et la montagne pour le suivre !

J'étais en train de perdre la tête.

Moi, Alexandrine Jourdan, pauvre fille d'usine, me voilà amoureuse d'un jeune homme de la ville, riche et instruit, qui s'était amusé un moment à écouter ma complainte. Mais il ne pouvait voir en moi qu'une petite paysanne laide et sotte, en nippes du dimanche ! Je n'allais pas me laisser affoler par un sentiment ridicule. J'allais... Eh bien, j'allais résister. Je ne savais pas comment, mais je trouverais.

La route montait en zigzag. À un coude, elle s'élargit quelque peu. La murette, au contraire, s'abaissa encore. Elle était faite de pierres assez plates et lisses, et la fantaisie me prit soudain de marcher dessus. J'avais joué souvent à ce jeu. J'y mis cette fois plus de malice, plus de défi. L'envie me vint de changer un sentiment qui m'étouffait en une émotion aussi folle, mais plus piquante.

J'y étais. Pour commencer, je regardai mes pieds. Je m'appliquai à les poser bien d'aplomb, aussi écartés que possible sans toucher l'arête des pierres. Je fis une pause et levai les yeux. J'avais l'impression d'être au beau milieu du ciel. J'avançai tête haute, doucement puis plus vite. L'éclat du soleil me gênait, je clignai des paupières. C'était un peu dangereux, mais très agréable. Je me tenais sur le qui-vive et je réprimais mon impulsion de sauter.

Je tendis un bras du côté du chemin, puis l'autre vers le précipice. Si je tombais, il fallait que ce fût sur les pierres de la route, à ma gauche. À ma droite, il y avait le ravin : je donnai un coup d'œil en bas. La lumière du soleil n'atteignait pas encore le pied du rocher, en face.

Trois cents, quatre cents mètres ? Je n'étais pas aussi bonne en calcul qu'en lecture. Je décidai qu'il devait y avoir, de mon perchoir au fond du gouffre, à peu près autant de mètres que de vers à la complainte ! Réciter les quatre-vingt-dix-sept couplets et marcher sur la murette, c'était la même bravade pour moi. Quand j'avais dit les deux ou trois derniers, alors sûre de finir avec élégance, j'avais regardé Pierre de Joncourt, et une sensation de triomphe avait réchauffé mes veines et couru sur ma peau. La même sensation me venait à présent. J'appelai dans ma tête mon petit Bonaparte.

« Venez, monsieur, s'il vous plaît. Venez admirer mon exercice d'équilibre sans corde ! » Un simple faux pas, et je pouvais me tuer, mais ça ne me faisait ni froid ni chaud. Ou plutôt, ça me faisait chaud, seulement chaud !

Comme sa main sur ma peau, quand j'étais évanouie...

Qu'il vienne, maintenant ! J'avais besoin de lui, je ne pouvais plus descendre de la murette. Je marchais au bord du précipice, en balançant les bras. Impossible de m'arrêter ou de faire un petit bond à gauche pour me retrouver tranquillement sur le chemin.

Mais je me sentais bien, fraîche, éveillée, le pied sûr et les yeux jouant avec le soleil. Je n'avais plus ni regrets, ni chagrin, ni vaines espérances. J'étais dans le temple du Seigneur, plus près de Lui que je ne l'avais jamais été.

Je marchais tranquillement, la tête levée, prête à m'envoler. Je me retins de rire, ce n'était pas bon pour l'équilibre.

Soudain, je me sentis saisie par le poignet, tirée brusquement sur le chemin, serrée dans les bras d'un homme qui sentait l'eau de Cologne. Son chapeau tomba, je le piétinai en posant les pieds par terre.

– Vous êtes folle ! s'écria Pierre de Joncourt. Folle à lier !

Il m'aida à me tenir droite. Maintenant que j'étais sur le chemin des charrettes, j'avais peur que la terre ne s'enfonçât sous mes pieds, je ne pouvais plus faire un pas. Je fus prise d'un fou rire. Il approcha sa tête de la mienne pour me fixer dans les yeux.

– Vous saviez que vous pouviez vous tuer mille fois !

Je lui souris de toute mon innocence.

– Mille fois, non. Mais une fois, certes !

Il leva la main comme pour me frapper et suspendit son geste. J'étais heureuse qu'il m'eût prise dans ses bras. Je le serais qu'il me battît maintenant. Il recula, haussa les épaules.

– Vous êtes...

– Folle ? Mais je l'ai fait souvent et je suis encore là.

Il respirait avec effort, tremblait, serrait les poings.

– C'est pure déraison.

J'avançai vers lui et je dis à voix basse :

– Je ne recommencerai pas puisque je vous fais peur.

Il secoua la tête, d'un air pensif.

– J'ai eu un ami étudiant, à Paris, qui jouait aussi à marcher au bord du vide... même si ce n'était que sur la corniche d'un immeuble de cinq étages. Il risquait sa vie par romantisme. Il avait trop lu Alfred de Musset. Ou peut-être Lamartine. Mais vous... vous...

Il ne trouvait pas les mots qu'il voulait dire. Il soupira, haussa encore les épaules et s'en alla. Je venais d'entendre pour la première fois les noms de Musset et de Lamartine, et le mot « romantisme ».

Plus tard, il disputa encore de ce sujet avec Mme Valentine. C'est, dit-elle, le goût des gens qui confondent la vie et le roman. Pierre de Joncourt tenait pour une autre explication.

– Le sens du mot a changé. Vous parlez du romanesque, le romantisme est bien autre chose.

Mme Valentine ne semblait pas persuadée. Je ris sous sa cape. Moi, je savais. Et ce que j'ignorais, je le devinais... Être romantique, c'était marcher sur un mur, au-dessus d'un précipice de deux cents toises de profondeur et y prendre plus de plaisir qu'un galeux qu'on étrille. Et je l'avais fait ! Être romanesque, c'était croire qu'une petite fille de la montagne, comme moi, pourrait épouser un beau monsieur de Lyon. Et je ne le croyais pas !

Le nom de Musset revint encore. Mme Valentine avoua qu'elle avait peu lu cet auteur, fort célèbre à Lyon et à Paris, et qu'elle préférait les *Méditations poétiques* de Lamartine.

– La poésie, certes, certes, dit Pierre de Joncourt. Mais vous devez lire *La Confession d'un enfant du siècle*, car c'est la vie même de Musset, transposée sous forme de roman. Je vous prêterai volontiers ce livre.

J'aurais aussi aimé lire cette *Confession*, pour connaître les sentiments qu'éprouvait un poète en marchant au bord d'un toit. Mais cinq étages de maison, ce n'était guère haut. Si M. Musset voulait être tout de bon romantique, il lui fallait venir chez nous, pratiquer les précipices de l'Aigoual !

À l'auberge de Mison, les propriétaires étaient absents. J'aidai mon père à dételer nos charrettes, car elles ne pouvaient monter plus haut. Nous les laissâmes dans la cour. Les fermiers de la Serreyrède, que j'avais vus au temple et qui étaient liés de parenté aux Favière, nous accueillirent à leur mas. On but de l'eau glacée qui me fit un peu tousser, puis on mangea en hâte un quart des provisions. Mme Adrienne décida alors d'attendre ici notre retour. Elle me serra les mains.

– Va, toi, va. Je vois le sang qui te bout dans le corps. Je te parlerai en revenant. Tu conduiras le mulet, et nous tâcherons de rester un peu en arrière.

Le sang me bouillait dans le corps, c'est vrai. Mais je la voyais si mal en point, mauvais visage et les yeux battus, que j'eus honte de ma joie. Qu'allait-elle m'annoncer ? Je souhaitai fort, très fort, sa guérison.

On repartit à pied vers le sommet de la montagne. Même le petit Henri voulait marcher avec les grandes personnes pour reposer son âne. Il n'y avait pas de vent, et le soleil brûlait les cimes et faisait monter la chaleur. On quitta les capes, les fichus, les grosses vestes d'hiver.

Au premier souffle d'air, le froid revint, glacial. J'aimais ces changements brusques qui fouettent le sang. Mon père continuait son va-et-vient, vérifiait dix fois le chargement des mulets et l'état de leurs sabots, levait leurs œillères, puis les rabaissait. Il avait toujours un pied en l'air, il ne pouvait tenir dans sa peau. Il sifflotait, fredonnait *Le Conscrit du Languedô* :

Faut quitter le Languedô / Avec le sac sur le dos...

Le dernier couplet parlait de trois jolis garçons, faiseurs de bas. Il m'expliqua que ces gars étaient de Ganges, il aurait voulu me faire croire que tous les tisseurs de bas étaient beaux garçons. Il aurait aimé m'en trouver un pour époux, de Ganges ou d'ailleurs... Il était au troisième ciel, heureux comme un roi, ce n'était pas le moment de lui dire que je ne me marierais pas.

Le vieux M. de Joncourt vint lui taper sur l'épaule en lui demandant de chanter une chanson en patois. Mon père en fut tout mortifié. Il voulait faire croire aux messieurs de Lyon que les paysans protestants des montagnes ne parlaient que le français. Mais les messieurs de Lyon nous prenaient pour des rustres et ils avaient envie de nous entendre parler et chanter dans notre jargon, pour s'amuser. Un Cévenol qui causait le français n'était pour eux qu'un singe savant.

Mais comme mon père était une bonne pâte d'homme, au fond, il entonna pour finir la *Danse des treilles.*

Ah, déspachas-bous, bèou jouvèncèou,
Qu'avèn dé camin à faïre,
Mai, per i'estré un pau pus lèou
Prèndrèn l'asé dé moun païre...

Nous traversions un paysage d'herbes assez fraîches, grâce aux pluies d'automne qui les avaient fait reverdir. Plus haut s'étendait une forêt de hêtres maigre, tant les pâturages à moutons, à présent désertés par les bêtes, chassaient peu à peu les grands arbres.

Mon père s'arrêta une minute de chanter pour désigner, entre les trois sommets arrondis qui se dressaient devant nous, celui vers lequel nous allions monter.

– C'est le mont de la Tour, dit-il, la cime de l'Aigoual, la plus haute montagne de France, avec le mont Blanc et le mont Vignemale... Enfin, c'est ce que j'ai toujours entendu raconter. En tout cas, la seule d'où on peut voir la moitié du pays par beau temps.

Il nous avertit en secouant la tête, l'air grave et sombre :

– Ce n'est pas le cas aujourd'hui.

Les jeunes mariés qui montaient là-haut voir la mer pour leur voyage de noces juraient en redescendant qu'ils avaient admiré les grandes vagues et les voiliers par-dessus. Mais, dix ans après, ils avouaient qu'ils n'avaient pas distingué grand-chose à travers la brume.

« Voilà ! » Mon père se retourna vers nous tous, comme si le panorama était son œuvre.

Je vis tout à coup Mme Valentine boitiller sur le bord du chemin. Elle s'appuya à un rocher pour se frotter la cheville. Je courus la rejoindre et lui proposai de l'aider.

Les messieurs arrivèrent à leur tour et la persuadèrent de continuer le trajet à dos de mulet. M. François-David choisit la plus calme des deux bêtes habituées à être montées, puis aida sa dame à se mettre en selle. Le mulet accepta la cavalière sans s'agiter, mais refusa d'avancer. M. François-David voulut le cravacher, mon père l'en empêcha. Mme Valentine sauta par terre et, en tombant, se fit mal à l'autre cheville.

Mon père amena le second mulet, bien moins tranquille que le premier. Pierre de Joncourt se présenta alors pour aider Mme Valentine à se hisser. Je surpris sans le vouloir le regard qu'ils échangèrent à ce moment et, aussitôt après, le geste de Pierre de Joncourt. Il soutint une seconde le pied de la dame, puis bien vite sa main glissa sous la jupe, le long de la jambe, jusqu'au mollet et peut-être plus haut.

Le mouvement avait été si vif que personne, à part moi, n'eut le temps de le voir. Et si je l'avais aperçu, par hasard, c'est que je les guettais tous deux avec un peu de jalousie au cœur. Ils se sourirent. J'empoignai la bride du mulet. Je fus prise d'une quinte de toux. Et Mme Valentine s'écria :

– Ma pauvre Alexandrine, comme tu tousses !

Au ton de sa voix, je compris qu'elle m'avait vue les regarder. Ses yeux assombris se fixèrent sur moi avec douceur, et je sentis mon front et mes joues brûler. Puis un grand coup d'air froid chassa mon embarras.

On atteignit enfin les ruines de la tour. Avant de se restaurer, on s'éparpilla autour du belvédère, chacun cherchant la plus large vue de tel ou tel côté, pour en changer aussitôt.

Les enfants poussaient des cris de joie, le bras tendu vers l'horizon. Tout le monde crut bientôt apercevoir la mer, de chaque côté d'une montagne pointue, entourée de brume, que M. François David nomma le pic Saint-Loup. Personne n'osait encore affirmer : c'est la mer, car beaucoup de montagnards racontaient de méchantes malices à ce sujet.

Les messieurs de Lyon questionnèrent mon père.

– Croyez-vous que ce soit *elle*, patron ?

Mon père hocha la tête, d'une façon qui ne voulait dire ni oui ni non. Puis il m'envoya un clin d'œil et, un peu plus tard, me dit à l'oreille :

– Qu'est-ce qu'ils veulent que ce soit ? Le plat d'argent de Salomé ?

On voyait des reflets s'allumer sur un fond gris, ni ciel ni terre. Une ligne d'un bleu très foncé entaillait l'horizon, en suivant les découpures de la côte. C'était bien *elle*. Mon père grommela :

– En cette saison, le ciel est presque toujours couvert au midi. J'aurais parié trois sous que vous ne la verriez pas !

Il cracha par terre, entre ses pieds. « Trois sous... » Une façon de dire en quelle estime il tenait les messieurs.

M. et Mme Favière et les messieurs de Lyon se disputaient pour savoir si on aperçoit le quart de la France, ou plus ou moins. Quelqu'un indiqua le golfe de Lyon, de Marseille jusqu'à Cette. Je fus fort étonnée : je croyais que Lyon se trouvait en remontant le Rhône et non sur le bord de la mer.

Le panorama se déroulait tout en rond, des monts d'Auvergne aux pics des Pyrénées, que M. François-David montra à Mme Valentine à droite, au-delà de la mer. Elle regardait, les yeux tout friands. Moi, je pensais que c'étaient des nuages. Il est difficile de distinguer au loin les montagnes des nuages. J'avais entendu une fois un muletier se moquer des gens de la plaine qui croyaient voir les Pyrénées dans le ciel ! Je me tus, bien sûr.

Qu'ils voient l'Amérique, si c'était leur envie !

À force de tourner comme des toupies, nous avions tous un peu mal au cœur. Je m'en allai à l'écart pour chercher le Rhône. On peut le voir, car il n'est qu'à deux ou trois jours de diligence. Mon regard fut attiré par les falaises qui tombent droit sur le Clarou. J'aurais aimé planer dans cet espace immense, comme un oiseau de proie, puissant roi des airs. Et si les ailes me faillaient, je n'aurais pas craint de m'écraser tout au fond !

Je découvrais plus bas des mas que je connaissais, au moins de nom. Mais la brume cachait les vallées. Elle semblait monter le long des pentes, tandis que les nuages descendaient à sa rencontre.

Je levai la tête et j'aperçus au loin un ruban brillant qui s'allongeait entre des collines basses. Il n'avait pas la forme du plat d'argent de Salomé ! Ce ne pouvait être que le Rhône.

Puis j'entendis un pas derrière moi. Pierre de Joncourt, que me voulait-il encore ? Je n'osai pas lui demander où se trouvait Lyon. Mon cœur battait la chamade, à moins que ce ne fût mon estomac : l'un trop plein, l'autre bien creux.

Pierre de Joncourt regarda avec moi.

– Voilà le Rhône, dit-il.

Il voyait juste, j'approuvai d'un signe. Sa main s'en alla par petites secousses vers la gauche, puis s'arrêta.

– Lyon doit être à peu près là, dit-il. Derrière les monts du Vivarais, si je ne me trompe.

Il se retourna soudain, fit un pas vers moi.

– Savez-vous que vous m'avez donné la plus grande peur de ma vie en faisant des entrechats sur le parapet !

Une grande ombre tombée des nuages me cacha soudain ses yeux. Je fixai les miens sur sa cravate, un gros nœud de soie beige.

– Je vous ai promis de ne pas recommencer.

– Vous avez beau jouer les mademoiselles sans-peur, vous auriez pu vous rompre le cou mille pieds plus bas... et me gâcher ainsi non seulement cette excursion, mais le séjour de six mois au moins que je compte faire aux Trois-Vallées !

Ce discours était-il un aveu sincère ou une façon de me dire qu'il comptait rester longtemps aux Trois-Vallées ? Il me sourit d'un air de reproche et continua :

– Heureusement, Mme Favière ne vous a pas vue. Et je vous promets de ne jamais lui parler de vos caprices.

– Vous êtes trop bon.

– Si elle vous avait surprise à jouer au chat et à l'oiseau, au-dessus de l'abîme, croyez-vous qu'elle serait encline à vous confier ses enfants ?

– Pensez-vous qu'elle veut me confier ses enfants ?

– Je sais qu'elle y songe. Elle voudrait que vous leur appreniez à chanter des cantiques et je ne sais quoi.

– Mais je n'ai pas le temps. Je travaille seize heures au moulinage et ...

– Êtes-vous au moulinage en ce moment ?

Je me sentis rougir jusqu'au blanc des yeux. Je savais trop où le bât me blessait. Je ne trouvai rien à répondre. Pierre me tourna le dos et se remit à scruter le paysage.

– Je jure de vous faire visiter Lyon, un jour.

– Lyon ? Moi ! C'est mal de...

– Si je conseille à Mme Favière de vous engager pour s'occuper de ses enfants, elle m'écoutera sans hésiter, parce qu'elle a confiance dans mon jugement... parce que je suis lyonnais, et elle aussi.

J'essayai de réfléchir, mais les idées s'embrouillaient dans ma tête et les sentiments dans mon cœur. Je vis que mes mains tremblaient. Je les cachai dans mon dos.

– J'aime beaucoup mon travail à la fabrique. Je n'ai pas envie d'en changer.

– Je sais que vous aimez la soie. Je connais le moulinage, il y a beaucoup de fabriques dans la région lyonnaise, dans la Loire et en Ardèche. Tous ces ateliers sont des caves humides. Le travail est très pénible et mauvais pour la santé.

– Je suis en bonne santé.

– Mme Favière trouve que vous toussez trop.

– À la filature, on se brûle les doigts.

– Mais si je ne me trompe, les filatures, dans les Cévennes, ne travaillent pas en hiver. Au contraire des ateliers de moulinage.

– Monsieur, vous ne m'avez vue qu'une fois, quand j'ai chanté la complainte, à la Maison neuve. Je ne comprends pas pourquoi vous vous occupez tant de moi.

– L'autre jour, vous vous êtes évanouie. Vous êtes tombée dans mes bras. J'ai senti votre respiration contre moi. Vous étiez faible, pâle, vous aviez le front brûlant de fièvre...

– Voyez, aujourd'hui, je suis guérie !

Et je me mis à tousser et haleter plus fort que jamais ! Je ne pouvais plus arrêter la quinte. Pierre de Joncourt s'approcha, me scruta d'un air de pitié, commença un geste sans se décider à le faire tout de bon. S'il me touchait... « Qu'est-ce que je fais s'il me touche ? Je saute dans le précipice ? »

– C'est la hauteur, dit-il. Je ne crois pas que vous soyez malade. Mais vous devriez vous reposer.

Je lui aurais paumé la figure avec plaisir. Mais j'aurais aimé tout autant m'évanouir dans ses bras, pour être emportée jusqu'à Lyon en volant par-dessus la montagne !

– Je veux vous aider, dit-il.

Je me détournai... À ce moment, on nous appela. En quelques minutes, le temps s'était couvert, le ciel chargé et le vent mis à souffler. On décida de prendre le repas sans plus tarder et de commencer à descendre tout de suite après.

On s'assit en rond par terre ou sur les pierres. Mon père distribua les provisions en faisant le bouffon. En lui-même, il devait être triste et malheureux. Il avait vécu de bons moments, avec tout ce beau monde à conduire sur les sentiers de l'Aigoual et avec les mulets qu'il aimait tant. Mais il ne retrouverait pas de sitôt une pareille occasion.

Il allait rentrer au Mas-Haut et reprendre une existence triste et bornée... C'était une leçon pour moi. Jamais je ne pourrais endurer l'existence que ma mère et, avant elle, ma grand avaient connue pendant des dizaines d'années. Seule la période des éducations m'enchantait et m'enchanterait toujours.

Pierre de Joncourt vint s'accroupir près de moi, tête nue, sans cravate, le col de sa chemise ouvert. Il était ainsi tout changé. Nos regards se croisaient et nous riions ensemble. Il m'offrit une tranche de pain et un gros morceau de poulet.

– Mangez, vous êtes trop maigre.

– Est-ce que vous vous êtes blessé à mes os, quand je me suis évanouie, après la séance de chant ?

– Non, mais j'ai eu de la chance.

Je repoussai la nourriture qu'il me tendait.

– Je n'ai pas faim.

– Ce n'est pas normal, après avoir marché cinq heures... en montant jusqu'au sommet de la plus haute montagne du monde.

– Vous vous moquez de moi !

J'aimais sa voix, encore plus quand il raillait, blâmait ou gourmandait. Il me força dans la bouche un morceau de blanc de poulet qu'il avait arraché de ses doigts à une tranche.

– Mangez sans pain, ça passera mieux.

– Mais je ne peux pas.

– Essayez, s'il vous plaît.

– Je ne peux pas manger la viande sans pain !

– Ah, vos ancêtres se retourneraient dans leur tombe ?

Il me disputa le pain que je voulais prendre pour mordre dedans, pendant qu'il arrachait un morceau de mie et me le fourrait dans la bouche. J'avalai sans mâcher, ce fut un miracle si je ne recommençai pas à tousser. L'appétit me vint soudain.

Pierre de Joncourt m'abandonna le pain et le poulet, et je dévorai ma portion en essuyant les larmes qui coulaient jusqu'aux coins de ma bouche. Je pleurais à cause de mon gosier qui piquait ou peut-être à cause de l'émotion qui débordait de mon cœur. Pierre de Joncourt tira mon mouchoir de ma poche. C'était le carré de soie rouge qu'il m'avait donné après la complainte. Il lança une exclamation de surprise. Il me frotta les yeux et les joues, puis me commanda de souffler dans le mouchoir. J'obéis comme une enfant.

Plus tard, nous regardions le ciel ensemble. Les nuages, de toutes les couleurs, du blanc au bleu sombre, mêlés de gris et de brun rosé, semblaient accourir de tous les coins de l'horizon pour se rassembler au-dessus de nos montagnes.

– Je n'ai jamais vu ça, avoua Pierre de Joncourt. Pourtant, j'ai beaucoup voyagé.

J'étais fière de l'Aigoual comme si je l'avais bâti de mes mains.

– C'est notre Sinaï !

– J'oublie toujours que vous savez la Bible par cœur.

– Et vous ?

– Je ne suis pas tout à fait ignorant.

– Mais vous êtes catholique ?

– Si l'on veut.

– Comment, si l'on veut ?

– J'ai été élevé dans la foi catholique, que j'ai perdue vers ma quinzième année.

– Vous l'avez perdue ?

– Oui.

Je regardai le ciel en silence, j'essayai de comprendre.

– Maintenant, quelle est votre religion ?

– Je n'ai pas de religion. Mais j'admire les protestants... surtout ceux des Cévennes.

J'avais parfois entendu dire de quelqu'un qu'« il n'avait pas de religion », et on désignait ainsi un homme de mauvaises mœurs, un fripon, un vicieux, un vaurien. Pierre de Joncourt n'était rien de tout cela. Je hasardai une réponse :

– On n'a pas besoin de religion pour croire en Dieu.

– Je ne crois plus en Dieu, dit Pierre de Joncourt à voix basse. Depuis l'âge de dix-sept ans...

Il me scruta dans les yeux et ajouta :

– Environ.

Mon sang se glaça dans mes veines. Je n'avais jamais entendu de mots plus affreux.

Je retrouvai Mme Adrienne à la ferme, endormie sur une chaise. Elle paraissait souffrir. Elle m'observa, les yeux plissés.

– Tu es fatiguée, Alexandrine ? Tu as toussé ?

J'avouai d'un signe. Je devais faire une vilaine mine. J'avais la poitrine si serrée que je me forçais pour respirer. Mme Valentine répondit pour moi.

– Oui, elle a beaucoup toussé. Et maintenant, nous devons rentrer vite, à cause du temps. Avant deux heures, le brouillard sera à couper au couteau, et la descente deviendra dangereuse.

J'aidai Mme Adrienne à monter sur la charrette. Elle me commanda de la rejoindre et de conduire le mulet.

– Je suis fatiguée aussi. Nous parlerons une autre fois. Viens me voir au Grand-Mas. Ne tarde pas trop, je voudrais avoir une réponse avant de... bientôt... sans vouloir te presser.

La descente s'acheva à la tombée du jour. Elle avait été presque aussi longue que la montée, à cause du ciel assombri et du brouillard dans le dernier quart. Pierre de Joncourt parla de l'heure grise, entre chien et loup. Aussitôt, Henri et Théo jurèrent qu'ils avaient entendu des hurlements.

– Ma foi, je n'ai rien entendu, dit mon père. Mais la bête n'est pas rare, surtout dans les forêts de la Vallée Borgne.

Un quart d'heure plus tard, nous arrivions aux Trois-Vallées.

28

Le bâtard et son violon

Une semaine après, je me rendis au Grand-Mas, où Mme Adrienne m'avait appelée. Je la trouvai allongée sur un canapé, près de la cheminée. La servante attisait un feu de braise. La dame serrait dans ses mains le châle qui recouvrait ses jambes, comme si elle était tourmentée par une douleur sourde.

Je vis à sa gauche un coffre, le couvercle levé, plein de papiers. À sa droite, sur un guéridon, béait une cassette, où la pâle lumière de l'après-midi, tombant des fenêtres de la grande salle, faisait briller des bijoux ou des pierres précieuses.

Un fichu enveloppait sa tête et lui cachait la moitié de la figure, mais elle avait plutôt bonne mine, les yeux un peu brillants de fièvre. Elle tourna la tête vers moi et me sourit avec un air de bonté qui me parut presque de la tendresse. Et je songeai qu'elle était la mère de Charles Rabanel !

Le fichu dissimulait ses cheveux blancs, sa peau tirée effaçait les rides. Je devinai combien elle avait dû être belle dans sa jeunesse. Elle fit un signe à la servante, qui m'apporta une tasse de lait chaud.

– Du lait de vache, dit-elle. Il est meilleur pour l'estomac que le lait de chèvre. Pour la poitrine aussi.

J'ouvris la bouche pour dire que ma poitrine allait très bien ; mais je n'en étais pas si sûre. Je bus en silence mon lait très sucré et délicieux. Si ce n'était bon pour le poumon, c'était plaisant à la langue et au palais.

D'un autre signe, elle commanda à la servante de nous laisser. Elle joignit les mains devant sa figure, ferma les yeux. Je pensai qu'elle se préparait à de graves confidences et qu'elle se demandait encore ce qu'elle allait me dévoiler et ce qu'elle préférait me celer. Je m'attendais à une longue causerie et je songeai : patience !

– Tu as déjà entendu bien des vérités sur nous, dit-elle enfin, et peut-être aussi quelques mensonges. Il se colporte sous le manteau tant de médisances et de calomnies, jusque dans cette maison... Je vais te dire certaines choses qui me tiennent à cœur et certaines qui sont importantes pour toi. Ce sont souvent les mêmes. Je te demande de m'écouter sans te récrier, s'il te plaît, jusqu'à la fin.

Elle marqua une longue pause. Puis elle reprit :

– Tu connais un peu, maintenant, la famille Favière. Mon père, que l'on nommait François III, et ma mère, Marguerite Delon de Fages, sont tous les deux décédés. Ils ont eu sept enfants dont quatre sont vivants aujourd'hui : mes trois frères, François IV ; Louis-Xavier, le Lyonnais ; Gabriel, que tu connais bien ; et moi, la plus jeune. Tu n'ignores pas qu'ils me tiennent à l'écart des affaires de la famille, bien qu'ils aient beaucoup d'affection pour moi. De fait, ils sont obligés de s'accommoder avec le jugement de la paroisse et des notables de la ville, sévère à mon égard, surtout depuis que Charles est venu vivre aux Trois-Vallées. Tu connais mon histoire. C'est sans doute la première chose que Margot et Juliette Pieyre t'ont contée sur notre famille. Laisse-moi te la redire.

« Il y a un peu moins de trente ans, j'en avais vingt-cinq et j'étais toujours jeune fille. Cela déplaisait fort à mes parents, qui ne cessaient de me proposer de bons et beaux partis, de toute la région et même de Nîmes ou de Lyon. Moi qui me jugeais avec candeur, et un peu de vanité, une personne droite, religieuse et raisonnable, je me suis prise de passion pour un petit commissionnaire en soie de Nîmes, Louis Rabanel. Un homme qui ne réussissait guère dans ses affaires et, de plus, grossier, *convoiteux*... Il ne voyait en moi que la fortune des Favière, qu'il surestimait sans doute, car il ignorait combien nos parents s'étaient endettés pour construire leurs fabriques.

« Il était veuf, il a proposé de m'épouser ; mes parents

auraient accepté, mais mes frères qui le connaissaient ont refusé ce mariage. Ils prétendaient que Louis Rabanel avait causé la mort de sa femme par de mauvais traitements. Je ne voulus rien entendre. Je suis partie le rejoindre à Nîmes, et nous avons vécu comme mari et femme. Pour forcer la main de mes frères, nous avons eu un enfant : Charles. Mes frères choisirent alors le scandale plutôt que d'accepter mon mariage et introduire, comme ils disaient, le loup dans la bergerie. J'aurais pu me marier malgré le refus de la famille, mais Louis ne voulut plus dès ce moment. Il ne souhaitait qu'entrer grâce à moi dans les affaires des Favière. Il avait peut-être aussi découvert que mon père était en dettes de deux cent mille francs pour son industrie.

« C'est ainsi que Charles est resté un bâtard aux yeux de tous, bien qu'il porte le nom de son père. Louis est mort dans un accident quand notre fils avait cinq ans. De fait, il a été tué au cours d'une rixe par quelques vauriens de ses amis. J'ai dû reconnaître que mes frères avaient eu raison à son sujet.

« Mes parents m'ont proposé de rentrer aux Trois-Vallées, et j'ai accepté, parce que je craignais que, élevé dans une grande ville, Charles ne devînt comme son père un débauché et un chenapan. Par une étrange ironie du sort, j'ai hérité de ma marraine, Marie d'Ispagnac, environ dix mille francs de rentes et des biens qui auraient comblé d'aise le malheureux Louis.

« J'ai conclu un accord avec mes frères pour qu'ils administrent mon héritage. L'aîné, François IV, a placé une partie de mon apanage dans les fabriques. Ces sommes ne sont pas entièrement remboursées. Je puis te dire, car ce n'est pas un secret, que M. François me doit encore quelques dizaines de milliers de francs. Il n'y a aucune mésentente dans notre famille, sauf pour Charles, et mes rentes me sont payées rubis sur l'ongle.

« Je voulus habiter le Grand-Mas avec Charles, pour le tenir éloigné des tentations. Mais je n'ai guère réussi. Tout enfant, déjà, il s'échappait chaque fois qu'il le pouvait pour rejoindre les galopins du village. Il avait peu de dispositions pour le travail des champs.

« À l'école, quoique regimbant contre l'aiguillon, il montrait une bonne tête et excellait dans quelques matières comme le calcul, le dessin, le cubage et l'arpentage. Il avait du goût pour les sciences et la mécanique. C'est pourtant bien à contrecœur que je l'envoyai à Nîmes apprendre l'industrie de la soie. Il fut bon apprenti et il avança très vite dans la pratique du métier. Plus tard, il partit pour Lyon, où mon frère Louis-Xavier était déjà installé, et il put se perfectionner dans l'étude des machines, les chaudières, les engrenages, les tours, les moulins, toutes ces choses que tu connais mieux que moi.

« Puis il revint à Nîmes où il travailla dans plusieurs fabriques importantes. Je lui payai un remplaçant pour le service militaire. Par malheur, il continua de mener la vie de garçon, comme son père, de s'entourer de dévoyés et de gredins. Il fit des dettes de jeu, il se mêla de cent querelles et attira la colère de plus d'un mari trompé.

« Il changea plusieurs fois de fabrique, jusqu'au jour où plus un maître ne voulut de lui. Il rentra aux Trois-Vallées tant pour échapper à ses ennemis et ses créanciers que pour chercher une position. Connaissant son habileté à la réparation et à l'entretien des machines, mon frère François accepta de l'embaucher. Mais nous sommes convenus qu'il serait traité comme un ouvrier et non comme un membre de la famille.

« Tu connais trop mon Charles. Je ne peux te cacher qu'il a hérité pour partie du méchant tempérament de son père. Mais il a aussi de bonnes qualités que Louis ne possédait pas. Je t'en citerai deux que tu as peut-être remarquées. Il est un très bon ouvrier de mécanique, et les fabriques Favière ne peuvent plus se passer de son art et de son savoir-faire. Il est un bon contremaître, cela se dit, même si sa sévérité est critiquée par certains. Il a l'oreille du curé, et le conseil presbytéral ne trouve rien à lui reprocher dans sa conduite à la fabrique. Du moins, c'est ce que j'entends dire. Les autres fabricants seraient heureux de l'embaucher s'il quittait les Favière. Je compte tout cela pour une qualité : celle d'un homme de métier.

« Mais il est aussi courageux, il a de l'esprit et de l'instruction. Il joue du violon, fort bien, de l'avis général. J'ai entendu une dame de Lyon dire qu'il maniait son instrument avec une finesse inattendue et qui contraste avec sa grande force physique. Il est aussi très bel homme, pour son malheur, peut-être. J'ajoute, car tu ne le sais peut-être pas, qu'il est économe de ses quatre deniers, malgré son penchant à la boisson et à la bamboche. Il porte chaque mois chez le notaire la plus grande partie de la pension que je lui verse, qui n'est pas très grosse, plus la bonne moitié de son salaire.

« Tu connais sans doute, car il ne s'en cache pas, son idée d'acheter la filature Gout, ainsi que les terrains autour et le petit mas avec sa magnanerie et ses mûriers. Comme tu le sais, la filature compte une quinzaine de bassines, en mauvais état, et la place d'en rajouter huit ou dix de plus. Les héritiers Gout demandent quarante-cinq mille francs pour le tout.

« Cette acquisition lui permettrait de réaliser son projet le plus cher : devenir à son tour patron de fabrique. Je crois aussi qu'en étant patron il deviendrait homme et cesserait enfin de se conduire comme un gamin turbulent.

« Il souhaite que je lui prête de l'argent pour cet achat et je l'aurais fait volontiers si mes frères et mon neveu ne s'y étaient opposés formellement. Je comprends leurs raisons. Ils refusent que Charles devienne leur égal dans la société des Trois-Vallées. Et ils ont besoin de lui comme contremaître. Son départ les placerait dans un grand embarras. La filature Gout touchant les biens des Favière, ils ont décidé de l'acheter. Ce serait déjà fait, si les héritiers n'avaient profité de la situation pour faire monter leur prix de façon très exagérée.

« Notre famille est toutefois prête à s'accommoder avec Charles. Voici comment. Mon frère François achèterait le bien Gout, je serais pour un quart dans l'affaire. On remettrait la filature en état et on installerait une chaudière pour les bassines. On la donnerait en gérance à Charles, pourvu qu'il continue de s'occuper des fabriques Favière en même temps. Ce serait une lourde charge, mais, Charles étant aidé maintenant par Jan le Polonais, ce ne serait pas impossible. Je crois que l'offre de mon frère est honnête et même généreuse. Je suis certaine que la position de gérant permettra à Charles d'être, dans cinq ans ou dix ans, propriétaire et seul maître de sa fabrique.

« Mais comment le persuader ? Je me doute qu'il n'aura pas tant de patience. Vois-tu, ma fille, Charles se ronge le cœur d'être un bâtard. Il souffre du mépris de notre famille, qui le rejette en raison de sa naissance et lui ferme ses portes. Il souffre d'être le subordonné de son cousin et de devoir lui obéir en toutes choses, alors qu'il connaît mieux, à son idée, la mécanique et le travail de la soie.

« J'espère vivre encore quelques mois, avec la permission du Seigneur, et je voudrais en profiter pour assurer son avenir... contre son impatience et ses mauvais penchants. J'ai confiance en lui, je suis sûre qu'il sera, à l'âge mûr, un homme cent fois meilleur que le jeune homme d'aujourd'hui. En raison de cette foi que j'ai, je lutte de toutes mes forces, hélas déclinantes. Je sais que je ne peux réussir seule, et c'est pour cela que tu es ici, Alexandrine, parce que j'ai besoin de ton aide. Mais je crois que je peux aussi t'aider.

Mme Adrienne se tut un moment, je l'aidai à se réchauffer, je lui fis boire une infusion préparée par la servante. Je lui cachai ainsi l'embarras où me mettaient ses confidences. Ses efforts pour m'intéresser à la condition et à l'avenir de son fils étaient bien inutiles. Je la plaignais de tout mon cœur. Je me promis de prier tous les jours pour que Dieu lui donnât encore de longues années de vie. Mais je détestais Charles et il me le rendait bien ; nous étions tous deux prêts à nous sauter aux yeux, chaque fois que nous nous croisions. C'était ainsi et je ne voyais pas ce qui aurait pu atténuer la rancune qu'il m'inspirait. Ni, d'un autre côté, la malveillance qu'il montrait à mon égard... Comment ne le comprenait-elle pas ?

J'aurais dû me lever et lui dire que je ne pouvais l'entendre davantage et que j'étais à jamais incapable de l'aider à sauver son fils, pas plus que je ne saurais l'aider à apprivoiser un loup !

Je n'en fis rien, de peur de la désespérer. Elle continua ses explications et je l'écoutai sagement, la honte au cœur.

– Les Favière, dit-elle, tiennent un conseil de famille chaque fois que mon frère Louis-Xavier vient aux Trois-Vallées. Il réussit joliment dans ses affaires, après avoir exercé le métier des armes jusqu'au grade de colonel. Il est le plus instruit de nous tous, il est célibataire et n'a aucun intérêt personnel dans les fabriques, mais il reste attaché aux affaires familiales. Nous avons grande confiance en lui.

« Nos réunions ont presque toujours lieu à l'hôtel Favière.

Mon fils n'y est jamais entré et je ne pense pas qu'il y mettra le pied du vivant de mon frère François. Notre aîné préside donc ces réunions qui se font chez lui...

Mon attention se réveilla. Je me moquais de Charles, mais je voulais tout savoir des Favière. J'avais grande envie d'entrer un jour à l'hôtel Favière, avec mon carton sous le bras et dedans la plus belle robe de soie jamais cousue aux Trois-Vallées. Je me représentais en même temps les deux scènes : la réunion de famille et l'essayage de la robe.

François IV, l'aîné des Favière et le maître des fabriques, venait régulièrement au culte et on pouvait le voir à la sortie du temple, une minute ou deux, pas plus. On disait qu'il avait encore honte de la conduite de sa sœur, vingt-cinq ans après les faits. C'était un homme d'une soixantaine d'années, les cheveux blancs, grand mais un peu voûté et portant toujours des redingotes courtes.

Entre lui et son cadet, Louis-Xavier, trois enfants étaient morts en bas âge. Puis venaient Gabriel et Adrienne : les deux benjamins, le cheval échappé et la brebis galeuse !

– Gabriel et moi, dit Mme Adrienne, ne sommes conviés à la réunion que dans les cas où l'on ne peut se passer de notre avis ou de notre accord. Car nous avons tous les deux quelque argent dans les affaires de la famille.

« Le notaire, Me Aulas de Saint-Roman, est souvent appelé en consultation. Mes frères l'ont questionné vingt fois sur la conduite de Charles. Et toujours il leur a répondu que les égarements de mon fils manifestaient une crise d'âme bien connue des notaires : la révolte du bâtard. Il leur a expliqué que la révolte s'avérait chez ce jeune homme plus forte que chez d'autres, à cause de sa position subalterne à la fabrique familiale et surtout de sa forte nature et du sang vigoureux des Favière !

« De fait, Charles est peut-être le plus Favière de nous tous. Il ressemble à notre grand-père, François II, qui a construit la première filature, en 1760. Cela, mes frères et mon neveu ont bien de la peine à l'admettre.

« Mme Valentine est la seule à part moi qui comprenne et défende Charles. Elle est fille d'une riche famille lyonnaise, les Chavanier. Elle lit davantage les philosophes et les poètes que la Bible, elle discute volontiers les enseignements de la religion et... les propos des notaires. Après les explications de Me Aulas, elle osa dire que Charles ne se rebellait pas seulement contre sa condition de bâtard et sa position inférieure à la fabrique. Selon elle, il défiait par ses façons de chenapan tout le rigorisme protestant !

« Moi, je savais que toutes ces explications n'éclairaient pas suffisamment la conduite de Charles. Je pensais à cette rage qui le tient souvent et à cette façon de se ravaler au-dehors, comme à plaisir, tout en affichant devant nous une dignité hypocrite. Cela me rappelait la conduite que j'avais à son âge, quand j'étais éprise de son père. Il me sembla qu'il était aussi l'esclave d'une passion secrète.

« Le notaire se disait intrigué par ce qu'il appelait une « bévue » : le soir et le dimanche, mon fils hantait les cabarets en jouant du violon, en chantant des refrains à boire, chopinait avec tous les mauvais bougres du pays, semait la zizanie dans les villages, se peignait avec des vauriens... Je fus obligée d'en convenir : c'est ce qu'il avait toujours fait à Nîmes et à Lyon. Et pourtant il déposait régulièrement son salaire à l'étude pour le joindre à un magot, déjà coquet. Il apportait, en pièces et billets, cent francs par mois, et quelquefois plus !

« Voilà bien une histoire ! songeaient mes frères. Quant à moi, je savais tout cela, mais j'étais fort contente de l'entendre dire par le notaire. La conclusion fut unanime : Charles, quand la raison lui revenait, songeait à s'établir. Il avait bon fond.

« Et puisqu'il avait bon fond, on devait l'aider à prendre femme. Et chacun d'avouer qu'il y avait pensé sans oser le dire, tant le mariage semblait peu dans les dispositions de Charles. Mais nous étions tous d'accord : une bonne épouse le changerait. Encore fallait-il la trouver... et certes pas parmi les catins qui faisaient son ordinaire...

« François fit remarquer qu'aucun bourgeois ne voudrait donner sa fille à un coureur de tavernes, réputé en outre débauché et violent. Son état et ses espérances ne compensaient pas ses mauvaises façons. Alors, une paysanne ? Le notaire affirma que Charles ne voudrait pas d'une paysanne, si par miracle on en trouvait une. C'est ce que je craignais aussi.

« Pourquoi pas une bonne ouvrière ? Des noms furent prononcés. Le notaire parla de Thirza Tabusse, la veuve aux cheveux de feu, qui à ce moment partageait souvent la couche et les bamboches de Charles. Qu'elle eût quatre ou cinq ans de plus que lui pouvait passer pour un avantage : elle serait plus capable de le tenir. Mais pouvait-on ranger Thirza dans la catégorie des honnêtes travailleuses ? Selon la rumeur, elle avait vu tous les loups de la montagne. Et pour que Charles eût envie de l'épouser, il fallait la bien doter.

« François s'écria qu'il préférait jeter son argent à la rivière que de doter cette drôlesse. Le notaire émit un soupir de regret, mais on ne revint pas sur le cas de Thirza.

« Et Juliette ? Qui ne connaissait pas son attachement pour Charles ? Bien sûr, ces discussions se passaient avant qu'elle ne s'éprît de Victor Jan. Le notaire avança son nom, avec l'approbation de M. Gabriel. Mais un silence réprobateur accueillit la proposition...

« Me Aulas n'insista pas. En mariant nos deux bâtards, nous nous serions couverts de ridicule aux yeux des petites gens et mis au ban de la société du département !

« Et puis il fallait admettre que Charles n'avait aucune envie d'épouser Juliette. S'il l'avait voulue, personne n'aurait pu le retenir de l'enlever et on aurait dû mobiliser la maréchaussée à des lieues à la ronde pour la ramener au Grand-Mas.

« Eh bien, la famille pouvait s'estimer heureuse que Charles ne partageât point les sentiments de sa cousine. Charles aimait-il quelqu'un ? La question ne vint pas à l'esprit des messieurs. Ils voyaient bien Charles coiffé d'une veuve ou d'une fille d'auberge. Mais l'amour !

« Je commençais à avoir mon idée sur les sentiments de mon fils, mais je préférai n'en pas parler tout de suite. Plus tard, je m'ouvris à mon frère Louis-Xavier, le Lyonnais, sans citer de nom et sous le sceau du secret. Il m'approuva et me promit de m'appuyer auprès de la famille. De l'avis général, nous devions chercher pour Charles une fiancée dans les grandes villes : Alès, Nîmes, Montpellier... et plus loin.

« Lors de notre dernière réunion, je dis à mes frères et à mon neveu qu'ils avaient raison de chercher une épouse à Charles. Le mariage pouvait le sauver. Mais il nous fallait trouver une jeune femme qui eût une chance de lui plaire et qui fût capable à la fois de l'adoucir et de le retenir à la maison. François-David affirma que retenir Charles à la maison ne suffirait pas. Sa femme devrait aussi le dompter. Je n'aimais guère ce mot, parlant de mon fils, mais je convins qu'il n'avait pas tort. Oui : une femme capable aussi de ramener Charles à la raison. J'expliquai à tous ces hommes bornés qu'elle devrait être jeune, douce et forte en même temps... et au goût de mon fils !

« On s'exclama que cette princesse de conte vaudrait son pesant d'or... si elle existait. On me demanda en quel pays je comptais trouver ce « rare oiseau » ?

« Je dis en riant que je connaissais une jeune fille qui ressemblait tout à fait à ce portrait. Ce n'était pas une princesse de conte, mais une honnête protestante de nos montagnes. Elle ne serait pas facile à persuader. Il faudrait me prêter main-forte...

« François-David m'assura qu'il m'aiderait de tout son pouvoir. François l'approuva. Tous voulaient savoir, tout de suite, le nom de cette perle. Je les fis languir un moment. Je leur montrai que, si Charles n'épousait pas cette jeune fille – parce qu'elle ne voudrait pas de lui ou parce qu'un empêchement surviendrait d'un côté ou de l'autre –, il n'y aurait jamais de mariage à leur convenance. Et un jour, ils seraient sans doute obligés de chasser Charles de la fabrique.

« J'insistai longtemps. Mes frères trépignaient d'impatience. Je les regardai tous, en silence, la tête bien haute. J'ajoutai que la jeune fille aurait bientôt dix-huit ans et possédait toutes les qualités qu'une mère pouvait désirer pour la fiancée de son fils unique. Elle avait aussi toutes les qualités pour adoucir, gagner et dompter Charles. De plus, il s'était pris de passion pour elle dès qu'il l'avait connue, à l'âge de quatorze ans, et il ne pourrait jamais aimer une autre femme.

« Je terminai en prononçant bien haut le nom qu'ils attendaient : Alexandrine Jourdan !

Je dormais à demi, dans la douce chaleur de l'âtre, je filais un bout de rêve. J'entendis mon nom et me réveillai si brusquement que ma tasse vide tomba de mes genoux et se brisa sur le plancher. Alexandrine Jourdan !

Je fus d'un saut debout près de Mme Adrienne, qui fermait

les yeux, alanguie dans son fauteuil. Elle me tendit la main sans me voir.

– Oui, toi, Alexandrine. Et tu le sais bien !

Je serrai ses doigts à les broyer.

– Non, non, c'est impossible. Charles me déteste. Il m'a toujours traitée plus mal que les autres, à la fabrique. Il... il...

Les mots se pressaient dans ma gorge et m'étouffaient.

– La haine est souvent proche de l'amour, dit-elle. Ce que tu as toujours pris pour une extrême malveillance n'est que le signe d'une passion contrariée. Charles se juge indigne de dénouer les cordons de tes souliers, lui, un maudit bâtard. Mais il ne peut se l'avouer. Il voudrait être François-David, son cousin, pour demander ta main et faire de toi une Favière, une maîtresse de fabrique. Il croit qu'il n'a rien à t'offrir que sa déchéance, et il souffre comme un damné. Il est trop orgueilleux pour se déclarer, car il est persuadé que tu le méprises, que tu le tiens pour rien du tout. Il préfère paraître à tes yeux mauvais sujet que gueux et inférieur. Et toi, tu n'as jamais rien dit ou fait pour le détromper. Tu le traites en ennemi depuis le premier jour. Mais regarde au fond de ton cœur, Alexandrine. Tu y trouveras un sentiment qui n'est pas la détestation mais l'estime et peut-être un commencement d'inclination.

Non ! Si je regardais au fond de mon cœur, j'y trouvais une folle inclination pour Pierre de Joncourt et, pour Charles, seulement de l'indifférence. J'écoutais à peine Mme Adrienne.

– Je suis prête, dit-elle, à te reconnaître trente mille francs de dot. Tu comprends ce que ça veut dire ? Tu serais censée apporter cette somme au contrat de mariage. Tu en toucherais la rente : cent francs par mois. On pourrait aussi constituer un douaire, mais je préfère cette façon. Ce serait mieux pour toi.

Elle s'aperçut soudain que je n'avais pas l'esprit à ses propos. Elle se tut, serra encore mes doigts dans sa main amaigrie et brûlante. Puis d'un autre ton, à voix basse :

– Toi seule peux sauver mon fils !

Je songeai : « Pauvre Charles, s'il n'y a que moi pour le sauver, il est perdu ! » L'idée d'une si affreuse disgrâce ne me faisait ni chaud ni froid. Mme Adrienne s'était trompée sur moi. Je la plaignis de tout cœur.

Mais, du destin de son fils, je me lavais les mains.

29

Tous les jours dimanche

En cet automne 1843, j'avais dix-sept ans et demi. Je n'osai pas dire non à une pauvre femme malade et qui se croyait même à l'article de la mort. Pourtant, la seule pensée de *sauver* Charles Rabanel me faisait rire aux larmes.

Plus je songeais, moins le rire passait le nœud de ma gorge.

Au long de l'hiver, j'avais encore maigri. Je toussais de nouveau, après une période assez longue où j'avais pu faire semblant de me croire guérie. La fièvre, la fatigue, les brûlures à la gorge, dans la poitrine et le dos ne me quittaient guère. La fatigue me tenait le corps jusqu'au bout des ongles.

J'allais deux à trois fois par semaine à la Maison neuve, pour chanter avec les enfants Favière des psaumes et des cantiques et apprendre la complainte aux deux aînés. Je ne manquais jamais les séances de chant au temple. Ces sorties étaient plaisantes.

On me servait un goûter avec les enfants. Je buvais du chocolat chaud, et c'était si délicieux et si réconfortant que j'en avais les larmes aux yeux.

À cause de mes absences, je ne pouvais garder un travail fixe au moulinage. Je continuais d'aider aux moulins et aux tavelles et même de laver le sol et les fenêtres ou de ramasser la bourre.

Charles m'évitait et je lui rendais volontiers la pareille, à la première occasion. Je croyais bien fini le temps où l'on se bravait, face à face, la tête haute, prêts à se sauter aux yeux.

Un vendredi matin, alors que j'avais été absente la moitié

de la semaine, Charles me fit appeler au bureau. Il avait son coin dans la salle des écritures, avec une table et un meuble à compartiments qui devait être un cabinet. À cette heure matinale, ni M. François-David ni le commis n'étaient encore arrivés. Charles trônait sur son siège, le registre des ouvrières devant lui, tête nue, les mains jointes devant sa figure.

Il me guignait en soulevant la lèvre supérieure, mi-sourire, mi-grimace. Après un moment, il ramena ses deux mains sur la table et me fixa dans les yeux de son regard de loup.

Je l'observai entre mes cils, sans défi, comme si je ne l'avais jamais vu. Une fois de plus, il me parut bien plus âgé que ses vingt-six ans, si c'était son âge. Il portait un gilet sale et mal boutonné, sous une veste froissée. Sa cravate était mise de travers, sa barbe et ses cheveux mal peignés...

Pourtant, je ne pus m'empêcher de lui reconnaître une assez bonne tournure, dans son genre d'aventurier. Il caressa longuement la cicatrice bien marquée qui allait de sa pommette à son menton, sans pourtant le défigurer. Puis, de sa voix traînante et sonore, il me dit :

– Jourdanette, tu as beau être malicieuse comme une vieille guenon, tu ne peux pas être au four et au moulin. Je ne sais pas ce que tu intrigues à la Maison neuve ou ailleurs, et je m'en fous comme de l'an quarante. Mais ce que tu fais ou ne fais pas aux moulins m'importe plus. Je ne peux pas régler le travail de l'atelier avec une ouvrière qui vient quand elle veut. Il me déplaît de te le dire, parce que tu aurais pu être une moulineuse passable, comme tu as été une bonne fileuse, quand tu levais moins la crête : tu causes plus de désordre à l'atelier que tu n'y abats de besogne. Je suis au regret de te renvoyer.

Il me tendit la pochette de velours, marquée à mon nom, où je rangeais les pièces de ma paye.

– Voici l'argent de ta semaine, plus un franc cinq sous pour les journées d'aujourd'hui et de demain, que tu ne feras pas. Maintenant, tu vas prendre ton sac et tes quilles et foutre le camp ! Tu sais ce que ça veut dire ?

– Foutre le camp, monsieur ? C'est ce que j'ai envie de faire quand je vous vois !

Il se mit à rire très haut, et je sentis qu'il riait jaune pour ne pas écumer de rage. Il me semblait pourtant que je ne lui avais pas suffisamment rabaissé le caquet. Je cherchai dans ma tête un proverbe de ma grand, qui savait presque entièrement le Livre. Pour moi, j'en avais moins d'un sur dix en mémoire ; mais le bon me fut inspiré presque à la seconde.

– *Le cœur tranquille est la vie du corps ; mais l'envie est la vermoulure des os !*

Il se leva d'un coup de reins en repoussant sa chaise, qui tomba derrière lui. Il poussa un vilain juron, fit le tour de sa table et vint à moi, les poings serrés.

– Ainsi, tu me trouves vermoulu ?

– C'est un proverbe de la Bible. Moi, je vous vois l'envie peinte sur la figure comme une grosse jaunisse !

– Ah, une jaunisse ?

Il leva la main pour frapper sur sa table, mais retint son geste au prix d'un effort qui le fit trembler de la tête aux pieds.

– Si tu étais un homme, je te foutrais un tabac que tu n'oublierais pas de sitôt !

– Je ne suis qu'une pauvre fille, monsieur.

Je n'avais pu m'empêcher de le braver de nouveau.

Je vois bien aujourd'hui, en me rappelant cette scène si longtemps après, que je le provoquais sans aucune innocence. Je n'avais presque jamais cessé d'agir ainsi, depuis notre première rencontre. Ce jour-là, j'espérais en secret qu'il se jetterait sur moi pour me frapper des poings et des pieds, qu'il oserait me rouer de coups comme il en avait envie depuis des années.

Je calculai comment je répondrais, avec mes ongles et mes genoux. Je tâcherais de lui griffer les yeux et, si je ne pouvais pas le blesser sérieusement, j'appellerais au secours en criant assez fort pour que toute la fabrique fût avertie.

Je me dis : « Alors son cousin, qui ne peut pas le sentir, sera forcé de le renvoyer à son tour, et je serai bien vengée ! » Mais j'avais aussi ce désir louche de me battre avec lui, de souffrir ses coups et de le blesser aussi cruellement que possible. La chatte maigre et tousseuse contre le gros bouledogue ! Je voulais lui faire payer ses affronts plus cher qu'au marché !

Et dans un coin de mon esprit, une pensée secrète brûlait comme une braise sous la cendre : « Ces disputes finiront mal, celle-ci ou la prochaine... »

Il recula soudain en se cognant à la table puis à la boiserie du mur. Croyant que je lui faisais peur, je ressentis un vif plaisir. J'aurais bien attendu un moment pour me régaler à loisir de sa déconfiture ; mais il me fallait partir, en serrant ma pochette dans la main. Je tournai les talons et fis sonner les piécettes.

Pour rien au monde, je n'aurais avoué que je m'en allais fâchée et dépitée.

Juliette, très éprise de son beau Polonais, se préparait à un mariage heureux. Elle confiait de bon cœur à qui voulait lui prêter l'oreille : « Comme je l'aime, mon Victor ! » Aimer son fiancé, d'amour ou même d'amitié, semblait aux filles de notre âge à la fois inconvenant et merveilleux. S'en vanter était quasiment perdre la tramontane.

Pour les femmes d'âge et d'esprit rassis, amour et mariage rimaient comme hallebarde et miséricorde. C'était simplement ridicule. Les protestantes qui lisaient la Bible paraissaient tout ignorer du cantique de Salomon. Juliette me souffla dans le tuyau de l'oreille :

– Tu voudrais bien être à ma place, Jourdanette, avoue-le.

Je n'avouai rien. À sa place ? Le seul homme à qui j'aurais aimé dire, ou même chanter, les versets du Cantique des cantiques était Pierre de Joncourt. *Qu'il me baise des baisers de sa bouche, car ses amours sont plus agréables que le vin...*

Je répondis de mauvaise humeur :

– Ne m'appelle plus Jourdanette !

À côté de mon Lyonnais, le Polonais de Juliette me semblait un nigaud et un rustre. Non, je ne l'aurais pas voulu pour une dot de quatre-vingt mille francs !

Mais Charles Rabanel ! Quelle honte si j'avais dû avouer à Juliette le projet de Mme Adrienne ! Appeler Charles Rabanel mon bien-aimé... *Je suis à mon bien-aimé et son désir tend à moi.* Plutôt mourir ! Sans cesse, Juliette revenait à la charge.

– J'apprends le français à Victor dans la Bible. Nous lisons le Cantique ensemble. Je n'ai rien lu d'aussi beau.

Juliette n'était jamais allée beaucoup plus loin dans ses lectures que l'abécédaire du curé. Comment pouvait-elle comprendre la Bible ?

Honteuse de me tourmenter, elle me serra dans ses bras.

– Ma Xarine ! Ma Xarine ! Je ne t'oublierai jamais ! Promets que tu viendras me voir quand je serai mariée.

Je m'en allai et, pour moi seule, récitai : *Ô fille de Jérusalem, je suis brune mais de bonne grâce... Je suis la rose de Saron et le muguet des vallées...*

De la rose de Saron, il ne restait plus que les épines !

Trois jours plus tard, je fus engagée par Mme Valentine pour la semaine pleine, avec un jour de congé, du samedi avant midi au dimanche à la sortie du temple.

Les gages promis étaient de six francs par semaine, plus la nourriture, la chambre, les vêtements, neufs ou vieux en bon état. Ma chambre était grande, claire et bien meublée. Le premier soir, je n'eus pas même la force d'en faire le tour, ni de regarder le ciel et la montagne depuis la fenêtre. Je me déshabillai en hâte et m'enfonçai sous les couvertures. Une minute après, je me sentis tomber dans un gouffre de sommeil. J'essayai en vain de me retenir au bord, puis je m'abandonnai. J'avais des années de fatigue à rattraper. Jamais je ne m'étais endormie aussi vite et aussi fort.

Des voix enfantines me réveillèrent : Théo, Henri et Fanny, l'aînée des filles, se tenaient autour de mon lit. Fanny me prit les mains. Le jeune Henri s'exclama sur un ton d'homme :

– Oh, merci, elle ouvre un œil !

Théo s'expliqua :

– Nous sommes venus parce que nous avions peur que vous soyez malade.

– Ou même morte ! ajouta Henri.

– C'est l'après-midi. Mais il pleut, dit Fanny.

– Il pleut, il fait soleil.

– C'est le temps des demoiselles.

– On pourrait sortir avec nos ombrelles...

– Si vous voulez venir avec nous.

L'après-midi ? Je fus debout d'un bond. J'avais dormi seize heures, la journée d'une ouvrière !

C'était un crève-cœur pour moi d'abandonner la fabrique, même si j'espérais y revenir un jour. Je ne sentirais plus glisser sous mes doigts le doux fil de soie... Après cette première nuit sans rêves, filerie et moulinage hantèrent longtemps mon sommeil.

Je me réveillais en sursaut. J'étais dans ma chambre de la Maison neuve, où déjà entrait la première lueur de l'aube. Léonie, la servante, cognait à ma porte. Six heures. J'aurais dû être au moulin depuis trois heures. J'étais toute confuse en pensant aux ouvrières de toutes les fabriques du monde. Et je les enviais en même temps !

Petit à petit, mes journées s'organisaient. Je secondais Mlle Henrion, l'institutrice suisse qui avait en charge les études des garçons. Je montrais l'alphabet à la petite Valérie, j'apprenais ses lettres à Fanny, je lui tenais la main pour tracer des ronds et des bâtons. À tous, je faisais la lecture. Aux garçons, j'enseignais la complainte et les Psaumes.

Je me souviens de ma première lecture. Mme Valentine avait décidé que son cadet et ses filles étaient encore trop jeunes pour entendre la Bible ; elle avait choisi un livret que je devais lire par petits morceaux chaque jour : *Les Enfants de la Bible*. En commençant, je pouvais à peine tourner les pages tant mes mains étaient moites de sueur.

Je savais chanter, réciter, lire en silence ; mais la lecture à haute voix m'était peu familière. Je craignais de me montrer si mauvaise à cet exercice que Mme Valentine serait obligée de me renvoyer, la mort dans l'âme. Pauvre Jourdanette, tu n'es qu'une bête. Mieux vaut que tu retournes chez ta mère !

– *Mes enfants, il y avait autrefois un jeune homme âgé de cent ans. Je vous étonne peut-être ?*

Je lus sans erreur les deux premières lignes. Ils s'exclamèrent tous. Un *jeune homme* de cent ans ? C'était impossible. Je ris avec eux.

– Mais je dois vous dire qu'il y a bien longtemps, bien longtemps de cela !

Je n'aimais pas cette façon de transformer l'Écriture en jolis contes ; mais il fallait amuser ces enfants de riches pour retenir leur esprit enclin à vagabonder. Et Mme Valentine décida que je lisais assez bien pour les enfants.

– Je voudrais que tu me fasses aussi la lecture, pour me reposer les yeux. Il te faudra lire vite et clair pour que je ne m'ennuie pas. As-tu un roman à me proposer ?

En rougissant, je proposai le roman de Mme George Sand qui portait son nom : *Valentine*, et que j'avais vu dans la bibliothèque. Elle battit des mains.

– Oh ! quelle chance. C'est un cadeau de Monsieur, et je ne l'ai pas encore lu.

Elle décida que nous commencerions un soir, à la lumière d'un chandelier.

– Ce sera plus romanesque... non, romantique. Enfin, je ne sais pas, je m'y perds !

Je bus un grand verre d'eau, mais j'avais encore la bouche sèche. Et c'est la langue collée au palais que j'ânonnai :

– *La partie sud-est du Berry renferme quelques lieues d'un pays singu... gulièrement pi... pittoresque...*

Mme Valentine, assise près de moi, se pencha pour me toucher la joue.

– Alexandrine, n'aie pas peur. Tu peux lire bien mieux.

Oui, je pouvais et je le montrai les jours suivants. Au bout d'une semaine, je lisais sans faute et même assez vite. Elle m'avoua un jour qu'elle était myope ; elle avait des lunettes qu'elle ne mettait que pour enfiler son aiguille, car elle aimait la couture, ou pour certaines broderies délicates. Mais elle ne s'en servait pas pour lire.

– C'est trop fatigant, me dit-elle. Tu as bien de la chance de pouvoir lire sans ces affreux verres !

Ses yeux, d'un bleu presque noir, étaient encore plus beaux avec leur regard qui flottait, doux et inquiet.

Elle m'attirait quelquefois près de la fenêtre, me montrait d'un geste les pentes de la montagne et le ciel au-dessus.

– Comme j'aimerais voir ce paysage de tes yeux.

– Vous ne voyez donc pas l'Aigoual ?

– Ni l'Aigoual, ni la rivière, ni les arbres dans la vallée. Tout est brouillé et vaporeux à mon regard. Mais, au fond, ça ne me déplaît pas. Je suis bien tranquille dans ce brouillard.

Un jour, elle me prit par les épaules, me tira vers elle.

– Approche que je te voie. Tu es jolie, sais-tu ?

Elle me fit lever le menton, puis tourner la tête d'un côté et de l'autre. J'étais fort embarrassée de son attention. J'aurais voulu rentrer dans un trou de souris.

– Oui, oui. Tu seras même très belle quand tu auras un peu rempli tes joues. Quoique... Pierre de Joncourt dit que tu es une Sarrasine. Peut-être as-tu des ancêtres maures. Ce type n'est pas rare dans les Cévennes. Ta maigreur te va bien, mais il faut pourtant que tu te remplumes si tu veux plaire aux hommes !

Je faillis m'écrier que je n'avais aucune envie de plaire aux hommes. Je m'aperçus à temps que j'allais dire un gros mensonge. Je voulais plaire à un homme, au moins : Pierre de Joncourt, qui me traitait de Sarrasine. Se moquait-il de moi ? Qu'était-ce au juste que les Maures, les Sarrasins, qui auraient pu être mes ancêtres ? Une tribu du peuple d'Israël ?

Je me laissai vite persuader de faire honneur aux repas copieux et succulents que préparait la cuisinière catholique, venue de Lyon. Mlle Henrion, elle, faisait la dégoûtée, prenait des airs penchés, disait que c'était une offense à Dieu de manger aussi bien la semaine que le dimanche. Elle se trompait : on mangeait encore mieux le dimanche, et c'est ainsi que je goûtai pour la première fois la viande de bœuf. Mme Valentine m'avoua qu'elle la faisait apporter pour moi de Ganges, mais Pierre de Joncourt en avait réclamé aussi. Elle achetait de plus, tous les vendredis, aux hôteliers de la ville, une grosse tranche de veau.

M. François-David trouvait comme Mlle Henrion que l'on consommait trop de viande dans sa maison. Son souci était surtout qu'on ne l'apprît point dans les bonnes familles huguenotes des Vallées. Et puis n'était-ce pas donner de mauvaises habitudes aux enfants ? Des habitudes papistes ?

En attendant, tout le monde mangeait de bon appétit, le plus affamé étant Pierre de Joncourt. Mme Valentine le regardait dévorer et souriait d'un air de malice.

– Comment pouvez-vous rester si mince en avalant tant de nourriture ?

Il répondit à son hôtesse par un sourire pareil au sien. Plus tard, il me raconta que son séjour aux Trois-Vallées était, pour partie, une punition décidée par son père.

– C'est finalement une bien douce punition : aimable compagnie, bonne chère, admirable paysage, sans parler de la soie que je découvre sous un aspect plus passionnant qu'à Lyon.

– Mais pourquoi êtes-vous donc puni par vos parents ?

Il me guignait toujours de façon très indiscrète.

– Vous engraissez, et cela vous sied fort, toute Sarrasine que vous soyez... J'ai été puni parce que j'étais trop maigre !

– Vous vous moquez de moi.

– Non, non. De fait, c'est un peu plus compliqué. Au lieu d'étudier le droit et le commerce, comme le souhaitait mon père, je menais une vie de garçon et brûlais la chandelle par les deux bouts. Je mangeais souvent sur le pouce, comme on dit, parce que j'avais dépensé ma pension jusqu'au dernier sou, ou parce que je n'avais pas le temps de prendre un vrai repas. Je suis plus attiré par le théâtre que par le droit, le commerce ou l'industrie de la soie. J'ai aussi un faible pour les actrices, personnes dont la fréquentation est en général coûteuse.

« Mes parents, bien que catholiques, sont de bons amis des Chavanier, la famille de Valentine. Ils m'ont envoyé ici pour apprendre les métiers de la soie, la sériciculture, la filature et le moulinage. Le tissage, naturellement, je l'étudierai à Lyon, et la couture sans doute à Paris. Voilà pourquoi je suis ici... où j'ai eu le plaisir de vous connaître.

« Mon père a choisi les Cévennes parce qu'il voulait m'envoyer très loin de la ville et de ses tentations. Il ne connaissait pas d'endroit plus rude que les Trois-Vallées et il comptait sur ses fournisseurs protestants pour m'apprendre l'austérité en même temps que le travail de la soie. Ma mère a finalement cédé à mon père, à condition que je sois bien nourri et que je mange de la viande tous les jours, sauf le vendredi. Ce qui tombe assez mal, le vendredi étant ici le jour du veau. Ma pauvre maman, si elle savait ! Elle exige que je note le menu de chaque jour et le recopie pour elle. Et elle m'a promis une belle récompense, sur ses deniers personnels, si je revenais avec quelques kilos de plus.

« Nous sommes donc ici pour la même raison essentielle : grossir. Je propose de nous encourager mutuellement dans l'exécution de ce magnifique projet. Et de nous rendre à l'occasion de menus services : par exemple, je vous aiderai à mesurer votre tour de taille et vous me rendrez la pareille !

De tout autre, j'aurais pensé : il se moque de moi. Je me serais fâchée, j'aurais fui, ou je l'aurais chassé, fût-il un beau monsieur de Lyon. Mais c'était *lui*, j'étais toute paralysée en sa présence. Je l'écoutais bouche bée, le cœur battant. Je croyais lire dans ses yeux une amitié qui m'émouvait corps et âme. J'étais prête à faire tout ce qu'il me demanderait.

Je regrettais qu'il me demandât si peu. Je me mis à me goinfrer, au point que Mlle Henrion se plaignit à Monsieur !

– Es-tu heureuse chez nous ? me demandait Mme Valentine.

Heureuse ? Je répondais : « Oh oui, Madame ! » Je vivais dans une riche maison, plaisante et bien chauffée. Je passais l'hiver à l'abri du froid et de l'humidité. Bien nourrie, bien logée, bien traitée, je m'instruisais en tâchant d'instruire les enfants. Je me levais et me couchais tôt, je faisais du lard et tous me disaient : « Tant mieux, tu es là pour grossir ! »

Ma maîtresse était d'une si grande gentillesse que je m'en étonnais à chaque instant. Je me demandais si tout le monde était aussi aimable à Lyon.

– Vous verrez bien quand vous irez ! me dit Pierre de Joncourt en riant.

Je le voyais très souvent, le matin, le soir, parfois à midi. Je ne pouvais plus me cacher que j'étais amoureuse de lui ; j'espérais seulement que cela ne se lisait pas trop dans mes yeux et sur ma figure. Je savais que je me préparais de grandes souffrances ; mais j'en étais exaltée plus qu'effrayée.

La fatigue ne pesait plus chaque soir sur mon corps et sur mon âme. Je m'enfonçais dans mon lit tiédi par une pierre chauffée au feu, avec une sensation pareille à aucune autre, mêlant bien-être, plaisir coupable, insouciance du jour et impatience du lendemain, qui était sans doute le bonheur. Mot mystérieux, presque interdit, qui évoquait seulement pour moi la contemplation de la terre et des cieux.

Mais la plupart des gens, des deux religions, pensaient qu'il était mal d'adorer Dieu dans la création. Il était sans doute mal aussi de jouir du repos, de la tranquillité, de laisser son corps s'abandonner à un contentement animal. J'éprouvais encore un certain remords en songeant à mes compagnes, qui trimaient seize heures par jour à la fabrique ! Qui se nourrissaient repas après repas des mêmes aliments insipides juste suffisants pour entretenir leurs forces, mais pas assez abondants pour calmer leur faim. Qui baignaient tout le jour dans l'humidité où leurs poumons se détrempaient. Qui dormaient tant plus que moins dans leurs pauvres lits durs et glacés ou qui couraient les sentiers à l'heure des loups, sous la pluie et le gel, les pieds à vif dans leurs sabots !

Mais j'avais été choisie par Dieu pour connaître une vie meilleure. C'eût été une grande impiété d'en refuser la joie.

Chaque matin, la jeunesse de l'aigle réchauffait mon sang, j'avais envie de m'envoler vers l'Aigoual, au-dessus des Trois-Vallées, des cent vallées et des mille sommets de la montagne, jusqu'aux étoiles. Pourtant je regrettais la soie, mon fil d'or.

Et ce que je ressentais, en secret, dans mon cœur et dans mon corps, dès que Pierre de Joncourt s'approchait de moi, était-ce aussi le bonheur ? Cela ne ressemblait à rien que je connaisse déjà ; pourtant c'était dit dans le Cantique. C'était un bonheur mélangé de douleur, de chagrin, de détresse, de deuil. Le deuil de la joie que je ne connaîtrais jamais se posait sur moi comme un voile blanc.

Un deuil en blanc... couleur de soie grège. Le deuil du fil qui se tordait sous les doigts de l'amour, mais qui ne serait jamais tissé, qui ne serait jamais la robe de soie de la mariée !

30

Suis-je assez grasse pour me marier ?

Tel qu'est le pommier entre les arbres des forêts, tel est mon bien-aimé entre les jeunes hommes. J'ai désiré son ombrage et m'y suis assise...

... mais son fruit ne sera jamais doux à mon palais !

Pierre s'en irait un jour prochain, et je ne croyais guère à ses promesses de me revoir à Lyon, quand j'irais visiter la capitale de la soie, plus tard. Je le lui dis ; il se moqua.

– Mais si, mais si. Vous irez à Lyon quand vous serez mariée !

Était-ce une façon de couper court à mes folles espérances ? Plus tard, je lui répondis que je ne songeais pas à me marier avant plusieurs années. Il fit mine de m'étudier sans discrétion.

– Vous avez tort. Dix-huit ans, c'est le bon âge pour une jeune fille. Dix-neuf ans, l'âge idéal. Vingt ans... Ma foi, vingt ans, ce n'est pas trop tard, mais il faut se presser.

– Je ne me marierai sans doute jamais.

– Cessez de penser cette folie. Une femme mariée, à condition qu'elle le veuille, est une femme *libre.*

– Mais je ne vous comprends pas. Une femme mariée dépend de son mari pour toutes choses ou presque.

– C'est ce qu'on croit dans vos vallées. Il n'en est pas de même dans une grande ville, à notre époque. Vous verrez !

Comment pourrais-je *voir* ? Il se moquait de moi !

Souvent, il se tenait debout derrière Mme Valentine quand elle jouait du piano, un peu penché sur sa tête ou son épaule, parfois si près d'elle qu'en les voyant de dos j'avais l'impression qu'il la touchait. Je les guettais de temps en temps. Le peu de musique que Mme Adrienne m'avait appris me permettait tout juste de mesurer mon ignorance. Ils étaient du même monde, instruits et riches...

La religion aurait dû dresser une barrière entre eux. Mais était-ce le cas ? Pierre de Joncourt n'avait plus de religion. Je frémissais d'y songer. Et je ne voulais pas juger Mme Valentine, qui était si bonne avec moi. C'était une dame de la ville ; elle n'avait pas au cœur la foi rude et sans faiblesse des protestantes cévenoles... Je les regardais, la jalousie me pinçait le cœur. Je serrais les poings et mes ongles m'entraient dans les paumes.

Un soir, je lisais à haute voix une page de *Valentine.* Mme Valentine, assise à côté de moi, jouait distraitement avec un galon de soie qu'elle pensait coudre à une robe. Je n'étais jamais sûre qu'elle m'écoutait pour de bon, et je me demandais si ce roman de Mme Sand ne commençait pas à l'ennuyer. Il m'est facile de retrouver ce passage, après plus d'un demi-siècle.

Non, Louise, non, plutôt mourir, répondit Bénédict avec force. Tout mon bonheur, tout mon avenir, toute ma vie sont là. Depuis que j'aime Valentine, je suis un autre homme, je me sens exister. Le voile sombre qui couvrait ma destinée se déchire de toutes parts ; je ne suis plus seul sur la terre...

En poursuivant ma lecture, j'entendis un bruit de pas frôlant le parquet derrière moi. J'eus un frisson dans les épaules. Je n'avais pas besoin de me retourner pour savoir qui était là : je connaissais bien la façon de marcher de Pierre de Joncourt. J'en vins à la réponse de Louise et bredouillai un peu.

Tout à coup, Pierre de Joncourt bondit, m'arracha le livre et se mit à le parcourir d'un air fébrile.

– *Valentine,* de George Sand. Ha, ha, *Valentine* !

Ma maîtresse s'exclama :

– Enfin, Pierre, qu'avez-vous donc ?

Pierre tourna la page, puis se mit à lire sur un ton bien senti et, naturellement, avec plus d'aisance et plus d'élégance que moi.

– Hum, hum. La société...

Il se mit face à Mme Valentine, tenant le livre à deux mains, le quittant des yeux pour nous regarder elle et moi, tour à tour.

– *La société n'a pas besoin de ceux qui n'ont pas besoin d'elle. Je conçois la puissance de ce grand mot sur des peuples nouveaux, sur une terre vierge qu'un petit nombre d'hommes, rassemblés d'hier, s'efforcent de fertiliser et de faire servir à leurs besoins ; alors, si la colonisation est volontaire, je méprise celui qui viendra s'engraisser impunément du travail des autres. Je puis concevoir le civisme chez les nations libres ou vertueuses, s'il en existe. Mais ici, sur le sol de la France, où chaque profession regorge d'aspirants, où l'espèce humaine, hideusement agglomérée autour des palais, rampe et lèche la trace des pas du riche, où d'énormes capitaux, rassemblés selon toutes les lois de la richesse sociale, dans les mains de quelques hommes, servent d'enjeu à une continuelle loterie entre l'avarice, l'immoralité et l'ineptie, dans ce pays d'impudeur et de misère, de vice et de désolation, dans cette civilisation pourrie jusqu'à sa racine, vous voulez que je sois citoyen ?*

Il écarta le livre d'un geste brusque, comme si sa vue le blessait soudain. Puis il le jeta sur mes genoux et s'enfuit d'un pas rapide, sans un mot. Mme Valentine le regarda s'en aller, une grande tendresse dans les yeux. « Oh, ce jeune fou ! »

J'avais toujours cru Pierre de Joncourt un homme indécis, blasé, insouciant. Je découvrais avec étonnement cette violence contenue qui bouillait en lui. À sa façon, c'était un révolté, comme Charles Rabanel.

Il existait entre eux une certaine parenté d'âme.

Cette scène, où Pierre s'était exprimé en faisant siennes les paroles d'un héros de roman, me donna beaucoup à penser.

Je relus longuement la profession de foi de Bénédict dans *Valentine* ; il me sembla que Charles Rabanel aurait pu la signer s'il avait été plus instruit. Mes sentiments en furent peu modifiés. Mon estime et mon attachement pour Pierre augmentèrent encore. Je ne vouai pas à Charles moins de ressentiment.

Le lendemain, au moment de reprendre la lecture, Mme Valentine me considéra un instant.

– Tu sais, il ne faut pas prendre pour argent comptant tout ce que clament les jeunes hommes à la face du monde. Ils s'assagissent bientôt pour devenir pères de famille et gens d'affaires. Et ils oublient vite toutes ces folies !

Je ne croyais pas que Pierre se rangerait de sitôt.

Il y eut, à la fin de l'hiver 1844, deux événements de peu d'importance qui eurent pourtant un effet profond sur moi et suscitèrent dans mon cœur des convoitises et des espérances que je ne me connaissais pas.

Mme Valentine fit poser une serrure à la porte de ma chambre, comme à celles des maîtres et des invités. Celles des domestiques n'en avaient pas. Elle me donna une clef. Cela me parut d'abord un présent embarrassant. Je n'avais jamais possédé de clef. Chez nous, il n'en existait qu'une, celle de la cave où mon père gardait certains objets précieux. Je l'avais aperçue, mais jamais touchée. Quant à la porte extérieure, elle n'avait pas de serrure, seulement un verrou que le dernier à se coucher tirait s'il y pensait, après avoir couvert la braise de cendres.

Le verrou était en fait si rouillé qu'on ne s'en servait plus depuis Napoléon. Dans nos pays protestants, tout le monde vivait sous le regard de Dieu ; il n'y avait pas de voleurs, et les brigands du causse ou de la plaine ne se risquaient pas jusque chez nous.

Et voilà donc que je tenais entre mes doigts cette chose de métal, lourde et froide. Il me vint à l'esprit des superstitions papistes que j'avais entendu conter je ne sais où. Si on touche un loup-garou avec une clef, il reprend son apparence humaine. Une clef posée au bas du cou ou glissée dans le dos arrête les saignements de nez ; sur le sein d'une femme, elle tarit le lait... Grâce à Dieu, aucune superstition ne m'avait jamais gâté le cœur.

Je ressentais pourtant une forte émotion en serrant dans ma paume la clef que Mme Valentine venait de me remettre. Je riais à la pensée que j'aurais pu m'en servir pour toucher Charles et lui rendre l'humanité. Mais j'étais sûre que je ne réussirais pas, même en l'assommant avec !

Ma clef allait à la serrure de ma chambre. Cette chambre m'était prêtée, elle aussi. L'envie me vint alors, très fort, de posséder, en propriété, une maison, ou un atelier et une clef vraiment *à moi.* Je ne fermerais peut-être pas les portes, mais cela, chambre, maison, atelier, m'appartiendrait. Dès la nuit suivante, je vécus en rêve ce caprice et j'en fus toute remuée. Je disputais la clef à Charles et, dans sa main, elle se changeait en cuiller d'étain, qu'il jetait par terre et piétinait.

À quelque temps de là, par un bel après-midi quasi printanier, je me promenais en compagnie des enfants sur les sentiers des traversiers, vers le Grand-Mas. L'âne Bichon portait tour à tour chacun des trois petits. Henri se querellait avec l'âne qui refusait souvent de passer à certains endroits. Henri le tirait par sa longe, mais la bête opposait toute sa force, et le garçon montait sur ses ergots et fumait de colère. Théo et Fanny se moquaient de lui.

J'essayais de lui dire qu'il perdait son temps à se disputer avec un âne. Théo observait son frère, les mains dans les poches.

– Un âne est un âne, dit-il. Tant que tu ne l'auras pas compris, tu seras encore un bambin !

Henri s'acharna à tirer, glissa du mur et tomba sur le traversier au-dessous. Il resta étendu sans bouger, Théo et Fanny dirent qu'il faisait semblant d'être évanoui. J'allai pourtant le relever. Il n'était qu'un peu étourdi, il s'accrocha à mon cou et me mouilla de ses larmes. J'aurais dû le punir sévèrement pour avoir voulu me tromper : c'était un mensonge, un grand péché. Le courage me manqua. Je voulus le reposer par terre, mais il me supplia.

– Je te prie, garde-moi dans tes bras.

Je n'aurais pas dû céder, je le trouvais si mignon pourtant avec sa frimousse blonde et son regard cajoleur que je le gardai pendu à moi. Il me souffla à l'oreille :

– Personne ne m'aime, sauf toi, ma Xarine !

On ne m'avait jamais rien dit de pareil. Je me laissai attendrir. Je le berçai un moment dans mes bras. C'était sûrement une autre faute : seule sa mère avait le droit de le dorloter ainsi ; encore ne le faisait-elle jamais, à ma connaissance. Quand je le remis sur ses pieds, quelques minutes plus tard, il me lança un regard d'entente et d'amitié. Je le retins par la main.

– Promets-moi que tu ne te chamailleras plus avec Bichon.

Il me serra deux ou trois doigts en signe d'accord.

– Je te le promets. Rien qu'à toi !

Je fus alors traversée par le désir d'avoir un jour, à moi, un petit enfant qui ressemblerait trait pour trait à Henri, par ses qualités et ses défauts. Un désir qui me mit le cœur sens dessus dessous toute une semaine, et je n'oubliai pas ce moment.

Mme Valentine partit pour un voyage dans sa famille. C'était sa deuxième longue absence depuis mon entrée à la Maison neuve. Je m'accordais bien avec la cuisinière, Delphine Rousset, qui était la plus ancienne des servantes et avait autorité sur les autres domestiques. Ayant servi au Grand-Mas, elle était très attachée à Mme Adrienne et considérait Charles avec beaucoup d'indulgence.

Pour la tourmenter, les autres, jardinier, cocher, valet, lingère, femmes de chambre, rapportaient dans la maison tous les désordres et esclandres que la rumeur prêtait au contremaître. Ils l'appelaient le bâtard, surtout quand ils ne risquaient plus d'être entendus par la maîtresse du logis. Ils se réjouissaient tant de ses méchancetés que de ses misères.

L'altercation entre Charles et le notaire, que Mme Adrienne m'avait contée, et qui datait déjà d'un an, revenait sans cesse, enjolivée et grossie. Je découvris que les domestiques n'ignoraient rien de la vie des maîtres, mais se plaisaient à tout déformer, à grossir le mal et à chercher le mauvais derrière le bon. Les serviteurs protestants n'étaient pas exempts de ce travers.

La grande nouvelle du moment était l'achat de la filature Gout, enfin conclu par les messieurs. Le bâtard s'était vanté sottement de leur souffler l'affaire, mais il n'avait pas d'assez bons reins. On se gaussait de son dépit et de sa colère, qu'il ne savait pas cacher. Les uns disaient :

– Il a avalé cet affront doux comme lait.

– Il baisse les oreilles une fois de plus !

– Patience, poussez pas le temps avec l'épaule, prétendaient les autres. Vous verrez qu'il se vengera.

– Il quittera la ville en emportant les secrets de la fabrique !

– Bah, il n'y a pas de secrets.

– Oh non, il restera pour continuer de faire sa pelote.

Puis une autre nouvelle courut : Charles mettait dans ses meubles, aux Trois-Vallées, une certaine Jenny Pompignan, une drôlesse de la ville qu'il fréquentait depuis le départ de Thirza.

– Il le fait exprès pour braver nos messieurs et dames.

– Celle-là ne l'aidera pas à faire sa pelote !

– Peut-être qu'elle vient donner ici du fil à retordre !

– Et que Charles va jouer les frères de la Samaritaine !

Je ne comprenais pas grand-chose à ces allusions, mi-français, mi-patois. On eut pitié de mon ignorance.

– Il paraît que cette Jenny est une putain. Une bagasse, une baudufe ! Tu comprends ?

– Qu'elle se met sur le dos contre écus sonnants !

Le cocher admirait Charles de fonder aux Trois-Vallées ce commerce prospère dans les villes. Mais le valet de Monsieur doutait que ledit commerce pût trouver des pratiques en pays huguenot.

– Ils feront buisson creux, ça n'a jamais tenu par chez nous.

La Delphine Rousset rageait dans sa cuisine.

– Ce ne sont que menteries et maldisances !

On sut bientôt que Jenny Pompignan était une jeune couturière qui cherchait des robes à confectionner et toutes sortes de vêtements à raccommoder et rapiécer. Pauline, la lingère, fit entendre la voix de la jalousie.

– Celles qui ont envie d'attraper de sales maladies sauront où faire coudre leurs robes !

J'éprouvais de la pitié pour cette inconnue. Je me demandais de quelle façon Charles l'avait soumise à sa volonté. Peut-être trouverait-elle le courage de s'enfuir, comme Thirza.

– Charles n'est pas si méchant, me dit Delphine Rousset. Thirza Tabusse a bien reçu quelques coups de lui, c'est vrai. Mais elle les cherchait, et elle en donnait aussi.

– Que voulez-vous dire ?

– Thirza est une femme qui a bec et ongles. Elle a toujours eu pour habitude de faire tête aux hommes. Crois-moi, petite, le défunt Tabusse ne portait pas la culotte dans son ménage. Il se faisait même étriller de belle manière. Charles ne supporte pas les femmes qui souffrent tout et se laissent mener à la baguette. Il préfère de loin les querelleuses, les têtues comme mules, celles qui rendent les coups avec intérêts. Ah, on le juge mal. Il lui faudrait une maîtresse femme qui tienne le timon de la charrette. Une femme comme toi, Alexandrine Jourdan !

Je répondis que je ne voulais pas la place. Mais, à force d'entendre ces gens de peu maltraiter Charles Rabanel, l'envie me vint de le défendre. Il y eut des représailles sans tarder.

– La Jourdanette n'a pas eu tout son soûl du bâtard à la fabrique. Elle en redemande !

Et les commérages des servantes tombèrent dans les oreilles des enfants. La benjamine, Valérie, me demanda un jour, sans penser à mal, du moins je le crois :

– Est-ce que tu seras bientôt assez grasse pour te marier ?

Théo lui tira les cheveux ; Mlle Henrion donna une paire de claques à Théo ; Henri se jeta sur l'institutrice et la frappa à coups de pied. Elle affirma que je montais les enfants contre elle et qu'elle se plaindrait à Madame dès son retour. Les servantes dirent qu'elles demanderaient mon départ.

– Même si elle n'est pas assez grasse pour se marier.

– Charles Rabanel la prendra comme elle est.

– En la mettant avec Jenny Pompignan, les deux feront une femme entière.

– On se cotisera pour lui payer un sac de pommes de terre, elle pourra finir d'engraisser chez elle !

Ici, là, en patois, plus quatre mots de français, tout cela était lâché, répété pour me revenir aux oreilles et que rien ne se perdît. Charles Rabanel n'était qu'un prétexte pour me railler. Sans lui, les domestiques auraient trouvé un autre sujet.

31

Bonaparte et les cocons chinois

En l'absence de Mme Valentine, Pierre de Joncourt habitait à l'auberge et il venait assez rarement à la Maison neuve.

Un jour, je le croisai dans le jardin, que l'hiver avait dépouillé de la plupart de ses feuillages et de toutes ses fleurs. Je le regardai, sans qu'il me voie, errer un moment à travers les allées boueuses et envahies d'herbes folles. Il faut dire que le jardinier, en cette saison, consacrait tous ses efforts aux serres.

Je vis Pierre s'arrêter devant une touffe de grands roseaux noirs qu'on appelait « bambous ».

Ces plantes, qu'on disait venir des pays chauds et qu'on ne voyait nulle part ailleurs, ne semblaient pas souffrir du froid. Leurs feuilles étaient d'un vert éclatant, bien qu'assez sombre, et leurs tiges lisses et luisantes. C'était un mystère pour moi. L'envie me prit de questionner Pierre de Joncourt à ce sujet. Je ne sais si je souhaitais, au fond de moi, l'embarrasser ou bien profiter de son instruction.

J'arrivai sans bruit derrière lui.

– Pourquoi vous cachez-vous ?

– Vous m'avez trouvé sans beaucoup me chercher, n'est-ce pas ? Ce qui prouve que je ne me cachais guère.

Il se retourna et me prit la main.

– J'essayais de vous apercevoir, puis je me suis arrêté devant ces bambous. Je crois savoir que les plants, importés de Chine, ont été donnés par mon père à M. Favière. À propos de mon père, il a décidé que ma punition était terminée et que je pourrais rentrer à Lyon. Je viens de lui répondre que mon séjour aux Trois-Vallées n'avait jamais été une punition pour moi, grâce aux personnes très aimables que j'avais rencontrées. Mais il me faut rentrer : une place m'attend dans les affaires de ma famille. Je voyagerai, pour acheter de la soie, sous forme de cocons ou de grège, d'abord avec nos courtiers, et puis seul, si toutefois cette occupation me plaît. J'irai peut-être en Orient...

– La soie de nos pays ne vous suffit donc pas ?

– Hélas, non. Mais rassurez-vous : nous donnons à filer aux fabriques du Languedoc et de Provence les cocons que nous faisons venir de l'étranger. Et la grège est ouvrée par les moulinages de la région lyonnaise. Ainsi, les ouvrières françaises ne manqueront jamais de travail.

Ma gorge se serra. En une minute, je venais d'apprendre deux choses également déplaisantes : les marchands de Lyon achetaient aussi la soie à l'étranger ; Pierre de Joncourt allait partir, et je ne le reverrais sans doute jamais.

Je fis un grand effort pour respirer calmement. Ma vue se brouilla, et je dus m'accrocher au bras de Pierre pour ne pas tomber.

– Alexandrine, vous n'allez pas vous trouver mal ?

Je me mordis la lèvre, je lâchai son bras et reculai d'un pas.

– Je ne me sens pas très bien, dis-je.

Je lui montrai les bambous et demandai, comme si c'était la chose la plus importante du monde :

– Pouvez-vous m'expliquer pourquoi ces plantes des pays chauds peuvent supporter si bien le froid de nos hivers ?

Il me scruta, bouche bée, et je fus heureuse, dans ma tristesse, de l'avoir étonné assez fort pour lui clore le bec. Il fronça les sourcils, une moitié de sourire crispa le coin de sa bouche ; il prit un air d'indignation, mais ne trouva rien à me répondre. Alors, j'insistai en tâchant de faire bonne mine :

– Vous me dites bien que votre père a fait venir ces plants de Chine ? Comment peuvent-ils s'accommoder du froid ?

– Alexandrine, écoutez-moi. Je...

Je serrai les poings et enfonçai les ongles dans mes paumes.

– Mais je vous écoute. Répondez-moi !

– Les bambous...

Il tourna la tête lentement, comme si ce geste était presque au-dessus de ses forces, et porta les yeux sur les arbustes, à trois ou quatre pas de là.

– Je ne pensais pas que vous vous intéressiez à la botanique, chère Alexandrine. Quant à moi, je ne suis pas très savant de ces choses. Je crois que les bambous viennent d'une région froide de Chine. Ce pays, qui est très vaste, a un climat en majeure partie continental et froid. Savez-vous que Pékin, bien que situé à la latitude de Madrid, a le climat de Berlin ?

Il leva les yeux et me défia du regard.

– Êtes-vous contente ?

Je lui dis, en forçant mon accent cévenol :

– Ce n'est pas bien, monsieur Pierre, de vous moquer d'une pauvre fille de la montagne.

– Vous êtes dans la vallée, maintenant.

J'arrêtai de me mordre la lèvre, parce que les larmes commençaient à venir sous mes paupières. Je regardai le ciel de l'Aigoual. Il était près de midi, et le soleil perçait sous d'épais nuages gris. J'essayai d'imaginer le ciel de la Chine et je le vis d'un vert très vif, avec un gros soleil blanc et des traînées d'un bleu presque noir.

Puis mes larmes brouillèrent les deux paysages : celui qui était sous mes yeux et celui qui était dans ma tête.

– Je promets de vous écrire d'Orient, dit Pierre de Joncourt. Vous me répondrez ?

– Je ne sais pas écrire, monsieur.

– Mais si, je vous ai vue.

Je réussis à maîtriser mon envie de fuir tout de suite.

– Vous saviez que vous alliez partir, dis-je.

Je n'avais pu ôter tout à fait l'amertume de ma voix et j'en eus honte. Pierre hocha la tête, sans dire ni oui ni non.

– Je ne m'attendais pas à une décision si rapide de mon père. Le traité de Nankin, signé en 1842, facilite beaucoup nos échanges avec ce pays. Nous ne leur achetons pas encore de cocons, mais cela pourrait être nécessaire un jour, car la production en Europe augmente moins vite que les besoins de la fabrique lyonnaise. Ils ont aussi des tissus très bon marché...

– Vous voyez bien, dis-je avec emportement. Vous savez tout sur ce pays. Vous étiez prêt à partir depuis longtemps !

Il me considéra, les yeux plissés, avec un sourire railleur.

– Peut-être. Voyager, m'en aller très loin, fuir le petit monde lyonnais où j'étouffe... oui, cela fait depuis toujours partie de mes projets.

Je me rappelai sa lecture enflammée de *Valentine*, les mots de Bénédict qui sonnaient dans sa bouche comme les siens. Je récitai à mi-voix quelques lignes que j'avais retenues par cœur. Il leva les bras au ciel.

– C'est donc cela qui vous contrarie, Alexandrine ? Mais je ne suis pas le héros de George Sand. Les romantiques m'ont fasciné longtemps, mais je suis réaliste, moi. Je sais que je n'ai aucun avenir au théâtre, je... je dois voyager, agir, accomplir de grandes choses dans le commerce et l'industrie !

Je remarquai tout à coup ses traits tirés, ses yeux bouffis. N'avait-il pas passé la nuit avec une Jenny Pompignan ? Ses épaules s'affaissaient, son corps se tassait. Je distinguai, à travers le petit Bonaparte, le Napoléon gros et rond qu'il deviendrait peut-être. Ce ne serait pas un malheur de ne jamais connaître ce potentat, même si son empire était celui de la soie !

Il continuait de parler, s'enferrait dans ses explications

C'était un homme. Il est dit, dans le premier chapitre du premier livre de Moïse : *Faisons l'homme à notre image et à notre ressemblance... qu'il domine sur toute la terre.* Pierre devait suivre sa destinée, qui lui commandait d'agir, de partir. Et moi, qui n'étais rien pour lui, il allait me laisser fatalement sur le bord du chemin. Je souffrais, mais j'acceptais mon lot de fille, de femme.

Il vit enfin que je ne l'écoutais plus et il se tut. Je sentais mes genoux trembler. J'essayai de paraître forte. J'avais envie de le quitter là, sans au revoir, car la poitrine me serrait, mais les jambes ne me portaient plus. La pire chose du monde, c'eût été de tomber dans ses bras en voulant m'échapper.

Je revis le moment du voyage à l'Aigoual où, debout sur la murette, j'attendais qu'il vienne à mon secours. J'avais bravé le gouffre pour ses beaux yeux. Oh, l'étreinte de sa main sur mon poignet ! Oh, l'instant où il m'avait serrée dans ses bras pour me poser sur le chemin ! « Vous saviez que vous pouviez vous tuer mille fois ! »

Une seule suffisait : pour vous. Je vous aurais offert mon saut dans la lumière et je serais morte, votre image au cœur.

Tout le raisonnement que je me faisais pour me résigner à mon sort vola en morceaux. J'oubliai ma religion et la sagesse qu'on m'avait apprise. Je ne pus retenir un cri de colère enfantine.

– Pourquoi m'avez-vous sauvée, si vous saviez que vous alliez m'abandonner pour partir au bout du monde ?

Il ne répondit pas. Une image de rêve me traversa l'esprit, malgré moi.

– Vous allez voyager sur l'océan...

Il se rapprocha d'un élan.

– Je vous écrirai.

– Je n'aurai pas le temps de vous répondre.

– Alexandrine, qu'est-ce que je vous ai fait ? C'est à cause de la soie ? Vous...

– Achetez vos cocons chinois. Nous filerons les nôtres.

– Vous m'en voulez tant ?

Je repris mon calme. Je lui fis un signe et il tenta de saisir ma main en l'air. Je la retirai vite et tournai les talons. Après trois pas, je le regardai par-dessus l'épaule et me forçai à lui sourire.

– Bon voyage en paquebot !

Les jours suivants, je vaquai à ma tâche avec des gestes d'animal dressé. J'étais absente de mes actions, de mes paroles et presque de mes pensées. Je m'emportais contre ma souffrance. Ne pouvant l'abolir, j'essayais de la mépriser ou de l'ignorer.

J'avais croisé Pierre de Joncourt ; c'était le premier homme qui touchait mon cœur. Je ne comptais pas Victor, un caprice de petite fille. J'avais cru lui ravir une infime part de sentiment. Mais nous étions restés aussi loin l'un de l'autre que la Chine des Cévennes. Mon chagrin ne valait pas un trognon de chou !

Un rhume accompagné de toux et d'enrouement me prit le soir même de la rencontre du jardin. Je fus ainsi dispensée de chant et de lecture pendant trois jours.

Mais je ne fus pas exemptée de rêves. Pendant mon sommeil, chaque nuit, je me rejouais, en esprit, l'aventure de la montagne, à partir du moment où je montais sur la murette. Pierre ne répondait pas à mon appel muet. Je l'apercevais sur le pont d'un voilier ou d'un paquebot qui voguait entre les montagnes. Il me faisait un signe d'adieu en agitant un mouchoir de soie rouge.

Et tandis que le navire fendait les flots par-dessus l'Aigoual, je tombais à genoux sur le chemin et je criais : « Ne m'abandonnez pas ! »

Ou bien je me retrouvais sur le dos d'un âne qui me secouait avec de fortes ruades. Et j'appelais Pierre. « S'il vous plaît, avant de partir pour la Chine, aidez-moi à descendre. Vous voyez bien qu'il va me précipiter dans le ravin ! » Pierre me jetait le mouchoir rouge. « Oh, Alexandrine, une fille de la montagne qui ne sait pas monter un âne ! »

Je m'éveillais, d'étranges douleurs dans tout le corps. Je n'aurais su dire ce qui me faisait mal. Mais je souffrais comme si j'avais été rouée de coups. Je trouvais la marque de mes ongles dans mes paumes et sur mon visage. Puis sur mes bras et sur mes cuisses... Je restais des jours entiers sans prier. Je me fis dispenser de chant, en prétextant le mal de gorge.

Mes rêves changèrent. Parfois, Pierre bondissait vers moi et me prenait dans ses bras. Nous descendions lentement, comme les feuilles les plus légères. Nous volions ! Cette plaisante sensation se changeait soudain en un plaisir violent et délicieux. Chaque fois, au début, j'avais honte de cette jouissance. Puis je me disais : Dieu l'a permis, ne te soucie pas !

Les rêves disparurent, mais je passais d'entières nuits blanches. Je croyais naïvement que je devrais souffrir ainsi toute la vie. Je m'en sentais incapable. Je m'exposai au froid, à la pluie, au courant d'air, dans l'espoir de tomber malade. La maladie m'aurait peut-être apporté l'oubli pour un moment.

Le souvenir de Victor aurait dû m'aider. Je riais à l'idée que j'avais pu languir une heure, une minute pour lui. Je tentais de me dire : « Un jour, tu riras pareillement d'avoir souffert pour le beau M. de Joncourt ! » En vain. La souffrance revenait plus aiguë encore.

Un désir de vengeance se mêla à mon chagrin. Me venger de qui ? J'aurais voulu punir le monde et même Dieu ! Quelqu'un paierait. Je reprochais à mon corps de résister à la maladie... Je ne maigrissais même pas.

La vie continuait. Je ne sais par quel prodige d'hypocrisie je réussis à faire bonne figure à la Maison neuve, devant les enfants et les domestiques. Mais je ne pourrais plus donner le change bien longtemps, garder un air de bonne humeur et d'insouciance, alors que j'avais tant d'amertume dans le cœur.

Je me noyais. Je cherchai avec furie un moyen de reprendre pied. Et je le trouvai, dans une décision que je pris après des jours et des jours d'hésitation et de doute. Mon chagrin n'en fut guère atténué, mais il devint une force qui me poussait en avant, follement.

Je montai au Grand-Mas pour rencontrer Mme Adrienne. La servante me conduisit à sa chambre, d'où elle sortait peu en hiver. Elle me reçut dans son lit, adossée à une épaisseur de coussins, sa bible ouverte devant elle sur un support de bois. Elle me lorgna avec un sourire plein de malice.

– Comme tu as changé, Alexandrine ! Comme tu es belle !

Cette réflexion m'étonna fort. Je me croyais laide comme une guenon, le teint jaune et les yeux enflés.

– C'est la santé qui te donne bon visage, dit-elle.

Pour l'égayer un instant, je demandai :

– Me trouvez-vous assez grasse pour le mariage ?

Un sourire passa sur ses lèvres. Elle posa trois doigts sur sa tempe, un geste que je lui voyais depuis toujours quand elle réfléchissait gravement. Et son regard brillait.

– Tu as pris plusieurs livres de bonne chair, dit-elle. Il ne t'en manque plus beaucoup pour avoir des noces de reine.

Elle soupira et ferma les yeux.

– Moi, je ne suis pas sûre de voir la prochaine éducation !

Elle ne me semblait pas très amaigrie, et sa voix sonnait clair. Peut-être exagérait-elle la gravité de sa maladie pour me presser de lui répondre, mais je ne lui en voulais pas. Je pris sa main dans mes paumes et je fus surprise de la trouver si froide.

– Je vous promets que vous verrez encore des vers affamés et des beaux cocons !

Elle tourna quelques pages de la Bible.

– J'ai décidé de relire en entier les deux Testaments avant de mourir. Puis je me suis aperçue que j'avais toujours lu les mêmes livres et délaissé les mêmes. Le Livre d'Esdras, par exemple. J'ai dû être découragée par le dénombrement des Juifs de retour en Judée, qui tient presque deux pages...

Je demandai étourdiment si elle avait lu le Cantique de Salomon. Elle se dressa contre ses coussins.

– J'ai été jeune, Alexandrine. Connais-tu une jeune fille, rêvant au mariage, qui n'ait pas lu le Cantique ? Rien de plus naturel...

Puis elle m'annonça l'acquisition par son frère et son neveu de la filature Gout. Je lui dis que je le savais déjà.

– Tu sais aussi, sans doute, que c'est une grande déception pour Charles. Il voulait cette fabrique et ses dépendances. Et il n'a pas compris que je ne pouvais l'aider contre la volonté de la famille. Mais notre convention reste de mise. François-David fera réparer la filature, ajoutera des bassines et sans doute une chaudière. Et quand la fabrique sera en état, il l'affermera, ainsi que les terres et le mas, à Charles et à sa femme. Je te répète les conditions. Il faut que l'épouse soit au gré de la famille et capable de s'occuper de la filature, donc qu'elle ait déjà travaillé deux ou trois ans au moins comme fileuse. Cette condition est importante. Mon frère et mon neveu exigent que Charles reste le contremaître de leurs fabriques, car ils ont besoin de lui pour les machines. Il faut aussi que les époux habitent le mas des Gout, qui leur sera donné à louage.

La fatigue accumulée au long de mes insomnies, la chaleur de la chambre, que chauffait un poêle à charbon presque rouge, firent que je m'endormis à moitié. Je sortis avec effort de mon demi-sommeil et, pour montrer que j'avais écouté, je demandai si Charles pensait du bien de cette affaire. Elle rit à contrecœur, la main devant sa bouche.

– Tu penses qu'il a jeté feu et flammes pendant quelques jours. Mais il n'avait jamais cru vraiment réussir contre la famille. Il a lutté tant qu'il a pu, parce qu'il est ainsi, volontaire et entêté. Mais il a pris son parti de la situation et il a commencé à peser le marché que lui proposent les Favière...

J'avais peine à croire notre Charles si sensé, et je l'avouai.

– Moi, j'aurais laissé les messieurs et leurs machines en plan et je serais partie loin d'ici ! En Chine, par exemple !

– Oh, il a trois raisons de rester. Partir serait s'avouer battu pour de bon, et il veut encore se mesurer aux Favière. Et puis c'est ici, aux Trois-Vallées, qu'il veut devenir maître de fabrique, être considéré. Ici, devant ceux qui le tiennent pour un vaurien, qui le regardent de travers ou le méprisent ! La troisième raison...

– Ne serait-ce pas une certaine Jenny Pompignan ?

– C'est toi, Alexandrine, et tu le sais bien. Jenny Pompignan, tu la mangerais avec un grain de sel, si tu voulais !

Si je voulais ? Je voudrais peut-être un jour. Je ne répondis pas et le silence se fit entre nous. Et je m'entendis prononcer trois petits mots :

– Dans un an...

Je crois que chacun a, au fond de l'âme, des pensées qui naissent et mûrissent dans l'ombre, deviennent choix ou résolution, sans que l'esprit éveillé en soit même averti. Je n'avais pas prévu de demander un délai : cette idée ne m'était simplement pas venue. Et pourtant, je sus plus tard que c'était bien ce que je voulais et que j'avais décidé à bon escient.

– Dans un an, dis-je alors, je vous donnerai ma réponse. Je ne veux pas penser au mariage avant l'âge de dix-neuf ans. Et puis je verrai comment tout se passera jusqu'à ce moment.

Je vins m'agenouiller devant le lit.

– Ne m'en veuillez pas. J'ai besoin de ce temps.

– Mais, dans un an, je ne vivrai plus.

– Je suis sûre que vous vivrez.

Elle joignit les mains et se mit à prier.

– Mon Dieu, Seigneur, je t'en supplie, fais que je sois encore là dans un an !

C'était un terrible engagement que je venais de prendre, mais je sortis du Grand-Mas le cœur presque léger et je respirai librement. Je croisai alors un jeune médecin qui venait visiter Mme Adrienne. Louis Pieyre arrivait derrière, tenant par la bride le cheval du docteur. Il me regarda de travers et je vis qu'il était fort en colère. Je m'avançai pourtant à sa rencontre. Il m'arrêta d'un geste, les poings serrés.

– Va-t'en, Jourdanette. Et ne crois pas que tu viendras ici en maîtresse de l'oustal. Jamais ! Tu entends, jamais !

– Ah bien ? dis-je. Ah bien !

Je murmurai tout bas, pour moi seule : « Qui sait ? » Je me détournai et passai. Le temps de la revanche commençait. Ainsi, je pourrais peut-être oublier Pierre de Joncourt.

Je fredonnai : *Janeton fialava / Son fus les escapèt...*

32

Comme ton cœur te mène

Au début de la saison d'éducation 1844, je reçus une lettre de Pierre de Joncourt. Cachetée à la cire, comme les lettres que Mme Valentine recevait souvent, en provenance de la même ville, elle me parut épaisse : trois ou quatre feuilles de beau papier. Après me l'avoir remise, ma maîtresse me regarda avec un sourire malicieux. Elle attendait pour la lire en même temps que moi. L'écriture de Pierre étant peu facile à déchiffrer, peut-être se proposait-elle de m'aider.

J'examinai le pli, le tournai et le retournai entre mes mains. Puis je levai les yeux sur Mme Valentine.

– Voilà la première lettre que je reçois de ma vie. Et ce sera peut-être la dernière !

– Sûrement pas. Tout le monde reçoit des lettres...

– Pas dans la montagne.

– Mais tu n'es plus dans la montagne !

Au dos du pli, Pierre de Joncourt avait, de son écriture à grands jambages couchés, ajouté cette mention : « Actuellement à bord du vapeur *Entreprise*, de la Peninsular & Oriental Line, destination les Indes, par Le Cap. »

Mme Valentine lut ces lignes à haute voix.

– Veux-tu que nous regardions l'atlas ?

Sans hésiter, je fis non de la tête. D'abord, je ne voulais pas avouer ma totale ignorance en géographie. Et puis... Elle dut voir que ma main tremblait. Je n'avais aucune envie de savoir où était Pierre de Joncourt, ni à quoi ressemblait son chemin sur la carte. J'avais encore mal, quand je songeais à lui. Je ne désirais qu'une chose : l'oublier.

J'eus un geste pour poser la lettre, en attendant de la lire ou de la détruire. Non ! Si je ne la brûlais pas tout de suite devant ma maîtresse, je n'en aurais plus jamais le courage.

– Madame, dis-je en faisant un pas vers la cheminée, où une servante venait d'attiser un feu de branches, serait-ce un grand péché si je brûlais cette lettre sans l'ouvrir ?

Elle me guetta un instant du coin de l'œil, comme si elle craignait de lire dans mon regard. Peut-être devinait-elle que j'étais disposée à détruire la lettre en tout cas. Elle pouvait encore arrêter mon geste, si elle le souhaitait. Je vis qu'elle avait levé la tête pour fixer les yeux sur le plafond, comme si la réponse s'y trouvait.

– Non, dit-elle enfin, je ne crois pas que ce serait un péché.

Dans les flammes vives, la lettre s'embrasa tout de suite, et des langues de feu bleu-vert jaillirent du papier. Le pli éclata, s'ouvrit largement, et je vis une seconde des lignes d'écriture courir et s'effacer, ainsi que j'imaginais les vagues sur la mer.

Mon cœur se serra.

Mme Valentine regarda en même temps que moi le papier se consumer jusqu'au bout. À la fin, elle posa la main sur mon bras.

– Tu as sans doute bien fait.

Je crus voir une étrange flamme briller sous sa paupière, et je sus qu'elle partageait ma peine.

Je pensais en avoir fini avec Pierre de Joncourt, mais, la nuit suivante, je vis son bateau en rêve, très nettement. Je distinguais ses voiles tendues, sa haute et mince cheminée et les passagers rassemblés sur le pont. Pierre se tenait parmi eux. Soudain, des flammes bleues commencèrent à brûler les voiles.

Pierre lança les mains vers moi en criant : « Je te supplie de ne pas brûler ma lettre ! » Trop tard. D'ailleurs, je n'aurais pas arrêté l'incendie si j'en avais eu le pouvoir. En un instant, le vaisseau se consuma avec ses passagers et son équipage.

Je m'éveillai tout en sueur.

J'assistai à la naissance des vers chez moi. Mon père ne quittait plus ses mûriers, mais les nouveaux arbres qu'il avait plantés ne donnaient guère encore de feuillages.

Ma mère s'en tenait à l'éducation de trois onces, sur deux rangées de tables, que j'avais toujours connue. J'approuvai cette prudence. Elle haussait les épaules quand mon père parlait de six ou huit onces pour les prochaines années.

– Mieux vaut vendre la feuille aux messieurs qui en demandent à tas.

Au Grand-Mas, on avait bâti un nouveau local, mais il n'était pas prêt pour la saison. Margot Pieyre devrait loger plus de trente onces dans un espace qui convenait plutôt à vingt ou vingt-cinq. M. Gabriel observait les préparatifs, les yeux plissés et la lippe pendante. Puis il se fourrait une prise de tabac dans le nez et s'en allait en grommelant.

– Margot, Margot, tu le regretteras.

– Mes vers se serreront, disait Margot en riant. Tant pis s'ils sont moins gros. L'année prochaine, ils auront plus de place et ils pourront grossir tout leur soûl.

– Méfie-toi des maladies, Margot. C'est vrai qu'on n'en a guère vu depuis quelques années. Mais le siècle passé a connu des époques terribles. Attention à la maladie des morts flats, aux « gras », aux « canelats »... Bien, bien, madame, vous riez. Rira bien qui rira le dernier.

Je pensais comme tout le monde que M. Gabriel était un vieux radoteur. Mais je ne pouvais lui donner tout à fait tort : j'avais remarqué plus d'une fois que les vers se portaient mieux quand ils avaient plus d'air et plus d'espace. Non seulement ils étaient plus gros, mais leurs cocons étaient aussi plus beaux.

Pour les deux ou trois dernières semaines de l'éducation, je quittai la Maison neuve et montai au Grand-Mas. Comme tous les ans, la plupart des activités étaient réduites à l'essentiel.

Charles avait encore insisté pour garder le moulinage ouvert. Une fois de plus, les messieurs Favière avaient refusé. En admettant qu'il pût faire tourner les moulins avec ses aides et quelques ouvrières, ce manquement à la coutume eût été du plus mauvais effet, deux ou trois lieues à la ronde. Seuls Victor Jan et le Biou restaient aux fabriques et veillaient à l'entretien des machines et des bâtiments.

Charles avait maintenant une chambre dans le logis de sa

mère, au Grand-Mas. On le voyait partir tous les jours à cheval, vers la ville ou la campagne. On disait qu'il allait, pour le compte de quelques usuriers, réclamer leurs deniers à des emprunteurs oublieux ou impécunieux. Il touchait une prime pour les sommes qu'on lui remettait, de gré ou de force.

– Il fait bien ses orges ! disait Louis Pieyre en ricanant.

J'entendis raconter que cette occupation déplaisait fort aux messieurs. Il l'avait choisie pour les narguer, certes, mais aussi parce qu'elle était lucrative et lui permettait de donner libre cours à sa brutalité et à son arrogance. Il profitait de son congé pour s'en aller tourmenter de pauvres gens.

Il partait joyeusement, en saluant ceux du Grand-Mas d'un coup de chapeau moqueur. J'aurais dû le haïr pour ce vilain métier qu'il faisait avec plaisir. Je songeai qu'il paierait tout cela un jour. Mais ne risquais-je pas de payer avec lui ?

Il passait parfois aux magnaneries, pour railler et braver. Il avait souvent un mot pour moi.

– Eh bien, Jourdanette, n'est-ce pas un peu dégoûtant de tremper ces mains blanches de demoiselle dans le caca de ver ?

Ou il feignait la surprise et s'exclamait :

– Mais n'est-ce pas l'institutrice de nos petits messieurs que je vois là ?

Puis il se reprenait, et s'adressant à toutes celles qui pouvaient l'entendre, dans la magnanerie :

– Institutrice est sans doute exagéré. Notre demoiselle sait peu de grec et moins de latin !

Je ne répondais ni ne me fatiguais à hausser les épaules.

Un jour, il s'arrêta devant une tablée où j'étais occupée à distribuer la nourriture aux vers les moins ardents de la salle. Il se pencha, fit mine de scruter les magnans, puis tourna la tête vers moi.

– Vous devriez donner le fouet à vos élèves, mademoiselle l'institutrice !

Il rit très fort de cette sornette, s'éloigna d'un pas ou deux, puis se retourna.

– Peut-être leur avez-vous trop lu l'Ecclésiaste ? Vanité des vanités, tout est vanité !

Il se frappa la cuisse, changea brusquement de ton.

– Tes vers songent beaucoup, Jourdanette. Tu devrais leur apprendre à chanter, puisque c'est ce que tu fais le mieux !

Le feu me monta au visage et la rage me tomba dans le cœur. Je fis front et marchai calmement jusqu'à Charles, qui se tenait près de la porte. J'étais prête à renouveler le geste de colère de Juliette quand elle avait jeté une poignée de vers à la tête de Thirza. Charles m'attendait, une vilaine lueur dans les yeux. Il avait une façon de me scruter qui me faisait croire que j'avais déchiré ma robe. J'aurais voulu l'obliger à baisser les yeux, mais c'est moi qui, par fausse honte, ne savais plus où me mettre. Il recula à petits pas et dit, sur un ton radouci :

– Ta tête est pleine de rosée, Xarine, et tes cheveux des gouttes de la nuit.

C'était une citation du Cantique de Salomon, qui pouvait passer pour un compliment.

Puis il sortit, me laissant de pied coi. Le soir même, je retrouvai le verset qu'il m'avait jeté en affront. Je le connaissais bien et c'est un de ceux que je préférais du Cantique.

J'étais endormie, mais mon cœur veillait, et voici la voix de mon bien-aimé qui heurtait, disant : Ouvre-moi, ô ma sœur, ma grande amie, ma parfaite. Car ma tête est pleine de rosée, et mes cheveux des gouttes de la nuit.

De dépit, je me tournai et me retournai dans mon lit. Dans la nuit, je m'éveillai en pensant à Pierre de Joncourt. Je me levai et cherchai à tâtons sa lettre qu'il me semblait avoir cachée sous mon traversin. Je ne la trouvai pas ; je me souvins alors que je l'avais brûlée et je pleurai de chagrin et solitude.

Je repris mon cahier et notai de petits événements et détails de l'éducation. Je souris en le lisant. Pas un mot de Charles Rabanel ni de Pierre de Joncourt. Ni de mes sentiments, ni de mes souffrances... Ces choses ne s'écrivaient pas !

La santé des vers, la réussite de nos éducations étaient-elles mes seules préoccupations ? Elles me souciaient beaucoup, certes, et puis ces soucis m'aidaient à en oublier d'autres.

Charles avait amené Jenny Pompignan, qui ne trouvait guère de travail au bourg. Margot consentit à l'embaucher, de mauvaise grâce.

– Qu'est-ce que je peux faire d'une pauvre fille qui dépérit de consomption ?

C'était un peu exagéré. Jenny était seulement pâlotte et maigrelette et surtout si peureuse qu'elle en paraissait bonne ni à rôtir ni à bouillir, malade même à ne pas tenir sur ses jambes. Autrement, c'était une délicate blonde, de jolie figure et de membres fins, née à la ville et faite pour la ville, où elle souhaitait retourner dès que Charles le lui permettrait.

Je me pris d'affection pour elle et m'efforçai de l'aider tant que je pus. Charles s'en offusqua et la battit en représailles. Je pensai : « Qu'il me batte un jour, et on verra ! » J'encourageai la pauvre Jenny à se défendre. Sur mon avis, elle arrêta de se tailler les ongles pour les avoir plus pointus.

La récolte de cocons fut très médiocre au Grand-Mas, comme M. Gabriel l'avait prévu. Elle fut excellente chez nous. Les cocons des Jourdan comptèrent cette année-là parmi les plus beaux des Trois-Vallées.

La grand nous revint peu de temps avant sa mort. Elle avait eu un bref moment de lucidité pour réclamer son retour à La Croix-aux-Vents, car elle désirait être inhumée dans la terre des Jourdan, où son fils la rejoindrait plus tard et, plus tard encore, toute sa descendance.

Revenue au Mas-Haut, elle retrouva de nouveau sa connaissance. Mon père descendit en hâte à la Maison neuve et me ramena sur-le-champ. La grand me demanda de prendre une plume et un cahier pour me dicter ses volontés.

Elle dit d'abord que, pour son gros bien, on trouverait son testament chez Me Portal, notaire à Ganges. Elle me léguait un sac de pièces, d'une valeur d'environ deux cents francs. Cet argent serait pour ma dot ou mon trousseau, si je le voulais. Mais j'aurais le droit de le destiner à un autre usage, si j'avais envie de faire du commerce ou d'avoir mon éducation. Elle distribua ensuite quelques menus objets à la famille et aux voisins, puis elle s'endormit.

Le lendemain matin, elle se mit à débiter des proverbes mêlés à des dictons en patois. Je me penchai sur elle et elle me reconnut. Elle se tut, me fixa un instant et dit :

– *Garde ton cœur plus que tout autre chose, car c'est dans ton cœur qu'il y a la source de la vie.*

Ma bonne grand ! Des pièces d'or et un bon proverbe !

Je me sentis forte pour la vie.

Elle mourut deux jours plus tard et put être enterrée au Mas-Haut, comme elle le souhaitait. Le temps était brumeux et gris. Après l'inhumation, le soleil se leva et un rayon filtra entre les branches pour éclairer la tombe recouverte de terre fraîche. Le petit cimetière familial occupait un coin de traversier, creusé par un béal. Là, un énorme et vieux mûrier, un Sully peut-être, devait à l'humidité son feuillage somptueux, qu'on ne lui ôtait guère que dans les cas de forte nécessité. La grand avait trouvé place au bord de son ombre.

Je croyais être la dernière près de la tombe, quand j'aperçus Charles Rabanel debout à quelques pas, tête nue, son chapeau serré sur la poitrine. Il s'avança alors vers moi. D'une voix qui n'était pas sa voix de tous les jours, il me dit :

– Tu as une famille, une maison...

Il montra le mas par-dessus son épaule.

– Et tes ancêtres là, en terre, et c'est le plus beau de tout.

Sa réflexion me toucha. Ce sentiment était en secret dans mon cœur. Je le regardai et répondis :

– En nous chassant des cimetières, nos ennemis ont augmenté l'attachement que nous avons pour nos morts et pour notre terre. Je leur dirais presque merci !

Il approuva d'un signe. Je luttai contre la pitié qui me venait.

Il y eut peu de temps après un autre décès, bien plus triste et malheureux. Elle s'appelait Louise Martin, des Martin du Mas d'Atger, mais, pour moi et pour toutes les moulineuses, elle était Martinette. Je la croyais sauvée d'avoir pu quitter la fabrique. Mais il n'était déjà plus temps. Pulmonaire depuis son arrivée aux moulins, elle n'avait pas pu guérir en respirant l'air de la montagne. Il lui aurait fallu des remèdes, des soins, sans doute une meilleure nourriture. On disait les Martin plutôt chiches...

M. François-David se montra généreux, en accordant à une douzaine d'ouvrières, fileuses et moulineuses, une demi-journée de congé pour accompagner en terre la pauvre Martinette. Charles nous conduisait, Mme Valentine et moi, dans une voiture à deux mules.

Mon père était là aussi. Je le trouvai fatigué, taciturne, de sombre humeur. Il avait reçu une lettre de Paul, qui annonçait son intention de rester en Algérie, après la fin de son engagement. M. Guizot avait décidé de coloniser ce grand pays. Le général Bugeaud s'y employait « par l'épée et la charrue », disait-il. Abd el-Kader, le chef arabe, semblait sur le point d'être vaincu, et d'immenses terres seraient louées par l'État, ou peut-être même données aux paysans qui voudraient les travailler. « Je n'ai pas d'épée, écrivait Paul, ou plutôt le sous-officier qui lui prêtait sa plume, mais je compte bien poser mon fusil pour prendre l'araire ! »

– Ta mère se soucie à cause du climat, dit mon père.

– L'Algérie est bien dans les pays chauds ?

– Un pays chaud et très sec, vers le sud, à ce qu'on dit. On ne doit pas y attraper souvent le mal de poumon. Mais il y a des fièvres, la dysenterie, le choléra-morbus. Beaucoup de soldats français sont tombés malades...

– Crois-tu que Paul épousera une femme de là-bas ?

– Ta mère craint aussi qu'il oublie sa religion pour se marier avec une Mauresque. Ma foi, que dire ?

– Les Mauresques sont-elles des Sarrasines ?

– Il se pourrait, répondit mon père.

Pierre de Joncourt m'ayant dit que je ressemblais à une Sarrasine, je pensai : « Paul va peut-être épouser une fille qui me ressemble. » J'espérais la voir un jour pour m'assurer que Pierre n'avait pas menti.

Avant de conduire la pauvre Martinette au cimetière familial, derrière le mas, tout comme chez nous, le pasteur lut la *Prière pour les parents qui ont perdu un enfant.*

– Seigneur qui viens de nous enlever le cher enfant que tu nous avais donné, et qui faisait notre joie et notre espérance, nous venons humblement te supplier d'être toi-même notre consolation, et de nous faire la grâce de recevoir cette affliction et cette épreuve comme nous étant dispensée par celui qui est notre Dieu, et aux justes volontés duquel nous devons toujours nous soumettre...

Nous étions serrés dans la salle du mas, trop petite pour

contenir tout le monde. Les ouvrières des fabriques Favière restaient sur le seuil. Des quintes de toux éclatèrent, rauques et longues. Combien de ces filles avaient aussi attrapé la maladie du poumon ? Combien mourraient encore, par la *juste volonté* de Dieu ?

Le pasteur reprit :

– Qui pourrait, Seigneur, résister à ta volonté ? Et quand même nous le pourrions, nous devrions bien nous garder de le faire, puisque tu sais infiniment mieux que nous ce qui est expédient pour ta gloire et pour notre salut, et que d'ailleurs ta volonté est toujours bonne, juste, agréable et parfaite.

Ces belles paroles me donnaient, depuis le commencement de la prière, la sensation d'étouffer. Des pensées impies me mettaient la tête et le cœur sens dessus dessous. Je n'eus pas le courage d'attendre la fin de la prière. Je fis semblant de retenir une forte toux et me frayai un passage jusqu'au-dehors. J'avais la poitrine pressée et je serrais les poings. J'ouvris la bouche sans pouvoir respirer, comme un poisson jeté sur le sable par un pêcheur. Non !

Je me rebellais de toute mon âme contre cette sorte de religion, même si c'était la mienne. Non, je ne pouvais croire que Martinette soit morte pour la gloire de l'Éternel !

Martinette était morte par l'égoïsme et l'ignorance des hommes, et peut-être par leur méchanceté. Dieu n'avait pu l'empêcher parce que... Ou bien il n'avait pas voulu parce que... sa volonté n'était pas toujours bonne, juste et parfaite !

Je me mis à courir au hasard dans les traversiers, sous les mûriers du Mas d'Atger. Je serais peut-être tombée d'épuisement si je n'avais aperçu un homme qui marchait devant moi. À sa carrure, à sa redingote grise, à son chapeau, je reconnus Charles Rabanel et m'arrêtai.

Encore lui. Cherchait-il à me rencontrer ? Non, il ne me vit pas ou ne voulut pas me voir. Je me demandai quelles pensées il pouvait avoir ce jour où l'on enterrait une de ses ouvrières. Se sentait-il en faute ? Car il l'était, nous l'étions peu ou prou, nous tous qui avions connu Martinette.

Mais, s'il eût été un homme bienveillant et doux, aurait-il changé pour autant le sort de Martinette ?

Je le regardai se perdre dans les genêts et retournai vers la maison. Je me rappelais ma conversation avec Pierre de

Joncourt, sur le chemin de l'Aigoual. Moi : « On n'a pas besoin de la religion pour croire en Dieu. » Pierre de Joncourt : « Je ne crois plus en Dieu depuis l'âge de dix-sept ans. »

Cet aveu terrible m'avait glacé le sang. Moi, je croyais toujours en Dieu, mais plus à la façon des religions. Je ne pensais pas qu'Il voulût la souffrance et la mort de Martinette.

Alors, pourquoi ? Et si Sa volonté était parfois *injuste* et *imparfaite* ? Je pesai les mots dans mon cœur. Injuste, ce n'était pas possible. Imparfaite peut-être. Cela signifiait-il que Dieu n'était pas tout-puissant ?

Quelques jours plus tard, je décidai de monter seule à l'Aigoual. Je voulais profiter des derniers longs jours. À cette époque, l'excursion pouvait être dangereuse, à cause des loups, en automne et en hiver, si l'on se laissait surprendre par le crépuscule. Mais j'avais besoin de solitude pour méditer et prier au sommet de la montagne.

Je voulais redescendre de l'Aigoual, vrai temple de Dieu, avec une sûre réponse à une question que je me posais.

Mme Valentine m'accorda une journée, qui s'annonçait belle, et je partis un peu avant l'aube. Je vis les premières lueurs du jour illuminer les parois rocheuses, puis les cimes des châtaigniers. Parfois, comme au temps où je suivais mon père dans la montagne, j'escaladais un rocher dominant le terrain et, les mains en visière sur les yeux, je guettais au-dessous de moi des houles d'ombre et de lumière. De tournant en tournant, je distinguais la crête chauve de l'Aigoual, puis je la perdais, comme si elle avait été dévorée par le ciel.

À mesure que j'approchais du sommet, mon cœur battait plus fort. Je marchais vers un rendez-vous. Quand le sentier taillé dans le roc frôlait un précipice, c'était une fête pour moi.

Bientôt, je ne vis plus que le ciel. Et je commençai à le questionner. « Tu te souviens de l'Allumette ? De Nohémie ? De Martinette ? Du pauvre Qinçoun ? » Le ciel n'avait rien oublié.

« Et moi, je posséderai peut-être un jour une filature où de pauvres enfants viendront passer chaque jour seize heures d'horloge, se brûler les doigts, se gâter le poumon... Ne serai-je pas coupable de leur souffrance ou, peut-être, de leur mort ?

« Mais je peux dire non. Je peux renoncer à avoir une fabrique, à diriger les ouvrières, à mettre des petites filles aux bassines, à gouverner des affaires de commerce et d'industrie. Je peux refuser de tirer mes deniers et peut-être plus tard ma richesse de la sueur et de la souffrance des autres, des enfants et des jeunes filles de mon âge aujourd'hui ! »

Et je pensai avec rage : « Je peux aussi me faire papiste et entrer dans un couvent pour être nonne ! »

Je fus enfin au sommet de la montagne, fatiguée mais heureuse. Je vis au-dessus de moi l'infini du ciel et, au-dessous, l'immensité de la terre. Et je devinai dans chaque pli de cette terre les fabriques, les usines, filatures, moulins et cent autres, qui se trouvaient là par la volonté de Dieu et l'industrie des hommes. Je me souvins des Épîtres de Paul et de Pierre aux serviteurs...

Je n'aimais pas ce que disait l'apôtre Pierre : *Vous, serviteurs, soyez soumis à vos maîtres, non seulement à ceux qui sont bons et équitables, mais aussi à ceux qui sont fâcheux, car cela est agréable à Dieu lorsque quelqu'un endure de mauvais traitements en souffrant injustement...*

Non, je ne pouvais croire que la souffrance des enfants et l'injustice du monde fussent agréables à *mon* Dieu. Mais Il souffrait avec les souffrants, Il était victime avec les victimes.

Je restai une heure sur la montagne. Je ne priais pas. Être là et admirer la création me semblait la meilleure prière.

Enfin une pensée me vint : « L'élu est celui qui est libre de renoncer, mais qui va vers sa destinée. » Puis une autre : « La grâce est la tâche acceptée, si lourde soit-elle. »

Et plusieurs encore, qui s'enchaînaient dans ma tête et dans mon cœur : « La grâce divine, c'est par la terre qu'elle descend aux hommes. »

L'élu vit et accepte librement sa tâche, et c'est ainsi qu'il est le lien entre l'Esprit et la terre.

L'élu pétrit la matière comme le boulanger pétrit la farine et accomplit ainsi la volonté de Dieu.

Les larmes coulaient sur mes joues et jusque dans ma bouche, et c'étaient des larmes de joie. Le temps avait passé. Je dévalai la montagne sans précaution, car je me sentais forte.

Et le vent sécha mes larmes. La *réponse,* je la connaissais pour l'avoir lue cent fois dans l'Ecclésiaste : ... *marche comme ton cœur te mène et selon le regard de tes yeux. Mais sache que pour toutes choses Dieu te fera venir en jugement.*

Je dis en courant dans le sentier : « J'accepte cette tâche puisque je suis destinée à l'accomplir. »

33

Une si belle nuit, pourtant...

Juliette épousa son beau Polonais à la fin d'août 1844, « entre les deux Notre-Dame ». Le premier est le 15 août, jour où les catholiques fêtent l'Assomption ; le second est la Nativité de la Vierge. Beaucoup de proverbes, attendrissants ou ridicules, célèbrent cette période.

Je me souviens de celui-ci : *Entre les deux Notre-Dame, jamais serpent n'osa se montrer.*

Les inondations de l'automne 1844 endommagèrent gravement l'atelier de moulinage. M. François-David décida d'en construire un autre au rez-de-chaussée d'une nouvelle filature, au centre de la ville. Les plans furent modifiés pour inclure un étage de plus, il y en aurait donc quatre en tout, dont deux pour la filerie et un pour la coconnière et l'étouffoir.

Tout cela coûtait de l'argent. Et il y avait la filature Gout à payer et à remettre en état. Mme Adrienne, bien qu'elle ne pût guère se lever, était encore là pour rappeler leur promesse à ses frères et neveu. Les prêts obtenus du notaire et de la banque ne suffisant pas, elle plaça elle-même, dans les affaires de son neveu, tout ce qui lui restait de l'héritage de sa marraine d'Ispagnac. Elle emprunta aussi pour prêter à la famille, en mettant à gage une propriété sise dans les riches terres de Sumène. Elle me fit venir à son chevet pour m'en aviser.

– Ainsi, toute ma fortune, qui sera un jour prochain à mon

fils et, si tu le veux, un peu à toi, se trouve maintenant placée dans les fabriques des Favière. Les liens entre Charles et la famille en sont renforcés. Je l'ai voulu. Quant au vieux moulinage, il n'est que provisoirement abandonné. Il sera remis en état dès que possible et, si vous le souhaitez, il vous sera loué, à Charles et toi, en même temps que la filature Gout !

Le moulinage ! Cette merveille et cette basse-fosse où tant de pauvres filles se gâtaient la santé pour toujours... Mais déjà, il me venait à l'esprit toutes sortes de précautions et moyens pour les garder de la maladie : de longues pauses au soleil par beau temps, ou près du poêle, par temps de pluie ou de gel. Le séchage régulier et de la literie et des vêtements, jusqu'aux chemises ; la surveillance des cruches et la défense de boire froid, même en été... dix autres choses que je saurais inventer !

Mme Adrienne garda longtemps ma main dans la sienne.

– Ne tarde pas à me répondre, dit-elle en me laissant partir.

Je faillis lui avouer mon intention. Mieux valait qu'elle ne la connût pas d'avance.

Charles refuserait peut-être la condition que je voulais poser. Mais alors, ce serait lui qui dirait non, pas moi.

J'avais besoin de connaître les pratiques intimes du mariage, pour assurer ma résolution. Les choses qu'une jeune fille demande en général à sa mère ou à une tante... Je ne voulais pas questionner ma mère pour trois raisons.

Le mariage avait été pour elle un collier de misère ; j'étais quasiment sûre qu'elle me peindrait tout en noir les obligations de l'épousée, sans me parler de franche façon. Et le peu qu'elle me conterait serait en patois du pays et non dans la langue du Cantique, qui me semblait seule bonne pour dire l'hyménée. Enfin, je la savais assez fine d'esprit pour deviner mon dessein à travers mes questions, ce que je ne voulais pour rien au monde.

Juliette était mariée depuis quelques semaines à son beau Polonais. Elle avait eu le temps d'apprendre tout ce que je voulais savoir sur les noces et l'union de la chair. Oserais-je la questionner ? Je lui rendis visite un soir, avec deux oranges en cadeau.

– Je les garde pour mon Victor, dit-elle. Pour moi, ça pique trop et rien qu'à l'odeur je pourrais me trouver mal. Je crois que je suis grosse !

Je faillis m'écrier : déjà ! Je la trouvais à peine changée. Un peu alanguie, les cheveux dans le dos, la bouche prête au bâillement... Autrefois, elle se laissait aller en catimini, et on eût dit que le mariage lui donnait maintenant le droit de se montrer sans fard. Il me parut que c'étaient là des façons de papiste. Elle avait l'air très à son aise et – le mot me vint par surprise – heureuse.

Elle était vêtue d'un peignoir mal fermé, qui découvrait sa gorge devenue fort abondante. Elle lâcha le bâillement qu'elle retenait depuis mon entrée. « Me voilà mariée... » J'approuvai d'un signe de tête, en mettant dans mon regard toute la curiosité que je ressentais. Elle ajouta vite :

– Et te voilà fiancée !

– Comment le sais-tu ?

– La langue des domestiques leur va comme un cliquet de moulin !

Je protestai que rien n'était encore fait, ni même décidé. Elle me toisa bien en face et je dus baisser les yeux.

– Il t'a toujours voulue, Jourdanette. Il va t'avoir. Grand bien vous fasse à tous les deux !

Je tentai de dire que si cela se faisait, ce ne serait qu'une alliance d'intérêts pour louer la filature Gout aux messieurs. Elle ne m'écouta pas ; elle frappa du pied en répétant :

– Il te veut, il t'aura. Il te tient !

Puis elle se mit à me considérer de cet air railleur que je lui avais vu cent fois, et qui se rehaussait de dédain.

– Tu ne sais pas seulement comment se font les douceurs entre mari et femme, le soir des noces. Tant mieux pour toi. L'homme est ton maître. Il t'apprend vite la danse !

Je compris que je ne pourrais tirer d'elle que finesses cousues de fil blanc et pierres dans mon jardin. Et je ne voulais surtout pas lui donner le fond de ma pensée.

À un moment, elle sortit pour aller à l'épicerie. Je restai seule avec Victor. Il me regarda, je le regardai. Il me sourit, je lui rendis son sourire. Puis il dit à voix basse :

– Je regrette, Alexandrine. Ce n'était pas possible... nous.

– Je sais.

– Moi, je ne savais pas. J'ai compris après.

Je haussai les épaules et me forçai à rire.

– Mieux vaut tard que jamais.

Je préférai abréger ma visite et m'en allai dès que ce fut possible sans impolitesse.

Je décidai d'aller voir Thirza à Ganges, où elle vivait maritalement avec un fabricant de bas nommé Léon Montoulier. C'était une froide journée de décembre. Je pris la patache au début de l'après-midi. Le vent charriait les dernières feuilles mortes et les premiers flocons de neige.

On arriva comme le crépuscule tombait. Par chance, le postillon connaissait la maison de Léon et Thirza et put me l'indiquer exactement.

Thirza m'accueillit à bras ouverts et me poussa vers son homme.

– Léon, c'est Alexandrine Jourdan. Xarine, c'est mon Léon. Mais je l'appelle Toutou !

Léon Montoulier, dit Toutou, me tendit la main et serra la mienne en camarade. C'était un petit homme maigre, sec, rieur, en gilet, manches retroussées jusqu'aux coudes, la casquette baissée sur le front, cachant presque ses yeux. Il ôta sa pipe de sa bouche, montra Thirza avec le tuyau.

– Moi, je l'appelle Roussette quand je suis de bonne humeur, dit-il. Et la Veuve quand la moutarde me monte au nez !

Il s'esclaffa de sa farce en s'essuyant les lèvres d'un revers de main. Thirza lui commanda de cracher par la fenêtre et il obéit sans rechigner.

Thirza et moi nous regardions entre deux yeux. Mais c'était d'amitié et de plaisir. Je ne l'avais jamais vue si jolie. Au lieu de ses mèches de cheveux collées sur la figure par la crasse humide des ateliers, elle avait maintenant des bouclettes bien peignées tout autour de la tête. Sa peau était si blanche que je distinguai pour la première fois les taches de rousseur sur son nez et ses joues. Je l'avais toujours vue masquée par cette couche de saleté qui nous enduit la peau à toutes. Nous riions ensemble de nous voir si propres l'une et l'autre !

Dans son regard, une gentillesse malicieuse avait remplacé moquerie, dureté, chagrin. Sa silhouette aussi était changée, mais je ne vis pas tout de suite en quoi. Ah, elle n'avait plus la tête enfoncée dans les épaules, comme pour parer les coups. Elle tenait le dos droit et paraissait ainsi plus grande... et plus jeune. Plus jeune de presque dix ans !

Elle s'en alla dans la chambre voisine un moment et reparut vêtue d'une jolie robe d'indienne qu'elle me fit admirer en tournant tout autour de moi. Elle était coquette, comme autrefois et même un peu plus. Je la vis tout aise de se montrer en toilette et la complimentai sincèrement.

Je bus à petites gorgées une tasse de tisane d'orge que Léon avait arrosé d'une goulée d'eau-de-vie. Thirza me demanda où j'allais passer la nuit. Je tournai la tête vers la fenêtre fermée sur l'obscurité et que frappaient les rafales.

– J'ai une tante à Ganges, une sœur de mon père. Elle ne m'aime guère, mais j'espère qu'elle ne me refusera pas le vivre et le couvert pour une nuit !

Léon répéta en riant :

– Ha, ha ! Le vivre et le couvert... comme ça fait riche ! Je ne crois pas qu'on ait ça, nous autres, pauvres gens, mais une assiette de soupe et un morceau de boudin, on peut te l'offrir. Plus une paillasse et deux couvertes près du poêle, ha oui ! Mais non... Je prendrai la paillasse et les couvertes et tu auras ma place dans notre lit, à côté de Thirza !

Le logis était minuscule, mais assez agréable. Le métier à bas de Léon et son petit magasin de flottes et d'étoffes occupaient une chambre. Il y avait aussi la table où Thirza finissait les pièces à l'aiguille. Le poêle ronflait, une douce chaleur emplissait l'air.

Léon tint à me montrer les productions de son ouvrage.

– Mais je reviendrai bientôt vous acheter deux paires de bas, des plus beaux, dis-je en caressant la douce soie. Thirza... je vais peut-être me marier bientôt.

Thirza s'exclama et me prit par le cou.

– Viens que je te fasse mon compliment.

Elle m'embrassa sur les deux joues, puis me scruta, sourcils froncés.

– Comment ? Tu viens m'annoncer ton mariage et je te vois là, triste comme un bonnet de nuit !

– Je suis soucieuse. Rien n'est fait, je peux encore dire non. Alors, je sonde le gué et je vais aux écoutes...

Je ne pus m'empêcher de rire en répétant ces mots de mon père. Thirza rit aussi, gentiment.

– Et tu tournes autour du pot, pardonne le mot !

– C'est que je voudrais dire une chose qui m'embarrasse...

La chaleur du logis, la gentillesse de l'accueil, le sang qui me montait à la tête me firent soudain venir les larmes aux yeux.

Je commençai par rapporter les mots de Mme Adrienne, à propos de son fils :

– Elle m'a dit... « Je voudrais profiter des quelques mois qui me restent à vivre pour assurer son avenir... » Elle a ajouté qu'elle pouvait aussi m'aider.

Mais Thirza m'arrêta, en poussant les hauts cris.

– Oh non, non, non ! Tu ne vas pas me dire que tu vas épouser Charles Rabanel ! Ce... ce...

Pour ne pas me peiner, elle retint les mots malveillants qui lui venaient aux lèvres. Elle se tut soudain, et on se regarda. Je baissai les yeux, elle dit :

– Il paraît que Mme Adrienne est à l'article de la mort. Son fils n'est pas un si mauvais parti.

Elle croyait, bien sûr, que j'allais épouser Charles pour la fortune de sa mère. J'aurais aimé la détromper. Mais comment ? C'était pour partie la vérité.

J'énonçai mes raisons en bredouillant. Oui, je me sentais obligée d'aider Mme Adrienne, parce qu'elle avait toujours été bonne pour moi, et je ne voulais pas qu'elle mourût dans le désespoir. Oui, je souhaitais de tout mon cœur avoir ma filature et peut-être, plus tard, mon atelier de couture de soie.

Il y avait une troisième raison que je taisais, mais il me suffisait d'y penser pour sentir la honte me brûler les joues. J'étais aussi prête à épouser Charles par dépit, parce que je ne pourrais jamais avoir Pierre de Joncourt !

Léon et Thirza m'écoutaient gravement. Encouragée, j'en vins à la suite, encore plus difficile à dire.

– Si je me marie, ce sera une alliance d'intérêt pour louer la filature Gout aux messieurs...

– Quand tu auras la bague au doigt, tu seras bien forcée d'aller au lit avec Charles Rabanel, qui sera ton mari.

– Justement, je refuse de... d'aller au lit avec lui. Je ne veux pas qu'on vive ensemble comme mari et femme ! Je vais l'avertir. Voilà la condition : qu'il ne me touche pas tant que je n'aurai pas dit oui. C'est à prendre ou à laisser.

– Ma fille, tu diras oui devant le maire et le pasteur.

– Je ne veux pas être à lui tant que je ne serai pas prête.

– Et quand penses-tu être prête ?

– Qu'il s'amende, qu'il prenne sur lui, qu'il se range à la raison ! Qu'il arrête d'écumer comme un verrat et de faire des querelles à tout bout de champ ! Qu'il ne lève plus la main sur les apprentis pour un oui ou pour un non ! Qu'il ne fasse plus d'esclandres ! Qu'il ne mène plus une vie de chien ! Qu'il ne se fasse plus gloire de son vice ! Qu'il ne mange plus à tous les râteliers ! Qu'il arrête de filer sa corde !

– Qu'il devienne un saint, voilà ce que tu lui demandes, dit Thirza. Ça ne m'étonne pas de toi.

Hors d'haleine, je me mis à tousser. Je m'étouffai, ris et pleurai en même temps.

– Pas un saint, un brave garçon comme il y en a tant.

– Tu n'as pas peur... Tu n'as pas peur que ça finisse mal, entre vous ?

Si, j'avais peur. Pouvais-je avouer que cette peur me piquait et me fouettait ?

– À la volonté de Dieu.

– Tu es folle, Xarine, dit Thirza.

Léon la contredit pour le plaisir.

– Elle a raison. Moi, je l'approuve. Rien qu'à la voir, je sens qu'elle peut le mater, le Charles !

Thirza se moucha, prit sa figure dans ses mains.

– En y songeant, ce que tu me dis est sensé... à condition que tu ne mettes pas la charrue devant les bœufs. Il faut te fiancer à Charles et lui dire que tu l'épouseras quand il se sera amendé, qu'il aura...

– Qu'il sera devenu un ange ? Il promettra et puis il oubliera ou il cédera à ses penchants. Il ne changera pas.

– Crois-tu qu'il changera si tu l'épouses ?

– J'aurai beaucoup plus d'empire sur lui, parce que nous serons liés par le travail, l'argent, les biens communs. Il me devra la dot promise par Mme Adrienne. Il sera pris à son piège. Et puis Mme Adrienne veut voir ce mariage de son vivant. On n'a pas le temps d'avoir de longues fiançailles !

Léon frappa du poing sur la table.

– Brider l'âne par le cul, ce n'est pas si bête, ha, ha, ha !

Thirza fit semblant de n'avoir pas entendu son Toutou.

– Xarine, si tu l'épouses et qu'il ne change pas ?

– Tant pis. Je ne partagerai jamais son lit.

– Mais tu vas lui fixer tes conditions avant les accordailles.

– Ah oui, si sa mère le persuade de me demander, je lui fixerai mes conditions. C'est honnête.

– Et Mme Adrienne les connaîtra ?

– Je ne lui dirai rien et Charles n'avouera pas. Ce sera un secret entre lui et moi.

– Mais il te rira au nez. Il se fichera de toi. Il dira : « Je t'en fous ! Des nèfles ! Saute, grenouille, voilà la pluie ! »

– Tant pis. C'est lui qui aura dit non. Je le regretterai pour Mme Adrienne, mais j'aurai fait tout mon possible et elle le comprendra. J'ai seulement peur qu'il ne dise oui, avec une arrière-pensée de ne pas respecter le pacte. Ou qu'un jour il ne puisse plus se contenir et qu'il veuille me forcer. Et pour être prête à me défendre, il faut que je sache comment se passe au juste l'union d'un homme et d'une femme, qui ont lit commun.

J'avais baissé la voix par décence et prononcé les derniers mots dans un murmure. Mais il fallait bien que je le dise enfin.

Léon rit à gorge déployée.

– Mais toi... une fille de la campagne ! Tu n'as jamais regardé les bêtes ? Les chevaux, tiens, par exemple !

Thirza menaça son bonhomme du revers de la main.

– Tais-toi, Toutou ! Xarine, tu me parais bien engagée, je crois que tu finiras par épouser Charles Rabanel. Tu n'es pas transportée de joie et tu cherches comment échapper au fait de la nature. Pour finir, tu coucheras avec ton mari et tu seras bien contente. Mais c'est vrai que tu dois savoir comment ça se passera cette nuit-là, la première ou une suivante, ou une autre. Ce n'est pas tout à fait comme les bêtes... sauf si l'homme est une bête. Tu as entendu parler de Mme Lafarge ? Celle de Limoges qui a empoisonné son mari à l'arsenic. On dit qu'elle était ignorante comme une gamine quand elle s'est mariée. Elle n'avait pas sa mère, et personne ne l'avait prévenue ! Puisque tu as fait tout ce chemin par mauvais temps pour me voir, je tâcherai de t'expliquer. Ce soir, quand Léon dormira à côté !

Léon se frotta les mains et m'envoya un clin d'œil de bon camarade.

– Et si on se remplissait le jabot, pour commencer ? J'ai une faim à manger un troupeau et la bergère avec !

Thirza approuva. « N'y pensons plus. On va souper. » Elle me demanda de l'aider à sa cuisine. Je devinai bien vite qu'elle n'avait pas besoin d'aide, mais seulement envie de m'avoir près d'elle.

– Ma Jourdanette, comme tu es devenue belle ! me dit-elle tout bas pour que Léon, assis à quatre mètres de là, ne pût l'entendre.

Profitant qu'il ne pouvait nous voir non plus, elle me prit la taille, me serra contre elle, m'embrassa sur la tempe et les cheveux.

– Tu es une vraie femme, maintenant.

Elle soupira, me caressa la joue.

– Je ne suis pas tranquille. Tu joues avec la poudre à canon, une allumette au bout des doigts ! Et moi qui suis trop loin pour t'aider...

Tout le temps du repas, Léon parut préoccupé. Il était moins glouton que je ne craignais. Il mangea sa soupe à petites cuillerées, mais ce n'était pas tant par politesse que pour faire durer la nourriture, que Thirza lui servait à lèche-doigts, en lui mesurant même le pain. Ils étaient à court, sûr comme deux et deux font quatre, et Thirza dépensait pour ses robes. Léon racla le fond de l'assiette, releva la tête en s'essuyant les lèvres, mais évita de s'essuyer la bouche d'un revers de main.

– Ah, aller de la table au lit et du lit à la table, voilà comme j'aimerais vivre, dit-il en se touchant l'estomac. Et jeûner juste entre la mie et la croûte ! J'ai un ancêtre gentilhomme, pour sûr. Il a dû laisser quelques bâtards au temps du bon roi Henri. Mais il n'a légué à ses descendants, du côté gauche, qu'un appétit ouvert comme une gibecière d'avocat !

Son appétit ne lui profitait guère, car Thirza lui réduisait la portion. Elle s'était bien remplumée, elle, depuis que je ne l'avais vue ; elle s'était même garnie de graisse aux bonnes places... En lavant la vaisselle, elle se haussa sur la pointe des pieds pour me parler dans le tuyau de l'oreille.

– Un bon coq n'est jamais gras. Rappelle-toi que, si tu les nourris trop, ils dorment comme des loirs à l'heure où le loup sort du bois ! La vie d'une femme mariée n'est pas toujours drôle. Quand Léon m'embêtera, je partirai tout de suite. Voilà l'avantage.

– Mais tu es veuve.

Elle rit tout bas.

– Tu le seras peut-être un jour...

Je la regardai dans les yeux. Elle me fit un sourire malin.

– C'est ce que je te souhaite.

J'ouvris la bouche pour me récrier d'indignation. Et je la refermai en silence. Au fond de moi, je n'étais pas sûre de regarder ce dénouement du mariage avec horreur.

Un étrange frisson me courut dans le dos.

Léon appela Thirza. Il avait posé les coudes sur la table, devant son verre vide. Il lui tendit sa bouteille en la secouant, pour montrer qu'il n'avait plus une goutte à boire.

Thirza lui servit deux doigts d'eau-de-vie dans un grand verre, ou peut-être deux doigts et demi. Léon trempa doucement ses lèvres dans le liquide blanc et odorant. Puis il fit un clappement de bouche et me considéra, les yeux plissés.

– Alexandrine, as-tu pensé à te procurer une arme pour le cas où ton Charles voudrait te faire violence ? Je ne sais pas... un pistolet ?

Je me tins de rire.

– Un pistolet, Léon ? Vous voulez rire. Je n'ai pas besoin d'arme. Je...

– Tu te crois si forte ? dit Thirza. Mais tu as raison. Les armes partent toutes seules, quelquefois.

Elle s'affaira à son ménage.

– Ah oui, on peut dire que tu as trouvé la fève au gâteau !

Tous deux se taisaient et n'osaient plus me regarder, certains que je débattais avec ma conscience.

Je m'approchai de la fenêtre. Je ne pouvais voir la nuit ni la neige, car les volets avaient été tirés. Mais j'entendais les rafales frapper le bois, et je distinguai derrière la vitre les flocons infiltrés par un trou. Il faisait un grand vilain temps d'hiver. Un temps à ne pas mettre dehors une rose de Saron !

Je me retournai, je fixai Thirza, puis Léon.

– Je crois que ma destinée est d'épouser Charles Rabanel. À mes conditions. Que Dieu nous aide !

– On va prendre des chemises de nuit à dentelles, dit Thirza. J'en ai deux. Je vais t'en prêter une, elle sera trop courte, mais tant pis.

La chandelle soufflée, je finis de me déshabiller dans le noir. Thirza était déjà au lit. Je me glissai sous les couvertures, à la place de Léon.

Le poêle chauffait, on entendait le vent siffler au-dehors. Je crus m'évanouir de bien-être. Thirza pensa que je tombais de sommeil et se mit à me secouer l'épaule en riant.

– On peut parler haut. Quand mon Toutou dort, le chemin de fer d'Alès ne le réveillerait pas !

Elle me caressa le bras, puis posa sur mes lèvres une sorte de bonbon, assez dur.

– Garde-le à la bouche le plus longtemps possible, il ne m'en reste que deux ou trois. Tu ne sais pas ? C'est plus facile de dire certaines choses en suçant un bonbon ! Mais je ne sais pas tous les mots français pour te parler franchement...

Je poussai le bonbon contre ma joue et je répondis comme je pus :

– Tu n'as qu'à mêler français et patois.

Elle releva le drap sur sa figure et pouffa. Elle prononça une phrase que je compris à moitié, je ne pus m'empêcher de rire aussi.

– La femme est la serrure, l'homme est la clef, dit-elle. La femme a aussi un verrou, mais l'homme peut casser la porte !

Elle continua de plaisanter, le bonbon dans la bouche. On se donnait à rire l'une l'autre, comme des drôlettes essayant de prendre des voix de dames. On pouvait tout dire ainsi, presque sans gêne. On était souvent obliger de répéter, mais ça devenait encore plus amusant.

Nos bonbons fondaient, on ne s'en apercevait pas. Vint un moment où Thirza put pérorer tout à son aise. La voix à peine changée, elle me demanda si je connaissais un homme avec qui j'aurais eu envie d'aller au lit.

Je fis rouler le bonbon sur ma langue et répondis que j'en connaissais un. Elle me demanda son nom. Je faillis avaler la sucrerie en prononçant le nom de Pierre. Elle me serra très fort le poignet.

– Alors, je vais te raconter ta nuit avec Pierre, mi-français, mi-patois. Tu me poseras des questions si tu ne comprends pas.

Elle commença par le voyage en diligence, puis ce fut l'arrivée à une auberge perdue au milieu des bois. En montant l'escalier, Pierre mit le bras autour de ma taille. Puis il me souleva pour m'emporter dans la chambre, enfin il me déposa sur le lit. Là, nos affaires prirent un tour plus piquant, et je me retrouvai bien vite en costume d'Ève, près de Pierre, mon mari, nu comme la main...

Pour une belle nuit, ce fut une belle nuit. Mais Thirza ne me permit pas de m'endormir sur mes lauriers.

– Essayons maintenant, dit-elle, avec le nommé César, qui a la réputation d'une grande brute d'homme. À toi de montrer que tu sais maintenant te défendre !

Je la suppliai :

– Tu m'aideras ? Tu m'aideras si je ne sais pas !

Elle me posa un baiser sur le front et promit de ne pas m'abandonner si elle me voyait dans une mauvaise passe.

Le fait est que j'avais mangé mon pain blanc le premier. Je vécus de bien méchantes noces avec ce diable de César. À un moment, Thirza me dit de penser à un cygne glissant sur l'eau, majestueux et beau. Je répondis que je n'en avais vu.

– Moi non plus. Tant pis. Il paraît qu'on en voit à Lyon. Si tu y vas, tu m'écriras comment ils sont au juste !

À la fin de l'aventure, j'étais épuisée, je suais comme une ânesse et mon cœur battait si fort qu'il me semblait près de me remonter à la gorge.

Thirza me fit boire un verre de liqueur et m'aida à trouver le sommeil.

Au matin, je me réveillai dans ses bras.

Les volets ouverts, la blancheur de la neige collait aux vitres. Le poêle ronflait fort dans le silence de l'aube. J'écoutai Léon marcher dans l'autre pièce en grommelant et en se cognant aux meubles.

Thirza se mit à rire, la main sur la bouche. Puis elle se souleva sur un coude et me regarda en souriant. Je lui souris aussi.

– Tu vas l'épouser pour te venger, n'est-ce pas ?
– Pour me venger de qui ? De quoi ?
– Mais de tout le monde. Et surtout de lui !
Je tournai la tête pour cacher mes yeux.

L'envie me prit de quitter les Trois-Vallées et d'oublier Charles Rabanel. Mais je ne pouvais pas trahir ma promesse à Mme Adrienne... ni renoncer à ma filature.

Je passai trois journées entières à Ganges, la route enneigée étant peu praticable à cause de la neige. Ce n'était pas pour me déplaire. C'est alors que Thirza se proposa pour revenir aux Trois-Vallées et travailler avec moi à la filature Gout... si j'épousais Charles... si les messieurs nous louaient la fabrique...

Si l'Éternel bénissait nos projets !

34

Une fiole de laudanum contre la toux

Dès mon retour, je me rendis au Grand-Mas pour rencontrer Mme Adrienne. Je la trouvai très affaiblie par l'hiver et la maladie. Je lui donnai alors ma réponse définitive.

– Je dis oui, sous condition que Charles commence à s'amender tout de suite.

– Je lui parlerai dans ce sens, promit-elle. D'ailleurs, il le sait, il fait des efforts extraordinaires. Il t'aime...

– Mais non. Il me veut !

– Je vais me lever pour aller te demander à ton père.

– Mon père descendra au Grand-Mas.

Ce fut aussi au Grand-Mas que je rencontrai Charles. En arrivant, je le vis qui tournait à cheval autour de la maison, vêtu comme s'il partait pour la Chine en passant par le mont Ararat, où Noé toucha terre après le déluge. Il voulait faire bonne impression, à sa façon qui marquait l'arrogance et le goût de dominer. À moins qu'il ne se sentît plus faible qu'un enfant, et qu'il n'eût besoin de son cheval pour se donner du courage !

Il vint à moi dans la salle de l'appartement, les mains pleines de paquets, qu'il déposa sur un guéridon.

– Voici des rubans de Saint-Étienne. Ne me dis pas que tu n'aimes pas les rubans, tu es comme toutes les filles. Et des bas de soie pour le trousseau que tu n'as pas !

Il faisait aller sa langue pour masquer son embarras. Je l'écoutai en silence et le regardai du coin de l'œil, sans sourire.

– Et encore... deux bocaux d'olives rapportés de Marseille, où j'étais pour mes affaires et d'où j'arrive presque à la minute.

Il était peut-être allé à Marseille rendre des comptes à quelque usurier qui louait ses services.

– Il faut que tu saches que j'ai marchandé une chaudière Gensoul, petit modèle, que j'ai trouvée assez bonne, mais un peu chère. Elle conviendrait à la filature Gout et je me fais fort de l'installer avec Victor, sans l'aide d'un mécanicien de la ville !

J'approuvai d'un signe de tête. Les messieurs prétendaient n'avoir plus assez d'argent pour payer la chaudière. Charles devrait puiser dans son magot.

– Et encore ceci... une fiole de laudanum contre la toux. Je ne veux pas que tu te racles le gosier toute la nuit quand nous dormirons dans le même lit. Je n'ai pas envie de perdre le repos, pour le dit d'être marié, moi !

Je me sentis rougir de honte et de colère. Dans le même lit, nous n'y étions pas encore ! Je réussis à m'empêcher de tousser : il eût triomphé à peu de frais.

Eh bien, en parlant de lit, il me prêtait l'épaule pour lui dicter mes conditions au mariage. J'avais pesé toutes mes paroles avec Thirza et répété mon compliment, que je savais par cœur. Je pus le dire sans me démonter, et Charles m'écouta en silence, les poings serrés. Quand j'eus fini de parler, il avança vers le guéridon et balaya d'un geste les cadeaux qu'il avait posés quelques minutes plus tôt. Les olives sortirent de leur bocal brisé et roulèrent dans la salle, la fiole de laudanum tomba sur le tapis sans se casser...

Charles me toisa alors, l'air méchant comme un âne rouge. Puis il marcha jusqu'au carton qui devait contenir les bas et les rubans, il se mit à le piétiner et essaya de l'écraser avec le talon de ses bottes. Avant de sortir, il se retourna, les dents si serrées qu'il dut faire effort pour ouvrir la bouche.

– Ah, tu te moques de Dieu et du monde, drôlesse !

J'attendais de lui autant de colère, mais plus de dignité. Je me raidis pour affermir mon cœur et ma voix.

– Vous voulez dire non ? Alors, dites-le !

– Oui. Non. Je veux dire non ! Non et non !

Il se jeta contre la porte et la referma violemment derrière lui. Entendant le bruit et les cris depuis sa chambre, Mme Adrienne se précipita et leva la main sur Charles.

– Fils de ton père !

Elle tenait à peine sur ses jambes. Je l'aidai à s'asseoir.

– Il viendra bientôt te demander pardon à genoux ! dit-elle.

Elle avait raison. Une semaine plus tard, il me fit tenir par elle un châle de Nîmes, en gage d'entente, et une demande de rendez-vous à la fontaine du Grand-Mas. C'était le soir, l'*aguiélas* soufflait de la montagne, froid, cinglant, et sifflait dans les branches nues du grand chêne. J'avais mis son châle en signe de bonne volonté.

Je l'aperçus de loin, tournant sur son cheval, comme la première fois. Je le fis attendre un moment devant la source. Il avait son violon et se mit à jouer, en me voyant, un air du pays, fort entraînant. Il se protégeait comme il pouvait avec sa cape, et le vent emportait la moitié de sa musique.

Jouer ainsi était quasiment un exercice de cirque.

Je m'assis sur le mur du béal pour écouter l'aubade, qui ne me réchauffa guère. Je devais paraître fort peu à mon avantage, emmitouflée comme je l'étais. Et je tremblais de froid, malgré toutes les étoffes dont je m'étais couverte.

Je songeais : qu'il finisse vite. Mais lui prenait plaisir à prolonger son manège. Pour m'étonner, il commanda à son cheval d'accompagner la musique. La bête, non sans rechigner, donna quelques coups de sabots en mesure. Mais je vis bien qu'il lui pressait les flancs au bon moment. Je me levai et me mis à frapper aussi du pied, pour me réchauffer.

Alors, il éclata de rire. Puis il tira une pièce d'argent de sa poche et la jeta dans le bassin de la source.

– On dit que ça porte chance. Nous en aurons besoin.

Il poussa son cheval deux ou trois pas vers moi.

– Je saurai être patient. C'est toi qui me supplieras, Xarine !

35

Et la chaudière chauffait

La mort de Mme Adrienne retarda de quelques mois le mariage. Elle nous dispensa aussi des fêtes, danses et autres réjouissances de la jeunesse, qui m'auraient bien embarrassée.

Le soir de la cérémonie, Charles me dit :

– Je ne t'ai pas donné de parole. Tu es ma femme. Tu seras à moi quand je voudrai. À moins que tu préfères me soigner avec une potion à l'arsenic, comme l'*autre* !

L'autre, c'était la célèbre Mme Lafarge. Son procès et sa condamnation aux travaux forcés à perpétuité avaient fait grand bruit dans les journaux ; on parlait d'elle encore quatre ou cinq ans après, on disputait toujours de sa culpabilité ou de son innocence, tant chez les illettrés que chez les lecteurs d'almanachs. Le seul mot d'arsenic donnait des frissons à plus d'un mari.

Mme Valentine croyait la « pauvre Mme Lafarge » innocente et victime d'une cabale de rustres. Charles avait le malheur de porter le même prénom que le mari assassiné. Il ne disait pas Mme Lafarge, mais la « femme Lafarge ». Il criait bien haut qu'elle avait plus d'un crime sur la conscience.

Et il me regardait d'un air menaçant.

Ainsi passèrent plusieurs mois. Thirza quitta son Léon et revint aux Trois-Vallées à la fin du printemps.

Je ne sais si Charles s'amendait, je n'avais pas le temps d'y songer. J'entendais raconter qu'il voyait toujours Jenny Pompignan. Je disais : « Grand bien lui fasse ! » Il levait le coude, mais je ne le voyais jamais ivre. Et il travaillait comme un forçat.

Je n'avais pas l'intention de l'empoisonner et je savais bien que je devrais un jour partager son lit ! Mais cela se ferait aussi à mes conditions, au moment où je le verrais bien dompté. Et je le laissais ronger son frein.

Thirza disait que je marchais sur des charbons ardents.

– Le vin est tiré, il faut le boire. Es-tu prête, enfin ?

Je répondais en riant :

– Pas encore. Bientôt !

Nous nous disputions à coups de proverbes. Elle : « Qui s'y frotte s'y pique. » Ou bien : « Gare, tu as mis le doigt entre l'arbre et l'écorce ! »

Moi : « Arrive qui plante, ce sont des choux. »

Elle insistait, jour après jour.

– *Alexandrine*, le moment est venu. Tu joues à te perdre !

– Es-tu si pressée de me voir dans le lit de Charles ?

– Je crains un drame si tu tardes encore longtemps.

Elle n'avait pas tort. Je me préparais à l'événement. J'attendais une occasion. Et j'aimais toujours marcher au bord du gouffre...

La filature Gout, qui nous était louée par les messieurs, ouvrit ses portes en juillet 1845. D'abord avec une dizaine d'ouvrières, puis une quinzaine et plus. Une vieille chaudière, installée par Charles, nous donnait l'eau bouillante pour les bassines ; mais il fallait tourner à bras d'homme. Je pus embaucher le Biou et quelques autres solides compagnons.

Une partie des cocons venaient de la coconnière des messieurs, après étouffage. Charles en achetait d'autres, qu'on devait étouffer. Nous n'avions pas prévu d'utiliser la coconnière et l'étouffoir de la fabrique Gout, en très mauvais état. Charles répara et aménagea les deux à la hâte. Il travaillait comme six hommes, il était partout à la fois, chez les messieurs et chez nous, aux machines et aux affaires.

Je ne pouvais m'empêcher de l'admirer.

Thirza et moi nous partagions le travail à la filerie et dans les autres parties de la fabrique, de façon à ne pas rester trop longtemps l'une et l'autre dans la puanteur et l'humidité. L'étouffoir et la coconnière n'étaient pas non plus des lieux très agréables ; mais l'on y respirait d'autres odeurs, on y séchait ses vêtements et l'air dans son poumon. Nous avions aussi au fond de notre petit magasin un coin minuscule, derrière un paravent, où nous tenions les divers comptes d'argent et de marchandises. Thirza, ne sachant guère écrire, ne pouvait m'aider à ces tâches.

C'était là que je rencontrais Charles, le matin, car nous n'habitions pas ensemble.

Le soir, avec Thirza et les ouvrières qui ne rentraient pas chez elles, nous montions au mas Gout, à deux cents pas de distance et quatre terrasses au-dessus de la fabrique. C'était une grande maison encore délabrée, malgré les gros travaux payés par les messieurs ou effectués par Charles et ses amis. Nous nous partagions la cuisine, la salle, les chambres.

Les apprenties et les jeunes fileuses aimaient ces courses folles entre la fabrique et le mas, et la vie que nous menions toutes en troupe. Quant à moi, je n'étais jamais si heureuse que lorsque je les entendais rire, chanter, crier en jouant comme des petites filles. Mais chaque quinte de toux me fendait le cœur.

Nous avions deux hommes qui couchaient à l'écurie et qui s'y trouvaient bien. L'un d'eux, ancien soldat, sonnait le réveil de la maisonnée avec une trompette de cavalerie. Nous vivions dans une gaieté et une insouciance que je n'ai plus jamais connues.

Certains soirs, il nous arrivait de prolonger le travail bien après l'heure de sortie prévue, pour le seul plaisir d'être ensemble dans l'atelier transformé en caverne fantastique par la fumée des lampes. Nous avions l'illusion de flotter au milieu d'une brume rougie par l'éclairage. Nos membres paraissaient se mêler quand nous nous frôlions, nos gestes s'étendaient et se perdaient. Nous étions les fées de la soie.

Nos chants, nos rires mêmes étaient étranges et doux, comme jaillis d'autres bouches que les nôtres.

Juliette eut une fille qui mourut à l'âge de deux jours. Elle ne travaillait guère et avait beaucoup grossi. Son vrai père se montrait plus généreux depuis son mariage. Le couple Jan semblait prospère et montrait tous les signes d'une bonne entente. Juliette portait de belles toilettes, même en semaine, et elle avait au moins deux robes de soie pour le dimanche.

Elle fréquentait beaucoup l'église ; certains disaient que sa piété tournait à la superstition. Elle se livra pour l'enterrement de l'enfant à quelques démonstrations de ferveur religieuse que même des catholiques trouvèrent exagérées.

J'avais cru naïvement que je serais riche sitôt à la tête de mes affaires. Nous étions pauvres. Il nous manquait ce qu'on nommerait plus tard un « fonds de roulement ». Charles traitait avec les messieurs, qui le réglaient en retard. Il me remettait l'argent pour payer les ouvrières à la dernière heure, avec une malice de vieux singe, pour que je n'aie pas le temps de compter. Et il manquait souvent quelques sous et même quelques francs. Je ne protestais pas ; il m'aurait dit que je ne savais pas mes chiffres !

Je dus emprunter au notaire sur ma rente.

Il refusait de payer Thirza, disant qu'elle n'était pas une ouvrière, mais ma dame de compagnie et, même, qu'elle était là seulement « pour acheter la mort aux rats ». C'était encore une fine allusion à l'empoisonneuse, la femme Lafarge, et à sa servante toute dévouée.

Les messieurs me devaient mille deux cents francs de rente sur la dot que Mme Adrienne m'avait fait reconnaître. Mais le notaire ne pouvait m'en verser que la moitié, cinquante francs par mois, car j'avais beaucoup emprunté pour payer les ouvrières. Thirza et moi devions vivre et nous vêtir sur cette somme. J'avais puisé sans trop compter dans mes économies et dans le sac de pièces hérité de ma grand. Le sac fut bientôt vide et mes économies à sec.

Charles apportait un poulet vivant et quarante sous quand il venait manger au mas Gout ; mais il dépensait beaucoup pour l'entretien et les réparations de la fabrique et des machines.

Mme Valentine m'offrait de temps en temps une robe, une camisole ou un jupon, que j'acceptais sans honte, pour Thirza, qui était plus coquette que jamais, et pour moi, qui déchirais toujours mes vêtements, tant je courais. Et puis recevoir la charité me prouvait que j'étais encore pauvre. Encore jeune, encore presque fille !

Mais la chaudière chauffait, les machines tournaient, les cocons dansaient dans les bassines et les fils de soie s'enroulaient sur les tours !

36

Il est temps, Alexandrine

La saison de filage courait sur sa fin. Charles voulait faire travailler notre petite fabrique durant l'hiver.

– Je me fais fort de trouver des cocons pour toute l'année.

Je refusai, craignant pour la santé des ouvrières, malgré toutes les précautions que j'inventais.

– Nous serions les seuls.

– Les Angliviel ont reçu une nouvelle livraison de cocons. Ils ont du travail jusqu'à la Noël, et peut-être plus. Les Favière sont en train de négocier un contrat avec MM. de Joncourt pour recevoir des cocons d'Orient...

– Non.

– Nous avons besoin d'argent.

– Nous irons, s'il faut, mendier par les chemins !

Il n'insista pas. Un autre projet lui tenait à cœur : restaurer le bâtiment et l'atelier de moulinage endommagés par les inondations de l'an dernier. Il avait à s'occuper pour tout l'hiver.

La séparation d'avec les ouvrières fut cruelle et joyeuse à la fois. Thirza eut l'idée de donner une petite fête au mas Gout. Charles ne s'y opposa pas, et il apporta avec son violon et une cantine de vin blanc. Juliette et Victor étaient là aussi ; c'était leur première sortie de fête depuis le deuil.

Charles joua des airs gais, des airs mélancoliques, des airs à boire, des airs à serrer le cœur. Puis il donna son instrument à Victor, qui joua des morceaux à danser, des bourrées, des rigodons et même des valses. Et il ouvrit le bal avec Juliette.

Je les regardai se trémousser, et je gardais le regret de ne pas savoir un seul pas. Ils semblaient à l'aise, tous deux, comme des cochons qui se grattent. Juliette me défiait hardiment et Charles s'amusait, complice, la prenant dans ses bras, en maîtresse plus qu'en cousine. Je me disais : « Elle s'est consolée bien vite de la mort de son enfant... Et Charles n'a peut-être pas changé autant que je l'espérais ! »

Je vis le regard de Thirza aller des danseurs au musicien, puis se poser sur moi, me disant une fois de plus : « Il est temps, Alexandrine, il est grand temps. Le malheur guette ! »

Mais je me forçais à sourire et à rire, avec tous et toutes. Serait-ce, après tout, un si grand malheur ? Puis on s'embrassa et on se sépara en se disant à la prochaine saison !

Sitôt la fête finie et la tristesse un peu partie, Thirza revint à la charge.

– Es-tu prête ? Vas-tu enfin te décider ? Charles va devenir furieux, si tu ne lui donnes pas ce qui est sien, tout de suite.

Prête ? Je l'étais peut-être, mais il me semblait plaisant d'attendre encore. La curiosité me poussait ; le jeu me retenait.

– Tu boudes contre ton ventre, me disait Thirza.

Je riais sous cape. Sans doute.

– Ne sommes-nous pas heureux, tous, même Charles ?

– Tu dois tenir ta promesse. Charles l'a mérité.

– Qu'il le demande, alors.

– Tu voudrais peut-être qu'il se traîne à tes genoux ? Et que fais-tu de sa fierté ?

– Justement, je n'en fais rien !

Il me fallait en convenir : je n'entendais que des compliments sur mon époux. On me félicitait à demi-mot de l'avoir si bien changé. J'admirais son courage, sa force au travail. Je calculais qu'il ne dormait pas plus de trois heures par nuit, et peut-être quatre ou cinq entre le samedi et le dimanche.

Il s'occupait déjà de réparer et restaurer le moulinage, contre la volonté des messieurs.

– Il te rendra riche un jour, me promettait Thirza.

Elle ajouta une fois, pour me montrer qu'elle savait l'histoire de France :

– Paris vaut bien une messe !

– Tu appelles ça une messe ?

Je riais. Et mon démon me soufflait : « C'est encore trop

tôt. Laisse Charles ronger son frein quelques semaines ou quelques mois de plus. »

Thirza et moi avions commencé à aménager notre future magnanerie. La place ne manquait pas, au mas Gout. Nous allions transformer nos dortoirs en chambrées pour les vers. La saison d'éducation finie, les ouvrières nous aideraient à nettoyer les lieux et à réaménager les dortoirs.

Je jurais contre tous que c'était possible et que des dortoirs bien aérés seraient plus sains pour nos pensionnaires.

Ah, j'avais bien le temps de penser à Charles !

Je découvris dans les traversiers de la propriété beaucoup plus de mûriers que je ne comptais. J'avais prévu de commencer par une éducation de deux ou trois onces. La folie de mon père me prit. Pourquoi pas quatre onces ? Ou cinq ou six ?

Peu avant Noël, on nous invita à l'hôtel Favière. C'était un beau moment. J'allais pénétrer par la grande porte dans la grande maison, le château des maîtres ! J'avais plus d'une fois rêvé que j'entrais en portant sous le bras une robe de soie pour la maîtresse du logis : une robe magnifique que j'aurais cousue moi-même. Je me voyais marchant dans la rue, en faisant bouffer mon jupon et sonner mes talons !

J'arrivai, une robe de soie sur le dos, au bras de Charles Rabanel. On m'appelait « Madame Rabanel », j'avais envie de rire. Je devais ce privilège à l'insistance de Mme Valentine, au succès de notre saison de filage, mais aussi aux efforts méritoires et reconnus de Charles.

Je m'arrêtai un instant devant l'hôtel. C'était une maison large, haute, avec un grand balcon en fer forgé à chaque étage. Celui du premier étage faisait tout le tour du bâtiment principal, autant qu'on pût voir de la rue. Celui du deuxième étage ne tenait que la façade. Je la trouvai imposante, lourde, sans grâce, beaucoup moins jolie que la Maison neuve, près de la fabrique. Mais j'étais pourtant fière d'y être invitée.

Je questionnai Charles sur ce nom d'hôtel, qu'on donnait aussi à une grande auberge de ville. Il ne sut pas trop m'expliquer ces complications de la langue française.

– Un hôtel, c'est un grand *oustal*. Une belle maison qui appartient à des gens très riches, avec plusieurs domestiques.

Je compte bien en posséder un quelque jour, si ce n'est celui-ci !

La réception fut pour moi une épreuve assez pénible, et je compris qu'il me faudrait encore bien des années pour être une dame, si je l'étais jamais !

Au cours de la soirée, Charles me laissa plusieurs fois deviner qu'il attendait sa récompense sans trop tarder. Eh bien, j'avais changé d'idée. Je ne voulais plus qu'il me presse. Je céderais à ma guise, le jour ou la nuit qui me plairait. Du moins, c'est que je me disais pour me rassurer.

Romantisme. Je me rappelais les conversations entre Mme Valentine et Pierre de Joncourt sur le roman et la vie. Je souhaitais un moment romantique pour *consommer* mon mariage... c'était le mot, je l'avais appris de Mme Adrienne.

À défaut d'être ravie au troisième ciel, j'avais besoin d'une fête intime pour me mettre du baume dans le sang. Je me disais en moi-même : « Bientôt, plus tard, quand le cœur m'en dira. »

Je fis semblant de ne pas voir les signes que Charles m'envoyait. Il dut se résigner encore une fois. Mais, à partir de ce soir-là, il changea ses façons : il se mit à me conter fleurette, il joua du violon pour moi seule.

La fin de l'année 1845 arriva, puis le premier jour de l'an 1846. J'allais avoir vingt ans. Je lui donnai un mois pour me vaincre.

Dans les montagnes, on se mariait souvent à la mauvaise saison, quand les filatures étaient fermées, les travaux d'hiver finis et ceux de printemps pas encore commencés. De plus, les fiancés pressés souhaitaient convoler avant la saison d'éducation.

Une amie de Thirza, Eugénie Lescoule, qu'on appelait l'Escoulette, avait choisi un jour de mi-février pour épouser, au Vigan, un artisan charron nommé Joseph Jeanjean. Charles se proposa comme musicien pour le bal. Sa réputation de violoneux était assez bonne pour qu'il fût agréé.

37

Le jour des loups

Le jour de la noce, il offrit de nous conduire au Vigan, Thirza et moi, dans son cabriolet. Le mot était un peu prétentieux pour une vieille voiture qu'il avait achetée au rabais et rafistolée à sa façon.

– Il n'y a que deux places, dit-il, mais on se serrera.

Je décidai qu'un voyage à la ville serait bienvenu après de longues semaines de labeur sans aucun répit. Le trajet des Trois-Vallées au Vigan se fit à bonne allure et sans incident.

Charles joua pour les danseurs les bourrées, branles et gigues que les gens connaissaient et aimaient. Comme on était dans une ville de sous-préfecture, il offrit en sus aux invités quelques airs de belle musique, des concertos et airs d'opéra. Le tout fut très apprécié et il reçut en rétribution le produit de la quête, plus de dix francs et une bouteille de vin de noix. Il me fit boire deux ou trois gorgées de liqueur au moment de repartir le lendemain matin, car le temps était très froid et la neige tombait sur la montagne, derrière nous. Il s'offrit en même temps une longue goulée qui le mit de bonne humeur.

Il pressa le cheval dès la sortie de la ville. Je dus retenir plus d'une fois sa main qui lançait le fouet. Nous étions à une demi-lieue sur la route de Pont-d'Hérault, quand un rayon se décrocha du moyeu. Charles estima que nous pouvions continuer jusqu'à Pont-d'Hérault, où nous ferions réparer la roue. Mais celle-ci se démantibula quelques centaines de mètres plus loin. On s'aperçut alors que le cheval boitait !

Charles voulait rentrer à pied par un sentier qui, selon lui, raccourcissait de moitié le trajet. On était au milieu de la matinée et on avait plus de temps qu'il n'en fallait avant la nuit. Le vent piquait. L'air portait de rares cristaux de neige.

Thirza, voyant une belle occasion de nous laisser seuls, préféra continuer vers Pont-d'Hérault par la route. Charles lui confia le cheval qu'elle laisserait chez un maréchal de sa connaissance. Il prit son violon et la bouteille de vin de noix, et se mit à jouer un air guilleret.

Nous nous sommes embrassés, avant de nous séparer en abandonnant le cabriolet sur le bord de la route...

Voilà mon Charles parti d'un bon pas sur le sentier qui s'en allait droit au nord, en longeant un ruisseau. Un peu gênée par ma cape, je dus courir pour le rattraper. Plus tard, on marcha côte à côte, doucement. Après une pause, je chantai *Ô Dieu, ton temple*, et Charles reprit avec moi, d'une voix juste et sans hésitation. Je découvris qu'il savait sur le bout du doigt non seulement ce cantique, mais plusieurs autres et quelques-uns des psaumes chantés le plus souvent au temple.

Puis il entonna en patois le *Chant des conscrits de Napoléon.* Je me souvins d'un couplet que je repris avec lui.

Vivo la jouinesso de Franço / Per bien fa dé tous lous mestiès
À la guèrro coum'a la danso / S'es jamai res vis dé pariè.

Puis, en s'accompagnant au violon, il chanta des chansons en français, gaies ou libertines.

Les heures passaient vite, mais le chemin s'allongeait devant nous, et Charles dut reconnaître qu'il s'était perdu. Le ciel se couvrit, le premier flocon de neige se posa sur mon nez.

À deux heures de l'après-midi, nous aurions dû apercevoir la vallée de l'Hérault devant nous, mais nous avions sans doute dévié sur la gauche, vers l'Espérou. Et l'on n'y voyait guère mieux qu'au crépuscule.

Bientôt, je m'aperçus que nous étions suivis par une bande de loups. Ils se tenaient à distance, car une pâle lueur de jour perçait encore les nuées. Mais une heure de plus, deux peut-être, on aurait la nuit et la neige. Charles frappa dans ses mains et hurla :

– *À la guèrro coum'a la danso !* Avant une heure, ajouta-t-il, nous serons chez nous. Chez nous, tu entends, ma femme ? Chez nous, au lit ! Et nous n'aurons pas peur du loup !

Je compris fort bien ce qu'il voulait dire.

Mais nous n'avions même plus de sentier, et nous étions souvent obligés de revenir sur nos pas. Et quand nous traversions un bois, Charles prenait beaucoup de précautions pour ne pas abîmer son violon, ainsi notre allure était encore ralentie. Les loups, derrière nous, s'appelaient à petits jappements inquiets. Ils s'arrêtaient quand nous nous arrêtions, mais ils nous suivaient toujours. Charles s'amusait à les imiter.

– À deux, on ne craint rien. Sauf si on tombait !

Justement, je tombai deux fois, peu après. J'avais toujours ma robe de soie sous ma cape. Je la retroussai en la fixant avec des épingles. Nous n'avions plus de repères pour nous orienter.

Les loups ne hurlaient pas, mais leurs jappements devenaient plus hardis.

– Marchons, dit Charles. Nous ne sommes plus loin. Je reconnais... Hum, hum. Buvons une goutte de vin de noix.

Il ne reconnaissait rien du tout. Le ciel était d'un noir d'ardoise. Des talus d'yeuses coupaient de loin en loin la blancheur presque uniforme du paysage.

Je ne refusai pas de téter le goulot de la bouteille, car j'avais les jambes mouillées, les pieds glacés et des frissons par tout le corps. Il m'attira contre lui.

– Diable, tu n'as pas peur, ma petite femme ?

Non, la petite femme du grand et courageux Charles Rabanel n'avait pas très peur. Mais elle n'était pas tout à fait rassurée.

Je me disais : « Ils n'oseraient pas nous attaquer, même à terre. » Mais je n'en étais pas si sûre. Charles avait seulement quelques allumettes chimiques dans sa poche. Il alluma sa pipe, en espérant effrayer les loups avec cette petite lueur.

On ne les entendit plus d'un moment.

Nous marchions maintenant presque au hasard. On aurait dit que ces mauvaises bêtes nous savaient perdus.

La vraie nuit commençait. Nous allions sans doute la passer tout entière en compagnie des loups.

Il nous fallut bien repartir dans la direction qui nous semblait le nord ou le nord-est. Charles posa la main sur mon bras.

– On tardera pas à voir la lumière d'un mas ou d'un hameau, je te le promets.

Mais l'obscurité gagnant, on risquait aussi de tomber dans un ravin et de se casser bras et jambes. Que feraient alors nos bons amis *los lops* ?

La neige volait, doux papillons, puis mouches blessantes. Nous trébuchions, nous nous tordions les pieds. Mes pauvres souliers ! Ma pauvre robe de soie ! Le vent nous fouettait, les branches nous griffaient. Je sentais mes lèvres bleuir. La neige se changeait en eau à la chaleur de mon cou et dégouttait dans mon dos. Les loups étaient toujours là. Je n'oublierai jamais la plainte longue et presque douce, lancée par une louve à dix pas derrière nous. Une louve ? C'est Charles qui l'affirma.

Je glissai au bord d'une pente, ras le précipice... Je me retins de justesse. Charles, qui marchait les yeux en l'air, se cogna contre moi et faillit m'entraîner. Je m'accrochai à une touffe de buis providentielle.

– Je crois qu'on ferait mieux de s'arrêter.

– Cherchons un abri.

Les loups ne nous lâchaient pas. On voyait s'élancer et s'évanouir des traces claires, qui étaient peut-être les collerettes blanches des bêtes, révélées par une lueur qui montait de temps en temps de la neige... Ou peut-être, seulement, des traînées de neige soulevées par le vent. Parfois, les loups semblaient se réunir en cercle autour de nous, et leurs yeux dorés brillaient dans l'ombre, par je ne sais quel prodige. À moins que ce ne fût notre imagination ! L'écho dédoublait les hurlements ; d'autres bêtes répondaient au loin. Un chant plaintif et lugubre remplit bientôt la montagne.

Charles s'agitait, gesticulait tant qu'il pouvait. Puis une idée lui vint. Il fit passer son violon devant lui.

– Je vais jouer pour les loups.

Jouer pour les loups... Je pensai : « Mon Dieu, il est fou ! »

Il annonça d'une voix calme, comme s'il était dans le salon des messieurs et dames :

– Concerto pour violon de Wolfgang Amadeus Mozart.

La musique s'envola, un bruit immense et doux monta dans la nuit. Et les loups effrayés s'enfuirent en gémissant.

Il me sembla que mes nerfs crispés coulaient soudain dans mon corps. Je respirai l'odeur de la neige, j'entendis mille bruits. Mes yeux s'emplirent de larmes et ma bouche de salive. Je ressentis mille piqûres d'épingle sur toute la peau et frémis de plaisir.

Je revivais.

Charles continua de jouer un moment. Un oiseau de nuit cria tout près, comme pour saluer sa victoire. Le cri se répercuta dans la montagne et sonna dans mon cœur. Je me mis à rire comme une folle.

Les loups étaient bien partis. Ils ne revinrent pas.

Un quart d'heure plus tard, on aperçut, pas très loin en avant, une lumière qui allait et venait. Une lanterne ! Un mas ! Je me mis à danser et m'enfonçai dans la neige jusqu'aux genoux. Charles me soutint en riant.

Nous étions assez près des Trois-Vallées, mais trop loin pour repartir dans la nuit. Les gens du mas des Fages attisèrent un grand feu de fagots pour sécher nos vêtements. Puis le maître et son fils étendirent plusieurs fourchées de paille dans la grange et nous firent une couche moelleuse. La femme, enfin, nous apporta une couverture.

Je m'étendis à une coudée de Charles. Je ne pouvais m'empêcher de claquer des dents. Il m'attira à lui.

– Viens te réchauffer près de ton chasseur de loups.

Il caressa ma hanche par-dessus la soie de ma robe.

– Ah, quelle douceur !

J'oubliai de penser à un cygne, mais je me souvins des plus beaux versets du Cantique des cantiques.

Ouvre-moi, ô ma sœur...

Et je m'aperçus que j'étais à la fois la serrure et la clef !

Je décidai de ne pas bouder contre son ventre. Mon sang se réchauffa. D'abord, je m'efforçai de suivre les avis de Thirza, et je songeai à Pierre, à César. Mais l'homme qui me serrait dans ses bras était Charles, mon légitime époux, mon mari.

Et je perdis en même temps la raison et la mémoire.

Pas tout à fait, pourtant... Thirza m'avait dit de crier au bon moment. Non, Charles Rabanel, tout mari que vous êtes, vous n'aurez pas mon cri.

Je le garde pour un autre. Un autre qui ne viendra peut-être jamais... tant pis !

Charles gronda, comme possédé par un des loups de la montagne. Enfin calmé, il m'appela sa Xarine. Il me dit qu'il m'avait domptée aussi en me jouant du violon. Je lui dis que pour moi ce n'était pas le violon, et je nommai un autre instrument. Il me roula encore dans la paille.

– Ah, ah, ma musique t'a fait chanter ! Au refrain !

Le lendemain soir, il me conduisit dans sa chambre, à la fabrique Favière. Son lit valait la paille du mas des Fages.

Cette fois, j'eus tout le temps de songer au cygne de Thirza. Je l'imaginai blanc, puis noir, avec un cou immense. Et les lumières de Lyon se reflétaient dans un lac bleu, tout autour de nous.

Je réussis à chasser de mon esprit César la brute. Ainsi, ce fut un peu la nuit de Pierre.

Vinrent la paix, l'oubli, le matin.

38

Le bruit des écus

À son retour, le surlendemain, Thirza me regarda dans les yeux, puis elle m'écouta rire. Elle sut tout de suite que ma nuit avait été belle.

– Deux nuits, dis-je.

– Veux-tu que je parte ?

Je lui dis que j'avais besoin d'elle comme gouvernante du moulinage, que Charles allait refaire tourner sous peu, et pour bien d'autres choses encore.

– Et puis...

– Et puis ?

– Si tu es là, je serai plus heureuse.

J'avais failli dire : plus tranquille. La violence de Charles m'effrayait toujours. Je me sentais affaiblie devant lui, davantage à sa merci.

Quelques jours plus tard, je reçus une lettre d'Italie. Pierre de Joncourt ne m'avait pas oubliée. Je la montrai à Thirza, puis j'allai vers le feu, prête à la jeter dans les braises.

Mais Thirza retint mon geste.

– Je ne suis pas sûre d'avoir compris. Ce garçon est un fils Joncourt... des Joncourt, négociants en soie à Lyon ?

Elle ouvrait des yeux grands comme des salières. Je répondis que Pierre de Joncourt était bien un futur maître de la soie.

– Et il t'écrit ? À toi ! Et tu allais brûler sa lettre, folle, folle que tu es !

Je me rappelai une réflexion de Pierre de Joncourt. *Une femme mariée, si elle le veut, est une femme libre.*

Je souris à Thirza puis tournai la tête pour qu'elle ne me voie pas rougir. Et je fourrai la lettre dans mon corsage, en attendant de lui trouver une meilleure cachette.

Le temps passa. Les nuits étaient moins belles. Vint le printemps et ses orages.

Je fis ma première saison d'éducation au mas Gout. Charles était toujours aussi peu généreux. Non seulement je dus encore emprunter au notaire, mais je laissai des dettes chez les commerçants. Je comptais beaucoup sur la vente des cocons pour commencer à me refaire.

Je repris le nouet, et deux onces de graine. J'étais seule à la magnanerie avec Thirza, et je ne pouvais faire plus, quoique la feuille ne manquât pas.

Mes chambres n'étaient pas trop bien chauffées. Les vers manquèrent un peu de chaleur dans leurs deuxième et troisième âge. Au cinquième âge apparut la *grasserie* ou maladie des *morts flats.* Nous avions commencé à mettre la bruyère, aidés d'un jeune homme, envoyé par les messieurs. Nos vers se décidèrent enfin à monter, mais près d'un quart restèrent inertes sur les tables. J'appelai Margot pour lui demander conseil.

Elle renifla et me dit que la magnanerie était mal aérée. Je le savais bien, mais je n'avais pas d'argent pour faire les travaux nécessaires.

– Pas assez d'air, pas assez de place !

Elle examina les gros vers vautrés sur la litière de vieille feuille. Une des deux chambres de la magnanerie commençait à puer très fort.

– Tous morts et bientôt pourris ! dit Margot en hochant la tête. Il te faut charger toute cette ordure dans une brouette ou un tombereau, si tu en as un, et les porter assez loin de la maison pour ne pas empoisonner ta terre.

– Je vais les jeter dans un roncier, décidai-je.

Il me fallut donc jeter un quart de mes vers. Après ce nettoyage, les autres reprirent vigueur et firent une bonne montée. Un matin, Thirza m'appela en poussant de hauts cris.

– Viens voir ! Viens voir ! C'est extraordinaire !

On avait jeté tous les vers qu'on croyait morts dans un roncier, à l'abri d'un haut mur. Réveillés par l'air du dehors, ils avaient mangé des feuilles de ronce, puis ils avaient grimpé sur les tiges épineuses et tissé leurs cocons dans le buisson, qui en était tout couvert, jusqu'à la cime !

Ils se touchaient tous, formant un dôme féerique. Cette neige scintillait sous le soleil. Thirza et moi n'osions respirer, de peur de déranger ce tableau d'une grande beauté.

C'était une merveille de la nature.

– Un signe, dit Thirza. Un signe pour nous encourager !

J'avais envie de la croire. Je devenais superstitieuse, car je ne lisais plus assez la Bible. Et puis j'avais peur.

On réussit à décoconner le roncier !

Je récoltai en tout soixante-cinq kilos de cocons, ce qui représentait entre trois cents et trois cent vingt-cinq francs. Je décidai de les vendre aux messieurs, au lieu de les garder pour ma filature. Je voulais entendre tout de suite le bruit des écus ! J'allai voir Victor, qui me promit de s'en occuper.

Il vint quelques jours plus tard, tirant un mulet ; mais Charles le surprit, sans doute pas par hasard. Je crois même qu'ils se battirent. Ce n'était pas la première fois. Les cocons partirent à la réserve de Charles.

J'eus droit à des moqueries cinglantes.

– Tes maquignonnages avec Victor ont fait fiasco. Ne me prends pas pour un imbécile. J'espère que la leçon te servira.

Il savourait sa revanche. Je me promis d'avoir la mienne. Il revint à la charge pour le plaisir de me tourmenter.

– N'as-tu pas honte d'appeler ton ancien amoureux pour t'aider à voler ton mari ?

– Ces cocons étaient à moi. Qui donc les a volés ?

– Ces cocons sont pour *notre* filature. Tu as voulu les détourner frauduleusement.

J'étais d'un calme étrange, comme absente. J'avais en moi une sensation inconnue. Je protestai à peine, mais réclamai mon argent.

– J'ai besoin de trois cents francs tout de suite.

– À cela ne tienne. Prends-les sur les trente mille francs que tu as soustraits à ma mère, par ta malice !

Je ne répondis pas à l'insulte. J'avais besoin de paix encore plus que d'argent. Je retournai voir le notaire. Un clerc me reçut assez mal ; je dus revenir trois fois avant de rencontrer Me Aulas en personne. Il me serra les deux mains.

– Ah ! ma chère Alexandrine, comme je voudrais vous aider.

Je lui demandai de me prêter mille francs pour la saison de filature. Il baissa les yeux sur ses papiers, évitant mon regard.

– Je comprends, je comprends, dit-il sur un ton qui donnait à penser qu'il ne comprenait pas très bien. J'aimerais voir vos comptes de l'an dernier.

J'avais apporté mon cahier de paye, que je lui tendis. Il le feuilleta rapidement.

– Je ne vois que les dépenses, dit-il. Où sont les recettes ?

Je lui montrai la page où j'avais inscrit les sommes versées par Charles. Il prit un porte-plume, fit un calcul et grommela :

– Votre mari doit venir s'expliquer.

– Je voudrais emprunter sur ma dot, monsieur.

Il leva les yeux et ôta ses lunettes pour me regarder.

– Votre mari encaisse les bénéfices de la filature et vous laisse payer les ouvrières, n'est-ce pas ?

– Pour une part, c'est vrai.

– Et savez-vous pourquoi il fait cela ?

– Je crois. Il estime que la dot qui m'a été reconnue par sa mère a été prise sur son héritage. Il essaie de la récupérer ainsi, par petites sommes. Et puis il a besoin d'argent pour les réparations du moulinage.

Le notaire leva les bras au ciel.

– Ah, les réparations du moulinage, quelle lubie !

– Les travaux sont bien avancés. Charles a eu de gros frais. Il espère que les moulins tourneront dès l'automne.

– Jamais ! s'écria Me Aulas. Jamais les messieurs Favière ne le permettront.

39

Si c'est une fille...

La saison de filature commença. Le notaire me remit cinq cents francs : c'était assez pour payer un mois de salaire aux ouvrières, plus les frais de nourriture.

Je réclamai de nouveau de l'argent à Charles. Il me rit au nez.

– Tu t'occupes si bien de la paye que j'aurais tort de m'en mêler !

Un jour, au début de l'été, je fus piquée au cou par une guêpe. Je me croyais peu sensible au venin des insectes. Ma peau enflait à peine, la douleur se dissipait en quelques minutes...

Mais, cette fois, j'eus tout de suite très mal. Je sentis une enflure anormale sous mes doigts. Je me tamponnai le cou avec de l'adoucissant pour les mains. Après un quart d'heure, je souffrais toujours et ma peau continuait d'enfler sous mon oreille.

J'appelai Thirza. Elle m'emmena à la petite salle qui nous servait de cabinet et de bureau. Je dis qu'elle m'emmena, car je tenais à peine sur mes jambes et la tête me tournait. Thirza me fit une compresse d'eau chaude mélangée de vinaigre.

Je lui pris sans y penser la timbale de liquide fumant, et je bus deux ou trois gorgées. Thirza m'arracha la timbale. La gorge légèrement brûlée, je me mis à tousser, puis le feu me tomba sur l'estomac. Mais je trouvai cette sensation exquise.

Je sentis venir une nausée et je dis à Thirza de me laisser seule. Je sortis et me promenai un moment au bord du béal.

J'avais encore envie d'eau vinaigrée. Je fus prise d'un fou rire qui attira aussitôt Thirza. Elle devait me croire folle !

Je passai mon bras sous le sien et l'entraînai plus loin.

– Je ne suis pas malade, Thirza. Je suis fatiguée et puis...

Et puis je ne pouvais plus guère douter, maintenant. Thirza me força à me retourner et me fixa dans les yeux.

– C'est bien ce que je pense ?

– Si tu penses ce que je pense, oui !

– Depuis quand ?

– Je ne suis pas sûre. J'ai cru d'abord que le retard venait des contrariétés que j'ai eues. Je vais aller chez Mlle Ruth pour qu'elle m'examine.

– Oh, Mlle Ruth...

Rendez-vous fut pris à une séance de chant. Outre son art de sage-femme, Mlle Ruth soignait volontiers les mères, les enfants et les jeunes filles. On la disait plus ferrée sur les maladies des femmes que les officiers de santé et même que certains docteurs.

Elle me trouvait trop maigre et fantasque comme une mule.

Elle avait beaucoup vieilli ; elle prenait une tournure d'homme et se voûtait de plus en plus, mais elle avait toujours des bras vigoureux et des mains presque deux fois longues comme les miennes.

Elle avait aussi de longues jambes et, malgré son âge, trottait sur ses grands pieds si vite que je peinai à la suivre tout le long du chemin. Elle s'arrêta brusquement au pied de l'escalier qui menait à sa maison, et je manquai me cogner contre elle en courant. Elle se retourna et me posa la main sur la poitrine.

– Tu souffles bien fort pour une jeunesse de la montagne !

Puis elle me soutint dans l'escalier, comme si elle me croyait trop faible pour monter toute seule. Elle me poussa dans une petite pièce sombre et me commanda de rester debout.

Tout de suite, elle me demanda de tourner, respirer, cracher, moucher, lever les bras. Je me tenais de rire. Je n'osais avouer que je n'étais pas venue pour le mal de poumon, mais pour un cas de grossesse !

Elle me fit mettre en chemise. J'avais des frissons et ne pouvais m'empêcher de trembler. Elle fronça les sourcils.

– Tu as souvent froid ?

– Mlle Ruth... je suis venue... je pense... je me demande si...

Je posai les deux mains sur mon ventre. Elle secoua la tête d'un air mécontent et soupçonneux.

– Tu me crois idiote ? Je sais bien pourquoi tu es venue. Ça crève les yeux. Oui, je parierais ma bible contre un almanach papiste que tu l'es bien. Ce qui me fait souci, c'est que tu le mènes à terme. Maigre et tousseuse comme tu es. Et toujours debout ou bien à courir...

Elle me montra une banquette pour m'étendre.

– Je vais te regarder de plus près, mais c'est sûr comme deux et deux font quatre.

L'examen fut assez long et un peu douloureux.

– Tu peux t'habiller, dit-elle enfin. Je suppose que tu n'as rien dit encore à ton mari ?

– Non, pas encore.

– Comme je connais Charles Rabanel, je ne peux te garantir qu'il sera content.

Je baissai la tête. J'avais honte de ne pas ressentir la joie que toute femme mariée doit avoir au cœur dans un tel moment.

Elle continua de me toiser d'un air malveillant.

– Il faudra que tu te reposes souvent.

– Ma mère ne s'est jamais reposée.

– Tu n'es pas ta mère. Tu es trop grande, trop maigre, et trop faible du poumon.

– Je suis en bonne santé. Je me porte comme un ver à la frèze !

– Comme un ver flat, peut-être. Tu as les yeux battus et mauvais teint. Tu souffles autant qu'une vieille chèvre ! Enfin, tu es ta patronne, maintenant. Tu peux te reposer quand tu es fatiguée et même rester au lit toute la journée, si tu en as envie !

La joie me prit tout à coup, en sortant de chez Mlle Ruth. Je ne pus m'empêcher de sauter et de faire deux ou trois entrechats. Je commençai à chercher un prénom. L'avis de Charles ne me faisait ni chaud ni froid.

Un garçon, je l'appellerais Pierre, bien sûr. Une fille... Pour une fille, je laisserais Charles décider, s'il voulait. Non, non. Ce serait Marie, le nom le plus simple et le plus beau !

Je me sentais assez forte pour braver la fatigue et la mauvaise humeur de M. Rabanel.

Thirza m'attendait. Elle vit à ma tête que c'était oui.

– Et tu es contente ?

– Quelle femme ne l'est pas, dans ce cas ?

L'épouse légitime de Charles Rabanel, peut-être. Thirza me lorgnait, les sourcils hauts, le nez pincé. Quelque chose dans mon regard devait l'inquiéter. Elle me sourit tristement.

– Tu vas l'annoncer à Charles ?

– À Charles ?

Elle éclata de rire.

– Oui, à Charles. Tu l'avais oublié ? C'est ton homme.

– Il faudra bien lui dire. Mais rien ne presse.

– Tu m'étonneras toujours.

– Si c'est une fille, dis-je en riant avec elle, je voudrais qu'elle te ressemble !

40

Confie-toi en l'Éternel

À quelques jours de là, M. François-David me fit tenir un billet par un garçon de course. La famille voulait me rencontrer seule le lendemain matin à l'hôtel Favière. « La famille », cela voulait dire qu'ils seraient tous là : MM. François IV, Louis-Xavier, Gabriel et François-David... plus les femmes, peut-être. C'était moins sûr. Le choix du lieu devait donner à la rencontre cette solennité que les Favière affectionnaient.

Seule... Sans Charles. Je répondrais pour le ménage.

Je me préparai donc à me mesurer aux messieurs. Ce n'était pas pour me déplaire.

Je décidai de ne pas leur parler de mon état. J'aurais pu m'en servir comme d'un avantage, presque d'une arme. Je ne le voulais pas. Ils seraient mes alliés contre Charles... Je me surpris à rire toute seule. J'avais lu un livre d'histoire prêté par Mme Valentine. Je me souvenais d'une guerre entre catholiques et protestants, au XVIIe siècle, appelée guerre de Trente Ans. Charles avait déclenché contre moi la *guerre de trente mille francs.* Une querelle ridicule, cachant peut-être un désir de revanche, qui ne m'étonnait pas. J'aurais pu le prévoir.

J'avais beau être forte et décidée, il me fallait des alliés.

Je pris la robe de soie grise, cadeau de Mme Valentine, que je portais à la Maison neuve, le jour de la complainte... Je me préparai à monter au bourg par un sentier qui serpentait dans les vergers, en évitant le quartier des fabriques, où je risquais de croiser Charles.

Au moment où j'allais quitter le mas Gout, mon père arriva avec son mulet.

– J'ai eu envie de te voir, dit-il. Ce matin, en me levant, ça m'est venu, et j'ai pensé que je devais descendre tout de suite.

Il me serra contre lui et on s'embrassa, ce qui n'était plus arrivé depuis le jour de ma communion. Je lui dis que j'avais rendez-vous avec les messieurs pour affaires et lui demandai de m'accompagner à l'hôtel Favière. Il répéta :

– Les messieurs... l'hôtel Favière... Je suis fier de toi, ma fille.

Je pensai : « Si tu savais ! » Il me conduisit rue Haute en charrette. Il s'arrêta devant l'hôtel, qu'il considéra avec respect.

– Cette maison, tu vois, n'y rentre pas qui veut, dit-il en esquissant un geste discret de la main, accompagné d'une bonne douzaine de hochements de tête. Même dans les hangars, les caves et les cuisines, quand on vient faire des livraisons, il faut avoir son passeport sur la figure ! J'y venais de temps en temps quand j'avais ma couble et je dois dire que j'étais toujours bien reçu, car j'apportais de bonnes marchandises. Une fois, notre M. François, le quatrième, a voulu me payer en personne d'un billet de cinq cents francs de la Banque de France. C'était le premier que je touchais, j'étais tout saisi. Il m'a frappé sur l'épaule en me disant : « Virgile-Paul, vous pouvez faire confiance à la banque autant qu'au roi, car les protestants y sont bien placés ! »

Je fus conduite par deux ou trois couloirs à une pièce d'angle, assez petite, garnie de boiseries et de tentures, et toute pleine de meubles étrangers. Une fenêtre s'ouvrait sur la vallée de l'Hérault, l'autre donnait sur la montagne. Je pus m'asseoir en face de celle-ci. C'était un réconfort pour moi d'apercevoir le paysage que j'aimais.

Les quatre Favière se tenaient autour d'une table, en gilet et manches de chemise, à cause de la chaleur, et tête nue, sauf François IV qui portait une perruque à l'ancienne. Aucune femme ne participait à la réunion.

Mme Adrienne n'était plus là pour me protéger.

François IV me regarda avec un sourire grave et doux.

– Nous attendons le notaire, dit-il. Il est en retard, suivant son habitude.

L'aîné des Favière avait le regard perdu sous ses verres de lunettes, et cet air que beaucoup de riches protestants ont de porter le monde sur leurs épaules.

De dix ans plus jeune, la carrure forte, la figure pleine et rose, les favoris abondants, Louis-Xavier semblait le plus à l'aise des trois frères. Il avait de grands gestes, riait même sans se gêner. On le disait comblé par sa réussite en affaires et dans sa vie privée. Il représentait pour les Favière des Trois-Vallées le prestige de la grande ville et l'autorité des maîtres de la soie de Lyon. Cette autorité, il savait l'affirmer, si nécessaire, non sans prudence et bonhomie.

Me Aulas arriva enfin, rond, pressé, marmonnant, encombré de sacoches et de maroquins. Il souleva sa toque, s'essuya le front et salua les messieurs l'un après l'autre, en répétant chaque fois : « Eh bien ! Eh bien ! » Pour moi, je n'eus droit qu'à la moitié de l'exclamation : « Madame Charles, hé ! hé ! »

Louis-Xavier se leva seul. Il posa les deux mains sur le bord de la table et regarda son frère aîné, François IV, avec respect et résolution, comme un cardinal-ministre regardait peut-être son roi jadis. Puis il se tourna vers moi.

– Demain, je prends la poste pour Beaucaire, et d'ici à deux jours le bateau pour Lyon. L'urgence nous commande de régler tout de suite certaines affaires. Nous voulons vous entendre avant de voir Charles, que nous ferons venir ce soir.

François-David sortit un mouchoir pour s'éponger le front.

Je les regardai tous, en silence, la tête bien haute. M. Louis-Xavier m'adressa un sourire d'encouragement. Puis il fit un signe au notaire.

– Maître, ayez l'obligeance de nous exposer précisément l'affaire Rabanel.

Ce nom, Rabanel, me semblait toujours étranger. Pourtant, je le portais, de par la loi, et ce serait celui de mon enfant.

– Messieurs, dit le notaire, il y a deux points à considérer. D'abord, il est clair que Charles Rabanel essaie de nous forcer la main au sujet de l'ancien moulinage. Sachant bien que vous ne souhaitiez pas le remettre en fonctionnement, il a, sans aucune permission, entrepris de gros travaux de restauration des bâtiments et de réparation des machines, d'un coût de cinq à dix mille francs. Il pense que vous ne pourrez plus refuser de lui donner à louage cet atelier, qu'il compte faire tourner dès cet hiver. Je ne qualifierai pas le procédé...

– Non, dit M. Louis-Xavier, mieux vaut ne pas le qualifier.

– Il nous serre le bouton ! s'exclama M. François-David.

François renversa le buste en arrière et considéra le plafond d'un air pensif.

– Tendez le doigt à un... à un ambitieux, il prendra toute la main.

Le proverbe dit : « Tendez le doigt à un vilain... » M. Favière l'aîné avait changé le mot par égard pour moi.

– Eh bien, eh bien, continua le notaire, le second point concerne les recettes de la filature. Charles Rabanel garde le secret sur ses comptes. Il n'a jamais remis assez d'argent à Mme Charles pour payer les ouvrières, l'obligeant à débourser chaque mois une part ou même la totalité de ses ressources. Nous savons qu'il n'a accepté que de très mauvais gré les dispositions voulues par sa mère, en particulier la dot qui a été reconnue à Mme Charles. Il se fait, par ce biais, reverser la rente de cette dot et même une part du capital...

– Ce qui est inadmissible, dit M. Louis-Xavier.

– Et augure mal des rapports d'affaires que nous pourrions avoir dans l'avenir, ajouta M. François-David.

Le notaire reprit précipitamment la parole.

– Je ne veux pas préjuger des intentions de Charles Rabanel, mais, le connaissant, je crains...

François IV l'arrêta d'un signe de la main, en me regardant.

– S'il vous plaît, maître, restons-en aux faits.

M. François-David m'appela par mon nom de jeune fille, Alexandrine Jourdan, puis s'excusa.

– Nous ne voulons pas remettre en usage l'ancien atelier des moulins pour plusieurs raisons. Il est mal situé, à la merci d'une crue et assez malsain pour les ouvrières. Et puis l'ouvraison de la soie est souvent faite à la commande pour les négociants de Lyon. Les Lyonnais demandent à visiter les ateliers où se fait leur travail. Nous ne pouvons pas leur montrer celui-ci, qui est petit, vétuste et d'assez mauvaise apparence.

Nous craindrions de leur donner mauvaise opinion de nos fabriques. Voilà la principale raison.

M. Louis-Xavier parla à son tour, s'adressant en même temps à moi, à ses frères et à son neveu.

– Pour la paye des ouvrières, la question me paraît facile à régler. Il suffira qu'elle soit faite sur le compte des fabriques. Le montant sera retenu sur la façon de la soie.

MM. François IV et François-David approuvèrent et le notaire écrivit avec un crayon dans un grand carnet.

– L'affaire du moulinage est plus difficile, dit M. Louis-Xavier.

Les autres tournèrent la tête de son côté, et je devinai qu'ils souhaitaient s'en remettre à son jugement.

Et lui me regarda dans les yeux.

– Votre mari n'est pas de très bonne foi, vous le savez. Céder à ses exigences, à ses manigances, serait l'encourager à se croire maître chez nous. Ce serait bien imprudent. Mais nous ne voudrions pas revenir sur les promesses que notre sœur et tante, Adrienne, a pu vous faire. Je ne vous demande pas si elle vous avait laissé entendre que vous auriez un jour cet atelier, en louage ou d'une autre façon. Cela n'importe guère. Je vous demande, au nom des Favière : le voulez-vous ? Car, si vous le voulez, nous trouverons quelque moyen de vous satisfaire.

La question me surprit. Je les questionnai tous du regard. Ils m'offraient le moulinage qu'ils avaient refusé à Charles ? Et c'était à moi de décider ?

J'eus envie de crier : « Oui, je le veux ! » Je le voulais depuis toujours. Une filature et un moulinage réunis. Une fabrique... J'eus envie de me lever pour supplier les Favière : « Donnez-nous l'atelier à louage et je vous promets que je le rendrai si beau et si propre que tous les Lyonnais seront émerveillés ! »

Mais je me mordis la lèvre et me tus.

M. François-David s'essuya de nouveau le front. M. Gabriel bâilla derrière sa main : l'affaire, visiblement, l'ennuyait. François IV tenait la tête levée, l'air de contempler les portraits d'ancêtres. Puis il ôta ses lunettes et les posa devant lui, sur le tapis de la table.

M. Louis-Xavier croisa les bras, puis les jambes, caressa du bout des doigts la mouche grise entre sa lèvre et son menton, soupira, cita un proverbe de la Bible en me souriant :

– *Confie-toi en l'Éternel de tout ton cœur, et ne t'appuie point sur ta prudence.*

Je rougis, car c'était ma prudence que j'écoutais. Si je disais oui, Charles aurait satisfaction. Il se croirait tout permis. Il refuserait sans nul doute la disposition voulue par les messieurs pour la paye des ouvrières. Ou il trouverait un autre moyen de me prendre mon argent. Il me ferait plier à sa volonté de quelque façon. J'aurais la charge de l'atelier, sans en retirer le fruit, ni pour les ouvrières ni pour moi...

Partagée entre la crainte et l'espoir, je souffrais mille morts. J'aurais voulu me lever, marcher à travers le salon, aller à la fenêtre pour respirer. Comment pourrais-je m'occuper de tout, dans mon état, et plus tard avec un enfant en bas âge ?

Mais je désirais tant ce moulinage... Je faillis encore répondre oui. Puis un sentiment plus fort l'emporta en moi : la rancune.

Les accusations de Charles claquaient à mes oreilles. Celle d'avoir tenté de voler les cocons, *mes* cocons, et celle d'avoir soustrait trente mille francs à sa mère ! Avais-je demandé cet argent, cette dot ? Mme Adrienne ne m'avait-elle pas suppliée ?

Ah ! tu veux la guerre, Charles Rabanel. Faisons-la !

Je ne pouvais nier une convoitise que j'avais. Je m'interdis ce mensonge. Mais la vérité suffisait. Je me levai et croisai les mains sur mon ventre.

– Je ne peux pas prendre avant longtemps la charge d'un second atelier. Charles l'ignore encore : je vais avoir un enfant.

Je me mis à courir tout le long de la rue Haute. Charles n'aurait pas son moulinage. Je me dis : « Quand il saura qu'il a perdu sa peine, il va écumer comme un verrat et il tournera sa colère contre moi ! » Je ne me trompais pas.

41

Le précipice

Nous descendions en troupe du mas Gout à la filature, ce matin-là.

Une lueur à l'orient dessinait la naissance du jour. Nous étions une fois de plus en retard. Oh, quelques minutes seulement. Les jeunes ouvrières et les apprenties avaient joué et ri un peu trop longtemps. Elles avaient chanté et dansé en mon honneur, ayant appris la nouvelle de ma grossesse la veille au soir.

« On aura une petite Marie... – Mais non, un petit Pierre. – Marie ! – Pierre ! » Comme elles s'amusaient ! Avais-je été aussi insouciante, à leur âge ?

Je ne les avais jamais menées à la baguette, ni même au doigt et à l'œil. Et voilà que je commençais à me laisser manger la laine sur le dos !

Depuis des années, j'allais sans cesse d'espoir en déconvenue. La force qui me poussait avait molli soudain. Le vent mauvais de la vie emportait l'un après l'autre mes châteaux en Espagne.

J'étais lasse, mais délivrée d'un poids. Thirza veillait sur moi à chaque instant du jour et parfois de la nuit. Je m'abandonnais paresseusement à ses soins.

Nous marchions en queue de troupe. Les ouvrières trottaient en avant pour rattraper le temps perdu.

Charles bondit sur le sentier comme une ombre de la nuit.

– Tu as osé !

Il nous rejoignit devant un escalier de traversier. Il m'arrêta de son corps et cria :

– Tu es allée à l'hôtel Favière ! Tu as osé te plaindre aux messieurs ! Te plaindre de moi !

Il me poussa, et je dus reculer contre le mur du traversier. Thirza essaya de se placer entre nous pour me protéger. Il l'écarta d'un coup d'épaule.

– Je suis chassé du moulinage. Tu as eu ce que tu voulais !

Il me prit le poignet, je secouai le bras et le forçai à me lâcher.

– Tu as peut-être eu ce que tu méritais !

Il leva une main puis la laissa retomber.

– La filature sans le moulinage ne m'intéresse pas. J' t'en fous ! Je quitte ! Et tu me suis ! Tu peux préparer tes bagages !

Je voulus faire un pas de côté, il me retint par l'épaule.

– Tu vas m'accompagner chez le notaire, pour reprendre nos trente mille francs. Le gros de mon héritage, tant pis, je ne l'aurai pas avant longtemps. Mais les trente mille francs qu'on m'a filoutés, je les veux tout de suite. Et c'est toi qui vas les demander au notaire !

En me retournant vivement, je pus échapper à sa poigne. Et je criai de toutes mes forces :

– Non, je n'irai pas !

Il tressaillit, baissa les bras, puis se reprit.

– Tu iras.

– Non.

– Ne m'oblige pas à montrer les dents.

Il tendit la main vers mon col. Thirza se jeta devant lui. Il tira une cravache de sa ceinture ou de sous son gilet.

– Toi, je t'ai assez vue dans mes pattes. Je vais te faire danser.

Il retroussa sa manche de chemise jusqu'au coude et se tourna vers elle. Je voulus m'accrocher à son bras, mais il me fit reculer d'un coup de pied à la jambe.

– Et toi, tu vas payer tout comptant !

La pointe de la cravache vint me cingler l'épaule. Je sentis à peine une petite cuisson à travers mes vêtements. Une froide colère me prit, je m'obligeai de la retenir.

Charles leva sa cravache sur Thirza, visant le côté de sa tête.

– Gueuse !

Thirza se protégea la figure avec le coude et il la manqua. Elle poussa un petit cri de douleur.

– Mes doigts !

Elle revint vers moi, mais je la poussai dans le chemin.

– Rejoins les autres. Va !

Elle me fit un signe désespéré, les mains jointes.

– Pense à l'enfant.

Charles n'entendit pas ou ne fit pas cas de la réflexion.

Thirza s'éloigna en courant vers la filature. À ce moment, une pâle lueur tomba de l'horizon et éclaira le haut du mur. Il me sembla que nous jouions une scène de la Bible sous l'œil du ciel. Charles rajusta son chapeau et me fit face, nonchalant et goguenard. Mes cheveux dénoués me tombaient sur la figure, et la sueur me trempait le front, les yeux, le cou. Je devais ressembler à une sorcière de conte.

Charles roulait les yeux sous ses paupières rouges, il avait le nœud de la gorge qui sautait. Il avait bu.

Je m'avançai pour essayer de lui prendre sa cravache, mais il la fourra sous son gilet en ricanant. Je le fixai dans les yeux, comme je l'avais fait souvent, en espérant le dompter une fois de plus. Il me regarda avec une grimace d'hébétude.

Je respirai son haleine de chien. Il avait dû passer une partie de la nuit à boire.

Il secoua la tête comme pour se délivrer de mon regard. Il balança le poing pour me frapper.

– Celle-là, il y a longtemps que tu la voulais, eh !

Je reculai pour l'éviter, il me toucha au menton. Je sentis à peine la douleur, mais j'étais le dos au mur du traversier, et en reculant, je trébuchai sur une marche. Je tombai en arrière dans l'escalier, je me fis mal au dos et à la tête.

Charles se donna un coup de cravache sur la cuisse.

– Va t'habiller et mets-toi sur ton trente et un. À huit heures, on monte chez le notaire.

Je pensai : « Jamais, au grand jamais ! »

Il tourna les talons et s'en alla en fredonnant : *À la guèrro coum'a la danso !*

Je me remis debout comme je pus. Je n'avais rien de cassé, mais je tremblais de honte et de colère. Je remontai au mas Gout en me tenant le ventre. Je me lavai la figure, me recoiffai, but un grand verre d'eau.

Je pris un chapeau et je sortis au moment où le jour éclairait l'horizon sur les montagnes de l'est. Je marchai alentour, sans savoir où aller. J'étais seulement sûre que je ne suivrais pas Charles chez le notaire.

Et je me ferais tuer plutôt que de rendre les trente mille francs !

Mes espérances ruinées, peut-être à jamais, il me restait ma dot, mon douaire, qu'on l'appelle comme on voudra...

Je courus longtemps, de toute la force de mon souffle, si longtemps que je dus m'asseoir d'épuisement au bord du chemin. Une parole de Job me revint : *L'Éternel a donné, et l'Éternel a ôté, que son nom soit béni.*

Mais je n'étais pas aussi soumise que Job ; et je sentais une rage au fond de mon cœur. Puis j'entendis le Seigneur rire aux éclats, dans le ciel. Oui, je jure que je l'entendis... Et je méritais bien qu'il rie de moi.

Vers les monts, j'ai levé mes yeux, / Pensant avoir d'en haut
Le secours qu'il me faut...

L'Aigoual m'attirait plus fort que jamais. Je me mis à monter.

Des pensées de représailles tournaient dans ma tête. L'Oraison commande de pardonner les offenses, et Jésus dit qu'il faut tendre l'autre joue. Mais je ne pouvais pas...

Pas à Charles Rabanel.

Je priai à voix haute. Je confiai à l'Éternel que j'étais une fille stupide et folle et que Sa grâce seule pouvait encore me sauver du malheur.

Je montai, en m'arrêtant de temps en temps pour regarder la cime de l'Aigoual. Ô ma montagne chérie !

Quand je pensais à mon travail, le cœur me saignait. Mes chères bassines, mes belles bobines, mon fil d'or !

Je regrettais de n'avoir pris aucune provision, ni eau ni pain. Tant pis, je continuai de monter. J'essayai d'oublier la fatigue et la soif.

Un peu avant midi, je croisai un muletier, qui me donna à boire sans me poser de questions. Je résistai à l'envie de descendre avec lui.

J'avais mal à la tête et il me vint un peu de fièvre. Je me

mis à déraisonner et à rêver debout. Et je montais toujours vers l'Aigoual, comme si mon salut m'eût attendue là-haut.

Quelqu'un vint vers moi : une femme vêtue de blanc, portant un fichu blanc sur la tête et les épaules. Je songeai : « Voici une aimable personne, qui connaît sûrement ces montagnes. Elle va me montrer mon chemin... » Pas le chemin pour rentrer chez moi, car je n'avais aucune envie de rentrer. Le chemin pour aller où je devais aller.

Jeune, la peau brune et les cheveux noirs, elle ressemblait beaucoup à l'idée que je me faisais des filles de Jérusalem. Elle posa la main sur mon bras en riant.

– Tu dois monter là-haut, Alexandrine Jourdan !

Ayant dit, elle s'évanouit. Je savais bien qu'elle n'avait jamais existé. C'était un effet de la chaleur, de la soif et du choc que je m'étais donné contre la pierre de l'escalier.

Il me fallait redescendre pour chercher une source ou trouver à boire de quelque façon. Je scrutai la montagne, espérant apercevoir un troupeau de moutons : le berger aurait bien la bonté de me prêter sa gourde. Je tendis l'oreille aux bruits des clochettes. Mais mes yeux se brouillaient, ma tête bourdonnait.

Tout en bas, les vallées se perdaient au pied des escarpements flamboyants. Tout en haut, l'Aigoual barrait la moitié du ciel. Je ne voyais rien d'autre.

Je finis par trouver un coin d'ombre fraîche, sous l'auvent d'un rocher, qui formait une cavité minuscule. Si quelqu'un passait dans le chemin, je l'entendrais, je pourrais appeler.

Assise à l'abri du soleil, je me relâchai un peu l'esprit. Puis je m'étendis et je tombai dans le sommeil. Quand je me réveillai, je vis que j'étais tout au bord d'un précipice. Juste au-dessous de ma place, une étroite saillie de pierre avait été emportée par un éboulement sur plusieurs mètres.

Je me mis à genoux et me penchai pour essayer de voir le fond du ravin. Je crus distinguer, au bord d'un ruisseau miroitant, un bâtiment de trois étages et les fenêtres arrondies d'une filature.

La façade s'allongeait à n'en plus finir. Puis elle disparut. C'était sans doute un mirage comme ceux qu'observaient les voyageurs du désert ou les soldats français en Algérie.

La soif me torturait et je n'avais plus la force, ou plus le courage, de repartir. J'avais hâte d'être retrouvée par ceux qui me cherchaient sûrement. Bientôt, quelqu'un me tendrait une gourde et je boirais longuement, les yeux fermés. Ce serait l'eau la plus fraîche et la plus délicieuse que j'aurais jamais bue.

Et, en même temps, je songeais que j'aurais aimé rester dans mon abri douillet, protégée par mon amie, la montagne.

Une petite douleur me piqua le ventre, juste au nombril. J'eus peur pour mon enfant. Je me mis à prier. Un instant, j'enviai les catholiques. Je me sentais si lasse, et si lâche, que j'aurais pu prier la Vierge... Je voyais ma vie défiler en lambeaux. Non, je ne pouvais m'abandonner ainsi à une coupable faiblesse. Où était donc passée Alexandrine Jourdan, la huguenote ? Fouette-toi, Xarine !

Je luttai de toutes mes forces contre la torpeur qui me gagnait. Je sortis brusquement de ma somnolence et ouvris les yeux. Un courant d'air me caressa la peau, je crus que c'était l'aube. Mais l'ombre du rocher, entre l'abri et le précipice, avait à peine bougé.

Je levai la tête pour suivre le vol lent, impérial, d'un oiseau de proie. Peut-être attendait-il que je sois endormie pour fondre sur moi... Une pierre roula et tomba dans le précipice. Quelqu'un arrivait ! Mais non, j'avais dû pousser le caillou en allongeant une jambe.

Je me représentai sans peur sa chute dans le vide.

Je pensai à Charles. Je le revis à la grange des Fages, lorsqu'il m'avait attirée contre lui en disant : « Viens te réchauffer près de ton chasseur de loups. »

– Loup, toi-même !

J'avais parlé à voix haute, et la réflexion me fit sourire. Je sentis alors un élan de tendresse pour cet homme que j'avais méconnu et tourmenté. J'étais fautive, autant que lui, sinon plus.

Le moment était venu de faire la paix entre nous. Mon enfant devait grandir entre père et mère, dans le calme et la concorde... S'il le fallait, je sacrifierais mon amour-propre et mes calculs égoïstes. Je prendrais en gré les raisons de Charles. Je me soumettrais à sa volonté, comme le doit une bonne épouse. J'irais avec lui chez le notaire demander nos trente mille francs. Si nous ne pouvions les avoir, je supplierais les messieurs de nous donner les moulins à louage...

Je resterais s'il restait. Je partirais s'il partait.

Soulagée, je m'endormis de nouveau. Ou plutôt je somnolai, tourmentée par la soif. Je rêvai d'eau et de sources. Quelqu'un que je ne pouvais distinguer me tendait une cruche ou une gourde. Je buvais longuement, puis je renversais sur moi le reste de l'eau. Je songeais : « Qui que vous soyez, vous m'avez sauvé la vie. »

Le bruit des fers sur les pierres du chemin me réveilla en sursaut. Je reconnus le pas d'un mulet qui montait et je criai :

– À moi ! à moi !

Une voix d'homme fit ho ! ho ! Le mulet s'arrêta. Il y eut un instant de silence. J'appelai :

– Qui est là ?

Pas de réponse. Je souhaitai de toutes mes forces que ce fût mon père.

Quelqu'un s'approcha d'une foulée lourde. Je me mis debout en m'appuyant au rocher. Une voix lança mon prénom.

– Alexandrine, où es-tu ?

C'était Charles. Mon cœur battit sauvagement. Tant mieux. Ne soupire plus après ton enfance, Xarine. Tu es une femme, tu as affaire à ton mari, maintenant, non à ton père !

– Je suis ici !

Je l'entendis rire avant de le voir. Son rire me hérissa la peau, mais je me préparai à me soumettre, à m'humilier, et à lui faire bon visage en même temps. Il me semblait que c'était la volonté de Dieu.

Puis je le vis devant moi, la chemise ouverte jusqu'au ventre, le chapeau en arrière, la figure très rouge et les yeux clignotants. Il se campa, un gros bâton ferré dans une main, l'autre sur sa hanche, où pendait une gourde.

– Ah ! je suis content de t'avoir trouvée le premier. Les autres sont loin derrière...

Mon regard alla de son visage à son poing, puis se fixa sur sa gourde. Je me raidis pour ne pas trembler. Mon état exaspérait ma soif. Je croyais sentir l'enfant se dessécher en moi. Et je trouvai digne de la Bible le geste du père qui nous rendrait la vie à tous deux en nous donnant à boire.

Je souris à Charles de toute mon âme.

Mais, au lieu de me tendre sa gourde, il baissa la main, avança d'un pas et poussa une pierre qui prit le chemin du précipice, à trois pas sur ma droite. Puis il me toisa longuement.

– Tu as l'air d'une bohémienne.

J'eus envie de lui crier qu'il avait l'air d'un malandrin. J'avalai l'affront humblement et me tus. Je fis à mon tour un pas vers lui, en me tenant aux aspérités du roc. Ma salive épaissie me collait la langue. Au prix d'un effort, je prononçai les mots qui attestaient ma soumission.

– J'irai chez le notaire.

Il ne répondit pas. Il s'approcha encore. Je l'entendais haleter et je sentais son haleine forte. Je me défendis de tourner la tête. Il avait bu par ma faute : je pris le péché sur moi. Je murmurai une prière. Il vit mes lèvres bouger et me menaça de son bâton.

– Pas de grimaces !

Le mot me cingla. C'était le refus de tout ce que j'offrais : l'humilité, le pardon, la paix. Je reculai, oubliant que je me trouvais presque au bord du précipice.

Charles s'avança un peu plus, détacha la gourde qu'il portait à la ceinture et me la tendit.

– Tu dois avoir soif ? Bois donc !

Ma main tremblait. Charles fit encore un pas. Je pris la gourde et portai le goulot à mes lèvres. Je bus une gorgée que je recrachai aussitôt en râlant. Ce n'était pas de l'eau, mais une âpre eau-de-vie de marc qui m'avait brûlé la bouche.

Charles rit aux éclats en se frappant la cuisse. Alors, une rage sans nom me coupa le souffle. J'avais tant rêvé de cette eau ! Je me sentis affreusement trahie. J'eus envie de le tuer.

Je poussai un grognement de bête blessée et lui lançai la gourde à la tête. Quelques gouttes de liquide jaillirent et durent le toucher aux yeux. Il jura, lâcha son bâton et porta les mains à sa figure. Je me jetai sur lui et je voulus le frapper de mes poings. Mais j'étais trop faible, mes genoux plièrent et je me suspendis à son bras pour ne pas tomber. Emporté par mon poids, il fit un pas de côté, perdit son aplomb et chut sur la hanche, du côté du précipice.

Je tombai à genoux, face à lui. Il roula presque un mètre sur la pente. Je l'agrippai par sa ceinture et arrêtai sa glissade de justesse. Au lieu de ramper, avec mon aide, il voulut se relever, mais il glissa de nouveau et s'écrasa sur le ventre, les deux pieds dans le vide.

Il m'appela d'une voix étouffée :

– Alexandrine, ne me lâche pas !

Je ne pus que prononcer son nom : « Charles... » Il battait l'air de ses jambes et griffait le sol de ses mains. Je le retenais par un poignet. Mais il était lourd, il m'entraînait.

Je criai au secours. Puis je me souvins : les autres étaient loin derrière.

Je ne pouvais enserrer son poignet, trop gros pour ma main. Je saisis sa chemise, l'étoffe se déchira.

Mon corps était si tendu que je ne pouvais plus respirer. Mes forces m'abandonnaient, je ne sentais plus mes mains. Je ne trouvai aucune saillie pour m'accrocher, je pouvais seulement étirer mes jambes en arrière. Et ma robe m'entravait.

Je voulus agripper sa chemise plus haut. Mais il fit un mouvement brusque, et son poignet m'échappa avant que j'eusse le temps de bien empoigner l'étoffe.

Il culbuta dans le vide sous mes yeux. J'essayai encore de le retenir. Je le lâchai d'instinct à l'ultime seconde, pour me cramponner au rebord des deux mains. Son hurlement me perça le cœur. Je restai couchée un moment, à l'endroit où il était tombé. Me relever aurait été bien trop dangereux, et je n'en avais même pas la force. Je me disais : « Je l'ai tué, je l'ai tué. J'ai tué Charles... »

Je me traînai en arrière, sur le ventre. Puis je me cognai la tête à une pierre pointue et perdis connaissance.

Une sensation de fraîcheur au visage me réveilla. J'ouvris les yeux et je vis Thirza qui me bassinait le front avec un mouchoir mouillé. Mon père était là aussi, et plus loin Victor Jan. Ils m'avaient portée vers le chemin.

Thirza me soutint par les épaules. Mon père se pencha sur moi.

– Où est Charles ?

Il me fallut quelques secondes pour me souvenir.

– Il est tombé. Il avait bu...

Je tendis la main vers le précipice. Victor Jan avança jusqu'au bord et recula en poussant un cri.

– Sainte Vierge, c'est profond comme l'enfer ! Charles est mort !

42

Au-delà des espérances

Le corps de Charles ne put être remonté que le surlendemain.

Dès mon retour, je fus prise d'une forte fièvre, qui entraîna agitation et tremblement, avec, par moments, des sortes de convulsions de tous les membres.

Je reconnaissais à peine Thirza, Mlle Ruth, la Bombudo, et plus tard ma mère, qui veillaient dans ma chambre. Mme Valentine vint me visiter et je la pris pour Juliette. Quand Juliette se montra, je la confondis avec Margot, sa mère.

Le médecin, que les Favière avaient appelé, vint plusieurs fois, recommanda le repos et me fit mettre des sangsues.

Je voulais me lever pour aller chercher le corps de Charles. On me dit qu'il avait été ramené, alors je voulus le voir. J'étais au mas Gout, le corps de Charles au Grand-Mas.

On m'empêcha de sortir, puis, même, de me lever.

J'avais le sentiment que sa fin mauvaise était inscrite dans nos deux destinées, dès notre première rencontre. Je lui avais rendu son regard dominateur. Je l'avais haï de me troubler. Plus tard, j'avais eu tort de croire qu'il changerait, et tort de vouloir le changer. Telle était ma plus grave erreur.

Je songeai au jour de la grande touffe, quand j'étais sur le toit, en jupon, et qu'il était venu tourner à cheval autour du mas. Il avait failli se tuer, cette fois-là. J'avais eu peur, et en même temps j'aurais voulu qu'il se rompe un membre dans l'accident. Il avait levé le poing vers moi et m'avait crié : « On se reverra... Xarine ! » Il était si vivant, si fort. Il semblait invincible.

Et je l'entendais jouer du violon pour dompter les loups. Ce soir-là aussi, et la nuit qui avait suivi, il brûlait d'ardeur et de puissance. Je ne pouvais pas l'imaginer sans vie.

Pourtant, il était mort. Par ma faute !

Mlle Ruth dit que, dans l'état où j'étais, je risquais de perdre mon enfant. Je ne pus me retenir de crier :

– Tant mieux si je perds l'enfant ! Tant mieux ! Je n'en veux pas !

Le médecin haussa les épaules, affirmant que je n'étais pas grosse depuis assez longtemps pour risquer grand-chose. Mais les femmes qui me soignaient, même Thirza, donnèrent raison à Mlle Ruth. Thirza me dit plus tard :

– Tu avais l'air folle à lier. Alors... on t'a liée !

Comme j'avais oublié ce moment, je ne voulais pas croire Thirza.

– Mais si, on t'a attaché les poignets aux montants du lit et les chevilles entre elles. On ne voulait pas que tu partes en chemise, n'importe où, comme une qui bat la campagne. Et puis tu disais des sornettes à dormir debout. On ne pouvait pas savoir si tu n'allais pas continuer de déraisonner à haute voix devant les gens !

– Et qu'est-ce que je disais donc ?

– Oh, tu racontais que Charles voulait te faire boire de l'eau-de-vie et que tu l'avais poussé dans le précipice, et toutes sortes de folies !

J'avais dit aussi que je ne voulais pas mon enfant. J'imaginais alors que j'aurais un garçon et qu'il serait forcément buveur, brutal et mauvais comme son père. J'avais peur de vivre ce que Mme Adrienne avait connu avec son fils !

Je voulus confier à Thirza ce qui s'était passé dans la montagne, mais elle me fit taire. Je me persuadai que je l'avais dit, et crié même, et que je n'aurais pas assez de toute la vie pour regretter mon péché.

Je ne pus assister à l'inhumation de Charles. J'étais tombée dans une grande prostration. Guérie de ma fièvre, très affaiblie, je fis quelques pas dans la chambre, soutenue par Thirza.

Et j'essayai encore une fois de tout lui raconter. Elle me ferma la bouche en posant le bout des doigts sur mes lèvres. Dès que je revenais sur le sujet, elle m'empêchait de finir mes phrases.

– Oublie ça, Alexandrine. Ce n'est qu'un mauvais rêve.

Mais il me semblait que tous les regards se posaient sur moi, pleins de soupçons. Je ne pouvais plus rester aux Trois-Vallées. L'envie de partir se mit à me tourmenter chaque heure du jour.

Je le dis au pasteur, qui m'approuva.

– Il faut que tu quittes ce pays quelques mois. Peut-être une année entière... C'est nécessaire pour ta santé et pour l'enfant que tu portes. Il serait mieux que tu t'en ailles loin, afin d'oublier les mauvais moments que tu as vécus ici. Je vais en parler aux Favière.

Alors, les Favière m'offrirent d'aller vivre à Lyon. M. Louis-Xavier me dit qu'il voulait bien m'accueillir chez lui et même me donner du travail dans ses affaires de soieries, si j'avais peur de m'ennuyer en attendant la naissance de mon enfant.

Je gardais les yeux fixés, comme malgré moi, sur son revers où était épinglé le ruban rouge de la Légion d'honneur. Je savais que c'était une décoration créée par Napoléon. Il l'avait gagnée comme officier, dans les dernières années de l'Empire. J'avais confiance en lui, je l'aurais suivi bien plus loin que Lyon...

Mais Lyon, c'était la capitale de la soie, le pays de cocagne de mes rêves d'enfant. J'avais lu dans un almanach que Lyon s'appelait Lugdunum au temps des Romains. Pierre de Joncourt avait cité aussi ce nom, qui chantait dans ma tête comme un pendant un peu païen de Jérusalem. On disait aussi que pour l'entrée des rois, autrefois, la ville donnait des fêtes plus somptueuses que nulle part ailleurs.

J'imaginais des milliers de femmes en robes de soie ou de velours, qui se pressaient entre les murs tendus de soie... Et des cygnes au long cou qui glissaient sur des lacs illuminés.

C'est bien là que je devais aller. Et M. Louis-Xavier souriait comme pour m'inviter à la fête.

– Alors, que décidez-vous ?

Il était le seul des Favière à ne pas me tutoyer et je lui en savais gré. Je répondis d'un signe de tête.

– Merci, monsieur. Je serai prête demain.

– J'ai encore affaire aux Trois-Vallées. Je vous donne une semaine pour vos préparatifs.

C'était plus de temps qu'il ne me fallait pour faire mes bagages et mes adieux.

Je proposai aux messieurs de céder la conduite de la filature Gout à Victor et Juliette, pour une année pleine. Ce fut agréé par les deux parties, mais Juliette mit une condition.

– Je veux habiter le mas Gout !

En la voyant papillonner, avec des exclamations et des rires, dans ces lieux où j'avais connu des heures de grande joie, j'eus la certitude que je n'y reviendrais jamais.

Mon père me parla des maréchaux de l'Empire. C'était une façon de revivre le plaisir de nos tête-à-tête, sur les chemins de la montagne, quand j'avais douze ou treize ans. Il ne savait pas me dire mieux son émotion, sa tendresse. Il répétait, en me regardant, ce nom de maréchal qui était aussi le nôtre.

– Jourdan, Jourdan... Ha, ha ! Maréchal en 1804. Gouverneur de Naples, chef d'état-major du roi Joseph. Gouverneur de Madrid en 1811. Et puis Vitoria... Ah, Vitoria !

J'enchaînai aussitôt :

– C'est là qu'il a été battu par les Anglais, n'est-ce pas ?

– Je crois que Jourdan pouvait la gagner, cette bataille, s'il n'avait seulement pas écouté Joseph Bonaparte !

Je vis ses yeux se mouiller, et il tourna la tête pour cacher les larmes qui roulaient sous ses paupières.

Ma mère me mit dans les mains un panier plein de fruits, de fromages, de miel, de confitures... Elle non plus ne savait dire autrement son affection. Et puis, chargée ainsi, je n'allais pas la serrer dans mes bras ! Elle s'enfuit bien vite, tête basse.

La Bombudo m'accueillit en récitant un couplet de sa chère complainte. Je répondis par un autre. J'étais à quelques heures de mon départ, la tête me tournait.

Mme Valentine me demanda les prénoms que j'avais choisis pour le poupon... ou la bambine. Elle les répéta plusieurs fois sur un ton pensif : « Pierre... Marie... Pierre. » Puis elle se leva soudain et me prit les mains.

– Veux-tu de moi pour marraine ?

Je lui répondis sincèrement que je n'aurais jamais espéré un si grand honneur pour ma fille. Elle éclata de rire.

– Ne rentre pas trop tôt. Ce serait merveilleux que ton enfant naisse à Lyon !

Avant de quitter les Trois-Vallées, je voulais me retourner pour contempler une dernière fois l'Aigoual, comme on regarde quelqu'un dans les yeux, au moment des adieux. Mais le sentiment de ma faute était encore trop lourd. Je n'osai pas lever les yeux vers la montagne.

Assise dans la calèche des Favière, je mis la tête à la fenêtre, mais il était trop tard, et je ne pus voir que les flancs du mont.

Deux jours après, j'étais appuyée au bastingage, à l'avant du bateau à roue qui remontait le Rhône, quand M. Louis-Xavier s'approcha de moi et frôla d'un geste la manche de ma robe.

– Voulez-vous de moi pour parrain de l'enfant ?

J'acceptai, bien sûr. Tout allait tellement au-delà de mes plus grandes espérances. Une pensée me traversa l'esprit : si, en parrainant mon enfant, les Favière voulaient se l'approprier ? Je la chassai vite.

Je cherchai la lettre de Pierre de Joncourt, que j'avais cachée au fond de ma boîte de couture. Elle était datée de Gênes, et fort brève. Pierre avait recopié quatre vers de Lamartine :

Ainsi, toujours poussés vers de nouveaux rivages,
Dans la nuit éternelle emportés sans retour,
Ne pourrons-nous jamais sur l'océan des âges
Jeter l'ancre un seul jour ?

Puis il avait écrit, en gros caractères, de plus en plus étirés :

Toutes les routes de la Gaule romaine menaient à Lugdunum. Aujourd'hui, toutes les routes de la soie mènent à Lyon...

Et c'était signé : Pierre.

C'est à Lyon que ma fille Marie naquit au printemps 1847.

L'élevage des vers à soie

Souvenirs d'une Parisienne

À la fin du XIXe siècle, la passion du ver à soie déborde le cadre des Cévennes. Judith Gautier, fille de Théophile, auteur du *Dragon impérial* et des *Parfums de la pagode,* première femme entrée à l'Académie Goncourt, fait le récit amusant de sa découverte de la sériciculture.

Qui donc avait eu l'idée funeste de donner à ma mère des graines de ver à soie ? Je crois bien que c'était sa sœur Carlotta, qui, depuis longtemps retirée à Genève dans un beau domaine, s'était sans doute amusée à jouer à la magnanarelle. Mais ma mère prenait la chose très au sérieux et fondait sur la culture des vers à soie l'espérance de gains importants.

Sur un papier blanc, qui recouvrait un plateau de moyenne taille, on avait éparpillé les graines noires ; elles se muèrent un jour en quantité de tout petits bouts de fil qui grouillaient. Il y avait deux jeunes mûriers dans le jardin : ils fournirent les quelques pousses tendres nécessaires aux nouveaux éclos, qui, tout d'abord, ne mangèrent que la pulpe, ajourant les feuilles comme de la dentelle. Bientôt, ils grossirent à vue d'œil, débordèrent le plateau ; on leur fit place sur toutes les tables et il fallut courir à travers Neuilly pour découvrir des mûriers : ceux du jardin, complètement dépouillés, n'étaient plus que des squelettes d'arbres. On finit par trouver un enclos planté de mûriers et, comme on ne pouvait pas laisser mourir de faim toute cette vermine, on le loua très cher.

Les élèves profitèrent admirablement ; ils engraissaient de

jour en jour, on ne savait plus où les mettre. Mon père fut dépossédé de l'atelier où on les installa, mais ils augmentaient toujours ; encore une fois la place manqua. Un menuisier dut, toutes affaires cessantes, et au prix qu'il voudrait, confectionner de grands châssis en bois dans lesquels se superposaient les étagères. Les vers à soie furent enfin convenablement logés. Ils étaient maintenant gros comme le doigt et dévoraient des monceaux de verdure, autant que plusieurs vaches. Du seuil de l'atelier on les entendait brouter : on pouvait se croire dans une étable.

Tout était en désarroi dans la maison ; les bonnes devaient plusieurs fois par jour gagner l'enclos des mûriers, grimper sur des échelles et remplir de feuilles des paniers.

On déjeunait et on dînait sommairement, quand on pouvait : il fallait nettoyer les étagères, enlever les déchets ; c'était interminable ; souvent, ma mère ne se couchait pas.

Si, par malheur, il pleuvait, c'était un affolement général : car, avant de livrer les feuilles à la consommation, il fallait les essuyer soigneusement, la moindre humidité étant capable de donner le choléra aux intéressantes bestioles. Chacun devait s'y mettre ; assis sur les marches de l'escalier, du matin au soir, on essuyait des feuilles.

Mon père quitta la place... Il s'en alla inaugurer une ligne directe de chemin de fer de Paris à Madrid.

Les vers ressemblaient maintenant à de petites saucisses d'un blanc verdâtre. Ma mère les trouvait jolis, elle les prenait entre ses doigts et les baisait.

Quelques-uns commencèrent à se dresser en oscillant, et cela signifiait qu'ils désiraient accrocher des fils pour suspendre leurs cocons ; il fallut se procurer bien vite des fascines, de menues branches, et les disposer le mieux possible. Bavant des floches couleur d'or ou d'argent, ils se mirent à filer, s'entortillèrent en un tissu de plus en plus compact, et tous bientôt s'endormirent dans la soie, nous rendant la paix, enfin !

Le Second Rang du collier, éd. Fasquelle.

À PARAÎTRE

La Soie et la Montagne, suite de *La Vallée de la soie*

Remerciements

Je remercie très vivement :

Jean-Daniel Baltassat, pour sa participation à la mise au point de ce récit ;

Daniel Travier, pour sa lecture critique et pour ses travaux d'historien cévenol, dans lesquels j'ai largement puisé ;

Claude et Nicole Gagnière, pour leurs lectures, leurs conseils et leurs encouragements ;

Antoine Caro, pour la préparation du manuscrit ;

Et tous ceux qui m'ont aidé par leurs lectures, les informations ou documents qu'ils m'ont apportés, par leur attention, leur soutien, ou de toute autre façon :

Antoine Audouard, mon éditeur ; les aimables bibliothécaires d'Anduze et de Générargues ; Bernard Barrault ; Mme Cabanel ; Raymond Castans ; Jean-François et Muriel Couderc ; Jeanne Crouzet ; Robert Crouzet ; Yves et Muriel Crouzet ; Olivier Dhombres ; André-Georges Fabre ; Janine Galzin ; Nicole Jeury ; Dany Jeury ; Gildas Le Bayon ; Isabelle Normand ; Bernard et Patricia Péchon ; Thérèse Planche ; Bernard Plessy ; Anna Rey ; Julie Sassier...

Et, naturellement, tous les auteurs cités en bibliographie.

Si j'oublie quelqu'un, l'Éternel veuille me pardonner !

Bibliographie

Algoud H., *La Soie, Art et histoire,* Éd. La Manufacture, Lyon, 1986.

Archives du Lyonnais : *Lyon, l'argent, le commerce et la soie,* Éd. La Manufacture, Lyon, 1986.

Atger Ch., *Valleraugue,* Réédition Lacour, Nîmes, 1992.

Bérélowitch P. & Trollier P., *L'Histoire de la Chine en bandes dessinées,* Éd. Larousse.

Brès M., *Les Muletiers et rafardiers cévenols,* Éd. Lacour, Nîmes, 1988.

Cantiques (Choix de) des Églises réformées de France, Librairie de Peyrot-Tinel, Nîmes, 1869.

Caumont, *Lectures courantes des écoliers français,* Librairie Delagrave, 1877.

Chabrol A., *Chansons d'atelier d'autrefois,* in *Almanach cévenol,* 1970, Éditions Cévennes Magazine, 30100 Alès.

Chabrol Jean-Paul, *Les Seigneurs de la soie, trois siècles de la vie d'une famille cévenole (XVIe-XIXe),* Presses du Languedoc, 1994.

Clavairolle F., *Les Cévennes et la soie,* in *Causse et Cévennes,* Alès, 1988.

Cossalter É. & Blache J.-M., *Au fil de la soie,* Éd. Didier Richard, Grenoble, 1996.

Duprat B. et coll., *Du fil à retordre,* Presses universitaires de Lyon, 1985.

Durand G. et Wienin M., *Au fil de la soie, architecture d'une industrie en Cévennes,* Association pour la Connaissance du Patrimoine en Languedoc-Roussillon, 1991.

Ébrard A., *Voyage dans les Cévennes en l'an 1877,* 1880. (Réédition Club cévenol, Alès, 1985.)

Fabre, *Au cœur de la Cévenne avec ses écrivains,* par André-Georges Fabre, Éd. AZ Offset, 30140 Anduze, 1979.

Fattori Y. & Fattori I., *La Soie, de la graine au tissu,* Musée des Arts et traditions populaires, Draguignan, 1997.

Guyau, *La Première Année de lecture courante.* Librairie Armand Colin, 1900.

L'Arbousset A. Laurent de, *Les Cévennes séricicoles*, 1875. (Réédition Lacour, Nîmes, 1992.)

Lafont Aimé, *Bernadou, le félibre du Cep*, Éd. Larousse, 1936.

Lequenne F., *Oliviers de Serres, agronome et soldat de Dieu*, Éd. Berger-Levrault, 1983.

Maillot E. et Lambert F., *Traité sur le ver à soie du mûrier et sur le mûrier*, Éd. Coulet et fils, Montpellier, 1905.

Morel Y., *J.L. Plantevin, moulinier : des fabriques de soie en Ardèche méridionale*, Éd. Lacour, Nîmes, 1996.

Nerval, *Une excursion dans les Cévennes*, Toulouse, 1867. (Réédition Lacour, Nîmes, 1996.)

Normand I., *La Soie : une fabuleuse histoire*, Thèse pour le diplôme d'État de docteur en pharmacie, Univ. de Lille II, 1997.

Ostervald Jean-Rod., pasteur de l'Église réformée de Bâle, *Nourriture de l'âme ou Recueil de prières pour tous les jours de la semaine*, Avignon, Beaucaire, vers 1750.

Ozil H., *Magnanerie et vers à soie*, Éditions de Candide, Lavilledieu, Ardèche, 1986.

Pelen J.-N. et Travier D., *Le Conte et la Chanson populaire*, in *Le Temps cévenol*, Société d'Édition et de diffusion du Languedoc, Nîmes, 1983.

Plessy B., et Challet L., *La Vie quotidienne des canuts, passementiers et moulinières au XIXe siècle*, Hachette, 1987.

Psaumes et cantiques (*Recueil de*), Églises réformées de France, Librairie de Peyrot-Tinel, Nîmes, 1870.

Rey A., *Augustine Rouvière, cévenole*, Éd. Le Paysan du Midi, 1988 ; Seghers, 1996.

Teissier du Cros R., *Chroniques cévenoles. Une famille de filateurs de soie à Valleraugue (1792-1904)*, Les Presses du Languedoc, 1996.

Travier D., *Architectures et paysages de la soie.* Édition du Parc national des Cévennes, 1997.

Vignon L. et Bay I., *La Soie au point de vue scientifique et industriel*, Librairie J. B. Baillière & fils, Paris, 1914.

Table

Cet ouvrage a été réalisé par la
SOCIÉTÉ NOUVELLE FIRMIN-DIDOT
Mesnil-sur-l'Estrée
pour le compte des Éditions Robert Laffont
24, avenue Marceau, 75008 Paris
en avril 1998

Photocomposition : Nord Compo
59650 Villeneuve-d'Ascq

Imprimé en France
Dépôt légal : mai 1998
N° d'édition : 38931 - N° d'impression : 42637